COLLECTION « BEST-SELLERS »

DU MÊME AUTEUR

Chez le même éditeur

Tant d'étés perdus, 1984

Écoute ce que dit le vent, 1986

Comme des ombres sur la neige, 1988

L'honneur de Sybilia, 1989

Edelweiss, 1994

Les amants de l'apartheid, 1996

Les moissons du passé, 1999

L'héritière de Glentirran, 1999

MADGE SWINDELLS

LES BRÛLURES DU CŒUR

roman

traduit de l'anglais par Hélène Collon

ROBERT LAFFONT

Titre original : SUNSTROKE

ISBN 2-221-08561-2
(édition originale : ISBN 0-7515-2296-1 Little, Brown and Company, Londres)
Publié avec l'accord de Warner Book

Je dédie ce livre à ma fille, Jenni, qui m'aide depuis qu'elle sait lire et qui est si douée, aujourd'hui, pour affronter les problèmes qui se posent quand on a une mère romancière : me tirer de mes impasses narratives, contribuer à l'élaboration des personnages et s'assurer que les amis ne se reconnaissent pas en eux, me remonter le moral quand je me décourage...

... Merci, donc, à Jenni Swindells pour son soutien moral infaillible mais surtout pour son inventivité et ses remarques sur mon texte.

Merci aussi à Jeffrey Sharpe pour ses précieuses observations. Toute ma reconnaissance à John et Susan Wynne-Edwards, qui ont planté la graine d'où est née cette histoire, et à Lawrie Mackintosh pour ses recherches documentaires.

Prologue

Le Cap – 30 juin 1993

Austère, impersonnel, le juge énonce la sentence : « Nina von Schenk Möller, j'ai pris en considération votre jeunesse et votre passé irréprochable, mais je dois également tenir compte de la gravité de vos fautes. Vous avez été reconnue deux fois coupable d'espionnage au préjudice de la nation, et quatre fois coupable d'escroquerie. Je vous condamne donc à six ans d'emprisonnement. »

Des mains me guident, je quitte le banc des prévenus pour reprendre l'escalier menant aux cellules. La porte claque avec un grand bruit métallique et je la fixe du regard, incapable de m'en détourner. La tension tire un fil d'acier de plus en plus rigide de mes talons jusqu'à ma nuque. Personnellement je tiens le coup, j'ai déjà supporté la trahison et l'injustice, mais le sort de mon enfant m'est intolérable.

Où es-tu, Nicky ? Je sens que tu es vivant. Est-ce que tu m'appelles, au milieu de tes larmes ? Est-ce que tu as peur ? Seigneur, protégez mon enfant, mon fils tant aimé. Mon Dieu, aidez-moi à survivre jusqu'à ma libération, que je puisse retrouver mon tout-petit. Faites que je reste saine d'esprit. Si seulement je comprenais… Pourquoi, oh pourquoi ?

Première partie

1.

Il fut un temps où le rire coulait à flots et où, telle une bonne étoile, l'avenir accueillait par des signaux encourageants les explorations de ma jeunesse. En novice de la vie je dépoussiérais le monde à grands coups de balai neuf, confortablement installée dans la certitude qu'une destinée omnisciente veillait sur moi, que les liens unissant mes parents étaient indestructibles, que l'âge adulte m'apporterait forcément toute satisfaction, et que les dirigeants de ce monde gouvernaient avec une sagesse sans défaut.

J'ai grandi parmi les monts et les brumes des Highlands d'Écosse. Je savais où la femelle de l'aigle faisait son nid, sur l'inaccessible pic du Liathach, dans les monts Torridon. Souvent je la regardais descendre en piqué vers le loch et poursuivre son vol jusque dans la forêt, où elle traquait sa proie. Bientôt j'entendais la courte plainte funèbre et perçante d'un lapin ou d'un lièvre. Mais parfois, les soirs de printemps, c'étaient ses cris angoissés à elle qui parvenaient à mes oreilles ; alors je comprenais qu'elle avait des oisillons à nourrir, et qu'elle devait chasser ou mourir.

La plus belle période de l'année, c'était l'été. L'été, je me sauvais pour aller jouer sous le crépuscule qui n'en finissait pas et pour observer les daims et les chèvres sauvages qui venaient craintivement paître au bord du loch. Je prenais des forces, je brunissais, je me couvrais d'égratignures, et le soleil éclaircissait par endroits mes cheveux roux foncé, longs et broussailleux.

J'adorais jouer, et, enfant unique habitant à l'écart de tous, j'ignorais ce qui était traditionnellement réservé aux garçons ou aux filles. J'ai appris ainsi à descendre en kayak les torrents de montagne, à barrer un bateau à voile sur le loch voisin, même par grand vent. Je me suis enhardie à force d'escalader les sommets de la région et de nager dans l'eau glacée. Les garçons ne maniaient pas la fronde mieux que moi, et comme eux je pourchassais les braconniers, je démontais leurs collets. Je coupais du bois, je sciais des planches... La seule chose que je ne connaissais pas, c'était la peur. Ça, c'était bon pour la racaille. Certainement pas pour une Olgivie. C'est donc au sein de ce confortable havre de bonheur que je suis devenue une grande fille forte et orgueilleuse, bien à l'abri dans le vieux manoir, sous les pins, en bordure du lac.

L'hiver avait ses bons côtés : le feu dans l'âtre, la maison imprégnée de son odeur de pin, d'if et de genévrier en flammes. Vautrée devant la cheminée sur une peau de mouton noire, je lisais pendant des heures et je me faisais de nouveaux amis : David Copperfield, Tam O'Shanter... La nuit le feu couvait sous de grosses pelletées de tourbe et me réchauffait encore à l'aube, quand je m'apprêtais pour l'école. Et puis, l'hiver, maman était plus souvent là, et de temps en temps papa passait en coup de vent recevoir les respectueux égards dus aux guerriers qui rentrent au bercail.

À Olgivie Lodge, nous étions très isolés. Torridon étant le seul village à portée de bicyclette, c'est là que j'allais en classe. Ma mère, qui aimait le monde, était souvent absente plusieurs jours d'affilée. Quand elle revenait c'était un véritable feu d'artifice de sacs, de cartons à chapeaux et de papier de soie ; ses yeux étaient brillants et sa coiffure, très chic, à la dernière mode. La maison résonnait de musique et, marquant la mesure du bout du pied, elle déballait devant moi ses robes neuves, ses bijoux et les cadeaux inutiles qu'elle m'avait rapportés.

Ma mère était une rêveuse, une sorte de djinn qui menait dix existences de front. Je regardais bouche bée évoluer cette femme ravissante à la longue chevelure cuivrée et aux grands yeux violets nostalgiquement tournés vers la fenêtre et les montagnes coiffées de neige, et je l'écoutais raconter ce qui aurait pu être.

Pourquoi avait-elle jeté son dévolu sur mon père ? Peut-être parce qu'il faisait partie des Services secrets britanniques. Trois fois il avait été décoré par la reine pour services rendus à la Couronne. C'était vraiment un homme hors du commun. Commandant de marine, il endossait avec aisance le rôle de noble local quand il rentrait sur ses terres, et dans la région, personne ne lui disputait le titre de meilleur fusil. Athlétique, parlant plusieurs langues, perfectionniste en tout, c'était aussi quelqu'un de très dur qui plaçait haut la barre de ses exigences, vis-à-vis des autres comme de lui-même. Néanmoins, on s'amusait bien avec lui et au village, notre petite famille était aussi aimée qu'admirée. J'adorais ce père si beau, avec ses yeux marron rieurs, ses cheveux châtain clair perpétuellement en bataille.

D'après Maria, la gouvernante – que j'aimais comme une seconde mère – je prenais en grandissant des allures de bohémienne. Maria et son époux m'élevaient un peu au petit bonheur. Ils étaient bons, affectueux. Son royaume à elle, c'était la grande cuisine qui faisait aussi office de salle à manger quand mes parents n'étaient pas là ; « Mac », lui, s'occupait de la propriété et conduisait la voiture à l'occasion. Je ne lui connais toujours pas d'autre nom. C'est sous son égide distraite mais bienveillante que j'ai construit une cabane dans un arbre à l'âge de dix ans et que j'ai abattu mon premier et dernier oiseau (j'ai pleuré pendant des jours).

À onze ans j'ai trouvé une loutre sur le rivage du loch Torridon. La pauvre petite bête s'était prise dans un piège. À demi morte de froid et de peur, elle m'a laissée libérer sa patte puis l'emmailloter dans mon pull. Je l'ai rapportée à la maison, les joues baignées de larmes. Maria est accourue en entendant mes cris.

– Nina ? Mais qu'est-ce que tu as, mon petit ?

– Vite, va chercher un carton, s'il te plaît. J'ai trouvé une loutre… prise au piège. Appelle Mac… je t'en prie. Dépêche-toi, dépêche-toi, il faut l'amener chez le vétérinaire. Il pourra peut-être la sauver. Elle souffre tellement, la pauvre.

Mac m'a conduite à toute vitesse au village, où la loutre s'est vu recoudre, panser et accorder cinquante pour cent de chances de survivre par MacIntyre, le vétérinaire. Pendant des jours et des jours elle est restée couchée dans son carton à côté de mon lit, à grignoter des harengs et des filets de truite, et à se cacher quand j'étais à l'école. Au bout de deux mois elle a commencé à se faire une place dans la maisonnée et à se disputer violemment avec le danois de la famille, une femelle baptisée Brigit en l'honneur d'une déesse celte.

J'ai décidé que l'animal, mon nouvel ami, s'appellerait Otto-le-Brave. Les soirs d'hiver je m'étalais sur ma peau de chèvre devant le feu, et je m'abîmais les yeux dans la pénombre à lui lire mes histoires préférées – *Ivanhoé, Le Vent dans les saules...* – pendant que Brigit, dont les vieux os avaient du mal à se réchauffer, s'avançait parfois jusque dans la braise.

Un jour, quand j'ai eu treize ans, Otto a disparu. C'était l'automne. J'ai exploré les bosquets d'épineux, les buissons couverts de baies rouges, j'ai pataugé dans des combes tapissées de fougères et de feuilles mortes, j'ai fouillé les abords du lac. J'ai vu d'insaisissables écureuils roux entasser des noisettes, et des chèvres sauvages passer au galop, magnifiques dans leur pelage d'hiver. Et finalement, j'ai retrouvé le corps sans vie d'Otto dans un fossé, la tête tranchée net, apparemment par un coup de pioche. Sans doute l'œuvre de John Gilmore, le fermier voisin.

Je suis allée tout droit lui lancer au visage mes accusations, le cadavre d'Otto enveloppé dans mon manteau. Il buvait le thé avec sa femme au coin du feu.

– Vous avez tué Otto ! Je vais vous dénoncer à la S.P.A. Vous êtes méchant, je vous déteste !

Le fermier et sa femme se sont troublés.

– Ce sont des animaux nuisibles, petite, tu comprends ? Et puis, on ne pouvait pas savoir que c'était ta loutre. Allez, viens, on va lui donner une sépulture décente.

Ils m'ont convaincue de leur laisser les restes d'Otto, et les ont ensevelis chez eux, au milieu de la roseraie.

Bien plus tard, j'ai compris qu'en définitive, ce coup de pioche était un bienfait déguisé. En effet, quel aurait été le sort de ma pauvre petite loutre apprivoisée ? Car quelques semaines plus tard mon père était gravement blessé dans un accident de voiture et notre petit monde s'écroulait.

Les mois suivants ont été très difficiles. Mon père s'est aigri, replié sur lui-même. Ma mère se faisait du mauvais sang, pleurait souvent et, parfois, disparaissait une semaine entière. Dans ces cas-là, allant et venant dans la cuisine, Maria ne cachait pas sa désapprobation. Une fois, je l'ai entendue dire :

– Cette pauvre petite, qu'est-ce qu'elle deviendrait sans nous ? Ça fait pitié, tiens.

Un mois plus tard Mac et Maria faisaient leurs bagages.

– Je veux partir avec toi, Maria !

– Mais tu n'es pas de notre famille ! Et puis, tes parents nous ont donné notre congé. On a trouvé une nouvelle place ; même si on voulait, on ne pourrait pas t'emmener, pauvre chérie.

J'en ai déduit qu'ils n'avaient aucun désir de me garder avec eux. Ainsi, l'affection pouvait s'achever avec un mois de préavis ! Muette de détresse, j'ai fait le tour du lac en m'armant de courage face à ce rejet inattendu. Au bout de plusieurs heures, je suis rentrée interroger ma mère. Elle aussi faisait ses valises, mais elle les avait momentanément délaissées pour se planter devant le miroir. Je me suis glissée à son côté ; j'étais presque aussi grande qu'elle, à présent. Mais elle était si délicate, et moi si costaude !

– Nous partons pour Bristol, Nina. Nous allons habiter chez l'oncle Théodore.

Elle a posé sur mon reflet son saisissant regard violet.

– Avec le temps, tu apprendras à l'aimer, et nous serons à nouveau heureux. Là-bas, il y a plein de magasins et de vêtements. Tu te feras une foule de nouveaux amis.

– Je n'aime pas faire les magasins, et je n'ai pas besoin d'habits neufs.

– Pourtant ta robe est bien courte, regarde ! Mon Dieu, Nina, comme tu grandis ! Tu ne te trouveras jamais de mari si tu dépasses les garçons d'une tête. Allons, allons, cesse de faire la moue. Tu n'es pas jolie quand tu boudes, et je ne te supporte pas de mauvaise humeur.

– Je veux rester ici avec papa.

– Mais, ma chérie, ton père et moi nous nous séparons. Il faut bien que tu vives avec l'un de nous deux, et ce ne peut pas être lui. Qui préfères-tu, lui ou moi ?

Comment aurais-je pu lui dire la vérité ?

Quelques jours après, comme la perspective de tout perdre se rapprochait inexorablement, je suis allée trouver mon père.

– Ne te débarrasse pas de moi, papa. Je m'occuperai de toi. Tu verras, on sera bien, tous les deux.

Mais il m'a mise face aux dures réalités de la vie et obligée, en quelques paroles impitoyables, à voir mon petit monde sous un autre jour.

– De nos jours le divorce est courant. Ta mère et moi ne sommes ni les premiers ni les derniers – enfin, dans la famille, si. Certes, les enfants en pâtissent, mais n'oublie jamais : tu es une Olgivie. Jusqu'ici tu as mené une existence solitaire. Tu seras mieux avec ta mère.

– Mais... quand est-ce que je te verrai ?

Un vrai cri du cœur, pétri d'angoisse.

– Moi ?

Manifestement, il ne s'était pas posé la question.

– Écoute, Nina, dans la vie, les choses ne se passent pas toujours comme prévu. Pour survivre il faut accepter le changement, tirer le maximum de ce qui se présente. Profite de l'école et tâche de bien t'entendre avec ton beau-père. Bientôt tu seras grande, donc libre.

– Mais papa, je t'aime, moi !

J'ai pris son visage dans mes mains, de toutes mes forces, en tentant de refouler la révolte qui grondait en moi. Je revois encore le curieux regard qu'il a posé sur moi.

– Tu es femme. Tu oublieras.

Quelle froideur ! En cet instant, je l'ai haï.

J'ai exigé qu'on me mette en pension. Je voyais mon père de temps en temps mais, muré dans son enfer personnel, il était incapable de tendre la main, d'autant plus que physiquement je ressemblais de plus en plus à ma mère. Alors je me suis blindée. À l'école, j'inventais des aventures plus folles les unes que les autres, au point que la surveillante générale avait peur de moi.

Mon père s'est mis à peindre et à vivre en reclus au manoir, dont il n'occupait plus que trois pièces ; un vieux couple du voisinage venait faire le ménage et la cuisine, et le véhiculer quand c'était nécessaire. J'allais le voir une fois par mois, mais ces visites étaient pénibles. Nous ne parvenions jamais à communiquer ; pourtant, en repartant, j'étais triste.

J'avais compris que le monde appartenait aux battants. Le Dieu qui donnait la vie n'avait pas de pitié pour les faibles – ou les démunis, on les appelle comme on veut. Dans l'univers qu'il avait créé les êtres vivants se nourrissaient les uns des autres, et survivaient ou mouraient selon qu'ils étaient plus ou moins forts ou rusés. Tuer ou être tué, manger ou être mangé, gagner ou être vaincu. C'était là un monde que je comprenais ; il y régnait une certaine logique et il ne laissait pas de place aux sentiments trompeurs. Un monde où je pouvais faire partie des gagnants.

Alors, tel l'aigle, j'ai parcouru les sommets à la recherche d'une aire digne de moi, et de moi seule. Et je l'ai trouvée.

2.

Financial Tribune
Londres, 15 décembre 1989

Les gestionnaires de fonds de pension sont aujourd'hui, dans la City, au premier rang des puissances financières ; au sein de cette jungle ce sont d'effrayants prédateurs, et Nina Olgivie, vice-présidente de la Gestion des Actifs chez Bertram, est la plus dangereuse de tous. À l'âge de vingt-huit ans Olgivie a déjà la haute main sur le capital investi de cinq cents fonds de pension, l'ensemble représentant plus de cinquante milliards de livres sterling. Les chefs d'entreprise les plus puissants tremblent lorsqu'elle s'enquiert de leurs bénéfices.

Nous n'en voulons pour preuve que son dernier « coup » : la prise de participation majoritaire lancée sur la chaîne de grande distribution Sidor. Jugeant Sir Reginald Sidor incompétent, Olgivie a résolu d'épauler la proposition d'O.P.A. de Cedric Jedrow. Bien conscient de son intérêt, ce dernier a orchestré des fuites révélant le soutien d'Olgivie. Dès lors, il n'y avait plus d'alternative. Sir Reginald, pourtant promis dès le berceau à gérer l'empire commercial de son père, s'est retrouvé au chômage du jour au lendemain…

– Merde !

Il y en avait comme cela des colonnes entières. J'étais sidérée que la presse ose parler de moi en ces termes sans m'avoir consultée. J'ai rapidement parcouru le reste de l'article, puis appelé mon patron, Eli Bertram.

– Nina ? – La voix d'Eli. – J'allais vous appeler…

- Oui, et je devine pourquoi.

– Venez tout de suite, si rien ne s'y oppose.

Il semblait nerveux.

– Entendu. J'ai replacé le combiné sur son socle.

Je me suis dirigée en toute hâte vers ma salle d'eau privée. Il était huit heures du matin, j'arrivais à peine. Dehors, un vent peu clément frôlait les soixante-quinze kilomètres/heure et mes cheveux se dressaient sur ma tête comme si je venais de m'électrocuter. Je me suis regardée dans la glace, atterrée. Tout ce que je détestais : cheveux acajou frisottés, teint pâle, yeux verts. Ce jour-là, j'étais encore plus blême qu'à l'ordinaire et mes pupilles brillaient d'anxiété. J'étais intimement persuadée que le désastre était imminent. Tout cela à cause d'un éditorial ?

« Calme-toi, Nina. »

Tout en descendant quatre à quatre au premier étage, j'ai songé à Eli, à mon travail, à la publicité hautement préjudiciable que venait de me faire ce journal... J'admirais Eli Bertram parce qu'il n'avait d'autre motivation que la logique. Originaire de Hambourg, seul survivant d'une famille de banquiers juifs, il avait fui l'Allemagne pour se réfugier en Grande-Bretagne, où il s'était engagé dans la Royal Air Force et avait combattu jusqu'à la fin de la Seconde Guerre mondiale. Dans la tourmente de l'après-guerre, il avait réussi à rouvrir la Bertram's à Londres et créé à la fin des années soixante un département Gestion d'Actifs. Je faisais partie de son équipe depuis sept ans : j'y avais débuté en sortant de l'école de gestion, et je m'étais vite épanouie dans la bagarre perpétuelle pour le triomphe de la raison pure. Ce qui ne m'empêchait pas, d'ailleurs, de me reposer abondamment sur mon intuition, et pour le moment, celle-ci me soufflait que l'article du *Financial Tribune* allait me causer de gros ennuis. En entrant dans le bureau de mon patron, j'ai senti le rouge me monter aux joues.

Eli s'est levé d'un bond. À soixante-treize ans, il était encore athlétique – et bel homme, avec ses yeux noirs au regard brûlant et son épaisse chevelure argentée.

– Je n'irai pas par quatre chemins, Nina : nous avons un problème. Maintenant que la presse a découvert votre existence, il y a de bonnes chances que la meute ne nous lâche plus. – Ses yeux pétillaient d'ironie. – Comme vous êtes photogénique, ils voudront tous publier votre portrait, et ils iront sûrement fouiner du côté de votre vie privée. Désormais, un simple dîner avec un patron peut faire monter ses actions jusqu'à des sommets insoupçonnés… et les faire redégringoler aussi vite. Je sais que vous n'accordez jamais d'interviews, mais ces gens ont d'autres moyens à leur disposition, ils viennent de nous en apporter la preuve. – Il s'est laissé aller en arrière dans son fauteuil et a noué ses mains derrière sa tête en me regardant d'un air narquois. – Il va falloir contrecarrer leurs plans, Nina. Vous vous doutez qu'à présent, Sidor est pour vous un dangereux ennemi.

– Il est loin d'être le seul.

Il m'a décoché un sourire éphémère mais complice, et je me suis sentie un peu mieux.

– Hier, Sir Reginald a mis la Chambre des Communes en garde contre le pouvoir croissant des gestionnaires d'actifs. Et il a reçu le soutien général ; ce n'est pas pour arranger nos affaires.

– Les perdants sont les premiers à se lamenter, c'est vous-même qui me l'avez appris.

– Certes, certes. Quoi qu'il en soit, j'ai une idée. Café ?

– Oui, merci.

Il a appuyé sur un bouton, puis regardé fixement son sous-main.

– J'ai d'autres mauvaises nouvelles à vous annoncer, mais nous pouvons en parler plus tard, si vous préférez.

– Ma parole, c'est le Lundi Noir. Non, allez-y, ce sera fait.

Avec le temps, j'avais appris à encaisser les hauts et les bas du marché ; je ne m'en faisais pas outre mesure.

– C'est à propos de Ralph Dorrington.

Un baquet d'eau glacée en pleine figure ne m'aurait pas fait plus d'effet. Eli était donc au courant ? Si ça se trouvait, *tout le monde* était au courant ! Les relations intimes entre collègues étaient mal vues, mais nous nous étions montrés discrets, Ralph et moi. Quand nous sortions, c'était loin du regard inquisiteur, calculateur des résidents de la City. Je me suis levée d'un bloc et j'ai regardé, par la fenêtre à triple vitrage, les branches nues du sycomore qui frémissaient sous les rafales.

– Je me demande pourquoi les femmes intelligentes s'intéressent toujours aux médiocres. Nina, ce n'est pas un homme pour vous.

Eli avait beau s'efforcer de prendre des gants, il n'avait pas à me parler ainsi.

– Peut-être parce que les hommes intelligents choisissent toujours les blondes écervelées, Eli.

Nul besoin de me retourner pour constater que j'avais marqué un point. Le troisième mariage du patron avait scandalisé tout le personnel.

– Écoutez-moi, Nina. À vingt-huit ans vous détenez déjà un pouvoir énorme. C'est moi qui vous ai faite, vous possédez une lucidité, une intuition rares, et en affaires votre instinct est infaillible, pour ne rien dire du reste. À l'âge que j'ai, il me semble que j'ai bien le droit de porter un intérêt tout paternel à mes collaborateurs.

– S'agit-il de moi ou de mon poste ? Ce n'est pas du tout la même chose, Eli. Le fait de sortir avec Ralph n'affecte en rien mon travail à la banque. – J'ai rougi de ma propre maladresse. – Et s'il vous plaît, ne me faites pas le coup de l'intérêt paternel. Ça ne vous va pas du tout. Je vous préfère tel que vous êtes. Autre chose : si je dois *moi aussi* jouer franc jeu, dites-moi d'entrée si vous avez eu recours à un détective privé.

– En effet.

Il m'a défiée du regard.

Je m'en doutais vaguement, mais cette confirmation m'a mise dans une rage folle. Un homme que j'avais tant admiré...

– Ce n'était pas la peine de fuir les nazis. Vous aviez parfaitement votre place parmi eux.

Atterrée par l'énormité de mes propos, je me suis demandé où j'aurais une chance de retrouver un travail aussi bien payé.

Il m'a répondu d'un ton aussi glacial que son regard :

– Pas de ça avec moi, Nina. Je connais vos méthodes. Choquer l'adversaire pour mieux le déstabiliser, s'embusquer derrière un écran de fumée pour mieux attaquer... C'est moi qui vous les ai enseignées, si vous vous souvenez bien. Alors taisez-vous et écoutez-moi. Les capitaux investis par nous représentent tout ce que possèdent nos clients ; nous devons absolument éliminer le moindre point faible, pour ne pas prêter le flanc aux mesures d'intimidation ou de rétorsion. De surcroît, j'ai absolument besoin de savoir si cet âne de Dorrington est ici pour ses prouesses sexuelles et non pour ses compétences professionnelles. Ce type est une outre pleine de vent déguisée en banquier.

Que vouliez-vous que je répondre ? Il disait vrai ; par loyauté, je me suis tue.

– Il y a pire, Nina. Il sort *aussi* avec votre secrétaire.

Au prix d'un gros effort, j'ai maintenu mon empire sur moi-même.

– Quand on espionne les gens, on ne peut plus prétendre à leur loyauté. Adieu, Eli. Je pars. Vous aurez ma démission aujourd'hui même.

Je me suis dirigée vers la porte.

– Allons, allons. Ce n'est pas en fuyant que vous résoudrez le problème.

J'ai fait demi-tour à contrecœur.

– Asseyez-vous. Au moins, écoutez-moi jusqu'au bout. Une idée m'est venue. Avec votre accord, je vous envoie quelques semaines en Afrique du Sud. L'économie du pays est sur le point de s'ouvrir, ce n'est qu'une question de temps. On ne peut éternellement se dérober au changement. J'ai là-bas un représentant qui a monté une affaire intéressante, un certain Bernie Fortune. Après le retrait des sociétés américaines et britanniques dans le cadre des sanctions économiques, un groupement de chefs d'entreprise a racheté pour trois fois rien quelques grands noms, des sociétés d'envergure ; mais le morceau est trop gros, ils ne s'en sortent pas. Il leur faut des compétences et des capitaux étrangers. Bernie a pensé à nous. D'après lui, il y a une fortune à faire. Si le gouvernement sud-africain change de mains, nous devons être prêts à réagir très vite. Le sous-sol renferme des richesses inimaginables, et parfois intactes. Ce dont le pays a le plus besoin, c'est d'investissement. Les premiers arrivés rafleront tous les bénéfices.

Quand Eli était sur un nouveau projet, il n'y avait pas moyen de l'en détourner. Je l'écoutais d'une oreille tout en buvant mon café. D'un côté, je pleurais sur Ralph en espérant que pour une fois Eli se trompait… mais non : Eli ne se trompait *jamais*. De l'autre, il titillait mon imagination avec ses histoires de trésors enfouis.

– Vous me prenez pour Ali Baba. Il ne me manque plus que le mot magique qui ouvre la caverne : abracadabra !

– Non : « Eli Bertram », a-t-il répliqué avec modestie. Seulement voilà : attention aux quarante voleurs.

Décidément, cet autocrate était à la fois retors et attentionné. C'était ça, Eli : pour certains, un ami loyal ; pour d'autres, un ennemi acharné. D'ailleurs, dans la City, il était tantôt très aimé, tantôt cordialement détesté. Quoi qu'il en soit, je ne supportais pas d'avoir été épiée. Il fallait que je quitte la banque. Je démissionnerais dès mon retour d'Afrique du Sud.

– Quand vous nous reviendrez l'O.P.A. sur Sidor ne sera plus d'actualité, a poursuivi Eli avec un petit sourire d'autosatisfaction. Vous aurez oublié Dorrington et tout recommencera comme avant. Un mois au soleil vous fera le plus grand bien.

3.

« Un déjeuner d'adieu », m'avait proposé Ralph. En suivant le serveur vers notre table entre les nappes en vichy bleu et blanc, je réfléchissais à l'ambiguïté de la formule. Faisait-elle allusion à mon imminent départ pour l'Afrique du Sud ? Nous nous retrouvions souvent dans ce petit restaurant proche de la Tamise. Ce jour-là il était presque complet, et il ne m'a pas échappé que plusieurs femmes lorgnaient au passage mon tailleur Chanel émeraude.

– Bonjour, Ralph. J'espère que je ne t'ai pas fait attendre.

Jusque-là, tout allait bien.

Ralph s'est levé. Le sourire qu'il réservait d'habitude à la clientèle a vite cédé la place à une sympathie feinte. Il s'apprêtait à formuler regrets et condoléances ; on aurait dit un figurant payé pour compatir à l'enterrement d'un défunt dont il ignorait tout. Il respirait l'hypocrisie. C'était évident dans sa manière de pencher la tête de côté, et mon impression s'est confirmée quand il a pris ma main dans les siennes. Il y avait dans cette solennité feinte une nuance de triomphe très révélatrice. Il était impatient de prendre sa revanche.

Pourquoi ? Parce que je ne l'avais pas hissé sur un piédestal ? Les hommes avaient l'ego tellement fragile… il fallait sans cesse leur injecter une bonne dose d'admiration. Il suffisait de les laisser pérorer toute la soirée pour paraître fascinante à leurs yeux. Mais qu'on se révèle meilleure qu'eux dans un domaine ou un autre, et ils nous enfonçaient. Or, l'adoration muette, ce n'était pas mon genre.

Eli avait donc raison, me suis-je dit en prenant place à table. Un pincement douloureux, vite chassé par de l'irritation face à ma propre bêtise. Ralph s'est plongé dans la carte des vins, moi dans le menu. Et j'ai attendu.

Il avait payé ses études en travaillant comme mannequin, ce qui n'avait pas été très difficile vu son allure « chic », très mode : cheveux châtains artistiquement décoiffés par le vent, pupilles vives et empreintes d'une candeur toute britannique, traits bien dessinés, sourire conquérant... Il était ceinture noire de karaté et se maintenait en forme. Au bureau, il projetait une image pleine d'assurance qui mystifiait ses collègues. Tout le monde y croyait. Il jouait à la perfection son rôle de banquier, mais il était incapable d'imaginer qu'il pût avoir tort en quoi que ce soit et ses résultats en souffraient. Il ne réfléchissait jamais à deux fois, ne rapportait jamais de travail chez lui.

Le sommelier a fait son apparition. Ralph a passé commande avec affectation, puis reporté son attention sur moi.

– Tu es très en beauté.

J'ai sèchement hoché la tête. Je me rendais compte, mais un peu tard, de ce que j'avais perdu : avec lui je me sentais désirée, je me sentais femme. Il allait me manquer. Ce séjour à l'étranger serait peut-être l'occasion de faire longuement et impitoyablement le point sur moi-même.

– Écoute, Ralph. Les nouvelles sont mauvaises et je le regrette. Eli m'a annoncé hier qu'il te licenciait à cause du ratage des assurances Sherborne et de cette histoire d'abus de confiance dans l'affaire de la marina aux Bahamas. D'après lui, tu aurais dû voir venir le coup. Je lui ai demandé un délai de grâce de deux mois pour te donner le temps de démissionner, il est d'accord. Cela te permettra de prendre un nouveau départ et de sauver la face. Tu peux dire aux gens que tu t'en vas parce que... eh bien, parce que Diana travaille pour moi.

Un long silence que j'ai décidé de ne pas rompre. Ralph a craqué le premier. Il a tapé du poing sur la table et les couverts ont tinté.

– Alors tu es au courant, pour elle et moi. Nom de nom, tout devient clair ! Garce ! C'est bien les femmes, tiens !

– Tu te trompes, Ralph. J'étais moi-même sur le point de t'appeler.

Comment lui dire que, contrairement à ce qu'il croyait, je le protégeais depuis des semaines ? Pouvais-je tomber si bas ?

– Il y a longtemps que je te couvre. Dans l'une comme dans l'autre affaire. Malheureusement, Eli a découvert le pot aux roses.

– Eh bien, comme ça, tu seras dispensée de jouer les protectrices.

J'ai inspiré profondément. Comment faisait-il pour conserver cet air vertueux, pour se comporter comme si j'étais, *moi,* dans mon tort ? Bah, inutile de discuter : Ralph ne croyait jamais que ce qu'il avait envie de croire. D'ailleurs, cela faisait de lui un gestionnaire d'actifs particulièrement dangereux.

– Si on commandait ? a-t-il marmonné entre ses dents.

– Une salade niçoise et de l'eau, pour moi.

– Comme d'habitude, quoi. Je vois que même en temps de crise, tu ne relâches pas la pression. Pas étonnant qu'on te surnomme la Vierge de glace.

Tiens donc ! Qui ça, « on » ?

– De quelle crise parles-tu ?

Là, il a bronché. « Bon sang, Nina !... » Tout à coup, il ne trouvait plus ses mots. Mon silence le désarçonnait.

– Diana et moi allons nous marier, m'a-t-il jeté à la face, dans un accès de dépit rageur. Elle est enceinte. Tu n'appelles pas ça une crise, toi ?

– Pour toi peut-être, mais pour elle ? Elle qui est bête, grosse et moche ?

J'avais parlé trop fort ; des têtes se sont tournées à la table voisine. J'ai rougi.

– Elle fera une bonne épouse. – Manifestement, Ralph prenait plaisir à sa propre cruauté. – Je n'aurai rien à craindre d'elle ; au moins elle ne me fera pas concurrence. Je n'aurai pas à faire mes preuves tous les soirs. Avec toi, il n'y avait qu'au lit que je pouvais être en position dominante. Et j'ai failli y laisser ma peau tellement je me suis accroché à ce petit avantage.

En un clin d'œil mille souvenirs précieux se sont évanouis dans un déluge de honte. Juste le temps de verser une larme sur la perfection de son physique. Les hommes n'aimaient pas les femmes qui réussissaient. Ils ne supportaient pas d'être surpassés. Ou bien Ralph était-il une exception ?

– Elle au moins se fera toujours une haute idée de moi. Ne te culpabilise pas, a-t-il ajouté, paternaliste. Je ne me sens pas capable d'épouser un des plus puissants financiers de la City.

– Je n'ai pas le souvenir de t'avoir demandé de m'épouser. Tu étais un bon amant, voilà tout.

Je mentais, mais il m'a crue et s'est empourpré.

– Tu n'as besoin de personne, Nina. Tu n'as *jamais* eu besoin de personne. Et c'est là tout le problème. J'aurais dû t'annoncer la nouvelle plus tôt, je le reconnais. Est-ce que Diana... ? – Le même air faux se lisait à nouveau sur son visage. – Diana et moi...

Il s'est interrompu.

Diana et moi. Tout était dans ces trois mots, mais il a quand même tenu à me dire ce qu'il aimait tant chez elle.

– Quand je lui fais de la peine, elle pleure ; alors je m'en veux à mort. Toi, tu sors l'artillerie lourde. Un missile pour abattre un moustique. Il faut toujours que ce soit toi qui gagnes.

– Je bois à votre mariage.

J'ai levé mon verre, avalé une gorgée de vin... et laissé échapper un hoquet. Ce n'était vraiment pas le moment ! J'ai pressé ma serviette contre mes lèvres, étouffant par la même occasion ma fureur contenue. Une révélation digne des grands mystiques venait de me frapper de plein fouet. Puisque les hommes comme Ralph ne voulaient pas d'une femme plus futée qu'eux, pourquoi m'avait-il fréquentée *moi* ? Pour assurer ses arrières à la banque ? Et quand, au juste, avait-il trouvé le temps de séduire Diana ? Je me suis rappelé son emploi du temps serré : karaté les lundi et mercredi, squash le mardi et le jeudi, jogging le weekend. Or il commençait à prendre du ventre, ce qui aurait dû m'alerter.

– Tu t'empâtes. Ça aurait dû me mettre la puce à l'oreille.

– Ne fais pas ta langue de vipère avec moi, Nina.

Combien de fois cette pique m'avait-elle cloué le bec ? Pourquoi l'avais-je chaque fois laissée passer ? Décidément, ce tête-à-tête était une perte de temps. Nous n'avions plus rien à nous dire. Je me suis levée sans bruit.

– Ralph, tu es un faux cul. Tu as été malhonnête avec moi, mais après tout, quelle importance ? Je voudrais seulement que tu cesses d'être malhonnête avec toi-même. Tu crois trop aux âneries réconfortantes que tu te serines. Eli te licencie parce que tu as commis trop d'erreurs, point final. Regarde un peu la réalité en face. Adieu, Ralph.

Avec ça, je faisais une sortie digne, sans la moindre fausse note. Qu'est-ce qui m'a pris de tout gâcher ?

Car je suis revenue déclarer en lui posant une main sur l'épaule :

– Sans rancune, allez. Quittons-nous bons amis. Tu m'as donné la sensation d'être une femme et on a passé d'agréables moments ensemble. Alors merci et bonne chance.

Dans ses yeux a brillé une lueur que j'ai bêtement prise pour de l'affection.

– Mais voyons, Nina ! Donner l'illusion que tu es une femme serait une tâche herculéenne. À long terme, jamais je n'aurais tenu le coup.

Et c'est là que je lui ai balancé son verre de vin à la figure.

A posteriori, ç'aurait pu être bien pire. La scène aurait pu se dérouler dans un restaurant très en vogue.

4.

Je me suis envolée par une soirée de décembre pluvieuse et ventée. En prenant ma place dans la file de passagers qui se dirigeait vers l'avion, j'ai ressenti un frisson d'excitation à l'idée de m'embarquer pour des rivages inconnus. Je me réjouissais de quitter l'Angleterre, sa presse et son climat.

Au moment de boucler ma ceinture, j'ai repensé aux adieux faits avant de partir. Le week-end précédent avait été un véritable désastre. J'étais allée à Édimbourg rendre visite à ma mère et à son troisième mari, John. Peu désireuse de résider chez eux, j'étais descendue au *Mount Royal Hotel,* dans Princes Street, et je leur avais donné rendez-vous au restaurant le soir à sept heures. Sachant ma mère toujours en retard, je m'étais munie d'un magazine ; tout de même, au bout d'une heure d'attente je commençais à me demander ce qui leur était arrivé. Mais enfin j'ai capté une bouffée de Chanel n° 5, un frou-frou de nylon et un cliquetis de talons aiguilles.

Ma mère usait très largement des accessoires – écharpes en mousseline, parfums, bijoux. Elle était superbe, avec son tailleur Versace bleu pastel et son chemisier en soie blanche. Elle faisait encore tourner des têtes sur son passage. Elle avait toujours été belle, mais mon Dieu, au prix de quels sacrifices conservait-elle cette silhouette de lycéenne, ce teint juvénile, cette chevelure roux sombre sans la plus petite trace de gris, cette gorge lisse ! L'effort de planification qui sous-tendait sa stratégie de survie aurait suffi à faire tourner une P.M.E. Tiens ! J'aiguisais déjà mes griffes… Pourquoi ?

J'ai aussitôt eu la réponse :

– Ma chérie, tu as l'air bien fatiguée. – Elle a fait un pas en arrière, penché la tête sur le côté et affecté une jolie moue enfantine. – Tu n'aurais pas un peu grossi ?

– Mais non.

Devant sa taille menue, sa féminité exacerbée, je m'étais toujours sentie trop grande. Elle a délicatement enserré mon visage dans ses petites mains avant de déposer un immatériel baiser sur mes joues. Ses cheveux m'ont chatouillé les narines et j'ai réprimé un éternuement, ce qui m'a fait monter les larmes aux yeux. John restait à distance. C'était un homme à la carrure impressionnante, aux gestes empruntés et au teint rougeaud qui, dans sa jeunesse, avait dû souffrir d'une virulente acné.

– Si on passait tout de suite à table ? – J'ai pris ma mère par le bras. – Par ici.

– Ne nous fais pas languir, Nina. Dis-nous vite quand Ralph et toi allez vous marier. On meurt d'envie de le savoir. Et comment va-t-il, ce cher petit ?

– Nous avons rompu. Il s'envoyait ma secrétaire.

Dans un silence interminable et fort embarrassé, nous avons gagné la table qui nous était réservée.

– J'ai toujours su ce que ce n'était pas un homme pour toi, a courageusement soufflé ma mère tout en s'asseyant.

Là, elle m'a surprise. Peut-être n'allait-elle pas s'acharner sur mon cas, après tout...

– Le problème, c'est qu'il travaillait pour toi. Il faut avouer que parfois, tu peux être drôlement autoritaire, très intimidante. À cause de ton intelligence, évidemment. Aucune femme ne devrait être pourvue d'un cerveau pareil. Il était déjà très difficile de vivre avec ton père, et c'était un homme.

Pas assez pour toi, apparemment. Surtout après son accident. Mais ce jugement implacable, je l'ai gardé pour moi.

– C'est du passé, maman. N'en parlons plus. Si on commandait le vin ?

John a éclaté d'un rire tonitruant.

– Relax, Rebecca. Si Nina voulait un mari, elle s'en trouverait un. – Il a refermé sa grosse poigne rouge sur ma main. – Elle est encore plus jolie qu'avant, tu n'as pas remarqué ? Tout à fait toi, en plus jeune et plus fraîche, bien sûr.

Voilà qui devait faire diablement mal. Mais ma mère savait encaisser les châtiments mérités. John était un type fantasque, trop gâté, difficile à vivre, qui avait besoin d'elle mais lui en voulait terriblement d'avoir vieilli. Il l'en punissait en se montrant aguicheur avec moi. Elle se vengerait tôt ou tard. Je m'en tenais à la plus stricte neutralité, mais je prévoyais la suite du scénario, jusqu'à la dernière ligne.

– Tu sais, Nina, l'approche de la trentaine n'est pas la fin du monde. Bon, ce type t'a plaquée, mais tôt ou tard tu rencontreras le Prince Charmant. J'ai déjà vu des femmes se dégotter un mari *après* trente ans.

Peut-être qu'elle ne m'aime pas, en fin de compte, ai-je songé pour la première fois de ma vie. J'ai saisi mon verre de vin avec une telle brusquerie que j'ai répandu quelques gouttes sur la nappe.

– Ah, zut ! – Pourquoi me laissais-je à ce point entamer par elle ? – Toi et moi, on vit dans deux mondes différents, maman. Mon but dans la vie est de faire des bénéfices, pas de me trouver un mari.

– Ah ? Mais tu as toujours tes règles, quand même ? Ou bien tu te contentes de bilans financiers ?

Elle ne manquait pas de cran, mais la peine que lui avait causée la fourberie de John couvait encore dans ses yeux. Je ne pouvais décemment pas la blesser davantage en rendant coup pour coup. J'ai opté pour la capitulation sans conditions et encaissé stoïquement ses assauts répétés, ses feintes, ses ripostes, ses estocades. Enfin, vers dix heures, après un long monologue sur la mode, elle m'a porté le coup de grâce.

– Tu n'as pas ri une seule fois de la soirée, Nina. Certes, tu n'as jamais eu beaucoup d'humour, mais ce travail dans la City t'a rendue terriblement terne. Heureusement que tu t'en éloignes quelque temps.

Elle s'est levée en repoussant sa chaise.

Je l'ai imitée et j'ai marmonné quelques paroles d'adieu.

Un à zéro. Le lendemain matin, j'ai repris l'avion pour aller voir mon père.

À mon arrivée je l'ai trouvé dans son atelier, devant son chevalet. Il m'a lancé un bref regard rusé par-dessus son épaule avant de se retourner vers sa toile.

– Il était inutile de faire tout ce chemin, mais c'est gentil d'être venue, a-t-il déclaré sur son ton habituel, à la fois inexpressif et cassant.

Mon père peignait la faune locale, principalement des oiseaux, mais le résultat était sans vie, comme les bêtes naturalisées qu'il prenait pour modèles. Lui-même avait l'air bien triste. Ses rares cheveux gris étaient tout décoiffés, son long visage osseux plus décharné que jamais. Ses yeux vifs profondément enfoncés dans les ombres brunes de ses orbites dardaient des regards de chouette mélancolique. On avait du mal à reconnaître en lui le commandant Charles Olgivie, décoré des plus hautes distinctions de la marine et de l'aviation et, en son temps, presque une légende des Services secrets britanniques.

À l'exception d'Angela Joyce, la gouvernante, et de son époux Trevor, qui habitaient une dépendance du manoir, il vivait seul et se renfermait de plus en plus sur lui-même. Dans la maison, une odeur de poussière, d'humidité et de désespoir se mêlait à la puanteur de la naphtaline. Un bref passage dans la cuisine a confirmé mes craintes : il n'y avait plus rien à manger.

Mon père n'était tout de même pas à court d'argent ! Je savais qu'il avait investi un petit héritage en bourse. Et il possédait tout de même deux cents hectares de terres fermières, dont il louait une partie à des agriculteurs. À cela, il fallait ajouter un bon cheptel de bétail reproducteur et, bien sûr, sa pension. Peut-être avait-il tout perdu dans la faillite de la Lloyds, lui aussi ?

– Papa, je gagne plus que je ne peux dépenser. Est-ce qu'il te manque quoi que ce soit ?

– Bien sûr que non, voyons.

– Pourtant, je ne vois pas Mrs Joyce.

– La grippe.

– Le réfrigérateur et les placards sont vides. Je vais m'en occuper. Je peux emprunter ta voiture ?

– Ne t'en fais pas pour ça. Mrs Joyce revient demain. Et si j'avais besoin de quelque chose d'ici là, j'enverrais Trevor. Il est quelque part par là.

– Papa, pourquoi ne pas venir habiter chez moi ?

– Je ne supporte pas Londres.

– On n'y est pas si mal. Ça a des bons côtés, tu sais. J'ai un bel appartement en terrasse dans un quartier agréable, avec vue sur un parc aux massifs splendides. On se croirait à la campagne.

N'obtenant pas de réponse, je suis allée préparer du thé ; une heure durant nous avons bavardé de tout et de rien. C'est seulement en prenant congé que j'ai parlé de Ralph.

– Je fréquentais quelqu'un – un collègue de travail. Drôle, séduisant aussi. Je croyais que c'était du solide, mais manifestement, il n'était pas heureux. Il m'a plaquée pour ma secrétaire. Alors je ne suis pas fâchée de prendre le large un moment. Eli l'a renvoyé pour incompétence, mais Ralph a cru que j'y étais pour quelque chose. Il va me manquer.

– Il t'a rendu un fier service, a commenté mon père d'un ton posé, précis.

Plus tard, comme Trevor m'attendait dans la voiture pour me reconduire à l'aéroport, j'ai embrassé mon père. J'aurais voulu le serrer dans mes bras, mais il ne s'est pas arrêté de peindre et j'ai eu peur de faire dévier son pinceau.

– Bon, eh bien…

– Prends soin de toi, a-t-il conclu.

Et ce fut tout.

Le signal sonore a retenti au moment où l'avion faisait une brusque embardée. J'avais réglé mon réveil sur quatre heures, pour pouvoir faire un peu de toilette avant tout le monde, aussi n'étais-je pas pressée de libérer la place. *Regagnez votre siège et attachez votre ceinture de sécurité,* ai-je lu en lettres lumineuses au-dessus du minuscule lavabo. Quelques secondes plus tard l'appareil s'est mis à tanguer et mes produits de beauté se sont éparpillés par terre. Je me suis contemplée dans la glace. Un visage mince aux grands yeux étonnés, rougis et gonflés m'a renvoyé mon regard.

J'ai rassemblé mes affaires et regagné mon siège en me faufilant entre les hôtesses d'un pas mal assuré. La nuit m'a paru interminable, bien qu'on ait fini par rallumer les lumières. Un steward frais et souriant est sorti du galley pour distribuer du jus d'orange. Le petit déjeuner m'a mise d'un peu meilleure humeur, et nous sommes descendus en décrivant des cercles audessus du Cap et de la baie de la Table.

5.

Au débouché de la passerelle j'ai failli être renversée par une rafale de vent – ce vent caractéristique du Cap que les gens d'ici appellent « Sou'easter ». Ce n'était pas de la rigolade. Je me suis accrochée à ma petite valise et j'ai fait de mon mieux pour avancer vers le contrôle des passeports. Puis j'ai trouvé un chariot, récupéré mes bagages et pris le chemin de la sortie, un peu étonnée que tout fût si simple. Les portes vitrées se sont ouvertes devant moi et je me suis hâtée de les franchir.

– Par ici, Nina. Je suis Bernard Fortune, votre hôte. Et aussi votre ami, bien entendu. Appelez-moi Bernie. Je vous présente mon épouse, Joy. La presse a eu vent de votre arrivée, mais la direction de l'aéroport nous a réservé une salle. Suivez-moi.

Il s'est emparé de mon chariot.

Alors ça !

– Dans ce cas, bonjour !

Voilà donc le représentant d'Eli. Je l'ai scruté avec attention : teint olivâtre, taille moyenne, musculature surdéveloppée – probablement par l'haltérophilie –, corps uniformément velu exception faite d'une calvitie luisante, sourcils broussailleux dissimulant des yeux bruns expressifs au regard prédateur. Un homme dont il fallait se garder. Un homme qui devait piétiner sans pitié ceux qui cherchaient à lui barrer la route.

– Désolé qu'on ne vous ait pas prévenue, a repris Bernie, mais votre présence a une grande importance pour nous. Elle nous laisse entrevoir le bout du tunnel. Le monde nous traite en lépreux depuis un demi-siècle et nous en avons assez, je vous le dis. Ces foutus Hollandais, leur heure a sonné ! Ils le savent, nous aussi, et votre action va le démontrer à ceux qui l'ignorent encore.

J'en étais essoufflée à sa place. Pour moi, quand on parle trop c'est pour embrouiller son interlocuteur. Qu'essayait-il de me faire avaler ? En plus, il fallait vraiment être idiot pour présenter à la presse une femme qui vient de passer la nuit dans l'avion. Ça aurait très bien pu attendre le lendemain.

– Qu'est-ce qu'il y a de si pressé ? Je suis là pour un mois, vous savez.

Il a rougi et m'a décoché un sourire désarmant.

– Ici, nous ne perdons pas une minute, Nina. Les enjeux sont trop sérieux.

Sa femme semblait tendue, démesurément anxieuse. Elle portait un tailleur pantalon en velours bleu, et un ruban de la même nuance retenait ses cheveux blond décoloré. Ses yeux étaient bleus, ses traits non dénués de charme et sa silhouette digne d'une anorexique, mais c'était la peau qui péchait : fripée, elle formait des plis sous le menton, s'affaissait autour des yeux, plissait le front et rappelait le cou plumé d'un poulet. Ma mère aurait pu lui dire qu'un bon chirurgien esthétique aurait aisément remédié à tout cela.

« La presse » se résumait en réalité à deux messieurs fatigués et trois jeunes femmes. Je me suis glissée derrière le bureau, entre Bernie et Joy.

– Je vous présente Nina Olgivie, dont vous êtes venus faire la connaissance, a entamé Bernie sur un ton mielleux. Comme je vous l'ai annoncé, Nina est à Londres l'actuel petit génie de la finance.

Je lui ai jeté un coup d'œil désapprobateur, mais il prenait bien soin d'éviter mon regard. « Comme elle a passé toute la nuit dans l'avion, je vous prierais d'être brefs et concis. »

Au début, les questions ne se sont pas bousculées, mais au bout de dix minutes, je n'en voyais plus la fin. « Bon, ça suffit. Je m'en vais. » Je me suis dirigée vers la porte.

– Comment faites-vous, en tant que femme, pour évoluer dans cet univers exclusivement masculin ? a lancé une voix féminine dans mon dos.

Je me suis retournée avec sur les lèvres une verte réplique, mais je me suis retenue en découvrant la fragilité et le jeune âge de la journaliste. *Nous vivons toutes dans un univers masculin depuis dix mille ans, non ?* ai-je médité. *Alors c'est vrai, comment je fais ? Je les bats à leur propre jeu, sans doute.*

J'ai levé la main en souriant. J'avais décrété que cela suffisait, je ne reviendrais pas là-dessus.

On m'a fait monter dans une B.M.W. série 7 étincelante et présentée à un Noir colossal, aux yeux bridés et à la barbiche pointue, vêtu d'un uniforme trop petit pour lui.

– Voici César, notre chauffeur. Il vous emmènera partout où il vous plaira, a déclaré Bernie sans même lui accorder un regard.

– Bonjour, César.

Je lui ai tendu la main. Il m'a considérée d'un air stupéfait.

Tandis que nous nous faufilions au milieu de la circulation, Bernie a posé une main chaude sur mon genou.

– Bien joué ! Vous avez été géniale. Le père Eli a bien de la chance de vous avoir.

Je savais pertinemment qu'Eli et Bernie n'étaient pas proches à ce point. Cette grossière flatterie m'a fait bouillir de colère et j'ai repoussé sa main en espérant que Joy ne s'était aperçue de rien.

Nous avons bientôt traversé des bidonvilles extrêmement déprimants, des kilomètres et des kilomètres de baraques en tôle sordides et surpeuplées.

– Le dernier en date de nos lotissements improvisés, a commenté Bernie avec un soupçon d'amertume. Chaque chef de famille possède au moins un champ, quelques vaches et un carré de millet dans son *homeland,* mais ça ne les empêche pas d'affluer vers les villes où il n'y a pas assez de travail pour eux tous.

J'ai opté pour l'absence de commentaire. Après tout, je n'étais pas d'ici.

Nous avons laissé les taudis derrière nous pour filer vers des quartiers plus souriants. Bientôt nous avons pénétré dans une zone qui aurait pu se trouver sur une autre planète : avenues bordées de chênes, demeures excentriques, hectares entiers de pelouses manucurées, buissons de fleurs aux couleurs éclatantes, et toutes les architectures – suédoise, espagnole, marocaine, XVIIIe anglais ou hollandais... Le seul point commun de toutes ces maisons était leur luxe.

– Voici Constantia ; chez nous, m'a annoncé Joy d'un ton légèrement suffisant. Vous voyez cette maison, là-bas ? C'est celle de lord et lady Melcroix. Et ce mur rose, là, entre les arbres... ?

Joy avait manifestement un faible pour les titres de noblesse. À l'en croire, la moitié de la bonne société britannique s'était ménagé ici une place au soleil. Nous nous sommes engagés dans l'allée menant à une imposante hacienda aux pelouses impeccables, flanquée d'une piscine de dimensions olympiques. César est descendu m'ouvrir la portière.

– César, cette dame a fait neuf mille kilomètres pour venir nous voir, alors prenez bien soin d'elle. Rendez-vous à l'heure du dîner, Nina. – Bernie m'a gratifiée d'un sourire onctueux. – Joy vous accompagnera dans les magasins, ce genre de choses.

Un hochement de tête empreint de froideur à l'adresse de sa femme.

– Je vois que vous avez du mal à vous adapter au XXe siècle, Bernie, mais je vous saurais gré de ne pas me traiter en épouse de collègue en visite. Le collègue, c'est moi, d'accord ? Je ne suis pas là pour faire les magasins.

– Nina, Nina... Avant toute chose il vous faudra rencontrer « socialement » vos interlocuteurs – dans un cadre autre que celui de votre mission. Ce sont des choses qui se font, ici. Demain matin à la première heure, par exemple, nous partons pour la réserve de chasse de Timbavati. Tous les gens qui comptent pour vous seront là, détendus et prêts à sympathiser. – Il a froncé les sourcils, puis j'ai eu droit à un sourire désarmant, mais je voyais bien qu'il était furieux. – Alors il faut s'adapter aux mœurs locales, Nina. Nous avons donc invité à dîner quelques personnalités triées sur le volet ; prenez la journée pour ne penser qu'à vous. Si je vous proposais cela, c'est que vous aurez des achats à faire : une chemise et un short kaki, un chapeau de brousse, des bottes solides. Mettez tout ça sur ma note. Tout le plaisir est pour moi.

La voiture est repartie en l'emportant, me laissant écumante de rage.

6.

– Dîner à sept heures, avait annoncé Bernie.

Ne sachant comment on s'habillait dans ces contrées, j'ai préféré ne pas prendre de risques et opter pour une robe du soir noire. La chaleur moite puis la douche avaient transformé mes cheveux en une masse crépue inexploitable, et mon visage restait légèrement bouffi par le long trajet en avion. J'ai noué une écharpe en mousseline sur ma tête et complété le tableau par une parure collier-boucles d'oreilles en perles.

Manifestement Bernie m'attendait.

– Venez, m'a-t-il intimé en me propulsant d'une main ferme vers la source du brouhaha. Vous êtes en retard. Allez, en piste.

Le grand salon m'a arraché un demi-sourire ironique ; la décoration clamait haut et fort que le bien nommé couple Fortune avait réussi dans la vie : murs lambrissés, tapis persans, sol en marbre veiné, tableaux anciens à cadre doré… Joy papillonnait dans un fourreau en soie bleu nuit ; couverte de bijoux, elle jouait les hôtesses du grand monde avec une compétence enviable.

Un rapide regard circulaire m'a confirmé que toutes les épouses étaient jolies et qu'aucune n'avait plus de vingt-cinq ans. Elles venaient en deuxième ou troisième position dans la carrière conjugale de leurs bedonnants maris, c'était évident. Joy détonnait comme un pied de chiendent dans une roseraie, le côté pathétique en plus, mais se raccrochait obstinément à l'illusion de paraître jeune et séduisante.

– Regardez-les, m'a dit Bernie en battant des paupières et en posant sur ses invités un regard affectueux. Drôlement moches, pour la plupart, mais comme amis il n'y a pas mieux. Ça remonte loin, entre eux et moi. Et à eux tous, ils pèsent plusieurs milliards.

Quant aux invitées, à ses yeux elles n'étaient apparemment que de simples accessoires. Un domestique tout de blanc vêtu, ganté et les reins enserrés dans une large ceinture à l'indienne, est venu nous présenter un plateau en argent chargé de verres de cocktail. J'en ai pris un et, à ma grande surprise, reconnu César qui, la dernière fois que je l'avais vu, arrachait les mauvaises herbes en short kaki dans le jardin.

– Merci, César. Je vois qu'il a plusieurs cordes à son arc, ai-je commenté à l'intention de Bernie.

Celui-ci s'est empourpré.

– Avant de critiquer, apprenez donc à découvrir notre pays, Nina.

Je lui ai concédé ce point de mauvaise grâce. Il m'a saisie par le bras pour me faire faire le tour des invités.

– Nina, je vous présente Théo Hamilton, propriétaire de plusieurs mines de diamant, a-t-il babillé gaiement. Salut, Théo ; voici Nina, petite merveille de la City, seule femme au monde à porter ce titre. Use de tes charmes, mon vieux.

– Bonjour, Théo. – J'ai tendu la main. – Mais je ne suis pas sensible au charme. Seulement aux bénéfices.

Si Bernie était une andouille, indifférent à tout, Théo a aussitôt ouvert en grand le robinet à séduction. On aurait dit un gladiateur vieillissant revu et corrigé par Hollywood.

– Bernie et moi, on se connaît depuis des dizaines d'années. Sous la carapace un peu rugueuse, croyez-moi, Nina, il y a un brave type.

Les congratulations se sont arrêtées net : déjà Bernie m'entraînait vers le petit groupe voisin.

– Et lui, c'est Steve Watson, qui a fait fortune dans le pétrole texan.

L'interpellé a courbé sa silhouette dégingandée pour me saluer ; ses yeux perçants, cupides, ne laissaient aucun doute sur ses facultés intellectuelles.

– Arrête un peu avec ça, Bernie, a grommelé Steve – mais en vain.

– Steve possède une dizaine de mines et une flottille de jets privés. Il pèse dix millions de dollars au bas mot.

– Pour Nina, nous ne sommes que de pauvres plébéiens, avec les milliards qu'elle brasse quotidiennement. N'est-ce pas ?

Steve m'a regardée en hochant la tête d'un air entendu. L'irritation me pétrifiait sur place.

– Qui se sent morveux se mouche, Steve !

Bernie m'a une nouvelle fois entraînée.

Joshua van der Walt, P.-D.G. de la plus grosse banque 100 % sud-africaine, a écouté pérorer Bernie en affectant des poses de monarque, puis écrasé ma main dans sa grosse patte.

– Enchanté, a-t-il dit tout bas.

– Lui, il vaut un million de *rands*, a annoncé Bernie en affectant un aparté tout théâtral.

Nous avons poursuivi notre chemin. Ça n'en finissait plus... Ensuite il y a eu David McFarlane qui, avec sa bedaine et sa tête massive posée sur des épaules carrées, achetait et revendait des mines et des unités de production d'équipements miniers, m'a expliqué Bernie – à portée d'oreille de l'intéressé, naturellement.

– Ne vous laissez pas impressionner par les propos de Bernie. En fait, je ne suis qu'une espèce de super-représentant de commerce. Comme nous tous, d'ailleurs.

– Mais j'en ai parfaitement conscience.

À la faveur d'un regard de côté, j'ai vu que David s'amusait de ma réponse. Il m'a lancé un clin d'œil et tout à coup, il m'a plu. En voilà un qui ne donnerait plus dans le paternalisme avec moi ; de toute façon, il était probablement inoffensif. Pour un homme habitué à traiter avec des hommes, une femme ne pouvait qu'être une « petite dame ». J'ai hasardé un sourire ; il a attiré son épouse à lui.

– Chérie, viens que je te présente Nina. Vous allez être très copines, toutes les deux, vous verrez.

La nouvelle épouse de David, Sophia, était parée comme pour un mariage princier, avec sa tiare en diamants rehaussée par un fourreau noir.

– Enchantée, ma chère.

Elle a fait mine de m'embrasser sur les joues avant de me tourner le dos.

Décidément, ce cocktail était moins bénin que sa fadeur pouvait le laisser croire. La combinaison de la chaleur et de l'alcool provoquait l'apparition de taches rouges sur mes bras. Je n'osais pas imaginer ce qu'il en était de mon visage. Je sentais avec inquiétude la transpiration perler entre mes omoplates et sous mes aisselles.

Bernie m'a poussée vers un nouvel inconnu en s'exprimant un ton plus bas – je ne savais pourquoi. « Maintenant, je vais vous présenter à Wolf Möller. On prétend qu'il est en train d'amasser une fortune en important du pétrole au mépris des sanctions économiques. Mais personne n'est vraiment sûr de rien. On dit aussi qu'il a des relations très haut placées. En fait, on ne sait pas très bien à quoi s'en tenir à son propos. »

J'ai plongé mon regard dans des yeux bleu sombre entourés de mille petites rides d'expression. L'homme était charmant et je me suis attardée sur son sourire juvénile. Ses cheveux châtains étaient coupés très court. Il pouvait avoir trente-cinq ans. Il irradiait la gentillesse et l'humour et j'ai eu l'impression d'avoir trouvé un allié en plein territoire ennemi.

Comme Bernie entreprenait de résumer ma mission, Wolf Möller m'a prise par le bras.

– Vous mettez Miss Olgivie dans l'embarras, et de toute façon, j'ai déjà lu tout ça dans les journaux. Comme tout le monde, non ? Puis-je vous l'emprunter quelques instants ?

Sur ces mots, il a tourné le dos à un Bernie stupéfait et m'a guidée vers la terrasse ouvrant sur le jardin.

– Ouf ! Si vous saviez comme je vous suis reconnaissante !

– Bernie en fait toujours trop. – Puis il s'est interrompu et, du bout des doigts, il a exercé un pression sur mon bras. – Écoutez ! Un canari du Cap... On en entend rarement.

Nous avons prêté l'oreille au mélodieux gazouillis de l'oiseau. Je sentais très nettement l'après-rasage de mon nouvel ami, dont il m'a semblé que le regard, fixé sur le bosquet voisin, s'assombrissait. En l'espace de quelques minutes le crépuscule a basculé du côté de la nuit et le canari s'est tu.

– Voulez-vous que nous descendions jusqu'à la piscine, miss Olgivie ? Il y fait plus frais. – Il a renversé le contenu de mon verre dans l'herbe. – Je viens d'assassiner un carré de pelouse ! Un gloussement. J'ai demandé la composition du cocktail à l'obséquieux esclave des Fortune : aquavit, champagne, cognac, tequila, jus d'orange... Je vous conseille vivement de vous en tenir au jus de fruits jusqu'à ce que la température baisse !

Pendant que nous nous dirigions un peu à l'écart sous les derniers feux du couchant, je me suis interrogée sur son accent. Allemand, avec des traces de séjour prolongé en Amérique, certes, mais il y avait autre chose.

– Pas étonnant que j'aie la tête qui tourne. Et puis, il fait tellement chaud ! Est-ce normal pour la saison ?

– Plutôt inhabituel au Cap, mais plus au nord, les soirées sont toujours aussi exotiques. Ce sont des nuits à aller pêcher en mer à bord de petits bateaux, à faire de la plongée ou de la randonnée en montagne, à faire l'amour, à danser pieds nus dans le sable, à tout ce qu'on veut, en fait, sauf s'entasser dans un salon sans air plein de *nouveaux riches** en sueur. Je commençais à regretter d'être venu ; puis je vous ai vue et j'ai changé d'avis. Vous incarnez un phénomène rare : une femme à la beauté parfaite.

– Eh là ! Doucement ! Laissez-moi voir plus clair dans vos manœuvres d'approche. Par exemple, vous connaissez bien l'Afrique du Sud ?

Décidément, il riait souvent. D'un rire de gorge, sensuel, à la fois intime et un peu étrange.

– Est-il vraiment possible de bien connaître ce pays ? Très franchement, je ne le pense pas. Même moi qui ai une longue expérience du continent africain, je suis toujours étonné par ses excès. J'adore et je redoute l'Afrique tout à la fois. À l'image de ses virus, une fois qu'on l'a dans le sang, on ne peut plus s'en débarrasser.

– Poursuivons. Le Cap est un bon endroit pour la plongée sous-marine ?

– Pas vraiment, non. L'eau est trop froide. Il faut aller plus au nord, sur la côte du Pacifique.

– Vous savez, je n'avais pas entendu l'expression *nouveau riche** depuis un vague flirt avec le communisme quand j'étais étu-

* Les mots ou expressions suivis d'un astérisque sont en français dans le texte *(N.d.T.)*.

diante. Ce qui situe vos origines en Europe de l'Est, et plutôt du côté de l'aristocratie. Je me trompe ?

Il s'est renfrogné.

– Je suis allemand. Vous y voyez une objection ?

– Pourquoi, je devrais ?

– Peut-être, oui.

Un lourd silence s'est abattu sur nous. Möller a fini par lâcher :

– Je trouve vos omissions plus intéressantes que vos interrogations.

Pas question que je me laisse avoir par ce genre de sous-entendu.

– Ce doit être l'heure de dîner.

– Petite futée ! Vous vous jetez sur les bons morceaux comme un pique-bœuf sur le dos de son buffle, et vous esquivez soigneusement ceux qui vous déplaisent – par exemple ma remarque sur votre charme irrésistible ; il faut vous dire que je suis obsédé par la beauté, surtout celle des femmes.

– Nous avons tous nos obsessions, mister Möller. Moi, c'est mon travail. Il me prend tout mon temps.

– Ce n'est qu'une aberration temporaire. Un jour vous rencontrerez un homme qui vous apportera plus de satisfactions que votre travail et vous l'épouserez.

Je ne sais trop comment, la présence de cet homme singulier, conjuguée aux arômes du jardin et à la douceur de la nuit naissante, venait à bout de mes défenses. Je me suis retournée vers la maison, mais il m'a attirée à lui.

– Ne vous enfuyez pas.

– Écoutez, mister Möller. Tout à l'heure, j'étais effectivement très gênée – ce Bernie est à la limite du supportable ; je guettais l'occasion de m'éclipser, vous me l'avez fournie et je vous en remercie. Mais je suis ici pour affaires, alors allons rejoindre les autres.

Il a feint de s'incliner.

– Tout le plaisir est pour moi. C'est bien comme cela qu'on dit chez vous, en Grande-Bretagne, n'est-ce pas ? Sauf que dans ma bouche, c'est sincère.

C'était une pique visant mes concitoyens, mais je n'étais pas d'humeur patriotique ; je me souciais bien plus de le remettre à sa place.

– Bernie s'est africanisé, a poursuivi Möller comme nous regagnions la maison. Dans les sociétés traditionnelles africaines, les hommes qui occupent une place importante louent les services d'un complimenteur professionnel, un *imbongi* censé marcher devant lui en annonçant à la cantonade son degré de richesse et de pouvoir, ainsi que ses bonnes actions et son état de santé. Bernie s'acquitte de cette tâche sans qu'on lui ait rien demandé, et sans rémunération directe. On est cependant en droit de se demander ce qu'il en retirera dans votre cas. Seraient-ce par hasard vos fameux cinquante milliards de fonds de pension qui cherchent à élire domicile ?

J'ai levé sur lui des yeux soupçonneux et l'ironie de son regard ne m'a pas échappé. Puis a retenti un coup de gong, dont le son assourdi, harmonieux, nous est parvenu par bouffées à travers les arbres.

– Vous permettez que je vous appelle Nina ? C'est un prénom ravissant. Certains disent qu'il vient de l'hébreu, auquel cas il signifierait littéralement « petite fille », ou « petite-fille *de* » ; mais en réalité, il dérive d'un très ancien terme babylonien qui voulait dire « déesse des eaux profondes ». Vous le portez très bien.

Que voulait-il dire par là ?

– Vous êtes juif ?

Il a secoué la tête.

– Non, je parle hébreu parce que j'ai travaillé quelque temps à Jérusalem.

J'ai médité sur ce personnage étrange. *Je vous trouve un peu trop suave pour être honnête, monsieur Möller. Et quoi qu'il en soit, je refuse de vous prendre au sérieux.*

Il était rare que je me mente de manière aussi flagrante.

7.

Dix-huit couverts jalonnaient une table en ébène où cristal taillé, argenterie et chandeliers jetaient mille feux sous la lumière des lustres à pendeloques. J'étais placée entre Joshua et David, face à Steve, lui-même flanqué de Sophia. La bisque de homard nous a été servie par trois domestiques noirs gantés de blanc, dont le fidèle César, sous l'œil vigilant d'un maître d'hôtel engagé pour l'occasion. David me harcelait de questions professionnelles.

– Nous exploitons les statistiques, nous nous tenons au courant des tendances du marché, nous tentons de repérer les bénéfices potentiels. C'est à peu près tout.

– C'est un pluriel de majesté ? a tonné Joshua.

– Non, nous travaillons en équipe.

La température atteignait des sommets. Je me surprenais de temps à temps à regarder fixement, en face de moi, un immense tableau représentant une scène très « vieille Angleterre » : une couple de perdrix et un canard sauvage, morts, disposés sur une table. J'en flairais presque la chair putréfiée.

– Dites-moi, Nina, a négligemment jeté Steve. Vous arrive-t-il de recevoir des stock-options de la part de clients reconnaissants ?

– Mais non.

J'ai réprimé un sourire. Ces gens avaient décidément des progrès à faire en matière de subtilité.

– Donc, c'est triste à dire mais vous ne faites que la fortune des autres, a constaté Théo. Vous n'êtes qu'une salariée jouissant de *beaucoup* plus d'influence que la moyenne.

Ils avaient le sens de la repartie et l'esprit d'équipe, je devais l'admettre. J'ai senti les autres invités se crisper autour de la table. Peut-être n'attendaient-ils que ce moment... Il était temps de prendre clairement position.

– Mes efforts ne restent pas sans contrepartie. Je n'ai pas à me plaindre.

Un quart de million de livres sterling par an, voilà qui, en effet, suffisait largement à couvrir mes besoins.

David a saisi la balle au bond.

– Un salaire, c'est bien, mais rien ne vaut un bon capital, vous savez. Un capital, ça permet de bouger. Mais je ne vous apprends rien. Dans ce pays, nous nous y prenons autrement. Nous savons estimer les hommes... enfin, les *personnes* compétentes, à leur juste valeur. Et, peut-être parce que notre expérience en matière financière est limitée, nous savons récompenser les détenteurs d'un certain savoir-faire.

– Bref, vous pratiquez le pot-de-vin.

Il a eu l'air choqué.

– Il ne s'agit pas du tout de cela, voyons ! Quand on a participé à la réussite d'une entreprise, il est normal qu'on en possède une part. C'est même une question de sécurité.

Ils essayaient de me faciliter la tâche, mais dans mon esprit, ils puaient encore plus que les perdrix et le canard.

Et puis brusquement, les convives masculins ont paru se désintéresser de moi pour aborder des préoccupations communes. Leurs propos, très directs, tournaient exclusivement autour de l'argent. À les écouter, tout ce qui existait au monde, animal, végétal ou minéral était source potentielle de profit. Ils ont parlé antiquités en ayant l'air de posséder à fond leur sujet, et de là, ils sont passés au succès grandissant des crus de cabernet, donc de la nécessité d'accélérer l'importation de nouveaux cépages ; puis j'ai appris qu'il devenait pressant de créer de nouvelles réserves de chasse, et que le prix du zèbre et de la girafe grimpait vertigineusement dans les enchères locales. Ainsi, il y avait beaucoup d'argent à gagner en achetant du gibier qui n'avait d'autre vocation que d'être abattu par les chasseurs étrangers... Ces gens affichaient leur richesse avec une aisance révélant une longue pratique ; s'ils cherchaient à m'éblouir, c'était réussi même si, quelque part, ils me dégoûtaient.

– Quelle jolie robe ! – Sophia mettait fin à son mutisme prolongé. – La coupe en est tellement originale, s'enthousiasmait-elle. Je ne me rappelle pas l'avoir vue cette saison dans les collections.

Alors comme ça, c'était la guerre !

– Vous savez, Sophia, il ne me plairait guère d'être esclave de la mode. En fait, Catherine Walker me dessine des robes selon mes goûts personnels.

– Ah bon, vous préférez les couturiers britanniques ! Très patriotique...

Elle me raillait ouvertement.

– Disons simplement que ses créations me plaisent.

Un domestique a apporté un quartier de mouton rôti à la broche, disposé sur un grand plat en argent. Bernie s'est levé pour le découper.

– On n'est jamais si bien servi que par soi-même.

Il a aiguisé son couteau avec de grands gestes ostentatoires, puis s'est figé : on entendait un crissement de freins sur la route. Un grand fracas, suivi de plusieurs coups sourds, un cri atroce coupé net puis une série de gémissements entrecoupés d'appels à l'aide.

– C'est bien le moment ! s'est exclamée Joy. Et la viande qui refroidit !

Je l'ai regardée, muette d'horreur, atterrée par son indifférence au malheur d'autrui. Puis j'ai bondi sur mes pieds.

– Il faut faire quelque chose !

– Vous n'êtes pas d'ici, a grommelé Joshua en me retenant par le bras pour me faire asseoir. Ne vous mêlez pas de ça.

– Tu as raison, Joy, mangeons ! Ça sent rudement bon. – Bernie a marqué une légère hésitation en regardant autour de lui pour s'assurer qu'on l'approuvait. Il ne savait sans doute pas ce qu'exigeait le protocole en cas de décès subit pendant un dîner de gala... – Alors j'attaque !

Il a joint le geste à la parole.

Les cris étaient de plus en plus sonores, de plus en plus pressants.

– César ! – Bernie s'est retourné d'un air impérieux. – Allez voir. Nous nous débrouillerons sans vous. Occupez-vous d'appeler les secours.

Un cri d'agonie m'a fait sursauter.

– Cela ne nous concerne pas, Nina, est encore intervenu Joshua en me retenant. Vous ne voudriez tout de même pas gâcher l'excellent dîner de Joy ?

– Excusez-moi.

Je me suis dégagée.

Wolf se dirigeait vers la porte. Je lui ai emboîté le pas. Joshua nous a suivis.

– Ne vous éloignez pas de moi, m'a ordonné l'Allemand. Soyez prudente.

En courant vers la route, nous avons vu une lampe électrique briller par intermittence devant nous. Puis nous avons aperçu un minibus aplati contre un arbre, lequel s'était abattu sous le choc en écrasant un muret voisin. Les blessés gisaient éparpillés sur la chaussée. Il y avait du sang partout. Les riverains affluaient ; à nous tous nous avons transporté les victimes sur le talus.

Croyant surprendre des gémissements dans un fossé dissimulé par un buisson, je me suis frayé un chemin dans les branchages en me protégeant le visage. Une silhouette indistincte était penchée sur une femme blessée et, l'espace d'un instant d'aberration, j'ai cru que c'était pour l'aider.

– Elle est gravement touchée ? ai-je lancé.

Alors *il* s'est retourné. *Il* tenait à la main les bagues, les colliers et le sac de la malheureuse. Le blanc de ses yeux a lui fugitivement dans un océan d'ombre. D'un seul élan, il m'a projetée contre un tronc d'arbre. J'ai distingué un crâne rasé, flairé une haleine brûlante et une odeur corporelle rance.

– Sale pute de Blanche ! a-t-il craché d'une voix déformée par la haine.

D'une main il m'a arraché mon collier de perles, tandis que de l'autre il me tripotait l'entrejambe. Je me suis débattue en gigotant, incapable de croire à ce qui m'arrivait, pendant que la victime appelait à l'aide.

Une lame de couteau a brillé sous mes yeux. À deux mains, de toutes mes forces, j'ai voulu repousser mon agresseur mais j'étais à bout de souffle, je perdais du terrain. Quelqu'un approchait en courant. L'homme a lâché son couteau et filé en voyant Wolf dévaler le flanc du fossé.

– Vous êtes blessée ?

– Non, ai-je haleté. – J'ai respiré profondément et ramassé le couteau. – Il allait me poignarder. Mais pourquoi, pourquoi ?

Joshua a fait son apparition à nos côtés.

– Les *tsotsis* s'en prennent aux faibles. Vous auriez dû rester près de nous. Je vous avais prévenue.

Un médecin du quartier était déjà sur les lieux, on entendait arriver les ambulances et les voitures de police ; je suis rentrée chez les Fortune. Une fois dans la salle de bains, je me suis longuement regardée dans la glace. J'avais à nouveau l'air maîtresse de moi.

Quand j'ai repris ma place à table, j'ai bien vu que Joy m'en voulait à mort.

– Incroyable, non ? Dépouiller les blessés après un accident de voiture...

– Quelle surprise ! a-t-elle commenté en me gratifiant d'un regard méprisant.

On avait réchauffé le contenu de mon assiette – petits pois, purée de potiron, agneau braisé, pommes de terres rôties, sauce à la menthe, jus de viande. J'ai vidé mon verre d'un coup et David l'a aussitôt rempli. C'était un vin sec, très alcoolisé ; j'ai senti que je reprenais des couleurs.

– C'est le cru le plus récent de ma production personnelle, a expliqué David. On a fait venir les cépages d'Italie. Il faut venir nous rendre visite, Nina. Sophia est justement en train de refaire toute la décoration.

Il a enveloppé sa starlette d'un regard affectueux, ce qui lui a valu en retour un sourire de pure forme.

Le dessert venu, je ne pouvais me départir d'une certaine sensation d'irréalité.

Wolf est revenu comme nous nous levions de table. J'ai voulu lui exprimer ce que je ne comprenais moi-même qu'à moitié.

– Cette demeure de luxe, ce mode de vie, tout ça... Ce n'est qu'une illusion, non ? J'ai l'impression de dériver à bord d'un yatch de luxe sur une mer déchaînée.

– Eh là ! Du calme. Vous avez reçu un choc, laissez-lui le temps de se dissiper.

Wolf est resté quelques minutes à parler de la production vinicole locale ; j'en ai profité pour reprendre mes esprits.

8.

Le lendemain matin, nous avons décollé à six heures de l'aéroport du Cap. Nous étions à Johannesburg pour le petit déjeuner.

– Et Wolf ? ai-je demandé à Joy.

Je ne le voyais nulle part.

Elle m'a décoché un regard inquisiteur.

– Je n'ai pas pensé à l'inviter. Et maintenant, il est trop tard. Je suis désolée.

Le temps de prendre une collation, il s'est mis à pleuvoir. Nous avons gagné en minibus la piste où étaient stationnés les jets privés de Steve et pris notre envol dans un ciel de plus en plus sombre, sans que le pilote réussisse à s'élever au-dessus de l'orage menaçant le Haut-Veldt. Nous étions ballottés en tous sens, cernés de part et d'autre par de gros nuages bleu-noir qui fonçaient droit sur l'appareil et semblaient le pousser du museau, le bousculer puis nous exploser au visage, avant de battre en retraite pour mieux rassembler leurs forces et revenir à l'assaut. Des éclairs zébraient la pénombre. Je n'ai repris mon sang-froid qu'à midi, quand nous avons enfin retrouvé la lumière du soleil.

Bernie a siffloté.

– Eh bien ! Pas fâché d'en être sorti !

Il avait descendu la moitié de sa bouteille de whisky.

Nous nous sommes posés sur une courte piste, à l'intérieur de la réserve de chasse, dans la zone résidentielle. En posant pied à terre, j'ai été assaillie par une vague de chaleur. On avait exactement la sensation d'entrer dans un sauna. Une brûlure a envahi mes poumons, mon nez s'est asséché, mes yeux se sont mis à piquer.

Bernie a passé un bras moite autour de mes épaules et déclaré à mi-voix :

– J'ai invité tous ceux que vous pouviez avoir envie de rencontrer. On va se mettre au travail dès aujourd'hui, cocktail et buffet nous attendent. Contente ? Tous les pontes seront là. Les autres, c'est du menu fretin. Ne vous en préoccupez pas. Je vous le conseille.

Je baignais dans son haleine chargée.

– Le jour où j'aurai besoin d'un grand frère je viendrai vous trouver, Bernie, c'est promis, ai-je rétorqué à mi-voix pour ne pas que Joy m'entende.

Toute la bonhomie de mon hôte s'est évaporée. L'espace d'un instant il a baissé sa garde et laissé transparaître l'aversion que je lui inspirais. Mais il a bien vite remis son masque.

– Marché conclu, a-t-il répondu comme si je venais de lui faire un honneur.

Mon agacement s'est envolé dès que j'ai vu, à quelques mètres, derrière une haie, ma première girafe. Elle posait sur nous un regard empreint de curiosité bienveillante. Tout à coup, j'ai eu hâte d'en voir davantage. Mais le moment était venu de s'entasser dans une Jeep et de partir à toute allure en direction d'un alignement de huttes en rondins, en surplomb de la rivière.

Joy conduisait. Arrivée près d'un bosquet, elle a freiné et désigné le plus proche bungalow.

– Vous êtes chez vous. N'oubliez pas votre numéro. Cocktail au clubhouse dans quelques instants. Et pour l'amour du ciel, mettez quelque chose de léger et de pas trop habillé. Laissez tomber les tailleurs en lin. Short ou jupe avec un T-shirt, sinon vous allez crever de chaud, en plus de vous rendre ridicule.

Bernie lui a lancé un regard meurtrier et elle en est restée là.

– Merci, Joy. J'apprécie vos conseils.

Je jouissais d'une vue magnifique sur la rivière ; sans doute m'avait-on réservé un bungalow de choix. Bernie n'épargnait pas ses efforts pour me plaire. La décoration était charmante : c'était en fait un vaste studio circulaire avec canapé en rotin, tapis en paille tressée, fauteuils confortables, lit et placards. Une pelouse descendait en pente douce jusqu'à la haie dominant la rivière, très loin en contrebas.

Un daim de haute taille émerge des roseaux, le pelage teinté d'argent bruni par la brillante clarté du jour. Gracieux, éthéré, il s'approche des eaux paresseuses en glissant au-dessus du sol comme dans un rêve. Je voudrais faire partie intégrante de toute cette beauté, mais elle demeure inaccessible, tentatrice. Les sons et les parfums m'environnent – les hautes herbes odorantes, recuites par le soleil, le fumet sauvage du chevreuil, la mélodie entêtante des cigales et, par-dessus tout, le chant des oiseaux. Je suis frappée par l'intensité de l'instant. Je me laisse aller, je me fonds inextricablement dans la substance même de la brousse. Je ne suis plus une spectatrice. Je suis au Paradis.

9.

En revanche, le cocktail fut un enfer. En arrivant, j'ai marqué une pause sur le seuil, brusquement consciente de ce que je n'étais vraiment pas à mon avantage en short et T-shirt. À côté de ces oiseaux de paradis dont les élégantes tenues de sport faisaient ressortir le bronzage, j'avais des allures de cadavre fraîchement déterré. *J'aurais dû enfiler un pantalon léger.* Mais il était trop tard... et il faisait trop chaud. Tant pis.

Près de moi, une femme s'est retournée.

– Mon Dieu ! Un hennissement haut perché. Mais vous venez tout droit de l'Alaska ou quoi ?

– C'est en tout cas l'impression que j'ai.

Je me suis jointe au petit groupe d'épouses, on m'a présentée et aussitôt soumise à un interrogatoire serré : les femmes s'efforçaient de me situer sur leur échelle sociale. Sur quoi se basaient-elles ? La réponse m'est bientôt apparue : ni sur les manières, ni sur la renommée, ni sur ce que j'avais pu accomplir dans ma vie, non – uniquement sur ma fortune. Je n'aurais su m'immiscer dans leur conversation, où tout m'était étranger : il n'était question que de traiteurs et d'extra, de centres de vacances où se débarrasser des gosses, et des mérites comparés de différentes maisons diététiques en vogue.

Quant aux maris, tous en tenue de brousse kaki, ils préféraient manifestement rester entre eux au bar. Le regard froid et calculateur, ils étaient surdimensionnés, très hâlés, avec des muscles noueux et des jambes velues, épaisses comme des poteaux. Le soleil et les grands espaces les avaient bizarrement transformés :

ils avaient gagné en vigueur et en résistance par rapport à la souche européenne dont ils étaient issus. J'ai cru comprendre que pour ces magnats, la vie n'était qu'une firme de plus à dépecer, jusqu'à ce qu'il n'en reste plus que des actifs, pour mieux l'exploiter à fond.

– Ah, Nina. – Bernie s'est détaché du bar. – Venez un peu par ici. – Il m'a entraînée par le bras. – Je voudrais vous présenter Johan ; il peut vous être utile, et en plus c'est un type incroyable.

– S'il vous plaît, ne faites pas mon panégyrique, d'accord ?

Johan, brute quinquagénaire au tour de taille impressionnant, aux cheveux grisonnants coupés ras et au nez de boxeur, m'a jaugée avec une totale absence de chaleur. Sans doute avait-il calculé d'un coup d'œil le prix de mes vêtements, mon âge, mon Q.I. et mon coefficient de baisabilité. Il est sorti de derrière le bar et m'a fait asseoir sur un banc tapissé de peaux de bête qui m'a aussitôt piqué les cuisses.

J'ai d'abord eu droit à un verre de vin.

– Goûtez-moi ça. Votre avis de connaisseuse m'intéresse. C'est moi qui le produis sur ma propriété.

– Excellent ! Félicitations.

De toute évidence, la possession d'un vignoble était ici le suprême signe extérieur de richesse.

Johan a affiché un sourire de commisération. Il attendait un autre genre de commentaires de ma part.

– Et maintenant, goûtez ça, a-t-il insisté, bourru. Vous n'avez jamais rien mangé de pareil.

Au bout d'une fourchette spéciale, il a sorti d'une marinade au vin rouge une tranche de viande longue et mince, crue, qu'il a laissée s'égoutter un moment. Pétrifiée, j'ai vu ce spectacle de cauchemar s'approcher de mon visage.

– Ouvrez ! a-t-il ordonné.

Une main en coupe sous la viande, il a protégé mes vêtements tout en cherchant à m'enfourner son offrande dans la bouche.

Les lèvres hermétiquement closes, j'ai fait non de la tête.

– Allez, un peu de courage, ouvrez !

– C'est délicieux, Nina, vous savez. Vous devriez essayer, ont renchéri en chœur tous les hommes autour de moi.

Là, Eli, tu me devras une prime de risque.

– Essayez, au moins.

Cette fois c'était Bernie, et ça prenait des allures de supplique.

– Vous savez pourquoi c'est si bon, si savoureux, si suave ? Parce qu'à aucun moment le chevreuil n'a eu peur. La peur donne un mauvais goût à la viande. Si ça ne tenait qu'à moi, je supprimerais les abattoirs. La promiscuité, l'angoisse de voir mourir ses semblables, la certitude que votre tour va venir, tout ça...

Je n'en croyais pas mes oreilles.

– Est-ce que cette viande est casher ? ai-je coupé sur une brusque inspiration. Non ? Dans ce cas, je suis désolée, mais...

Je me suis levée en réprimant un sourire devant l'embarras où je venais de plonger Bernie. Je ferais la paix avec lui plus tard.

Arrivée à la porte, je me suis attardée le temps d'un regard en arrière. Tous semblaient mal à l'aise, dans l'expectative, comme s'ils avaient manqué leur réplique. Ils me rappelaient ces tableaux vivants dont les acteurs tentent de communiquer un message crypté. Moi aussi j'avais un rôle à jouer dans cette scène, mais lequel ?

10.

J'ai coiffé mon chapeau et oublié le cocktail pour m'aventurer sur la pelouse qui descendait vers un bosquet de grands arbres gracieux chargés de cosses gigantesques ondoyant dans de profondes flaques d'ombre. Le vent faisait ployer les bras épineux des acacias, disséminant leurs fleurs jaune pâle et berçant les nids de tisserands au gré des ondulations des hautes herbes. Derrière ces arbres, une piste à gibier s'enfonçait tout droit dans la forêt de roseaux pour rejoindre un affluent de la rivière, tout en bas. Je me suis coulée entre ces deux murailles végétales, jusqu'à la rive ombragée. Loin au-dessus de ma tête, les arbres agitaient leurs larges feuilles dans le scintillement du jour.

Quel silence ! Après avoir ôté mes chaussures, j'ai gravi quelques mètres au flanc du ravin pour aller examiner un bouquet de palmes tropicales au bord de l'eau. Des singes m'observaient, très haut dans un arbre. Une soudaine sensation de malaise m'a incitée à revenir précipitamment sur la berge. Pourtant, je ne percevais rien d'inquiétant... Alors ? Je me suis assise à l'ombre, sur un rocher, pour goûter la chaleur et la joie d'être seule. Peu à peu la brousse s'est animée, d'abord grâce à la vibration insistante des cigales, puis sous le chant des oiseaux.

Tout à coup, des brindilles ont craqué derrière moi avec un bruit de coup de feu. Je me suis cachée dans le sous-bois en m'efforçant vainement de maîtriser ma panique naissante.

Puis Wolf a émergé des roseaux et j'ai failli glapir de soulagement. J'aurais voulu l'appeler, mais la force de mes émotions m'a inquiétée. Il me fallait un peu de temps pour me reprendre. Je suis restée dans ma cachette.

Ce qui m'a frappée avant tout, c'est son allure attirante. Il était grand, élancé. Simplement vêtu d'un ample gilet kaki et d'un short assorti, il portait un fusil de chasse à l'épaule. La puissance de ses membres déliés m'apparaissait nettement. Il était pieds nus et, sous le soleil, sa chevelure paraissait plus claire, sa peau plus hâlée, ses yeux plus lumineux.

Il a observé mes traces de pas, en marquant un arrêt là où je m'étais tenue pour admirer le bouquet de palmes. *Il y a de l'animal sauvage en lui. Il est méfiant comme un chevreuil, furtif comme un félin.* Il ne lui a pas fallu longtemps pour écarter les fourrés et se pencher sur moi.

– Ah, enfin je vous trouve ! Vous ne savez donc pas que c'est interdit ? Vous auriez pu vous faire dévorer.

J'ai cherché à riposter.

– Et vous, vous n'êtes pas invité. Joy me l'a dit.

– Vous lui aviez donc posé la question ? – Il a souri d'un air énigmatique ; on aurait dit qu'il venait de recueillir une information cruciale. – Vous m'en voyez ravi. Vous aussi vous m'avez manqué. Heureusement, Bernie n'a pas monopolisé toute la réserve pour sa petite fête. Cela m'a permis de me présenter sans être convié, puisque vous me le faites si impoliment remarquer. Je vous ai vue vous esquiver ; constatant que vous ne reveniez pas, je me suis fait du souci. Mais il ne vous est rien arrivé, je vois. Vous voulez bien me montrer vos jambes ?

Je n'ai pu m'empêcher de rire.

– Donnez-moi une bonne raison de le faire.

– Je vais même vous en donner deux : primo, les morsures de serpent, ça existe ; secundo, les tiques aussi.

– Je m'en serais rendu compte si je m'étais fait mordre, non ?

– Curieusement, il arrive qu'on ne sente rien. Vous avez d'ailleurs une tique à la cheville. Score tout à fait honorable si l'on considère que vous vous trouvez au beau milieu d'un nid de tiques. – Manifestement, il s'amusait. – Regardez par terre, Nina. Vous n'êtes pas dans votre élément, ce n'est pas un zoo, ici.

– Vous ne parlez pas sérieusement !

Mais en regardant autour de moi j'ai constaté qu'effectivement, chaque brin d'herbe était couronné d'une petite boule noire. J'ai bondi sur mes pieds en donnant de vigoureuses tapes sur mon short.

– Tenez-vous tranquille. *Ach !* Attendez un peu ; vous en avez d'autres à l'arrière des cuisses. On croit qu'on les sentira s'accrocher, ces satanées bestioles, mais non. Il vous en restera de vilaines petites marques. Si vous éprouvez des nausées dans le courant de la semaine, consultez un médecin. Au contact des tiques, on peut contracter une fièvre très désagréable, surtout la première fois.

– Vous l'avez eue ?

– C'est inévitable quand on vit en brousse. Certains prétendent qu'on ne l'attrape qu'une fois, mais par expérience, je sais que c'est faux. Venez par ici. Vous vous êtes arrêtée près de ce rocher, non ? Vous ne vous êtes pas sentie observée ?

– Par qui ?

– Tenez, prenez mes jumelles et regardez sous cet arbre, là-bas.

Il a pointé l'index en amont de la rivière.

Une fois la mise au point faite, j'ai vu s'encadrer dans les lentilles… les yeux fauves et farouches d'un lion. Une bouffée d'adrénaline m'a submergée. J'ai eu envie de m'enfuir en courant, mais je me suis dominée. J'ai également compté quatre lionnes ; il y en avait sûrement davantage. Au bout d'un moment, j'ai rendu ses jumelles à Wolf.

– Et vous dites qu'ils me surveillaient ?

– Eh oui !

– Par où allons-nous nous sauver ? Ils vont nous attaquer ?

– C'est peu probable ; il est midi. Ils ne sont pas en chasse, et redoutent l'*homo stupidus* autant que l'*homo sapiens.*

– Merci pour le compliment.

– Allons-y, maintenant. Ne vous éloignez pas de moi.

– Je ne vous quitte pas d'une semelle. Il est chargé, votre fusil ?

– Évidemment.

Wolf a entrepris l'escalade du ravin en repoussant les roseaux sur son passage et en me tirant derrière lui. Parvenu à mi-chemin, il s'est accroupi dans l'herbe à l'ombre d'un fourré.

– Ici je pense que nous ne risquons rien. Pendant la journée, ils restent à distance du camp. Mais ne partez plus comme ça toute seule ! – Il a ri. C'était un rire agréable, qui, d'abord sourd, prenait naissance au creux de son estomac pour remonter vers la gorge. – Malgré votre réussite dans le monde des affaires, vous êtes une terrienne, une enfant de la nature. Alors apprenez à connaître le *bushveld.* Si vous avez besoin d'un professeur, je pose ma candidature. Ici, la nature peut être trompeuse et receler bien des dangers.

– J'ai agi bêtement. – J'ai regardé alentour avec regret. – Là-bas ils sont en train de s'empiffrer ; puis ils iront faire la sieste. Ils ne ressortiront qu'à cinq heures. Ils prétendent qu'il n'y a rien à voir d'ici là. Mais ils se trompent : il y a les arbres et les oiseaux. Pour rien au monde je n'aurais manqué cette petite promenade.

– Quand vous aurez envie de vous promener, venez me trouver ; je vous emmènerai en Jeep. J'en ai loué une à l'aéroport.

– Si seulement... Mais voilà : je suis l'invitée de Bernie, ici.

– Vous avez d'ores et déjà manqué le déjeuner, alors à quoi bon vous en faire ?

– Pourquoi vous donnez-vous autant de mal, Wolf ?

Un sourire.

– Nina ma douce, si vous l'ignorez vraiment, ce n'est pas à moi de vous le dire. Vous chercheriez encore à définir mon angle d'attaque.

Il avait raison. Déjà je me demandais ce qu'il essayait de me vendre.

Il m'a adressé un sourire désarmant auquel je me suis gardée de me laisser prendre. Il n'était pas aussi franc et direct qu'il voulait bien le faire croire.

– Je vous en prie, Nina, soyez prudente. J'ai de la sympathie pour vous et je ne le répéterai pas, alors écoutez-moi bien. Là où vous avez mis les pieds, c'est la jungle.

Il m'a pris la main.

– Oui, et vous avez volé à mon secours.

J'ai lâché un petit rire mal assuré, car le contact de sa peau faisait soudain battre mon cœur.

– Il y a des jungles bien plus dangereuses que la vraie, Nina. Et la proie, ici, c'est vous. Je vous aurai prévenue.

Les termes qu'il choisissait ne laissaient pas de me surprendre.

Bizarrement, l'espace d'un instant j'ai cru qu'il parlait de lui. Puis je me suis remémoré mon impression au moment de passer la porte du pavillon. Non, c'était bien des amis de Bernie qu'il parlait.

– Allons, venez. Vite. Je vous conduirai où vous voudrez.

J'ai escaladé tant bien que mal la pente escarpée sur les talons de Wolf en éprouvant une étrange attirance pour lui. J'avais conscience de m'être effectivement fait un ami derrière les lignes ennemies.

11.

Vers le milieu de l'après-midi, la chaleur s'est encore intensifiée ; le *veld* entrait littéralement en incandescence. La terre appelait l'eau à grands cris mais les nuages violets restaient loin à l'horizon.

Wolf était le guide idéal. Il connaissait le nom des arbres et des arbustes, il connaissait les oiseaux, leurs habitudes et leur cri et avait le chic pour détecter ce qui sortait de l'ordinaire : des grenouilles arboricoles, grosses comme l'ongle du pouce, qui quittaient leur cocon de bave pour filer vers le plus proche trou d'eau, ou bien un cotonneux nid de vautours à la fourche d'un arbre en voie de décomposition, quand ce n'était pas un iguane tapi dans un lit de ruisseau où coulait à peine un filet d'eau.

– J'aimerais tant qu'il pleuve ! C'est triste, cette herbe brûlée. Les chevreuils sont si maigres…

– Pour moi, Nina, la cruauté de la création reste un mystère. Le Dieu des chrétiens, Dieu d'amour que je révère, a créé un monde implacable. Le plus fort dévore le plus faible… c'est la loi de la rue mais aussi celle de la nature, et quand on cherche à plaquer par-dessus un système préconisant la bonté et la sécurité, on devient des paresseux, des dégénérés. Je me dis parfois que l'ambition est la seule vraie valeur ici-bas.

Wolf s'est épongé le front à l'aide d'un chiffon souillé de cambouis.

– Bon sang, qu'est-ce qu'il fait chaud !

– Personnellement, j'ai appris très tôt qu'il valait mieux être victorieux. Autrefois, je voulais à tout prix être forte, invincible même, tels les aigles des montagnes qui peuplent nos lochs.

– Et maintenant que vous avez grandi ?

– Je me sens toujours tenue de gagner. J'évolue dans un milieu professionnel sans merci, mais j'aime ça. Il me plaît de combattre la concurrence avec tous les moyens intellectuels dont je dispose.

– Et le reste de votre personne ?

J'ai froncé les sourcils. Que voulait-il dire par là ?

– Quel « reste » ? Il n'y a pas de « reste ».

– Je veux parler de votre féminité, de votre assurance en tant que femme. Ces aspects-là semblent en hibernation chez vous.

– Je peux me passer de ces inconvénients.

J'ai eu un rire dur. J'entendais encore mon père me dire : *Tu es femme. Tu oublieras.* Ce souvenir me faisait toujours aussi mal, mais pas question d'en parler à Wolf.

– Vous ne devriez pas rire comme cela. On dirait Sophia. Vous imaginez, un monde uniquement peuplé de gens comme les amis de Bernie et leurs épouses coincées ?

– Ils ne sont pas si nuls, une fois qu'on a percé leurs défenses. – Ses coups de sonde commençaient à m'énerver. – De toute façon, ai-je tranché, il fait trop chaud pour réfléchir, et encore plus pour parler. La température est vraiment incroyable. On a mal rien qu'en respirant. J'ai les poumons en feu.

J'ai obstinément refusé d'en révéler davantage sur moi-même ; aussi Wolf a-t-il passé le reste de l'après-midi à me parler de la propriété où il avait grandi, en Allemagne de l'Est, et de son enfance idyllique. Il avait adoré sa mère, qui l'avait trop gâté. Je me suis endormie au milieu de son monologue.

En fin d'après-midi, Wolf m'a brusquement saisie par le bras.

– Réveillez-vous ! Regardez, là !

Le voyant tout excité, j'ai scruté la brousse, en vain. Il a passé son bras autour de mes épaules pour m'attirer à lui.

– Là ! Sous cet arbre !

J'étais si près de lui que je flairais l'odeur musquée de sa transpiration. Une tension douloureuse naissait dans mon bas-ventre et j'ai dû faire un gros effort pour ne pas poser mes lèvres sur son cou, son épaule, sa mâchoire à la courbe parfaite.

J'ai reporté mon attention sur l'arbre en question... et lâché une exclamation de surprise ravie. *Elle* était grande, majestueuse, et ses prunelles mouchetées au regard hautain se sont un instant fixées sur les miennes. Presque aussitôt elle a fait volte-face et foncé vers la piste goudronnée, devant nous : quatre autres lionnes sortaient des fourrés.

– Elles savent parfaitement où elles vont, a soufflé Wolf. Elles traquent une proie. On a peut-être de la chance.

Il conduisait lentement, en restant à bonne distance des bêtes, mais au bout de cinq cents mètres la meneuse a quitté la route et disparu dans le sous-bois, talonnée par les autres.

– Zut ! – Wolf a freiné. – On va attendre ici. Elles reviendront peut-être.

Il m'a attirée plus près. Puis, au bout d'un court instant, il m'a embrassée doucement dans le cou. J'ai laissé échapper un son étranglé. Alors il a glissé ses mains derrière ma tête et pressé sa bouche contre la mienne. Le temps s'est arrêté. Mon être me semblait tout entier contenu dans mes lèvres, où il se fondait dans sa bouche à lui.

Enfin il s'est redressé.

– Si on partait à leur recherche ? a-t-il proposé en souriant. – Puis, après un clin d'œil, il s'est penché sur la carte. – Il y a un point d'eau à deux kilomètres, dans la direction qu'elles ont empruntée.

J'ai remis de l'ordre dans ma chevelure en regrettant de m'être laissée aller. Nous nous sommes engagés à toute allure sur une piste secondaire en très mauvais état qui serpentait entre les buissons et gravissait de temps à autre un petit tertre. Le temps que nous parvenions au dit point d'eau, jusque-là invisible car en contrebas de la piste, j'avais le souffle coupé et j'étais à demi asphyxiée par la poussière. Wolf a garé la Jeep de manière à nous offrir le panorama le plus large possible.

– Il n'y a plus qu'à attendre. Regardez par là !

Sous un bouquet d'arbres, une ombre mouvante s'est muée en silhouette sombre émergeant des buissons. À travers le miroitement que la chaleur tendait comme un rideau sur tout le paysage j'ai vu apparaître un vieux buffle noir, solitaire et tout pelé, que la soif poussait à s'aventurer à découvert d'une curieuse démarche trébuchante ; tête basse, il promenait sur les environs des prunelles farouches et injectées de sang.

– À voir son allure, il doit venir de loin, a commenté Wolf. J'ai entendu dire que la moitié des points d'eau étaient à sec.

Le buffle a bu longuement, puis il est resté les pattes dans l'eau peu profonde, comme s'il ne pouvait plus s'en éloigner.

Wolf s'est laissé aller en arrière dans son siège et a posé ses paumes ouvertes contre le plafond de l'habitacle.

– L'attente sera longue. Ça vous ennuie si je fais un petit somme ? Venez contre moi, s'il ne fait pas trop chaud.

Il m'a entourée de son bras et de nouveau attirée à lui.

Je ne pouvais penser à autre chose qu'à son corps si proche du mien, mais comme la chaleur augmentait encore j'ai fini par fermer les yeux et sombrer dans un demi-sommeil qui tenait de la transe.

Nous avons été réveillés par un beuglement angoissé : le vieux buffle tentait de repousser les assauts de deux lionnes. Toute sa lassitude s'envolait, remplacée par la peur. Je me suis penchée par la vitre ouverte en dirigeant toute la force mentale dont j'étais capable vers la pauvre bête épuisée.

Inlassablement, les deux chasseuses revenaient à l'attaque, et inlassablement l'héroïque buffle se défendait à coups de cornes et avec force ruades. Enfin ses forces l'ont lâché et il a tournoyé en vacillant, la tête baissée, en beuglant de rage.

La plus jeune des deux lionnes, enhardie par la faim, a bondi, prête à porter l'estocade, mais elle avait mal calculé son coup : d'un revers de corne il a tracé une longue estafilade dans sa toison. Elle a battu en retraite en boitillant, mais l'autre a sauté à la gorge du buffle et y est restée accrochée. Elle a noué deux pattes puissantes autour de son encolure et planté ses crocs dans la veine jugulaire. L'espace d'un instant, je n'ai plus vu que du sang, de la poussière et des pattes qui s'abattaient en tous sens. L'eau est devenue cramoisie ; la vieille bête s'est avancée dans l'espoir de noyer le fardeau suspendu à son cou, mais bien vite elle est tombée à genoux en poussant un gémissement désespéré. Les lionnes se sont jetées sur le buffle, l'ont traîné sur la rive et, sans attendre, se sont attaquées à la peau tendre de son ventre.

Il a lâché un ultime beuglement déchirant, puis succombé.

J'étais saisie de violents frissons. J'avais honte de ma faiblesse, mais je ne pouvais m'en empêcher.

– Avec quel courage il s'est battu ! Mon Dieu, c'était épouvantable.

– C'est maintenant le plus beau. Regardez.

Deux autres lionnes approchaient pour la curée, suivies par quatre lionceaux.

Tandis que sous nos yeux se déroulait le festin dispensateur de vie, je me suis sentie bizarrement attristée, comme si je devais faire le deuil de quelque chose. Comme si les valeurs que je respectais jusqu'ici avaient péri en même temps que le buffle. Je venais d'être confrontée à un besoin autrement plus vital que celui d'équilibrer actif et passif au sein d'un budget. Je me sentais meurtrie par la journée écoulée. *Finalement,* ai-je songé, *je me suis trompée sur toute la ligne.*

Quand nous sommes partis, les chacals se rassemblaient et, à l'ouest, le ciel virait à l'écarlate. Puis le soleil a sombré sous l'horizon et, en l'espace de quelques minutes, le jour a cédé la place à la nuit.

12.

En Afrique, quand on se rassemble autour d'un feu de camp, il se produit comme une métamorphose. Des êtres qui se connaissaient superficiellement deviennent amis, les amis se rapprochent encore, au point de former une espèce d'union mystique. Peut-être est-ce dû à la lueur des flammes, à la proximité, ou aux appels lancés par les prédateurs dans la nature environnante. Toujours est-il que ce soir-là, tandis que nous nous serrions sur nos grossiers bancs de bois autour du sanglier sauvage qui grésillait au-dessus des braises, et des côtelettes ou *boerewors* qui brunissaient lentement sur la grille, cette grande sentimentale qu'était Joy n'a pas dû insister longtemps pour que ses invités se déplacent de manière que Wolf se retrouve à ma droite et David face à moi. Bernie cachait mal sa désapprobation, mais qu'y pouvait-il ?

De sa grosse voix, David m'a lancé :

– Nos ciels nocturnes ne ressemblent guère aux vôtres, hein ? Vous avez déjà vu la Croix du sud ?

– Ma foi non. Je ne saurais même pas où la chercher.

Wolf m'a attirée tout contre lui pour que je puisse mieux suivre la direction de son doigt pointé. « Là, vous voyez ?

– Euh... non. Enfin, si, peut-être, ai-je admis.

Je n'aurais pas été fâchée de scruter les cieux avec lui pendant la moitié de la nuit.

– En Afrique, il y a une légende à propos de la Croix du sud, a repris David. C'est une constellation sacrée. L'arbre de vie qui guide le voyageur nocturne, pour certaines tribus.

Soudain, un coup de feu tout proche a interrompu son petit cours de cosmologie africaine.

– Il l'a eu ! s'est-il exclamé. Parfait. Tout va bien, à présent.

Presque aussitôt Johan a fait son apparition, portant son fusil ainsi qu'une carcasse de babouin qu'il a remise à Théo.

– Il faut enterrer ça vite et bien profondément, a-t-il dit entre ses dents.

– Qu'est-ce qui se passe ? ai-je demandé à David.

– Un babouin difforme a pénétré dans le camp à plusieurs reprises. Les employés croient qu'il s'agit d'un *tokoloshe.* Alors ils se sont sauvés. C'est pour ça qu'on dîne ici ce soir. Le personnel a presque entièrement fait défection.

– Un *tokoloshe* ? Qu'est-ce que c'est ?

– Une superstition idiote, est intervenu Wolf. Ça n'existe pas.

– Un cadavre déterré, a lancé Joy.

– Un esprit malin, a renchéri quelqu'un d'autre.

– Une malédiction.

– Un fantôme.

– Un zombi.

Bref, ils ne semblaient pas très fixés.

– Mais non, mais non, a tranché David. Un *tokoloshe,* ça n'a rien de mystique, de surnaturel. C'est simplement une créature malveillante – parfois humaine, mais ce peut aussi être un babouin – déformée par les privations et les mauvais traitements pendant ses jeunes années. Les Africains sont des sages, ils savent bien qu'un enfant très tôt cerné par le mal devient le jouet de Satan.

– En effet, ça me paraît plausible.

L'agacement de Wolf m'a surprise :

– Ne dites donc pas d'âneries, Nina.

Il avait l'air très fâché.

– Mais non, Wolf, c'est *vous* qui vous trompez, a fait Joy. Même dans nos sociétés modernes, la souffrance et la cruauté continuent d'engendrer des monstres.

– Il ne s'agit pas d'un phénomène exclusivement africain, Wolf. Chez nous, les prisons grouillent de jeunes issus de foyers à problèmes.

Je lui ai adressé un petit sourire, espérant qu'il verrait où je voulais en venir, mais il m'a renvoyé un regard furibond.

– Naturellement, si c'est David qui le dit, c'est forcément vrai, hein ? Vous êtes incroyables ! Vous avez la cervelle farcie de fariboles – peut-être parce que vous avez été élevés par des nounous noires ? Je ne tiens pas à en entendre davantage. Bonne nuit.

Quelle grossièreté ! Je l'ai regardé s'éloigner à grands pas en m'attendant un peu à ce qu'il éclate de rire et revienne s'excuser, mais non.

– Qu'est-ce qui lui prend ? s'est étonnée Joy.

J'ai haussé les épaules et caché à quel point j'étais vexée.

David a poursuivi comme si de rien n'était :

– Le fait est que, si les Occidentaux se croient toujours entourés par les puissances du bien – ce dernier étant voué à triompher du mal – les gens d'ici, eux, sentent autour d'eux la présence d'une force amorale, ultra-puissante et impersonnelle, qui peut se mettre au service soit du mal, soit du bien. Voilà pourquoi le mal les effraie à ce point. Les employés ont pris ce pauvre babouin estropié pour un *tokoloshe,* alors ils ont fui. Et nous, nous avons dû l'abattre.

David était intarissable sur le sujet, mais je ne l'écoutais plus qu'à moitié. J'étais sûre que Wolf allait revenir. Tandis que nous mangions, je le cherchais des yeux. Théo s'est rapproché de moi pour combler sa place vide, mais c'est seulement au dessert qu'il a abordé les questions professionnelles.

– Il faut venir me voir, quand nous serons de retour au Cap. J'ai des fonds à investir susceptibles de vous intéresser.

Le silence s'est fait autour de la table.

– Je n'y manquerai pas. J'ai hâte de voir ça.

– On ne pourrait pas parler d'autre chose, pour une fois ? a jeté Sophia d'un ton cassant.

Ce n'était pas vraiment une suggestion, plutôt un ordre. Théo s'est incliné en portant le bout de ses doigts à son front en signe de salut moqueur.

Le dîner a pris des allures plus décontractées et nos rires ont résonné dans la nuit. David et Théo faisaient preuve d'une certaine vivacité d'esprit, et Bernie n'avait rien à leur envier. Même Joy est sortie de sa coquille pour s'amuser franchement. Je ne m'ennuyais pas le moins du monde, et d'ailleurs, je suis allée me coucher fort tard ; j'espérais toujours – mais en vain – que Wolf reviendrait. J'ai fini par placer un assortiment de côtelettes et de saucisses sur une assiette en carton et envelopper le tout dans une serviette en papier avant de prendre congé.

– Mais vous avez un appétit gargantuesque ! a lancé Joy avant de venir me serrer brièvement dans ses bras. Bonne chance, Nina, m'a-t-elle soufflé avant de relâcher son étreinte.

J'ai eu du mal à m'endormir. Une famille de *meerkats* a fait une descente sur la poubelle, des porcs sauvages ont défilé sous mes fenêtres dans un concert de reniflements et de couinements, et le cri étrange des hyènes qui semblait se répercuter à l'intérieur de mon crâne s'ajoutait à la chaleur, invraisemblable. Je pensais à Wolf, aux sentiments qu'il m'inspirait. Qu'est-ce qui distinguait l'amour du désir ? Et d'abord, croyais-je à l'amour ? Wolf avait-il raison en disant que je m'étais entouré de barrières maintenant les émotions à distance respectable ? Était-ce pour les éviter que je me réfugiais dans la logique ? Enfin je me suis endormie. Et j'ai fait un rêve.

Je me promène dans le veld, mais la nuit tombe et, perdue, je me retrouve dans un lit de rivière à sec. Je pressens que des lions me traquent sous le couvert des hautes herbes, alors, affolée, je me mets à courir. Mais ils gagnent du terrain. Je flaire leur haleine chaude, fétide. Puis j'entends la voix de Wolf tout près de moi. Les roseaux s'écartent, mais mon cri de joie meurt sur mes lèvres : c'est le babouin difforme… et il a le regard fixé sur Wolf.

Tels sont les rêves qui peuplent la nuit africaine.

Plus tard, le vent s'est levé. Le chaume du toit lui arrachait des gémissements. Tout à coup, un bruit de lutte au-dessus de ma tête. Un instant plus tard, une *chose* immonde s'est abattue sur moi. J'étais recouverte d'une toison putride à l'odeur épouvantable. Avec un hurlement, j'ai voulu la chasser de mon visage et de mes cheveux. Je me suis levée et j'ai suivi à tâtons le mur incurvé du bungalow, jusqu'à l'interrupteur.

La lumière s'est déversée à flots dans la pièce, révélant les débris d'un nid d'oiseau abandonné, éparpillés par terre et sur le lit. Plumes amalgamées, manifestement anciennes, ossements en piètre état, déjections noircies par le passage du temps… Une chouette, peut-être ? Le nid avait dû être délogé par une rafale.

– Nina ? Nina, qu'est-ce qui se passe ? Répondez ou j'enfonce la porte !

La voix de Wolf.

– Non, attendez ! J'arrive.

Je me suis drapée dans une serviette de bains et je suis allée lui ouvrir. Il se détachait sur fond de ciel nocturne, et ses yeux m'ont rappelé mon cauchemar. Je l'ai dévisagé en fronçant les sourcils.

– Ça alors ! Mais qu'est-ce qui vous est arrivé ? Le *tokoloshe* est venu vous prendre, c'est ça ?

– L'espace d'un moment, j'y ai bien cru.

Il a ri et s'est mis à retirer une à une les plumes prises dans mes cheveux.

– Quelle puanteur !

– Une horreur, Wolf ! – Je faisais davantage référence à mon rêve qu'à la chute du nid. Puis j'ai fait un effort pour me reprendre. – Ridicule, vraiment. Mais ce n'est rien. Il faisait noir, c'est tout. Je ne voyais pas du tout ce que c'était. Le noir complet. J'ai cru à d'affreuses araignées velues ou je ne sais quoi. – Je l'ai fait entrer. – Vous avez vu le lit ? Couvert de vieilles plumes dégoûtantes et d'excréments d'oiseaux !

– Rien de très grave. En tout cas, rien de dangereux. Je vous croyais plus campagnarde que ça.

– Ce n'est pas le moment de vous moquer de moi. Bon, il ne reste qu'à tout nettoyer. Merci d'être venu.

Wolf inspectait du regard le faîte du toit pentu.

– Le personnel d'entretien aurait dû détecter la présence de ce nid. Qui est abandonné depuis des mois, à en juger par son état.

Je me suis mise à éternuer.

– Je suis allergique aux plumes.

Je m'étranglais à demi. Mon nez, mes oreilles, mes yeux, tous les tissus de mes voies aériennes se congestionnaient et me démangeaient furieusement. Je n'y voyais plus, j'avais du mal à respirer. Wolf m'a poussée vers la salle de bains. Il a gratté une allumette et allumé le chauffe-eau. Sous l'eau chaude, plumes et puanteur se sont vite enfuies. Ma serviette de bain s'est dénouée au moment où Wolf déployait ma chevelure sous le jet. Mais je me moquais d'être nue. Tout ce que je voulais, c'était que les démangeaisons cessent. Wolf nettoyait mon visage, mes yeux, mes oreilles des bribes de nid qui y avaient adhéré.

– L'imagination peut être une chose dangereuse, Nina.

Il s'est serré contre moi et je me suis rendu compte qu'il était nu. Je sentais son érection contre mon ventre.

– Désolé ! Les femmes nues, moi, ça m'excite, m'a-t-il murmuré à l'oreille.

J'ai refermé mes bras autour de sa taille et laissé l'eau cascader sur nous.

– Fermez les yeux. Tenez, posez ça sur votre visage. Où est le shampooing ?

– Là, sur le rebord.

Étroitement enlacés sous l'eau chaude, nous ne faisions plus qu'un. De haut en bas, la peau lisse et mouillée de Wolf était partout en contact avec la mienne. Mais cela ne me suffisait pas. Oh non ! Haletante, je me suis suspendue à son cou puissant tandis qu'il raffermissait son étreinte et m'écrasait contre lui. Ses lèvres se sont pressées contre les miennes et j'ai senti que je me fondais en lui.

13.

– Du café, Wolf ?

L'aube allait poindre. Nous avions décidé d'aller nous promener en brousse dès qu'on rouvrirait les portes du camp, puis de rentrer prendre le petit déjeuner avec les autres. Depuis la terrasse, Wolf scrutait le paysage à l'aide de mes jumelles, en direction de la rivière. Il m'a fait un gentil sourire.

– On s'entend bien au lit, toi et moi. On est faits l'un pour l'autre. J'ai idée que je suis le premier à t'exciter autant. Mais ne dis rien, cela romprait le charme. Eh oui, je veux bien du café, merci. Ensuite, j'irai prendre une douche. Il faut qu'on soit devant le portail au moment où on l'ouvrira. C'est à cette heure-là qu'on voit le plus d'animaux.

Il s'est retourné vers la rivière et j'en ai profité pour admirer ses épaules et ses cheveux argentés par le clair de lune. *Tu es très beau, Wolf. Ce n'est pas une chose qu'on dit aux hommes, alors je la garderai pour moi, mais il me suffit de te regarder pour te désirer. Surtout tes mains, si sensuelles, si expérimentées quand on fait l'amour ! Et puis il y a tes yeux, qui semblent animés par un éclat intérieur... Je n'en ai jamais vu d'aussi brillants.*

Je suis restée un instant plongée dans ma rêverie. J'avais perdu ma virginité la veille de mon bac. C'était peut-être par peur que j'avais couché avec le chef de classe, ce jour-là, derrière le gymnase, au pied d'une haie. Tout en me laissant insatisfaite, cet accouplement hésitant d'adolescents malhabiles avait en quelque sorte délivré le génie de la lampe – un génie qui dormait des mois d'affilée pour s'éveiller tout tremblant et débordant de désir à la vue d'une authentique beauté mâle. Je haïssais cette faiblesse. C'était un défaut dans ma cuirasse qui pouvait causer ma perte aussi sûrement que la faille de San Andreas celle de la Californie.

– Comme je croyais que tu viendrais hier soir, je t'ai rapporté de la viande. Elle est dans le petit garde-manger à côté de la bouilloire. J'ai aussi des biscuits.

– Bravo ! Et pourquoi aurais-je dû venir ?

– Pour t'excuser.

Wolf est allé chercher les côtelettes et s'est mis à mâcher allégrement.

– Tu en veux ? m'a-t-il demandé.

– Non, merci. Je m'en tiens au café.

– J'avais envie de venir te retrouver, tu sais. Si j'avais su qu'en plus tu avais de quoi manger, je n'aurais pas attendu si longtemps.

– Sans blague ?

– David m'a mis hors de moi. Il ne raconte que des absurdités, dont la moitié inventées sur le moment.

– Ah bon ? J'aurais cru qu'au contraire il savait des tas de choses.

– Ce n'est qu'une impression. Tu t'y connais en croyances tribales millénaires ?

– Pas du tout.

– C'est ce qui assure son succès. Personnellement, je m'intéresse beaucoup à la faune et à la flore locales, et je l'ai entendu proférer des énormités sur le sujet, comme s'il était une espèce de sage, ou je ne sais quoi.

– Donc, à partir de maintenant il est suspect, quoi qu'il dise ?

– Tout juste. Et quand j'ai vu que tu gobais ses propos ineptes, cela m'a mis en rage.

Il m'a serrée contre lui. Une fois de plus la magie a opéré et, le souffle court, je me suis laissée aller. Son dos était d'une fermeté de métal.

– Comment t'es-tu fait des muscles pareils ? De l'extérieur, ça ne se voit pas.

– J'ai fréquenté les gymnases.

Ça, c'était un mensonge. Ça voulait dire : *Mêle-toi de tes affaires.*

– On est pareils, toi et moi, Nina. Adultes, indépendants, opiniâtres, voire obstinés à réussir ; et on se sent en danger face à cette puissante sensation de ne faire qu'un. Je te sens un peu effrayée, non ? Pour toi, s'attacher c'est forcément souffrir, hein ?

– Tu lances des coups de sonde au hasard. On se connaît mal, voilà tout.

– C'est comme ça que tu espères me tenir à distance ? Tu crois vraiment qu'on n'apprend à se connaître qu'en discutant et en faisant l'amour ? Que le tout que nous formons se résume aux apparences tangibles ? Et l'intuition, alors ? Et la fusion des esprits, des personnalités ? Moi je ne crois pas que nous soyons si étrangers l'un à l'autre. En fait, je te crois très intuitive, notamment en ce qui me concerne. Et de mon côté, j'ai l'impression de te connaître depuis toujours.

Il avait touché juste, mais je n'avais aucune envie de m'étendre sur le sujet. J'ai opté pour la franchise.

– Je ne me fie pas à l'amour physique. Jamais je ne bâtirais une véritable affection là-dessus. C'est trop illusoire.

– Tu me surprends, Nina. C'est au contraire ce qui fonde l'amour entre les hommes et les femmes. C'est la nature qui parle. L'amour physique est à la base de toutes les grandes liaisons sentimentales, c'est lui qui écrit l'histoire. Il ne faut surtout pas le rabaisser. Si je t'aime, c'est pour ta folle chevelure enchevêtrée, ton nez à l'extrémité délicatement incurvée, tes yeux verts pleins de chaleur et de franchise. Et ce n'est pas parce que tu sais évaluer un bon investissement que je t'aimerai davantage.

– Et les qualités humaines, morales ?

– Ce n'est pas avec une bonne sœur que j'ai envie de coucher.

– Tu te moques de moi.

– Par moments je vois en toi une petite fille perdue. Depuis quand ressens-tu cela, Nina ?

J'ai remué sur mon siège, mal à l'aise. *Probablement depuis le jour où j'ai trouvé Otto mort. À moins que ça ne remonte bien plus loin ?*

– Tu dis des bêtises, Wolf.

– Non, je ne crois pas. C'est peut-être moi qui suis destiné à te porter secours, à te donner la sécurité. Tu es une jeune femme très sensuelle, Nina.

– Ne parle pas ainsi. Je ne suis pas ici pour très longtemps.
– En es-tu bien sûre ?
– Naturellement.
– Je vais prendre une douche.

Je me suis affalée dans mon fauteuil. Mi-consciente, entre veille et sommeil, j'ai repensé à Wolf, à la nuit que nous venions de passer ensemble, et aux moyens de prolonger mon séjour dans ce pays.

Un oiseau se met à chanter. Je me rends compte qu'à l'est, le ciel a viré au gris clair. Un deuxième oiseau s'éveille, puis un troisième, et bientôt, ce sont des centaines d'oiseaux qui entonnent un merveilleux alléluia. Le ciel devient rose, puis rouge, et enfin pourpre. Un éléphant trompette, le campement s'anime. Le jour est levé et je frémis d'excitation devant ce spectacle d'une indescriptible beauté.

14.

Le lundi soir nous étions de retour à Constantia, ultime avant-poste du colonialisme, ou plutôt dernier représentant d'une espèce quasi éteinte – un dinosaure d'une splendeur archaïque évoluant entre ses œillères dans un monde en pleine transformation. J'avais retrouvé tout mon professionnalisme : le lendemain matin à huit heures, j'étais prête à affronter une affolante kyrielle de réunions.

Rentrée à quatre heures, j'ai retrouvé Joy qui, trop contente d'avoir du monde, m'a aussitôt soumis une série de propositions : nous pouvions aller faire du cheval, nager, jouer au tennis… ou appeler l'hélicoptère que Bernie possédait en commun avec Théo et faire le tour de la péninsule du Cap par la voie des airs. Il en serait ainsi chaque soir ! Ensuite, le dîner réunirait autour de la table de Joy toutes sortes de riches ressortissants européens expatriés.

Le mercredi matin, au petit déjeuner, Bernie a posé une grande enveloppe sur la table.

– Théo m'a demandé de vous remettre ceci au cas où vous envisageriez d'investir dans ce groupe. Je lui avais dit qu'avant toute chose il vous fallait des chiffres, alors les voici.

Les chiffres en question brossaient le portrait d'un investissement très rentable. Toutefois, je ne les trouvais pas tout à fait crédibles. Comment confirmer mes doutes ?

Quelques jours plus tard j'ai pris l'avion pour Johannesburg – toujours ces fameuses réunions –, et commencé par passer quarante-huit heures à traquer les résultats financiers des sociétés composant ledit groupe avant la prise de participation. La conclusion qui s'en dégageait était stupéfiante : au moment de la fusion, elles totalisaient un endettement de 200 millions de rands. Comment leurs dirigeants en étaient-ils arrivés là ?

Moyennant quelques fastueux déjeuners et dîners, plus un coûteux séjour dans les locaux d'une société de veille économique britannique, je tenais le fin mot de l'histoire.

Quelques années plus tôt, la plupart des entreprises américaines ou européennes s'étaient retirées d'Afrique du Sud en raison des sanctions économiques édictées par leurs gouvernements à l'encontre de l'apartheid. Ce faisant, elles laissaient la voie libre aux industriels tels que Bernie et ses amis, lesquels n'avaient pas tardé à s'y engouffrer allégrement. Tous avaient subi au passage des pertes plus ou moins lourdes.

Alors Joshua, le banquier, avait eu la brillante idée de rassembler les brebis galeuses dans une seule et même bergerie en maquillant le chiffre de l'endettement par le biais de jeux d'écriture et en les maintenant sous ballon d'oxygène le temps que le pays redore son blason. Là-dessus, il suffirait de dénicher à l'étranger un gogo prêt à lancer une O.P.A.

Comment Bernie avait-il pu compromettre sa longue et profitable collaboration avec Eli en laissant la Bertram's éponger les pertes ? D'un autre côté, pourquoi pas... Après tout, il faisait lui-même partie des brebis galeuses puisque sa société, qui battait de l'aile, avait été admise dans le groupe.

Et moi, j'avais été désignée pour le rôle de la bonne fée, la marraine qui se pencherait, baguette magique en main, sur le berceau du nouveau-né. J'ai résolu de ne pas piper mot, d'attendre que Bernie fasse le premier pas.

Le soir de mon retour au Cap, Bernie m'a coincée juste avant le dîner.

– Théo se montre de plus en plus insistant, Nina. Avez-vous jeté un œil aux chiffres que je vous ai confiés ? Avez-vous parlé de notre marché à Eli ?

– Je n'ai pas à lui soumettre quoi que ce soit. Je prends mes décisions en toute indépendance, ai-je rétorqué froidement.

– Ah bon ? – Il a siffloté admirativement. – Vous devez me

prendre pour un ours mal dégrossi, mais c'est que je n'ai guère l'habitude de rencontrer des femmes toutes-puissantes.

Le sarcasme, maintenant !

– Je ne suis pas toute-puissante. Je m'acquitte efficacement de mon travail d'analyste financière, voilà tout.

– Alors, qu'en pensez-vous ?

– De quoi voulez-vous parler ?

– Allons, allons. Vous le savez très bien. De cette éventuelle prise de participation dans le groupe de Théo, bien sûr.

– Pourquoi dites-vous que c'est le « groupe de Théo » ? C'est lui qui me semble avoir le moins à perdre dans l'affaire. Joshua n'en détient que 12 %, mais c'est lui qui est le plus exposé puisque sa banque est en jeu. Vous pourriez tout aussi bien dire « le groupe de Bernie » ; après tout, vous en possédez 8 %.

Il a pâli.

– D'où tenez-vous cela ?

J'ai fait la sourde oreille.

– Vous et vos amis avez mis tous vos œufs dans le même panier – je veux parler de votre endettement –, et lancé une superbe campagne de relations publiques faisant valoir Théo dans le rôle du génie de la finance. Mais pourquoi Théo, je me demande ?

– Parce qu'il est capitaine de l'équipe.

Que voulait-il dire par là ?

– Je vois le tableau, vous savez. Une fois que vous aurez réussi à vendre 51 % des parts du groupe, vous prévoyez de céder les vôtres en douce avant de vous laver les mains de cette sombre histoire. Sauf que *personne* ne pourrait redresser le bilan de ces sociétés.

– Théo est un administrateur de premier ordre. Il y arrivera.

– Dans ce cas – bien improbable –, je serai là, sur le banc de touche, pour applaudir des deux mains, croyez-moi.

Bernie s'est éloigné en tempêtant. Tandis que je réfléchissais, une photo accrochée au mur a attiré mon regard. Un groupe de jeunes gens en tenue de sport souriant à l'objectif, l'air un peu mal à l'aise. N'était-ce pas Bernie, ce jeune homme, au premier rang ? Et celui qui tenait le ballon de rugby ? C'était Théo, bien sûr – le *capitaine de l'équipe.* Et là, au fond... David ! Et plus loin

Joshua. *L'Équipe de rugby de la Province de l'Ouest,* annonçait la légendre. La date était illisible.

En revenant, Bernie m'a surprise en plein éclat de rire.

– Je savais que le rugby comptait beaucoup chez vous, mais j'ignorais qu'il faisait de vous des frères de sang pour la vie !

– Vous êtes sorcière ou quoi ?

Pour une fois, je le prenais au dépourvu.

– Ce que je me demande, en revanche, c'est comment vous avez réussi à entraîner Joshua dans une galère pareille. Tôt ou tard la masse des dettes accumulées par le groupe va faire plonger sa banque, avec ou sans apport financier de l'étranger. Comment avez-vous pu causer le naufrage d'un ami, Bernie ?

Il m'a décoché un regard étrange, indéchiffrable, et j'en ai déduit qu'ils avaient *également* échafaudé un plan pour venir au secours de Joshua, et que Bernie n'était pas du tout désireux de m'exposer leur stratégie. J'ai décidé de pousser plus loin.

– Eli ne voudra jamais rester en affaires avec un homme qui a causé la faillite d'un de ses collègues.

C'était un coup au-dessous de la ceinture, et je le savais. Pas très recommandable sur le plan éthique, mais dans ce domaine Bernie n'était pas en reste. J'avais d'autres tours de ce genre dans mon sac, et en une demi-heure je lui ai fait cracher le morceau.

– Josh est couvert par une disposition secrète de la Banque centrale visant à repêcher les grands établissements bancaires surendettés, a-t-il reconnu, piteux. Et ses pertes doivent être suffisantes pour justifier le repêchage. C'est tout le but de la manœuvre.

Les dernières pièces du puzzle se mettaient en place. Je me suis mentalement adressée à Eli : *J'ai découvert quinze des quarante voleurs. Eh oui, vous m'aviez prévenue.*

Les fêtes de fin d'année se sont résumées à une interminable succession de soirées conclues par un bal chez Joy et Bernie pour le réveillon du Jour de l'an. Je comptais bien y retrouver Wolf, mais nul ne savait où il était. Alors je me suis persuadée que ça n'avait aucune importance et j'ai foncé dans le travail ; en l'espace de quelques jours, j'ai négocié plusieurs investissements sains pour le compte d'Eli.

Quand Wolf m'a enfin appelée, le son de voix m'a ramenée quelque temps en arrière, à la réserve de chasse.

– Nina ? Tu vas bien ? Tu t'amuses bien ?

– Follement. Et toi ? Tu as passé Noël en famille ?

Ça, ce n'était pas digne de moi, mais tant pis. Trop tard !

– J'étais en Europe. Nina, j'ai besoin de ton aide.

Cela dit d'une voix si impersonnelle que j'en ai eu mal au cœur.

– Je suis à la recherche de soutiens financiers pour promouvoir une exploitation minière modeste mais potentiellement rentable que je possède au Namaqualand. J'aimerais te la faire visiter. Tu auras peut-être des stratégies à me conseiller pour trouver des investisseurs.

Ainsi c'était un coup de fil purement professionnel. Quelle déception !

– Si on déjeunait ? m'a-t-il proposé.

– Pourquoi pas ? ai-je répliqué d'un ton neutre.

– Ou mieux, si tu peux prendre cinq jours je t'emmène là-bas. Il y a du potentiel, crois-moi. On pourrait aller passer deux ou trois jours en Namibie. C'est un pays magnifique... où les investissements à saisir ne manquent pas, s'il te faut un prétexte pour t'y rendre.

– Je n'ai nul besoin de prétextes.

– Parfait. Je dois cependant te prévenir qu'il y fait très chaud à cette époque de l'année. On dormirait à la belle étoile... même si c'est aussi à la dure ! Ça te dit ?

Non, ça ne me dit rien du tout. Ce qui m'attire, là-dedans, c'est toi et toi seul.

– Formidable, ai-je menti.

– On pourrait partir dimanche matin, si tu veux ?

– Va pour dimanche.

Après avoir raccroché, je suis restée un long moment à regarder par la fenêtre. Pourquoi Wolf m'invitait-il au Namaqualand ? Parce qu'il avait besoin de financement pour sa mine, vraiment ? Mes propres motivations, elles, ne faisaient pas de doute : ce qui m'intéressait, c'était son superbe corps souple et désirable, et je mourais d'envie de sentir ses lèvres sensuelles sur les miennes.

J'ai repris mes esprits et je suis allée me coucher en me promettant, dorénavant, de m'en tenir à ma mission officielle. Cela n'a pas empêché mon cœur de se mettre à chanter et ma tête de déclencher un compte à rebours obsessionnel qui ne s'arrêterait que le dimanche suivant…

La nuit était douce et calme, la pleine lune tentatrice suivait le cours de son destin en arborant fièrement sa beauté exotique. Je l'ai contemplée avec une jalousie mêlée de maussaderie tout en retournant dans ma tête une idée fixe : Wolf ; comment avais-je pu succomber aussi vite ? J'ai bien tenté d'analyser ce que je ressentais et de maîtriser mes émotions, mais je n'ai réussi qu'à amener sur mes lèvres un murmure insistant : « Wolf, Wolf… »

15.

Ce fameux dimanche matin est enfin arrivé. Aux premières lueurs du jour, voilées par une brume légère, Wolf était là qui contemplait avec orgueil son avion de fabrication sud-africaine, un Bosbok dont on avait conservé le camouflage et les impacts de balles. J'essayais de partager son enthousiasme, mais je paniquais à l'idée de confier ma vie à ce coucou.

– Je l'ai eu pour trois fois rien, m'a annoncé Wolf, tout ronronnant de satisfaction, en caressant amoureusement une aile. Le vendeur prétendait qu'il était complètement dépassé. – Il m'a lancé un regard faussement contrit, teinté d'ironie, en homme conscient de se bercer d'illusions. En fait, c'était un rêveur qui voyait l'aventure partout. L'amusement faisait pétiller ses yeux et son sourire en coin, un peu nigaud, révélait ses dents très blanches. – Il tiendra bien encore deux mille kilomètres.

Sans blague.

– Quoi ! ai-je explosé. Tu veux que je monte dans ce... ?

Je me suis rendu compte un peu tard que je me mordillais l'ongle du pouce. J'ai enfoui ma main dans ma poche.

– Ne t'en fais pas. Je t'assure, j'ai tout démonté et changé les pièces les plus usées. Tu n'as aucun souci à te faire.

Il me mettait au défi de céder à la peur. Alors j'ai embarqué et bouclé ma ceinture. En décollant, nous avons failli étêter les arbres plantés en bout de piste. Puis l'appareil a pris de l'altitude et mon estomac s'est mis à naviguer au gré des trous d'air et des courants ascendants.

– C'est à cause de la brise marine, sa température est plus basse, m'a crié Wolf à l'oreille.

Il a viré vers l'océan. Bientôt les montagnes ont disparu et je n'ai plus vu que des terres cultivées, sans le moindre relief, ainsi que le ciel brumeux mais dégagé et les flots gris. Le soleil cramoisi qui s'élevait furtivement au-dessus de l'horizon m'a fait cligner des yeux.

Nous avons longé le littoral en direction du nord à une vitesse de 260 kilomètres-heure en survolant des plages désertes recuites par le soleil, parfois bordées d'îlots rocheux, tantôt noires de phoques, tantôt blanchies par le guano. À l'intérieur des terres, plaines rocailleuses et collines arides s'étendaient à perte de vue, avec de-ci de-là un hameau aux maisons de pierre blotties les unes contre les autres.

– Ça ne doit pas être drôle d'habiter par ici, ai-je lancé en tentant de couvrir le rugissement des moteurs.

– Pour ces gens-là, certainement pas. – Il a désigné le sol. – Les mines d'étain étaient rentables, il y a un siècle. À l'époque un grand nombre de mineurs sont venus de Cornouailles. Quand le sol n'a plus rien eu à donner, ils sont rentrés chez eux, ou bien ils sont morts, mais les reliquats de leur passage sont restés, dans les baies, le long de la côte. Leurs descendants se sont reconvertis dans la pêche, mais ils ont bien du mal à vendre leur poisson. Il faudrait créer une usine de traitement du guano de poisson ; d'ailleurs, il y a un certain temps que j'essaie d'y intéresser quelques industriels. Les pêcheurs du coin y trouveraient au moins un petit débouché.

Il contemplait les taudis, et la tristesse se lisait dans ses yeux. Cette compassion m'a intriguée et émue à la fois, peut-être parce qu'elle n'avait pas de place dans mon petit univers ; jusqu'ici mes efforts avaient toujours tendu vers un but unique : l'accumulation des richesses. Wolf, lui, s'apitoyait sincèrement sur le sort de ces gens, et je l'enviais d'en être capable.

Pendant des heures nous avons volé vers le nord. Il faisait de plus en plus chaud, j'avais de plus en plus de mal à rester éveillée. J'ai fini par sombrer dans une torpeur cotonneuse. Je n'ai émergé qu'en sentant Wolf me prendre par le bras.

– Déglutis pour déboucher tes oreilles, on va atterrir.

Un instant plus tard l'avion se posait en cahotant sur une piste inégale avant de rouler lentement vers un hangar en tôle. Wolf m'a ouvert la porte et une bouffée d'air brûlant a envahi la cabine. Hébétée, j'ai pris pied dans une véritable fournaise. À côté de ce pays, les températures de la réserve de chasse étaient franchement clémentes.

– On se croirait dans *Lawrence d'Arabie* ! Je m'efforçais de paraître blasée.

Un vieil homme au teint olivâtre, aux cheveux couleur grain de poivre et aux yeux d'Oriental est venu au petit trot prendre en charge nos bagages. Le temps d'arriver à la ferme délabrée située à une centaine de mètres du hangar, j'étais en nage.

J'ai rejoint Wolf dans une pièce dont les murs étaient ornés de photographies anciennes. Fanées, dans les tons sépia, elles représentaient les membres d'une même famille ; austères, ils portaient des vêtements du siècle passé. Les femmes, un peu débraillées, avaient l'air las, l'œil hagard. Çà et là de vieilles casseroles, des couverts, un seau, une boîte pleine d'ustensiles de cuisine...

– Qui étaient ces gens ?

– Des mineurs de Cornouailles venus exploiter les gisements d'étain au début du siècle. Cette famille-ci a mis suffisamment d'argent de côté pour acheter ce bout de terrain, mais la sécheresse et la chaleur ont eu raison d'eux. Ils s'en sont allés, abandonnant sur place une partie de ce qu'ils possédaient. Pauvres insensés... Ils n'ont jamais su qu'ils avaient une mine d'or sous les pieds. Mieux : quinze mille hectares de terres rares ! Tu te rends compte de ce que ça représente ? Un formidable gisement, là, sous nos pieds... Un des plus riches de l'hémisphère sud !

– Qu'est-ce que tu entends par « terres rares », au juste ?

– Principalement des éléments radioactifs, pour résumer. Lanthanum, thulium, ce genre de chose. Certains entrent dans la composition des aimants. D'autres sont à la fois très rares et très demandés. Seulement, il va falloir investir au moins dix millions de dollars pour rendre le tout exploitable, monter une usine de traitement, faire venir des experts...

– Pauvres gens… Je n'arrête pas de penser à eux. Comme ils ont dû regretter les pluies et les sols fertiles de Cornouailles !

Nous étions dans la pièce donnant sur l'avant de la maison. Je me suis assise sur un tabouret pour contempler, par la fenêtre, les plaines désolées. Puis je me suis aperçue que Wolf me regardait d'un air curieux.

– L'endroit te déplaît souverainement, hein ?

– Je ne dirais pas ça. Mais c'est quand même un peu loin de tout.

– Ne t'en fais pas. Dès ce soir on retrouvera la civilisation.

– Je croyais que… Tu m'avais dit…

– Ce n'est pas un endroit pour toi. Je m'en rends bien compte. Je vais chercher les rapports des géologues.

Je l'ai suivi du regard. *Nina, tu es une idiote.* L'espace de quelques jours fous, j'avais imaginé qu'il s'était passé quelque chose de spécial à la réserve. Je m'étais lourdement trompée. Je me sentais trahie par la géographie, mais aussi par l'alchimie de ce que j'avais pris pour une attirance mutuelle ; en bref, je regrettais d'être venue.

Wolf avait bien travaillé. Les comptes rendus géologiques étaient très détaillés. Ils étaient l'œuvre d'experts indépendants supervisés par un géologue qu'il avait fait venir exprès.

– Ma société ne s'intéresse pas à ce genre d'investissements, Wolf. Mais je peux quand même te trouver des partenaires. Je pense à deux exploitants miniers suisses désireux de s'introduire en Afrique, et je connais les pontes londoniens qui contrôlent la majeure partie du Mozambique et de la Zambie. Il y aura forcément quelqu'un pour mordre à l'appât. Tu préférerais vendre le tout ou bien conserver une part dans les opérations minières ?

– Vendre. J'ai pris par ailleurs des engagements que j'ai du mal à assumer. En fait, j'ai beaucoup de fers au feu, et je vise déjà un autre gisement – de cuivre, celui-là. Allons-y. Je t'en parlerai pendant que je te fais faire un tour en voiture. Décidément, ce n'était pas une bonne idée de t'amener ici. Je n'ai pas envie de négocier sur la base de notre amitié.

Ainsi nous n'étions plus qu'*amis*… Je me suis forcée à sourire.

16.

Bien que le soleil ait dépassé son zénith, la chaleur restait incandescente. Et Wolf qui tenait absolument à me faire visiter ses terrains miniers jusqu'au dernier hectare !

– Regarde, m'a-t-il dit à un moment en pointant un doigt en direction de la mer. Des chacals !

Il m'a passé les jumelles. Et en effet, quatre bêtes efflanquées, apeurées et mangées aux mites tournaient autour d'une carcasse de phoque en grognant et en claquant des mâchoires.

– Pas drôle d'être un chacal dans ces contrées, ai-je commenté tout bas.

Mon ton lui a fait dresser l'oreille. Il a cherché à me remonter le moral en proposant :

– Allons dîner, tu veux ? Je suis un vrai cordon-bleu. Qu'on me donne un calmar et une casserole d'eau et hop ! on a un *consommé à la Möller* * ! Un vrai régal, je te jure !

Cela faisait une drôle d'impression de se tenir au bord de l'eau, un pied dans la mer grouillante de vie et l'autre sur cette terre désolée.

– Allons nous rafraîchir un peu, a dit Wolf avant de se déshabiller et de plonger dans la houle couronnée d'écume.

Naturellement, il était bon nageur. Il semblait exceller dans toutes les disciplines... Il est revenu vers moi en se laissant porter, à plat ventre, sur le dos d'une vague.

– Allez, viens, Nina. Il fait trop chaud pour ne pas se mettre à l'eau.

J'étais tout à fait d'accord, seulement j'avais laissé mon bikini à la vieille ferme et mes sous-vêtements en dentelle étaient bien transparents...

– Il est trop tard pour faire ta pudique ! Il n'y a rien que je n'aie déjà vu..., a-t-il crié.

Alors j'ai ôté mes vêtements. L'eau glacée m'a coupé le souffle. Limpide comme le cristal, elle pullulait de poissons. Wolf s'est éloigné vers le large avec son épuisette, et je l'ai suivi ; j'ai plongé juste à temps pour le voir attraper deux énormes langoustes. Puis il a passé la main dans une anfractuosité et remonté un petit calmar.

Engourdie par le froid, j'ai regagné la plage aussi vite que j'ai pu. Puis, après m'être rhabillée, j'ai aidé Wolf à ramasser du petit bois pour le feu. Ensuite, j'ai couru un moment le long de la grève. Quand je suis revenue les langoustes avaient pris dans l'eau bouillante une belle teinte rosée.

Wolf faisait chauffer de l'eau pour le calmar, qu'il a laissé choir tout vif dans la casserole sous mes yeux horifiés. L'animal a aussitôt soulevé le couvercle et tenté de s'échapper.

– Zut !

Wolf s'est précipité, mais je l'ai devancé et rejeté le calmar à la mer.

– Enfin, Nina ! Qu'est-ce qui te prend ?

– Si tu poses la question c'est que de toute façon tu n'es pas capable de comprendre. Alors laisse tomber, tu veux ?

– J'ai horreur de la sensiblerie, a-t-il solennellement déclaré.

J'ai aussi eu droit à un couplet sur les Anglais qui dédaignaient les manteaux de fourrure en se délectant de côtelettes de mouton, mais je n'écoutais déjà plus.

Il a fini par se calmer et sortir de la glacière une bouteille de vin bien frais, deux tomates et des petits pains ; sur quoi nous avons dîné très correctement.

– Ça va mieux ? – Il m'a pris la main. – Je vois bien que tu souffres, mais je ne comprends pas pourquoi. J'ai été surpris que tu acceptes de m'accompagner.

Il a rempli mon verre en attendant ma réaction, mais personnellement, quand il n'y a pas de réponse possible, je suis pour le silence.

– Alors, pourquoi es-tu venue, Nina ?

– Que veux-tu que je te dise ?

Il a souri.

– Ma foi... Que penses-tu de : « Je préfère être avec toi en plein désert que dans un grand restaurant en compagnie d'un beau parti londonien » ? Mais non, ça ne tient pas debout. Et je n'aurais jamais dû t'inviter.

– Alors pourquoi l'as-tu fait ?

– Tu veux la vérité ?

– La vérité, toute la vérité, rien que la vérité.

– J'avais une idée derrière la tête.

– Sans blague ! Une idée qui s'étend sur quinze mille hectares, c'est ça !

Il n'a pas relevé.

– Ça représente une grande partie de ma vie, tu sais. Prospecter, voyager, acheter des terrains çà et là pour les revendre...

Je traçais du bout du doigt des motifs abstraits dans le sable.

– Nina, je suis fou de toi. Alors je veux que tu saches tout de suite à quoi t'en tenir. Parce que toutes ces choses, j'espère les faire avec toi. Tu crois que tu t'habituerais à vivre à la dure ? Nina, épouserais-tu un homme dans mon genre ?

J'en suis restée complètement estomaquée ; je ne pouvais même pas mettre de l'ordre dans mes pensées. Certes, j'avais rêvé d'une histoire d'amour, mais sans voir plus loin. Je ne voulais pas perdre Wolf, mais de là à l'épouser... En fait, je n'avais *aucune* intention d'épouser qui que ce soit ! Le concept même de couple, de foyer me laissait froide.

– C'est une proposition ?

– Disons... une entrée en matière.

– Dans ce cas, fais en sorte que la période probatoire dure au moins six mois.

Au secours ! D'ici là, je serai rentrée en Angleterre.

– Je te demande pardon, Wolf. Je n'ai pas été franche avec toi. Je suis très attirée par toi, mais le moment et le lieu sont mal choisis. J'aime passionnément mon travail. Je ne saurais y renoncer. De plus, dans le monde où je vis ce n'est pas parce qu'on s'est bien entendus au lit une fois qu'on doit automatiquement épouser son partenaire. Et vivre ensemble ne signifie pas « vivre ensemble pour toujours ». On change. On emprunte des chemins divergents. Moi, je vis dans le présent.

– Ce sont des paroles que tu regretteras peut-être, Nina. Enfin, soit. De la part d'une fille comme toi, de toute façon, je ne m'attendais pas à ce que ça soit gagné d'entrée.

Tout à coup j'ai lu dans son regard de la témérité et de l'excitation, puis est apparu son fameux sourire tentateur.

Et si on s'est bien entendus au lit non pas *une* fois mais *deux* ?

Il s'est vautré sur le sable à côté de moi, puis m'a attrapée par la cheville et m'a écarté les jambes pour faire courir ses lèvres sur mes mollets, en remontant jusqu'à la cuisse. Et sa langue est redescendue vers mes orteils, avant de rebrousser lentement chemin tandis que je tentais de me dégager en réprimant des gémissements.

– Hé, pas si vite, Wolf ! a-t-il murmuré.

Il m'a ôté mon T-shirt, dégrafé mon soutien-gorge et a entrepris d'embrasser mes seins, en s'attardant sur les tétons ; bientôt il faisait glisser mon short.

– Il n'y a pas âme qui vive à des kilomètres à la ronde, m'a-t-il assuré. Rien que des chacals. Quant au vieux Piet, il ne sort jamais de la propriété.

Sur quoi il s'est déshabillé.

Il y a quelque chose d'extraordinairement sensuel à se retrouver nue en plein jour. Sous la caresse du vent, je me sentais plus vivante que jamais. Quand Wolf m'a prise dans ses bras, j'ai tressailli d'excitation. Mon corps entier prenait vie et devenait gourmand. J'étais comme décérébrée, réduite au désir insatiable de mon corps envahi de perceptions. Et Wolf, en amant habile et réceptif, me donnait ce que je réclamais.

Le soleil s'était couché, mais nous restions étroitement enlacés au bord de l'eau ; le cœur en paix, je fredonnais une chanson d'amour idiote. Sous les feux du couchant, le paysage était d'une beauté à couper le souffle. Jusque-là, je n'avais pas remarqué les couleurs délicates des rochers, les fins lichens qui tapissaient les pierres, la ténacité que démontrait la vie face à l'âpreté du milieu ambiant.

Puis ma prudence naturelle a repris le dessus.

– Tu dois comprendre que je ferai toujours passer ma carrière avant tout, ai-je pris soin d'expliquer. Ma carrière, c'est toute ma vie. J'ai fait des études difficiles et travaillé dur pour en arriver là. Il serait irresponsable de renoncer à tout ça.

– Dans ce cas, profitons au maximum du temps que nous avons à passer ensemble.

Je n'irai pas jusqu'à dire que sa réponse m'a satisfaite.

17.

Le matin de mon retour au Cap je suis tombée sur une information stupéfiante : la concession dont le sous-sol renfermait les fameuses terres rares était en effet d'une très grande valeur. Problème, Wolf n'était nullement propriétaire de ce trésor souterrain – il ne possédait en fait que la surface : les plaines rocailleuses, la ferme en ruine, point. Son acquisition remontait à un passé récent, mais les droits d'exploitation minière, eux, avaient été cédés six ans plus tôt à un groupe sud-africain.

Comment un homme aussi compétent et informé que Wolf avait-il pu se montrer d'une telle naïveté ? J'ai fini par l'appeler pour lui apprendre la mauvaise nouvelle.

– Merde ! Je me suis fait avoir. – La suite, il l'a éructée en allemand. – En toute franchise, Nina, je n'ai pas les moyens d'éponger une perte pareille, m'a-t-il exposé une fois calmé. J'aurais dû te demander de venir, le jour où j'ai acheté ces terrains. Tu veux bien me tirer de ce mauvais pas ?

– Je vais voir ce que je peux faire.

Il m'a fallu deux jours pour me procurer auprès du groupe minier le prix qu'on avait payé la concession ; j'y ai ajouté le coût du terrain proprement dit et le bénéfice de Wolf, et proposé le marché aux industriels suisses. La somme totale exprimée en livres sterling avait de quoi séduire. Ils ont accepté de venir se rendre compte sur place.

– Si la réalité est conforme à la description que vous en faites, nous sommes preneurs, a conclu Hans Zogg.

J'ai rappelé Wolf pour lui résumer mes démarches. Il ne restait plus qu'à attendre.

– J'allais justement te téléphoner, m'a-t-il annoncé. Tu es libre pour dîner, ce soir ?

Je l'étais. Ce soir-là, le lendemain soir et les autres... Très vite nous nous sommes implicitement entendus pour passer ensemble tout notre temps libre.

Quand je suis heureuse, mon visage reflète mes sentiments intimes. Impossible de dissimuler mes enthousiasmes. En revanche, quand je suis en colère, ou déprimée, personne ne s'en rend compte. Mais là, partout où j'allais on me demandait en plaisantant si, par hasard, je n'étais pas amoureuse.

– Mais non, répondais-je, consciente de mentir.

– Ma foi, je ne sais pas ce que vous faites pour avoir cet air-là, mais ça vous réussit, m'a dit la secrétaire de Bernie, ce qui résumait bien l'opinion générale.

Wolf et moi étions de plus en plus proches. Nous testions les meilleurs restaurants, nous allions danser, nous nous laissions entraîner par le tourbillon mondain de notre milieu social. Le week-end, nous nous envolions vers une région reculée pour prospecter, évaluer de nouveaux gisements... Je devenais experte dans l'art de monter la tente, faire du feu pour les repas et crapahuter dans des conditions pas toujours faciles. J'ai même appris à tirer au fusil pour faire bouillir la marmite.

Un soir à dîner, Joy m'a interceptée.

– À quoi devons-nous le plaisir de votre compagnie, devenue si rare depuis quelque temps ?

– Joy... – Je l'ai serrée dans mes bras, ce qui ne me ressemblait guère. – C'est parce que Wolf est en Allemagne.

– Alors, quand publie-t-on les bans ?

– Il ne s'agit pas de ça.

– Pour vous peut-être, a contré Joy, mais tel que je le connais, tôt ou tard Wolf, *lui*, voudra régulariser.

Elle ne croyait pas si bien dire : Wolf m'a demandée en mariage le lendemain soir... et a disparu pendant plusieurs jours après que j'eus décliné sa proposition.

Pourquoi faut-il que mes angoisses ressortent toujours quand je me sens particulièrement vulnérable ? Réveillée vers quatre heures du matin et incapable de me rendormir, je suis restée à me tourmenter, les yeux grands ouverts dans le noir : Wolf avait-il tenté de me duper avec cette histoire de mine au Namaqualand ? Si je n'avais pas vérifié aussi scrupuleusement les dessous de l'affaire, ma réputation en aurait cruellement souffert…

« Prends garde, Nina, prends garde », me soufflait une petite voix.

Je dressais mentalement la liste des renseignements que je détenais sur Wolf. Il était géologue et créateur d'entreprises, né près de Beeskow, en Allemagne de l'Est, sur la grande propriété où il avait également été élevé ; diplômé de l'université de Dresde, il était venu prospecter en Afrique du Sud dans l'espoir de toucher le gros lot.

L'avant-veille, alors que nous déjeunions ensemble, j'avais cherché à le faire parler de lui. Il avait fini par avouer que oui, Bernie avait raison, il avait réussi à importer du pétrole en empruntant des voies détournées et en faisant fi des sanctions économiques anti-apartheid. « Mais seulement pour financer mes autres entreprises, avait-il insisté. Le cœur n'y était pas. »

Alors je m'étais dit : *C'est l'homme le plus séduisant que j'aie jamais rencontré. Il a un charme fou, il fait tomber toutes mes défenses. Seulement, c'est aussi quelqu'un de très renfermé, qui cache sa véritable personnalité. Une espèce d'agent « secret », en quelque sorte. Dont j'ai vainement tenté de percer la couverture à jour. Et maintenant, il veut que j'aille visiter une demeure ancienne qu'il vient d'acheter près de chez les Fortune, que je l'aide à la remettre en état. Il trouve que ce serait amusant, mais que si ça se trouve, je vais en tomber amoureuse…*

Comme le sommeil me fuyait toujours, j'ai poursuivi mon analyse. *Il m'offre son amour avec une infinie délicatesse, mais aussi avec beaucoup d'assurance… Pourtant il a de l'humour, et je vois bien à quel point il me trouve à son goût. Je me demande s'il a conscience de son pouvoir de séduction, avec ce sourire nonchalant, ces yeux d'un bleu frappant ?*

Quand je suis descendue prendre le petit déjeuner, je n'ai pas vu Joy. La matinée étant belle, j'ai demandé à la gouvernante du café et des toasts que je suis allée déguster dans le jardin. De là, j'ai entendu Joy parler au téléphone dans la maison, juste derrière moi. J'ai voulu m'esquiver mais… trop tard ! J'avais surpris ses propos.

– Je t'en prie… ! – Une toute petite voix geignarde. – Louis, je t'aime. Je te l'ai prouvé, non ? J'ai tant fait pour toi. Tu n'as pas le droit de me traiter comme ça !

Confuse d'avoir écouté ce qui ne me regardait pas, je me suis avancée dans le jardin pour gagner un autre banc, hors de portée. César désherbait les plates-bandes. Je lui ai fait un signe de la main, puis je suis allée le remercier pour les fleurs qu'il avait fait placer dans ma chambre par la femme de chambre.

Là-dessus, Joy a fait son apparition, les yeux bouffis de larmes. Elle avait l'air accablé.

– Ce qu'il vous faut, m'a-t-elle lancé en relevant le menton dans une attitude de défi, c'est un petit séjour au gymnase. Sans bronzage, ici, une fille ne vaut rien. – Puis sa façade orgueilleuse a cédé. – Nina, aidez-moi. J'ai quelque chose à faire et j'aurais bien besoin de vos conseils…

Elle n'en a pas dit davantage, mais il y avait de la supplication dans ses yeux.

– Entendu, Joy ; je vais annuler mon rendez-vous. Ce n'était pas très important, de toute façon. Juste de la documentation.

La salle, décorée dans les tons noir et argent, était grande comme deux courts de tennis, les machines et appareils neufs et coûteux, la clientèle aisée. Elle se composait essentiellement de femmes artificielles arborant un masque à la place du visage, des joues et des cous liftés, des yeux tirés vers les tempes, presque bridés, et un nez qui ne devait rien à la nature.

Ma mère s'étant fait tirer la peau, je détectais à dix kilomètres les femmes passées entre les mains d'un chirurgien esthétique ; mais ici c'était la règle, et non l'exception. Je les ai regardées passer sans conviction d'une machine d'exercice à l'autre. Manifestement, le cœur n'y était pas ; alors, pourquoi se donnaient-elles cette peine ?

Mon moniteur, svelte et aussi narcissique que bronzé, m'a montré la marche à suivre sans cesser une seconde de se regarder dans la glace. L'or jetait mille feux à son poignet et à son cou, ses yeux scintillaient, et à une ou deux reprises il a souri à son propre reflet.

J'ai fait le tour des installations en un rien de temps. Quant aux cabines à U.V., il y régnait une chaleur étouffante qui me donnait mal à la tête. J'ai péniblement rejoint les douches, puis je me suis changée et dirigée vers la cafétéria, où tout le monde s'était rassemblé pour le café, y compris Joy.

Il y régnait une tension palpable dont je me suis étonnée ; l'attention générale était polarisée sur le vestiaire des hommes. De temps en temps celui-ci libérait quelques jeunes gens en survêtement, serviette jetée sur l'épaule, visage en sueur et cheveux mouillés, tels des gladiateurs sortant de l'arène. Alors les femmes prenaient des allures de félins sauvages et se laissaient glisser sans bruit au bas de leur tabouret de bar pour s'en aller traquer leur proie.

Joy tambourinait sur la table ; son anxiété était visible.

– Si on y allait ? ai-je enfin proposé – sans grand espoir d'ailleurs.

Mais elle m'a effleuré le poignet, brusquement suppliante :

– Attendez encore un peu, Nina. Je vous en prie. C'est important.

La porte s'est ouverte à la volée. Joy a pris une courte inspiration et s'est raidie en carrant les épaules. Elle posait un regard implorant sur l'individu musclé qui se tenait sur le seuil.

Adonis en personne n'aurait pas manifesté plus d'assurance quant à son sex-appeal. Grec, italien ? Une grosse chaîne ornée de médailles en or reposait sur sa poitrine exceptionnellement velue. Très hâlé, il avait les cheveux noirs et ondulés, le profil naturellement hautain. À la bosse qui déformait son maillot j'ai vu qu'il était particulièrement bien équipé et ne cherchait pas à le cacher. Son regard a survolé l'assemblée de femmes pour s'arrêter sur l'une d'entre elles... qui n'était pas Joy.

Il y a eu un petit bruit sec : Joy venait de se casser un ongle sur le dessus de la table. Sans doute avais-je devant moi le fameux Louis. Il s'est tourné vers nous puis, avec un haussement d'épaules désarmant, nous a adressé un petit geste gracieux et s'est dirigé vers l'autre femme.

– Alors c'est celle-là qu'il s'envoie ! Maria Bradford ! s'est exclamée Joy. Un génie de la finance, dit-on. Elle est à la tête d'une grosse société de placements immobiliers. Quel salopard !

Joy a fait mine de se lever, mais je l'ai retenue.

– Ne vous donnez pas en spectacle, Joy.

– Ça se voit à ce point ?

– Plutôt, oui. En plus, j'ai surpris votre conversation téléphonique. Bien malgré moi, je vous assure. Et croyez-moi, je vous comprends.

Comme nous regagnions la voiture, elle s'est épanchée, déversant ses affres d'épouse vieillissante sans enfant ni personne à qui prodiguer ses soins – et sans rien à faire de ses journées, les domestiques s'occupant de tout. Son sentiment d'être inutile, les sommes qu'elle avait dilapidées, les colères de Bernie face à ses relevés de cartes de crédit. Elle avait acheté une voiture à Louis – à crédit, justement – et il refusait de la rendre, ce salaud !

J'avais mal au cœur pour elle.

– Le temps passe vite, a-t-elle soufflé. On ne s'en rend compte que le jour où les hommes ne nous regardent plus. Dire que Bernie s'envoie une espèce de handicapée mentale qui travaillait autrefois pour lui comme dactylo... – Manifestement, elle avait besoin de tout déballer. – Elle l'excite. Il l'épouserait, s'il avait le cran de me plaquer. D'ailleurs, si elle se débrouille pour tomber enceinte, il n'est pas exclu qu'il me quitte. Il a toujours voulu avoir des enfants. Moi non. Mais maintenant, je regrette. La plupart de ses amis ont divorcé et se sont remariés. Vous l'aurez sans doute remarqué.

De grosses larmes roulaient sur ses joues.

Mon tour était venu de livrer mes chagrins et Joy l'a bien senti. Le lendemain après-midi, comme j'étais rentrée plus tôt que d'habitude, elle a fait servir le thé dans le jardin.

– Autant tout me raconter, a-t-elle dit d'un ton impérieux.

– Wolf m'a demandée en mariage. J'ai dit non et depuis, plus de nouvelles.

– Mais vous l'aimez, n'est-ce pas ?

– Je crois.

– Alors foncez, Nina.

– Il est trop tôt. En outre, je dois songer à ma carrière. J'aime trop mon travail. Je ne pourrai jamais y renoncer.

Joy a renversé le contenu de ma tasse de thé dans la soucoupe, puis examiné de près les feuilles qui restaient au fond.

– Je vous vois le jour de la petite fête qu'on donnera pour votre départ à la retraite. Vous avez l'air solitaire et apeurée. À quel âge prend-on sa retraite chez Bertram's, Nina ?

– J'ai encore des dizaines d'années devant moi, Joy.

– Certes, mais le jour viendra, et ce jour-là, de quoi seront faits vos souvenirs ? De bilans financiers ? De conseils d'administration ? Vous voulez des enfants ? Aujourd'hui, je me mords les doigts de ne pas en avoir eu.

– Joy, ça suffit.

– Mais peut-être attendez-vous le Prince Charmant ?

– Je doute de trouver plus charmant que Wolf.

Elle m'a lancé un coup d'œil qui signifiait « Attendez d'avoir mon âge » et hoché la tête d'un air entendu.

– Vous êtes parfois exaspérante, vous savez. La vérité est que je ne peux pas renoncer à Bertram's, voilà tout.

Elle a eu un petit sourire indéchiffrable, un peu ridicule, puis a changé de sujet.

Je me suis lancée à corps perdu dans le travail. J'ai presque réussi à me sortir Wolf de la tête. J'étais de plus en plus connue dans les milieux financiers sud-africains et il est vite apparu que les hommes d'affaires passaient par-dessus la tête de Bernie pour traiter directement avec moi et me soumettre leurs idées. Cela posait problème, mais qu'y faire ?

Puis mes Suisses ont donné leur accord sur le prix que j'avais fixé pour la concession des terres rares. L'affaire pouvait se conclure. J'ai appelé Wolf afin de lui annoncer la bonne nouvelle et nous nous sommes retrouvés pour déjeuner dans le quartier de Mariner's Wharf.

Depuis la terrasse, d'où l'on découvrait tout le port de pêche, on apercevait même les dauphins qui tournaient en rond autour des bancs de poissons sous les attaques en piqué des mouettes affamées. Nous avons attaqué de bon cœur nos langoustines, crevettes et autres calmars, et Wolf m'a reparlé de la maison de Constantia pour laquelle il nourrissait tant de grands projets.

– On pourrait prendre l'après-midi pour aller y faire un tour, qu'en penses-tu ?

– Impossible : j'ai rendez-vous. Écoute, Wolf. Soyons amis, tu veux ? À moins que pour toi, ce ne soit tout ou rien ?

– Mais non, bien sûr que non. De plus, je suis têtu. Si tu ne m'avais pas appelé, c'est moi qui t'aurais recontactée, tu sais. Tu monopolises mes pensées, Nina. Ce n'est pas pareil pour toi ?

– Si, oh si. Mais je ne suis pas prête à m'engager. Il s'est passé trop de choses en trop peu de temps.

– Je comprends tes appréhensions, mais ne peut-on pas envisager un compromis satisfaisant pour toi comme pour moi ? La Bertram's pourrait te nommer ici. Bernie, que j'ai vu aujourd'hui, m'a annoncé qu'il avait démissionné. Il a bien trop à faire avec ses intérêts personnels.

Cela m'a surprise.

– J'espère qu'il n'a pas agi sous la pression de Joy.

– Tu penses qu'Eli Bertram est susceptible de te proposer sa place ?

– Pas dans l'immédiat, non. Rien que cette semaine, il a déjà appelé deux fois pour me prier de rentrer dare-dare à Londres. J'ai demandé un délai pour conclure certaines affaires en cours. À mon avis, s'il avait la certitude que je voulais rester ici il me proposerait effectivement la place de Bernie, mais il préférerait tout de même que je rentre.

Ce cher Eli. Il y avait longtemps que je lui avais pardonné ses indiscrétions. Il allait me manquer, si je m'établissais ici. Et Londres aussi.

– Je me sens un peu isolée dans ce pays, Wolf. Professionnellement parlant, c'est un trou perdu.

Ses yeux bleus ont perdu d'un coup toute leur allégresse.

– C'est exactement ce que je t'ai dit l'autre jour au Namaqualand. Comment l'amour et le mariage pourraient-ils rivaliser à tes yeux avec la joie d'amasser toujours plus d'argent dans l'escarcelle d'Eli Bertram ?

Il a déposé un doux baiser sur mes lèvres, puis demandé l'addition.

– Il est temps de retourner au travail. Sinon, un ou deux rands pourraient te filer entre les doigts.

18.

J'avais du mal à résister aux intenses sentiments que j'éprouvais et à la certitude que l'amour, ce cadeau des cieux, devait être cultivé. Pourtant, plus j'envisageais sérieusement de faire passer cette liaison avant ma carrière, moins je surmontais ma répugnance à l'idée de renoncer à ma liberté. Jusque-là, dans ma vie, les hommes ne s'étaient vu offrir qu'un rôle passif de prince consort. Mais Wolf méritait mieux, et il fallait que je me jette à l'eau si je voulais sauver ce qu'il y avait entre nous. Le souvenir de cet épouvantable gymnase plein de quinquagénaires esseulées et de gigolos insolents me glaçait le cœur.

Il me fallait un peu de temps. Wolf était trop pressé ; je ne pouvais tout de même pas choisir en un clin d'œil entre lui et Londres ! Je me sentais bousculée par le destin.

Eli a appelé le lendemain matin pour me confirmer la démission de Bernie.

– Trouvez-lui un remplaçant, Nina. Éliminez les candidats potentiels jusqu'à ce qu'il en reste quatre et envoyez-les-moi pour entretien.

– J'allais justement vous demander de prolonger mon séjour, Eli. J'assumerai les fonctions de Bernie pendant l'intérim. Vous ne trouverez pas mieux, vous le savez aussi bien que moi.

– Mais j'ai besoin de vous ici !

– Ne vous méprenez pas : j'adore mon travail ; seulement, il ne me suffit plus. J'ai aussi besoin d'avoir une vie privée. Je ne prétends pas avoir trouvé le Paradis, mais laissez-moi quand même le temps de m'en assurer.

Malgré tous mes efforts, je n'arrivais pas à communiquer ce que je ressentais.

– Alors là, vous me surprenez, Nina.

Je percevais nettement son trouble.

– Je demande à réfléchir jusqu'à demain. Je vous télégraphierai ma décision.

Eli a été concis :

– Comme vous voudrez, Nina. Mais faites attention. Pour le moment je n'accepte pas votre démission pour ce qui est de vos responsabilités londoniennes. Jusqu'à nouvel ordre, je vous considère comme en congé sabbatique. Vous pouvez occuper le poste de Bernie pendant six à douze mois, le temps de prendre votre décision. D'ici là, votre poste ici vous reste acquis. Tenez-moi au courant de vos intentions.

Quand Wolf m'a appelée, le lendemain, je cachais mal ma joie d'avoir de ses nouvelles. Il m'a proposé de le retrouver à la maison de Constantia, toujours inhabitée.

– Mais je te préviens, elle est dans un triste état. Il y a pas mal de nettoyage et de rénovation à faire.

Il disait vrai. Toutefois, la demeure était charmante. Arrivée en avance, j'en ai profité pour me promener dans les hautes herbes qui avaient envahi les pelouses, en dérangeant des pintades sur mon passage. L'immense jardin retourné à l'état sauvage se prolongeait par une vigne, et par-delà un portail des sentiers sinueux s'enfonçaient dans les flancs boisés de la colline. La piscine, toute fissurée, n'avait pas servi depuis des années, mais c'était réparable.

Je suis entrée par une porte qu'on avait omis de verrouiller. Les fenêtres étaient encrassées, mais pour peu qu'on nettoie un bout de carreau on avait vue sur la montagne d'un côté et de l'autre sur l'azur scintillant de l'océan Indien. Les plafonds étaient hauts, les encadrements de fenêtres gracieux, les sols recouverts de tommettes. Il régnait dans cette maison une atmosphère de grandeur passée. On n'entendait que le chant des oiseaux.

Wolf était en retard. En arrivant, il m'a trouvée en train de décrasser un vitrail particulièrement joli.

– Épouse-moi, Nina, m'a-t-il dit d'emblée, comme on avance son premier pion sur l'échiquier.

– Je suis venue te proposer un compromis. Vivons ensemble quelque temps ; si je suis heureuse, je t'épouse. Mais je ne cesserai pas de travailler. C'est absolument hors de question. Je reprends le poste de Bernie. Tu avais raison, il a démissionné.

Fou de joie, il m'a soulevée de terre et fait danser sur place en chantant dans une langue étrangère.

Il a fini par se calmer.

– Définissons dès maintenant les termes du contrat. Toute relation amoureuse se doit, pour être réussie, d'être fondée sur de saines négociations. On devrait peut-être faire venir une secrétaire, pour rédiger les diverses clauses.

– Je ne crois pas que ce soit une bonne idée.

– Je préfère les lits à deux places aux lits jumeaux.

– Moi aussi.

– J'aime rester à la maison au moins quatre soirs par semaine.

– Pas de problème. J'aurai du travail, de toute façon.

– Je voyage beaucoup.

– On a déjà parlé de tout ça, Wolf.

– Je veux des enfants.

– Moi aussi.

– Trois ou quatre ?

– Pourquoi pas. Quand on aime on ne compte pas.

– Alors marché conclu !

– Ma foi oui, je crois que tout est dit.

– On commence quand ?

– Le plus tôt sera le mieux, non ?

– Mais on ne peut pas emménager tout de suite ! Il faut marquer le coup par, je ne sais pas moi… une fête. Ou de petites vacances, tiens ! Qu'en dis-tu ?

– Je ne demande pas mieux. Tu peux t'absenter combien de temps ?

– Disons trois semaines. Et toi, Nina ?

– Un mois, si besoin est.

– Je viens d'acheter une Land Rover. Je dois bientôt me rendre dans le nord. Tu veux qu'on traverse un bout d'Afrique en visitant les chutes d'eau, les réserves animalières ? Avec un petit tour par le Kalahari, peut-être ?

– Formidable !

– Tu peux être prête quand ?

– Il me faut une semaine pour expédier divers rendez-vous.

– Parfait ! Alors à dans une semaine.

– Ah ? Bon, à dans une semaine. – Je n'en revenais pas. Sans doute avait-il lui aussi des rendez-vous. – Tu as les clefs ?

– Viens ici, petite folle. Tu croyais t'en sortir comme ça ? Avant tout, tu vas baptiser notre maison.

19.

Trois semaines plus tard nous roulions cahin-caha sur une route caillouteuse et poussiéreuse près de Chobe, au Botswana. Tout autour de nous se pressait une forêt dense percée de clairières lumineuses où l'herbe se couchait sous la caresse du vent. Parvenus au faîte d'une colline, nous avons suivi vers le nord le tracé de la piste et découvert un flanc abrupt, tapissé d'arbres, au pied duquel paressait une rivière. La route jaunâtre se perçait un chemin tortueux dans cette épaisse couverture végétale débouchant sur une immense étendue d'azur miroitant. Dans le lointain, au bord du cours d'eau, un gigantesque hôtel de luxe dans le style hacienda espagnole faisait face au lac et, au-delà, à la bande de Caprivi, qui séparait le Botswana et l'Angola.

Wolf tenait à tout prix à gagner l'établissement avant la nuit. Nous sommes donc descendus dans la vallée en faisant fuir sur notre passage des dizaines de chevreuils et de babouins. Échevelés et couverts de poussière, nous nous sommes présentés à la réception où on nous a informés qu'un bateau à aubes partait à l'instant même pour une mini-croisière-apéritif, comme tous les soirs au coucher du soleil.

– On y va ? a impulsivement proposé Wolf.

Nous avons planté là nos bagages et rejoint l'embarcadère au moment même où le navire s'en détachait.

– Saute ! a hurlé Wolf en me prenant par la main.

Les passagers étaient tous européens ou asiatiques et c'était leur premier séjour en Afrique. Ils s'étranglaient d'admiration devant les impalas et j'ai souri de leurs observations naïves.

Des troupeaux d'éléphants avançaient en pataugeant dans la rivière profonde pour aller faire trempette, les mères aiguillonnant les petits malgré leurs couinements. Des hippopotames faisaient mollement surface en nous voyant passer afin de protester contre le dérangement. Les arbres du rivage étaient tous couronnés d'aigles-pêcheurs. Nous avons vite compris pourquoi : le second versait par-dessus bord un seau de poissons ; les grands volatiles fondaient sur ces proies faciles pour la plus grande joie des touristes à caméscope, qui en redemandaient.

Quand nous sommes rentrés, ravis, épuisés et gavés de champagne, il faisait nuit. Nous avons dîné aux chandelles et gagné notre suite avec vue sur la rivière.

– Mon chéri, c'est merveilleux, me suis-je exclamée, haletante. Merci, merci pour tout !

Nous nous sommes endormis dans les bras l'un de l'autre, trop fatigués pour faire l'amour.

C'est lors de notre quatrième nuit à Chobe que je me suis réveillée en pressentant que Wolf n'était plus là. Pas de lumière dans la salle de bains. Dressant l'oreille, je l'ai entendu descendre à pas de loup l'escalier en pierre qui menait au jardin. Il y avait un banc au milieu de la pelouse, juste sous nos fenêtres ; surprenant un léger sifflement, j'ai compris que Wolf y attendait quelqu'un. Un imperceptible appel s'est élevé près de lui, et il y a répondu. L'individu en question semblait être une vieille connaissance, mais tous deux s'exprimaient dans une langue que je ne saisissais pas et qui ressemblait à du russe.

Brusquement nauséeuse, je me suis précipitée vers la salle de bains. Depuis quelque temps je me sentais anormalement lasse et j'avais des maux de tête, des nausées, des insomnies. Si ça se trouvait, j'étais enceinte. Il ne s'était écoulé que trois semaines depuis que j'avais arrêté de prendre la pilule. Alors, déjà ? J'ai comptabilisé les maladies tropicales que j'avais pu attraper depuis le début des vacances. Ou alors, je buvais trop au dîner. J'ai décidé de m'abstenir pendant une petite quinzaine. Je me suis passé de l'eau sur la figure, j'ai enfilé un peignoir et allumé la lumière. Wolf n'a pas réapparu. Au bout d'un moment, j'ai décrété qu'il était absurde de m'en faire. Ce rendez-vous nocturne était sûrement prévu. J'ai demandé un sandwich et un lait chaud au service en chambre et je me suis recouchée avec un livre.

Wolf n'est rentré qu'à l'aube. Il a eu l'air fâché de voir que je ne dormais pas.

– Qu'est-ce qui se passe ? Avec qui discutais-tu ?

– Personne. Tu as dû rêver.

– Ne me raconte pas d'histoires. Je t'ai vu, là-dehors, il y a déjà plusieurs heures. Tu es allé retrouver quelqu'un que tu connaissais. Tu as sifflé pour qu'il te repère. Tout ça était arrangé à l'avance. Alors pourquoi m'as-tu laissée croire qu'on était tombés par hasard sur cet hôtel ?

Il m'a regardée sans répondre. C'était déroutant.

– Ne me regarde pas comme ça.

– Comme quoi ?

– Comme si tu étais un étranger. En plus, tu as l'air drôlement en colère. Bon, moi je me recouche.

En allant fermer la porte, j'ai vu son attaché-case par terre. Je l'ai repoussé du bout du pied : il était vide. Pourtant, il veillait jalousement dessus depuis des jours.

– Qu'est-ce que tu as fait dehors toute la nuit ?

– Ne t'occupe pas de ça, a-t-il répliqué sur un ton étrange.

Il a ramassé sa mallette en fronçant les sourcils et l'a hissée sur le haut du placard.

– Pourquoi ne m'as-tu pas dit que tu parlais russe ?

– Russe ? Mais pas du tout. Nous parlions un dialecte tribal angolais.

– C'est ça, fiche-toi de moi. Tu parlais *russe,* Wolf. D'ailleurs, tu as très bien pu l'apprendre à l'école, en Allemagne de l'Est. C'est beaucoup plus plausible que de parler couramment un obscur dialecte angolais. Que tu peux être bête, parfois.

– Je t'avertis, je n'en supporterai pas davantage.

Son ton m'a fait frémir.

– Supporter quoi ?

– Que tu m'espionnes.

– Je ne t'espionne pas. Seulement, je ne suis pas complètement idiote. Je me suis réveillée, tu n'étais pas là, j'ai entendu ta voix dehors, alors j'ai prêté l'oreille. Là-dessus tu es parti avec un inconnu et tu n'es pas rentré de la nuit. J'ai quand même le droit de me poser des questions, non ?

Comme je revenais vers le lit, la nausée que je redoutais m'a de nouveau envahie. Une main plaquée sur la bouche, je me suis ruée vers la salle de bains en claquant la porte derrière moi.

Wolf m'a rejointe. Il m'a prise par les épaules et caressé le dos. Quand j'ai eu fini de vomir, il m'a essuyé la figure et les cheveux avec un gant de toilette humide. Puis il m'a ôté ma chemise de nuit et m'a enveloppée dans une serviette.

– Pauvre Nina. – Sa voix aussi était caressante. – Tu es malade. Ma chérie, tu es toute pâle.

Il m'a prise dans ses bras et a séché mon visage avec douceur.

– Je ne me sens pas bien du tout, Wolf. Chaque fois que je me réveille, je vomis.

Je me raccrochais à lui, mais en même temps, je me regardais faire de loin et je me trouvais pathétique. J'ai frémi. Pourquoi capitulais-je ainsi ? J'avais donc trop peur de lui demander ce qui se passait ?

– Viens te recoucher, ma chérie. J'ai quelque chose à te dire ; c'est à propos de mon passé.

Une fois la lumière éteinte, nous nous sommes blottis dans les bras l'un de l'autre et il a commencé :

– Tu le sais, j'ai grandi en Allemagne de l'Est. Là-bas, j'ai appris à haïr le système soviétique. J'abhorre l'oppression à un point que tu ne peux imaginer. Toi tu as eu de la chance : tu n'as pas dû apprendre la haine. Tandis que moi, elle m'a laissé un goût amer dans la bouche face à toutes les formes d'oppression, notamment néocolonialistes. C'est pourquoi je donne un coup de main à l'opposition armée dans la région, mais je ne peux pas t'en dire plus.

– C'est dangereux ?

– Oui.

– Légal ?

– Tout dépend de quel côté on est. Mais j'y suis moralement obligé, Nina. Parfois, il faut savoir passer à l'acte. Tu dois me faire confiance. Je prends le parti des opprimés. J'aide des gens dénués de tout et qui souffrent. C'est tout.

Je me suis pelotonnée dans ses bras en refoulant mes soupçons et mes doutes. Si Wolf était un Robin des Bois moderne qui se dressait contre l'oppression sous toutes ses formes, pourquoi avait-il épaulé l'extrême droite sud-africaine en important du pétrole au mépris des sanctions économiques ?

Nous avons fait l'amour, et cela a balayé mes dernières interrogations. Par la suite, je me suis lancé un sévère ultimatum : *Fais-lui confiance ou quitte-le. Choisis. C'est l'un ou l'autre, ma fille.*

Alors j'ai choisi et je me suis rendormie.

20.

Elle était pareille… et différente tout à la fois. J'en ai fait attentivement le tour.

– Quelqu'un s'est servi de la Land Rover. Ou bien quelqu'un l'a fouillée.

– Qu'est-ce qui te fait dire ça ?

J'ai lancé un regard perplexe à Wolf.

– Tu ne vois donc pas la différence ?

– J'y ai fait un peu de ménage.

Voilà qu'il reprenait son air vexé. Celui qui signifiait : « N'insiste pas. » Je me suis calée dans le siège passager et j'ai essayé de deviner ce que le véhicule avait de changé.

– Tu as pris le seau ?

– Oui, il est à l'arrière.

– Tu te sens mieux, ou tu préfères que je te le donne ?

– Non, ça va.

Il essayait de détourner mon attention.

– Pourquoi as-tu fait enlever le tapis de sol ?

– Quel tapis de sol ?

J'ai soupiré.

– Le truc en tissu qui se trouve normalement sous mes pieds, tu le sais très bien.

– J'ai dû oublier de le remettre en place après l'avoir secoué.

– Oui, après avoir changé toutes les vis, nettoyé le plafonnier, remplacé le miroir brisé sur mon pare-soleil et réparé l'essuie-glace, sans parler de la poignée qui branlait ni de la housse déchirée… J'observe également que la fuite d'huile a disparu.

– En effet.

Je suis redescendue pour aller me poster à l'arrière de la voiture. La plaque minéralogique était la même, les couleurs de la carrosserie n'avaient pas changé… même les autocollants sur le pare-brise étaient en place.

– Un vieux tacot transformé en Land Rover flambant neuve… Tu as fait sortir un bon génie de sa lampe magique ou quoi ?

– Non, c'est le même modèle, même année, même kilométrage. Crois-le si tu veux, mais c'est notre Land Rover.

Je suis retournée m'asseoir et, furieuse, j'ai regardé droit devant moi en pinçant les lèvres. Puis j'ai fait claquer mes doigts sous le nez de Wolf.

– Ça suffit, maintenant. Tu vas me dire dans quoi on est embarqués. Trafic d'armes ? De diamants ? De drogue, peut-être ?

Un coup d'œil à ma montre. Il n'était que sept heures du matin et la journée – jusque-là prometteuse – était gâchée. Nous avions fait quelques longueurs dans la piscine de l'hôtel avant de prendre le petit déjeuner et de régler la note ; nous rentrions en Afrique du Sud via les chutes Victoria, ce qui nous prendrait quelques jours. Et manifestement, ce ne serait pas de tout repos, avec la tension qui régnait entre nous. Encore que Wolf n'eût pas l'air le moins du monde fatigué, malgré sa nuit blanche.

– Une fois pour toutes, dis-moi la vérité, Wolf.

– Arrête de t'en faire. Occupe-toi de ton seau.

J'ai balancé l'objet par la vitre et serré les poings, affreusement consciente d'oublier tous mes principes. Était-ce l'effet de la grossesse ?

Wolf a freiné sans hâte pour se garer sur le bas-côté. Le visage dénué de toute expression, il est allé à pied récupérer le seau.

– Jette-moi ça tout de suite. Ne t'avise pas de le remettre dans la voiture.

– Je suppose que tu es enceinte, a-t-il répondu avec douceur. C'est un moment difficile pour tout le monde, à ce qu'on m'a dit. – Il a reposé le seau sur le siège arrière. – Essaie de ne pas aggraver la situation. Je remarque que ta personnalité change. C'est pour ça que je n'ai pas pu dormir de la nuit. J'ai passé tout ce temps à retaper et à dépanner la voiture. Quant à ce prétendu « Russe » que tu as entendu, c'est un bagagiste de l'hôtel qui m'a donné un coup de main côté mécanique. Je comprends ton énervement, Nina. La chaleur, ces affreuses nausées… Mais je crois que tout ça ne dure pas. Si tu veux, on peut aller consulter un médecin ici même.

Je ne croyais pas un traître mot de sa petite histoire.

– Tu n'as pas oublié, j'espère, l'objet premier de cette conversation ?

– Nina, ne m'en veux pas. Je suis désolé de devoir faire silence sur certaines choses. Je suis notamment censé mener des négociations commerciales pour l'Armscor, seul et unique fabricant d'armes sud-africain, au cas où tu ne le saurais pas. Il s'agit d'une mission ultrasecrète. J'achète des pièces détachées et du carburant pour armements lourds. Même cela je n'avais pas le droit de te le dire, alors de la discrétion s'il te plaît. Ce que je *peux* te dire, en revanche, c'est que je t'aime.

– Bon, d'accord. – Je ne m'étais jamais sentie aussi peu à la hauteur. – C'est juste que… Enfin, c'est comme si j'étais devenue quelqu'un d'autre.

– Possible. En tout cas, tu n'as jamais été aussi ravissante.

– Mais je ne veux *pas* être ravissante ! Je veux être *moi,* un point c'est tout.

Wolf a fait preuve de patience pendant l'interminable trajet jusqu'à Johannesburg, avec une étape aux chutes Victoria et à Messina. Dans un bazar de Bulawayo, il a acheté un pot de chambre ancien, peint à la main, et me l'a offert empli de fleurs.

– Maintenant, tu peux te débarrasser du seau, a-t-il déclaré avec un sourire inquiet.

Depuis notre dispute, il se mettait en quatre pour me contenter.

– Tes vacances ont été à moitié gâchées. – Nous étions descendus dans un hôtel proche des chutes et flanqué de magnifiques jardins où nous nous étions installés pour déjeuner. – Je tiens à me faire pardonner. Et dès notre retour, il faut nous marier.

– Ce n'est pas ce qui était convenu. On avait dit qu'on ferait d'abord un essai de vie commune.

– Mais enfin, tu es enceinte ! Si nous ne sommes pas mariés, je ne serai même pas considéré comme du même sang que mon propre enfant ! Je n'aurai pas le droit de garde, et s'il t'arrivait quelque chose – à Dieu ne plaise –, je ne pourrais pas le prendre avec moi.

– N'essaie pas de me culpabiliser. Pas question de me sentir prise au piège.

– Et pour ton enfant, tu ne te sens pas coupable ? Est-ce qu'il n'a pas le droit d'avoir un père ?

Qu'est-ce que j'avais donc contre la perspective de m'engager ? Cela avait-il un rapport avec le sort malheureux qu'avaient connu mes parents ? Tout en sirotant ma limonade maison, je contemplais un groupe d'Africains en costume tribal qui préparaient leurs percussions en vue d'un concert.

– Pour le moment, je ne veux plus en entendre parler.

Wolf a eu l'air blessé, mais de mon côté je me sentais bel et bien prise au piège et cela me faisait peur. Pourquoi ? On ne s'attirait plus d'opprobre en élevant un enfant seule, et ce n'était pas l'argent qui me manquait. Alors ? Je devais regarder la vérité en face. C'était moi, ma nouvelle personnalité qui me faisait peur. Une fois de plus je me transformais, je devenais dépendante, maternante, j'aspirais à l'amour protecteur de Wolf, à fonder un foyer conventionnel. Je songeais déjà à aménager, à notre retour, une chambre d'enfant, plutôt qu'à me mettre en chasse de nouvelles possibilités d'investissement.

– Tu as dû grandir dans une famille harmonieuse... Tu es si pressé d'en fonder une ! Tu m'en parles un peu ?

Wolf a bien senti que je détournais la conversation, mais il a joué le jeu.

– Ma mère était une femme très belle et très forte qui menait son monde d'une main de fer, tout en s'attirant amour et fidélité parce qu'elle savait aussi se montrer juste et douce. J'étais fils unique, gâté mais jamais seul : j'avais beaucoup d'amis. Mais ce que j'aimais par-dessus tout, c'était la compagnie de mon père. C'est lui qui m'a appris à pêcher, patiner, skier, chasser – enfin tout ce qu'un père est censé apprendre à son fils ; mais pour moi, il était surtout un ami. Et il adorait ma mère. D'ailleurs, tout le monde l'adorait. Il a toujours considéré comme un miracle d'avoir pu l'épouser.

Il a continué à me parler de sa mère. Ça n'en finissait plus. Il l'avait déjà évoquée à plusieurs reprises au cours des semaines précédentes, mais elle n'était toujours pas très réelle à mes yeux, comme une bonne fée de conte pour enfants. Ou une mère idéale imaginée par un orphelin. Tiens, d'où me venait cette curieuse idée ?

Nous sommes restés deux jours aux chutes. Mes nausées ont diminué, puis complètement disparu comme nous approchions de l'Afrique du Sud. Je revenais à la vie. La mégère s'effaçait, Nina Olgivie reprenait sa place légitime.

Alors que j'avais chassé le problème de mes préoccupations immédiates, Wolf me l'a brusquement remis en tête avec une requête aussi inattendue que malvenue.

– Tu sais, je crois que le moment serait venu de me présenter à tes parents.

Cachant mal ma répugnance (je ne voulais pas que mon enfance malheureuse contamine mon bonheur présent), j'ai répondu :

– Nous ne sommes pas très proches. Je suis indépendante depuis trop longtemps.

Je perdais mon temps. Wolf était décidé. La « lune de miel » était finie et bien finie.

21.

Nous nous sommes envolés pour Édimbourg, où j'ai appelé ma mère depuis l'hôtel. C'est son mari, John, qui m'a répondu.

– Ça alors ! Nina ! Si je m'attendais… Mon petit, je suis sincèrement désolé. Comment as-tu appris la nouvelle ?

– Quelle nouvelle ?

Un tressaillement de panique.

– Mais… la maladie de Rebecca.

– Ah bon ? Mais qu'est-ce qu'elle a ?

– Ça me fait mal au cœur de te l'annoncer comme ça. Ta mère a eu une attaque il y a dix jours. Incroyable, hein ? Elle se remet lentement, mais il faudra beaucoup de temps avant qu'elle recouvre pleinement ses facultés. Pour le moment, elle ne peut pas encore répondre au téléphone. Parler lui pose problème.

Incrédule, assommée, j'ai appris que cette attaque lui avait paralysé tout le côté droit, que John avait dû embaucher une infirmière de jour et une de nuit.

– Tu aurais dû m'appeler !

– Tu connais ta mère. Elle a beaucoup insisté pour que tu ne le saches pas, au contraire. Il ne nous reste qu'à prier, Nina.

– J'arrive tout de suite. Je peux amener quelqu'un ?

– Ce n'est pas souhaitable.

– Elle me reconnaîtra ?

– Oui, mais sa vue a beaucoup baissé.

– Je n'en reviens pas !

– À propos, qu'est-ce que tu fais là ? Tu es en vacances ?

– En quelque sorte. Disons, en lune de miel prénuptiale.

– Félicitations. Pourquoi n'as-tu rien dit ?

– J'étais venue vous l'annoncer, justement. Tu crois qu'il faut que j'en parle à maman ?

Une pause.

– Non, je ne crois pas. Mieux vaut attendre. Le choc serait trop fort. Viens. Elle sera très contente de te voir.

J'ai été émue aux larmes devant l'état où se trouvait ma mère. Il ne restait plus trace de son illusoire jeunesse. Hagarde, elle était en outre défigurée par l'hémiplégie. M'efforçant de dissimuler mon horreur et mes larmes, j'ai souri, prononcé les paroles qu'on attendait de moi, félicité ma mère pour les progrès réalisés et tout fait pour ne pas montrer que j'avais du chagrin.

– J'ai l'air vieille, hein ? Je le vois dans ton regard.

J'ai secoué la tête.

– Non, tu as seulement l'air malade.

Combien de fois l'avais-je entendue me poser cette question et combien de fois lui en avais-je voulu !

Mais à présent son humiliation me faisait mal, comme si je portais dans un obscur recoin de mon inconscient une blessure mal refermée qui commençait à se gangrener. Je ne savais pas très bien ce que je ressentais, mais j'étais bien forcée de m'avouer qu'un lien effectif dont, jusque-là, j'ignorais la puissance, m'unissait toujours à ma mère.

Elle a posé sur moi un regard mortifié et j'ai caressé sa joue froide en murmurant des contre-vérités tandis que je pleurais intérieurement. Elle attendait autre chose, tout autre chose de moi, je le lisais dans ses yeux ; mais qu'y avait-il d'autre à dire ?

L'hiver ne contribuait pas à réchauffer cette atmosphère affective dépourvue de tendresse. D'amers nuages à l'allure vengeresse filaient dans le ciel ; ils me rappelaient les étés d'antan, à jamais disparus, et toutes les occasions manquées, toutes les marques d'amour non prodiguées.

Pendant que je tenais la main de ma mère en bichonnant son amour-propre, mille incidents mineurs, mille rebuffades ou rancœurs rentrées remontaient à l'assaut de ma conscience tels des débris d'épave affleurant à la surface de l'océan.

Je l'ai aidée à faire un puzzle qu'elle feignait de maîtriser alors qu'elle se contentait de déplacer sans bruit les pièces d'un côté ou de l'autre. J'étais tiraillée entre le désir d'être présente à ses côtés et celui de m'en aller définitivement, et les deux se manifestaient avec la même violence. Était-ce le sentiment de culpabilité qui déposait sur mon âme un voile de chagrin ? Ou bien l'amour ? J'aurais tant voulu le savoir !

Cette nuit-là, au lit, je me suis montrée insatiable. Il fallait que je sente à nouveau la vie couler avec ardeur dans mes veines... Je devais me convaincre que c'était bien ma mère, et non moi, qui se mourait lentement. Je n'y arrivais pas tout à fait.

Le lendemain matin nous avons pris l'avion pour Inverness, où nous avons reçu un accueil glacial tant de la part de la nature qu'à Olgivie Lodge. Décidément, la solitude était sans compensation ; elle ne faisait qu'amener le lent rabougrissement de l'âme. Quand je lui ai présenté Wolf, mon père l'a gratifié en guise de salutation d'une espèce de rictus. Pourtant, il s'était habillé pour l'occasion. Quand il voulait, il savait à la perfection jouer les *gentleman farmer* ; mais son regard trahissait la morne existence qui était la sienne.

– Entrez. Faites comme chez vous, Wolf. Le déjeuner sera bientôt prêt. Truite aux épinards. J'espère que vous n'avez rien contre les plats simples. Tout est produit sur place.

Mon père a longuement et attentivement dévisagé Wolf et sa moue ne m'a laissé aucune illusion : il désapprouvait.

Wolf, qui était hypersensible aux humeurs d'autrui, a tenté de le séduire.

– C'est signé Lawrence Olgivie..., a-t-il lu. – Il contemplait un tableau accroché dans le couloir. – Vous-même, je présume. Ainsi vous peignez... Vous avez magnifiquement rendu la lumière hivernale et la mélancolie de la montagne. Exactement ce que j'ai vu en venant.

– Hum. Par ici. Vous buvez quelque chose ? Nous avons un excellent Scotch. Cadeau d'un ami établi sur l'île de Skye.

– Nina me dit que vous faites de l'élevage. Justement, j'avais envisagé de me lancer dans cette activité au Botswana. Naturellement les conditions n'ont rien à voir, mais ici comme là-bas, ce n'est sûrement pas une sinécure.

Wolf était fermement décidé à prouver qu'il connaissait bien les difficultés des fermiers écossais. Peut-être avait-il potassé le sujet. Mais ça n'a guère impressionné mon père.

– Tu étais au courant, pour l'attaque de maman ? suis-je intervenue, coupant presque la parole à Wolf.

– John m'a écrit, oui. Je me demande pourquoi, d'ailleurs. Rien ne l'y obligeait.

Je l'ai pris par le bras.

– Papa, maman est *très* mal. Tu devrais aller la voir.

– Et pourquoi donc ? Ce serait déplacé.

– De lui pardonner ?

Sentant que nous avions besoin d'être un peu seuls, Wolf a annoncé qu'il allait se promener au bord du loch. Nos regards se sont croisés. Il comprenait. D'ailleurs, il comprenait toujours tout et je lui en savais gré.

J'ai lu sur le visage de mon père une authentique inquiétude.

– Ne t'en fais pas, papa. Je suis très heureuse. Wolf est quelqu'un de bien. Quant tu le connaîtras tu auras de l'affection pour lui, toi aussi. Il est bon, sincère, il défend l'opprimé, il est sensible… et drôlement calé en écologie.

– Le fait est qu'il se donne du mal pour avoir l'air concerné, compréhensif. Je me demande pourquoi.

– Voyons, papa ! Essaie de faire un pas vers lui, toi aussi.

– Nina, fais attention. – Il a posé sa main sur la mienne. Je n'en revenais pas ! – Mon petit, je vois bien que tu en es folle. Mais ce type a une idée derrière la tête. Laisse ton argent en Angleterre. Tu pourrais en avoir besoin. Promis ?

Ses paroles ont douché mon enthousiasme. Mais j'ai ravalé ma riposte : il s'écoulait du temps avant que je ne revoie mon père.

– Tu ne fais confiance à personne ; en outre, tu ne m'as jamais vraiment aimée, ai-je lâché sur un ton faussement dégagé.

Il a souri. Un drôle de sourire pincé, empreint d'amertume, qui m'a hantée jusqu'à la fin de la journée, même quand nous sommes tous les trois allés voir les troupeaux et faire le tour du lac avant de prendre le thé au coin du feu.

Après le dîner, nous nous sommes dit au revoir et Wolf et moi avons regagné notre hôtel.

– Il n'y a que mon père pour couper aussi efficacement tout lien affectif, et de manière aussi définitive, ai-je lancé, rageuse, tandis qu'Olgivie Lodge disparaissait derrière nous. On s'adapte, quand les règles du jeu changent ; normalement, on fait entrer les ex et leurs conjoints dans le cercle de famille ! On leur ménage une place quelque part entre les frères et sœurs et les cousins. On les accepte pour ne pas heurter les enfants, et parce qu'ils créent une certaine continuité dans un monde en perpétuel changement. Mais lui non. Lui ne pardonne *jamais.*

– Je l'ai trouvé difficile, en effet ; mais c'est ton père, alors j'ai fait un effort.

Notre humeur sombre ne s'est dissipée qu'à l'hôtel, quand nous avons allumé la télévision et assisté en différé à la libération de Nelson Mandela, après vingt-sept années d'emprisonnement.

– Il me tarde de rentrer. Allons-nous-en d'ici, a déclaré Wolf en m'enlaçant.

– Ce n'est pas de refus ! Dès demain matin, si tu veux.

– Non, ce soir !

– D'accord, on s'en va !

– Mais d'abord...

Il s'est littéralement jeté sur moi. Nous avons fait l'amour rageusement, puis fourré nos vêtements dans les valises et appelé un veilleur de nuit ahuri.

Bien installée dans mon fauteuil de première classe, un verre à la main, je me suis blottie contre Wolf en m'efforçant de me détendre : les mises en garde de mon père me hantaient. Mais c'était un homme aigri que plus rien n'intéressait, peut-être parce qu'il avait été trahi. Alors j'ai décidé de faire passer l'amour avant tout ; dorénavant je protégerais mon bien, fût-ce au risque ma vie, et je ne reculerais devant aucun sacrifice. J'ai serré fort le bras de Wolf.

– Je t'aime, tu sais, ai-je soufflé, au bord du sommeil. Rien d'autre ne compte que toi et moi.

22.

Morgendauw, le manoir antique et délabré qu'avait acheté Wolf, serait désormais ma résidence principale. Après notre retour au Cap, j'ai donc passé quelques jours à recruter du personnel, notamment une gouvernante, la très irlandaise Mrs Mallory, aussi compétente qu'aimable. Puis je me suis lancée dans une vaste entreprise de rénovation et, au bout de trois semaines de labeur intense, la maison a retrouvé un peu de sa splendeur passée.

Un matin, en plein travail, j'ai vu débarquer Joy.

– Je suis venue vous inviter officiellement à une *garden-party* samedi après-midi. Wolf a déjà dit oui pour vous, mais j'ai pensé qu'il valait mieux vous consulter personnellement.

– Je suis navrée, mais ce sera pour une autre fois. Vous avez vu dans quel état est la maison ?

– Mais j'ai besoin de vous, Nina ! C'est ma toute première *garden-party* à l'anglaise, comme il s'en donne à Buckingham Palace ! Et vous, vous connaissez les ficelles. Ne m'obligez pas à vous supplier.

– Ma foi, puisque c'est si important pour vous…

J'ai capitulé, non sans gémir intérieurement.

– Il n'y aura que des gens titrés, vous savez.

– À part vous et moi !

– Bon, d'accord, il n'y aura *presque* que des gens titrés…

– Et s'il pleut ?

– Nous ferons comme vous autres Anglais : nous ne tiendrons aucun compte de la météo – c'est bien trop vulgaire ! Il faudra *absolument* – j'insiste – porter une capeline, des gants et une tenue très classe. Je compte sur vous.

Le samedi venu je n'en pouvais plus. J'avais dû recevoir les plombiers, les électriciens, les inspecteurs des travaux, les décorateurs d'intérieur, les jardiniers-paysagistes, les menuisiers... et souvent tous en même temps. Pour couronner le tout il avait fallu que j'aille m'acheter une robe, une absurde folie tout en dentelle lilas brodée de perles, avec chapeau assorti. Wolf avait vu venir le coup : il était parti quelques jours en Namibie pour affaires. Quand il m'a appelée, le vendredi soir tard, je me suis réjouie d'entendre sa voix.

– Tu rentres bientôt ? Tu me manques, mon chéri. Et puis j'ai besoin de toi ici.

– J'atterris au Cap demain à l'heure du déjeuner. Je ne peux pas faire mieux. J'irai directement chez les Fortune, on se retrouvera là-bas. Ne sois pas en retard.

– Je n'ai jamais été en retard à une *garden-party ;* alors tu penses, quand c'est chez la Reine en personne...

À deux heures tapantes, César s'est présenté au volant de la nouvelle Rolls de Bernie.

– Quelle idée de m'envoyer la voiture ? Je vais y aller à pied, voyons. C'est à cinq minutes. En plus, il fait si beau !

– Vous allez m'attirer des ennuis, a-t-il rétorqué sans détour.

J'ai cédé avec un soupir.

– Ça alors ! me suis-je exclamée en découvrant, au bout de l'allée, une Joy ridiculement accoutrée.

J'aurais dû la conseiller, l'empêcher de s'habiller en demoiselle d'honneur nubile. J'ai pouffé de rire. Cette réception allait être grotesque.

Décidément, la bêtise des gens était sans limite. Je ne l'ai compris qu'au moment où on m'a soufflé au visage une poignée de confettis très prématurés et que les félicitations ont commencé à pleuvoir tout autour de moi.

Joy avait pensé à tout : le bouquet, le voile, un accessoire emprunté et un accessoire bleu, selon la tradition dans les pays anglo-saxons – en l'occurrence une jarretelle lui appartenant. Wolf ne dissimulait pas sa satisfaction devant la victoire qu'il venait de remporter ; il avait belle allure, en habit et chapeau haut de forme. Mais moi, j'étais complètement affolée.

Bernie m'a conduite à la terrasse en passant par la roseraie ; puis l'organiste a entonné la marche nuptiale, un prêtre a prononcé les paroles consacrées et, à la faveur d'un bref égarement j'ai eu envie de répondre « Non ». Mais je me suis raisonnée. Wolf a glissé une bague à mon doigt et je me suis retrouvée mariée avant même d'avoir pu céder à la panique.

En signant le registre j'ai appris que j'étais à présent la baronne Wolfgang von Schenk Möller. Je n'avais aucune considération particulière pour les titres de noblesse, sauf s'ils étaient portés par quelqu'un qui les méritait, mais je n'aurais qu'à être discrète sur le mien, comme Wolf lui-même.

Tout s'est déroulé dans les règles de l'art. J'ai jeté mon bouquet aux demoiselles d'honneur qui le réclamaient à grands cris, puis est venu le tour de la jarretière ; quant au gâteau, on l'a découpé après la première valse, toujours dans le respect de la tradition.

– Je regrette qu'il n'y ait pas de photographe, m'a dit Joy dès que nous avons eu un moment pour nous entretenir seule à seule. Wolf n'en voulait pas. Il s'est montré formel là-dessus.

– Bah, quelle importance ? Tout est parfait. Tu as été merveilleuse et je te remercie de tout cœur. – Je me suis jetée à son cou, ce qui nous a autant surprises l'une que l'autre, de même que ce brusque tutoiement. – Joy, tu es une véritable amie.

À mon grand dam, elle a fondu en larmes.

Être la femme de Wolf revenait à vivre un vrai conte de fées. J'étais choyée, aimée, rien ne m'était refusé du moment que cela me rendait heureuse. Même ma grossesse se passait bien, après les premières nausées matinales. Au fil des mois je suis devenue oisive, béate, dans l'impatience croissante et réjouie de l'heureux événement. J'étais tellement contente de mon sort que je me sentais coupable. Qu'avais-je fait pour mériter un trésor pareil ? Un bonheur si parfait, j'avais du mal à y croire.

23.

– Nina ! Nina ? Où es-tu ?

Wolf m'appelait depuis la cuisine.

– Ici ! Dehors !

J'étais éperdue au soleil, au bord de la piscine, le nez dans un manuel de jardinage. Mes roses étaient attaquées par des parasites, d'horribles créatures triangulaires, répugnantes d'aspect comme d'odeur, qui en suçaient la sève et provoquaient le dépérissement des boutons. Toutes mes récentes floraisons étaient atteintes.

– Ça y est, j'ai trouvé ce que c'est que ces bestioles ! Le nom savant est *Coreidæ*. Et l'antidote est – tiens-toi bien ! Un vigoureux nettoyage à la main ! Avec les progrès de la science, on aurait pu espérer quelque chose de plus moderne, tu ne crois pas ?

– Nina, tu me surprendras toujours. Après toutes ces années à accomplir des miracles dans les hautes sphères financières, voilà qu'aujourd'hui tu te vautres avec délices dans les problèmes domestiques comme un petit cochon dans la fange !

– Dis donc ! Mesure tes expressions.

Wolf s'est accroupi près de moi et m'a chatouillé le nez avec un brin d'herbe.

– Arrête ! Il faut que je me concentre. Je vais me lancer dans une impitoyable guerre d'usure contre ces parasites. Tu ne peux pas savoir combien d'espèces sud-africaines n'attendent que de s'en prendre à mes belles roses d'Angleterre.

– Je te signale qu'à l'origine les roses ne viennent pas d'Angleterre mais d'Asie. Celles-ci particulièrement, puisque ce sont des roses thé – elles ont vu le jour en Chine. – Il m'a regardée, perplexe. – Et tu ne t'ennuies pas ?

– Mais non. Pourquoi ? Je devrais ?

Bien au contraire, je n'avais jamais assez de temps : je continuais à travailler à mi-temps pour la Bertram's. Le reste de la journée je m'occupais agréablement. Depuis que les symptômes initiaux de la grossesse s'étaient estompés, je n'éprouvais plus qu'un profond contentement. J'appelais de tous mes vœux la naissance de mon enfant et mon seul souci était Wolf, qui se surmenait. Sous le hâle resplendissant, de gros cernes se creusaient sous ses yeux emprisonnés dans une résille de fines rides. Il restait attentionné, mais souvent il passait la moitié de la nuit devant son ordinateur, à reporter d'interminables griffonnages dans des calepins ou à sauvegarder des fichiers sur des disquettes qu'il enfermait ensuite dans un coffre-fort.

J'étais parvenue à la conclusion que cet homme était un génie. Tant de fers au feu, tant de plans visant l'enrichissement rapide moyennant de brefs séjours sur le terrain... La plupart du temps ses démarches étaient couronnées de succès ; alors comment expliquer sa tension permanente ? On aurait dit un jongleur sur un fil... à haute tension, justement. Un seul faux pas et c'était la catastrophe. J'aurais tellement voulu le décharger d'une partie de son fardeau.

– Tu sais, ce qui me comblerait c'est que tu me délègues une partie de ton travail. – Voyant son expression changer, je me suis empressée d'ajouter : – C'est ce qui était convenu entre nous, tu te souviens ? Je pourrais te dépanner, tu sais. La comptabilité, c'est ma partie.

– Dieu me garde de laisser mon épouse enceinte se fatiguer avec des choses pareilles. De plus, presque tout ce que je fais est placé sous le sceau du secret, je te l'ai dit.

Parfois, je me demandais s'il utilisait cet argument massue pour m'empêcher de fourrer mon nez dans ses affaires.

– Viens un peu par là, affreux phallocrate. Tu veux sentir ton bébé donner des coups de pied ? Mets ta main là et attends.

Je me suis laissée retomber dans l'herbe, appuyée sur un coude ; et j'ai à nouveau senti un petit pied ruer dans mon ventre.

– Il est agité. Il tient de toi.

Wolf a posé la main sur mon abdomen gonflé.

– Ça y est, je le sens ! Incroyable ! Tu crois qu'il nous entend ?

Je lisais sur son visage un mélange de fierté et de crainte respectueuse.

– J'aime à le penser.

– Alors écoute-moi, Nicholas ; il ne faut pas donner de coups de pied à ta mère. Sois gentil, ou tôt ou tard tu auras affaire à moi. Tu ne perds rien pour attendre, mon garçon.

– Nicholas ? D'où sors-tu ce prénom ?

– C'était celui de mon grand-père. J'aimerais beaucoup qu'il s'appelle Nicholas.

– Va pour Nicholas. Et si c'est une fille ?

– Nicole. Mais je suis sûr que c'est un garçon. – Wolf a posé ses lèvres sur mon ventre. – Je vous aime tous les deux. Et tu as raison de proposer qu'on travaille ensemble. Mais plus tard. J'envisage de laisser tomber l'Armscor.

« Nina, ma chérie. J'ai eu envie de t'offrir quelque chose, pour te prouver que je compatis. Tu ne te plains jamais, mais ce ne doit pas être drôle tous les jours de traîner ce ventre. Et comme je ne trouvais rien qui soit digne de toi dans le commerce, je t'ai fait faire un cadeau sur mesure. Il est resté dans ma poche toute la matinée. Ce n'est pas grand-chose, tu vas voir. – Il a laissé tomber un petit paquet dans l'herbe. Puis il s'est relevé. – À tout à l'heure pour déjeuner. Bernie et moi avons du travail.

Je l'ai regardé s'éloigner à grands pas, si bien découplé, si vigoureux, si beau... Je lui enviais sa sveltesse. Mon ventre de six mois m'avait fait perdre ma silhouette.

C'était un magnifique bracelet d'émeraudes et de saphirs montés sur une chaînette en feuille d'or 24 carats délicatement ouvrée. Le tout accompagné d'un petit mot : « Merci de me donner un fils. »

Je commençais à avoir une belle collection de bijoux. Bizarre... Je n'aurais jamais cru que j'en viendrais à apprécier ces choses-là. Mais ce bracelet m'était offert avec tant d'amour...

Les jours passaient dans une ambiance lumineuse pleine de soleil et de prospérité qui me montait à la tête. Wolf engrangeait les bénéfices produits par ses diverses entreprises. De temps en temps seulement je m'inquiétais de ce que je devenais : une déesse de la fertilité imposante et replète, tout en ventre, sans grand autre mérite.

Là-dessus, j'ai mis mon bébé au monde, et comme tout ce qui faisait ma nouvelle existence de femme mariée l'événement s'est entouré d'un minimum de souffrance et d'un maximum de joie. Pendant l'accouchement, Wolf ne m'a pas quittée un seul instant ; sa présence continuelle me communiquait un peu de son énergie tout en me submergeant d'amour. Une fois mon fils baigné, langé et enveloppé dans sa petite couverture, je l'ai pris dans mes bras et j'ai admiré ses beaux cheveux roux sombre, longs pour un nouveau-né, ses petits doigts parfaitement formés, sa drôle de petite frimousse contractée. Le coup de foudre instantané.

Après la naissance de Nicholas j'ai découvert chez Wolf des talents inédits : c'était un excellent père. Malgré la présence de Mavis, jeune nounou recrutée localement que nous occupions à plein temps, l'un de nous deux était toujours au côté du bébé. Nous partions des jours entiers en expédition dans le bush, nous voyagions beaucoup, mais toujours en emmenant Nicky. Parfois il fallait marcher des heures, auquel cas Wolf le portait sur son dos, sanglé dans un porte-bébé.

Pendant ces premiers mois enchanteurs, tout à nos explorations, Wolf et moi sommes devenus extrêmement proches. Au lit, nous nous transportions mutuellement vers des sommets de félicité en exploitant soigneusement chez l'autre tout ce qui pouvait devenir source de plaisir.

Nicky était un enfant de bonne composition. Il a prononcé son premier mot à dix mois. À notre grand dam, ce fut « Nounou ». Quelque temps plus tard il est passé au stade supérieur : « Nounou faire ça. » Dans ces cas-là il désignait impérieusement ce qu'il voulait que Mavis fasse, apporte ou emporte, et elle s'exécutait avec le sourire. Elle l'adorait. Jamais elle ne s'impatientait – j'ai appris plus tard que c'était typique des Africaines, qui gâtaient naturellement leurs enfants.

À peu près à cette époque-là, nous avons acheté un chiot danois femelle que j'ai aussitôt baptisé Brigit II. Nicky en raffolait. Il avait fréquemment le dessous lorsqu'ils folâtraient dans le jardin, mais jamais il ne se plaignait.

Un matin (il avait alors vingt-deux mois), il a demandé à aller jouer dans la piscine.

– Tout à l'heure, Nicky. Maman doit d'abord préparer le gâteau.

Il a fixé sur moi ses grands yeux bruns fort sérieux.

– Tout à l'heure ?

– Mais oui.

Il est parti avec son camion-jouet vers le jardin clôturé qui s'étendait devant la cuisine. Au bout d'un moment Brigit s'est mise à aboyer furieusement. J'ai cherché Nicky du regard – en vain. Puis j'ai vu qu'il avait réussi à traîner une chaise de jardin contre la clôture et à se laisser tomber côté piscine.

– Oh non ! Non, non, non !

J'ai bondi par-dessus la clôture en prenant appui sur la chaise. Toute dégoulinante, Brigit montait la garde auprès de mon enfant ; trempé, transi d'effroi, il me regardait, au bord des larmes, les cheveux plaqués sur le visage et le regard suppliant.

Je l'ai serré bien fort contre moi, puis j'ai passé un bras autour du cou de la chienne. Plus tard, je l'ai récompensée avec les restes du gigot de la veille. J'en ai tremblé pendant des heures.

– Il est costaud et plein d'idées, a commenté Wolf quand je lui ai rapporté l'incident. Je n'en reviens pas que Brigit ait réussi à sauter la clôture pour se porter à son secours. À compter d'aujourd'hui je vais passer une heure par jour avec Nicky pour lui apprendre à nager, et entre-temps, nous allons surélever la clôture d'un mètre. Je m'en occupe sur-le-champ.

Depuis la naissance de Nicky nous avions adopté, plus ou moins involontairement, le mode de vie de nos voisins et amis. Nous bénéficiions de l'hélicoptère de Bernie moyennant finances, nous fréquentions les grands restaurants dans un rayon de trois cents kilomètres autour de Constantia, nous partions deux fois l'an en vacances à l'étranger – en Europe l'hiver, dans quelque paradis tropical l'été… Comme nous refusions de nous en séparer, Nicky voyait du pays. Aucun enfant de notre entourage ne se promenait autant que lui. Les fonctions de Wolf auprès du gouvernement nous valaient d'innombrables invitations (dîners et cocktails semi-officiels) dans tous les coins d'Afrique du Sud. Nous avions une loge au champ de courses, nous allions à Durban pour le Handicap de Juillet et à Johannesburg pour le Grand Prix.

Au début, je me suis demandé combien de temps allait durer la lune de miel. Puis j'ai cru qu'elle ne cesserait jamais.

Je me trompais. Aujourd'hui encore, je peux citer la date et l'heure exacte auxquelles nous avons été chassés du paradis. C'était le 2 octobre 1992, la veille du deuxième anniversaire de Nicky.

24.

– Nina, si je m'adresse à toi c'est que… eh bien, on est amies, n'est-ce pas ?

À ce moment précis, il n'y avait pourtant rien d'amical dans le regard bleu de Joy.

– Joy ! Quelle bonne surprise. Entre. J'étais dans la cuisine. Ça ne te fait rien si je continue ce que j'étais en train de faire ? – Je l'ai entraînée à ma suite ; était-ce encore son amant qui faisait des siennes ? – Si on buvait quelque chose ? Tiens, regarde ça !

Ça, c'était le gâteau d'anniversaire auquel je venais de mettre la dernière main ; il n'y manquait ni les deux bougies, ni le glaçage, ni le petit train multicolore tout en bonbons. J'en étais très fière.

– Wolf n'est pas là ? – Elle a regardé nerveusement autour d'elle, sans prêter attention à mon chef-d'œuvre. – Bernie dit qu'il est en déplacement.

– C'est exact. En Namibie. Mais il revient demain, tôt dans la journée. Tu n'avais pas oublié, j'espère ? Il te plaît ?

– Tant mieux ! Je veux dire… Ah, le gâteau ? Oui, il est très réussi. – Une tristesse passagère s'est peinte sur ses traits. – Il faut que je te parle seule à seule. Théo veut alerter la Brigade de répression des fraudes, mais Bernie cherche à l'en empêcher parce qu'on est mouillés jusqu'au cou.

– Je t'en prie, Joy, calme-toi. Je ne sais pas du tout de quoi tu parles.

– Je te parle de Wolf et de l'affaire des conteneurs.

– J'ignorais que Wolf avait une entreprise de conteneurs.

– J'avais bien dit à Bernie que Wolf ne t'en toucherait pas mot. Tu es trop rigoriste.

Un cri a retenti dans la nursery.

– Attends, viens, on va voir ce que fait Nicky.

Elle m'a emboîté le pas.

– Jamais vu de gosse aussi gâté, a-t-elle soufflé comme je sortais mon fils de son lit à barreaux pour le serrer contre moi.

En un clin d'œil il était tout sourires.

Joy a tendu les bras et je lui ai confié le petit à contrecœur. Je supportais mal que quelqu'un d'autre que moi le porte.

J'ai plissé le nez.

– Hum... Il a besoin d'être changé.

Joy me l'a promptement rendu.

– Il ne va pas au pot ?

– La journée, si. Mais quand il dort, je lui mets une couche.

– Parfois, je regrette... – Elle s'est interrompue en se mordant la lèvre inférieure. – Ça me donne le cafard de vous voir comme ça. Enfin, il est trop tard maintenant.

Que de remords, que de frustration chez cette femme ! Manifestement, une fois de plus elle traversait une mauvaise passe.

J'ai ramené Nicky à la cuisine et je l'ai installé dans sa poussette le temps d'apporter la touche finale au gâteau.

Du côté de Joy, les vannes se sont ouvertes d'un coup.

– Je t'en prie, Nina, ne te fâche pas. J'ai besoin de ton aide. J'ai peur ! La totalité de nos économies sont investies dans cette affaire.

– Quelle affaire ? Je ne comprends rien à ce que tu racontes. Reprends tout au début.

– Wolf a importé je ne sais quel logiciel informatique de pointe destiné à la détection de missiles. Les sanctions économiques interdisent à l'Afrique du Sud d'importer les produits technologiques de ce type, mais Wolf connaît des fabricants d'armes américains affiliés à l'extrême droite qui sont prêts à coopérer avec notre gouvernement dans ce domaine. Comme il a un besoin pressant de financement, Bernie s'est mis de la partie, appâté par les bénéfices potentiels.

– Je suppose que tu ne me rapporterais pas tout ça si tu n'étais pas sûre de ce que tu avances. Alors, quel est le problème ?

– L'argent, bien sûr. J'y viens.

Elle s'est mise à faire les cent pas d'un air absent.

– Il y a trois ans, Wolf s'est approprié la majorité de contrôle dans une société hollandaise appelée International Containerisation. – Elle a fait volte-face et attiré une chaise à elle. – Il a dit à Bernie qu'il se servait d'elle pour exporter clandestinement son argent. C'était relativement simple, avec tous ces conteneurs expédiés en permanence aux quatre coins du monde, m'a-t-elle expliqué, blême, les lèvres pincées. Le but du jeu était de vendre lesdits conteneurs à l'étranger et de ne rapatrier qu'une partie des sommes réalisées. C'était un projet à long terme.

« Tous nos amis, jusqu'au dernier, ont transféré leurs capitaux à l'étranger via la société de Wolf. Entre nous, cela représente plusieurs millions de rands. Et il les garde sous le coude. Les conteneurs étaient censés se vendre il y a des mois. Wolf nous promet sans cesse l'argent, mais on n'en voit jamais la couleur. Aucun d'entre nous n'a encore touché un sou.

– Je suis sûre qu'il y a une explication rationnelle. – Je me suis contrainte à répondre sereinement. – Je lui poserai la question dès son retour.

– Il y a aussi le financement à court terme que Bernie a avancé pour le logiciel de détection. Il y a déjà un mois que Wolf doit nous rembourser. Bernie redoute qu'il ne soit au bord de la faillite. Nous serions ruinés ! Nina, je suis désolée de te tourmenter avec ça, mais Bernie a tout essayé, et pas moyen de tirer un mot là-dessus à ton mari. Tu sais combien il peut se montrer charmeur et persuasif. Il promet la lune, mais on ne voit jamais rien venir.

Elle a enfoui son visage dans ses mains. Quand elle a relevé la tête, ses yeux étaient rouges.

– Le problème, quand on se met dans l'illégalité, c'est évidemment qu'on ne peut recourir ni à un avocat, ni à la police. À moins de se rendre sur place, il est même exclu de consulter un juriste étranger. On va sans doute en arriver là, d'ailleurs. Ici les communications téléphoniques ne sont pas sûres, et tu n'ignores pas que le courrier est ouvert.

– En effet.

– Je t'en prie, essaie de savoir ce qu'il en est.

– Je vais lui parler. Il faut effectivement qu'il vous dise la vérité. Mais je suis persuadée que tout va bien. Probablement un simple contretemps. Tu dis toi-même que c'est un projet à long terme.

– La rumeur prétend que Wolf aurait inventé une exploitation minière fictive à Torrabai, en Namibie. Une mine de diamants. Un armateur grec qui avait investi dans le projet l'attaque en justice en lui réclamant plusieurs millions. Tu es au courant ?

J'ai secoué la tête. Tout à coup, j'avais la nausée.

– Depuis le début je te mets en garde contre Wolf. On n'a jamais vraiment su d'où il venait. Fais attention – mais je t'en supplie, essaie de savoir où est passé notre argent.

– Comment peux-tu remettre en question ta confiance en lui ? Nous sommes tous amis, non ? Je t'en prie, sois un peu réaliste, Joy.

Elle m'a adressé un sourire coupable, et quand elle a repris le volant pour rentrer chez elle, je lui ai trouvé l'air hagard et vieilli.

J'ai eu quelque scrupule à fouiller le pavillon que Wolf avait aménagé en bureau. Il ignorait que je possédais un double de la clef. Jusqu'ici l'idée ne m'avait pas effleurée de l'espionner, mais l'assurance nous avait imposé de la faire dupliquer en cas d'incendie ou d'effraction.

Le simple fait d'allumer son ordinateur était déjà un aveu de méfiance. J'ai hésité.

Pourvu qu'il y ait une bonne raison à ses agissements !

Comme je m'y attendais, l'accès de la machine était protégé par un mot de passe. Avec un soupir, je me suis mise au travail. Il me restait quelques talents de *hacker* depuis l'époque machiavélique où j'occupais ainsi mes loisirs. Il m'a fallu une demi-heure pour démonter le disque dur et le connecter à mon ordinateur portable. Une sorte de lobotomie... Cette tâche terminée, je me suis installée confortablement.

Une lettre à la fois, en procédant par ordre alphabétique, je me suis laborieusement appliquée à percer son code d'accès à six caractères. Au bout d'une demi-heure je le tenais : *Bosbok.* J'ai failli pleurer en me remémorant notre voyage au Namaqualand et l'intrépide avion qui nous avait trimballés pendant neuf mois tout au long de la côte avant de partir à la casse. Dire qu'on en était arrivés là, Wolf et moi ! Je m'en voulais d'avoir écouté Joy. Qu'est-ce qui me prenait d'espionner mon propre époux ? Pourtant, je ne pouvais me résoudre à lâcher ce que j'avais entrepris. Les révélations de Joy avaient ravivé les mille questions que je m'étais toujours posées.

Enfin j'ai réussi à pénétrer dans les fichiers de Wolf. Ils me donneraient peut-être un aperçu de la structure de ses activités professionnelles. J'ai trouvé une centaine de livres de comptes informatisés, comportant chacun plusieurs pages. Je ne savais par où commencer. Wolf avait des intérêts dans de multiples opérations complexes et, loin d'être « au bord de la faillite », il semblait amasser des fortunes grâce aux sociétés dont j'ai pu examiner le bilan.

La mine de diamants de Torrabai fonctionnait sous l'égide d'une certaine Fondation transafricaine pour le développement. Curieux... Plusieurs autres entreprises liées aux diamants et domiciliées en Angola étaient chapeautées par cette société fiduciaire.

Il était presque trois heures du matin quand j'ai trouvé trace de la fameuse société de conteneurs ; elle était associée au nom de *Lübeck* pour des raisons qui m'échappaient... jusqu'à ce que je fasse une découverte : son compte en banque principal était ouvert ici, et non à Amsterdam. La documentation révélait l'existence de représentants dans toutes les grandes villes portuaires, le manifeste de chaque transport effectué ces trois dernières années, plus le nombre, le propriétaire, la localisation et la destination de tous les conteneurs en mouvement entre l'Europe, l'Afrique et l'Orient. Tout était soigneusement consigné, l'ensemble fournissant une description sans surprise du commerce international sud-africain : minerai, fruits et vin à l'exportation, produits manufacturés à l'importation.

Pourtant, il y avait là-dedans quelque chose d'affreusement suspect. Pas une seule perte de bénéfices en trois ans. Un montage financier global simplifié à outrance – pas de mesures provisionnelles en cas de conditions météorologiques défavorables, aucun retard dû à un mouvement social, pas une amende pour infraction à la réglementation, pas la moindre perte pour cause de casse. On avait là une affaire parfaitement gérée, exécutée en parfaite conformité avec les dispositions initiales.

Or rien ne se passe jamais *sans anicroche !* Dans les affaires comme dans la vie les projets avortaient, il y avait des accidents, on passait son temps à recoller les morceaux. C'était inévitable.

Je suis restée un bon moment sous le choc. Puis, quand j'ai vu que le jour se levait, j'ai remis en place le disque dur. En passant à mon épaule la bandoulière de mon ordinateur portable pour reprendre le chemin de la maison, je me sentais tellement ankylosée par la lassitude et la tension que j'avais peine à marcher.

25.

Wolf est rentré à six heures du matin avec pour Nicky un cadeau que nous avons décidé de garder jusqu'à la petite fête. Notre fils dormait encore.

– Tu as une de ces têtes ! Qu'est-ce qui se passe, tu es malade ? m'a-t-il demandé en me serrant dans ses bras. Tu es toute pâle.

– Je n'ai pas fermé l'œil de la nuit.

Je lui ai raconté la visite de Joy et la menace que Théo faisait planer sur leurs têtes en parlant d'appeler la brigade de répression des fraudes.

Wolf s'est assis, puis m'a dévisagée en plissant les yeux.

– Voilà ce qui arrive quand on essaie de donner un coup de main aux gens, a-t-il grommelé. Moi, je ne voulais pas de leur participation. Ce sont *eux* qui ont insisté.

Il a entrepris de m'apaiser, de me rassurer. Mais j'ai fini par demander :

– Tu as pâli, toi aussi. Pourquoi ?

– Ça fait un choc de s'apercevoir qu'on n'a pas la confiance de ses amis.

– Je suis bien d'accord. Alors où est l'argent de Bernie ? Et le reste ?

– En deutsche Mark. – Il avait l'air stupéfait. – Il était en yens, je l'ai converti. Je spécule sur les devises. Et franchement, Bernie s'en sort bien. Il va toucher 30 % de plus que ce qu'il pouvait espérer. Je sais, il voudrait récupérer sa mise, mais chaque jour qui passe lui rapporte davantage. Bien, puisque c'est comme ça... – Il s'est levé, l'air préoccupé. – ... je liquide et je rembourse tout le monde. Je n'ai vraiment pas besoin de ce genre d'histoire.

– Ah, que je suis contente !

J'ai failli fondre en larmes tant j'étais soulagée.

– Tu ne me fais donc pas confiance, Nina ?

– Si, bien sûr, mais Bernie te croyait victime de graves problèmes de liquidités. C'est devant lui que tu dois t'expliquer, et devant les autres – pas devant moi.

– Bernie est sur les dents en ce moment. Tu as appris la nouvelle ?

– Quelle nouvelle ?

– Johan s'est enfui à l'étranger.

– Johan ?

– Johan du Toit, son ami. Tu t'en souviens sûrement, c'est lui qui a voulu te faire avaler de l'impala cru à la réserve animalière.

– Ça, je ne l'oublierai jamais ; mais pourquoi… ?

– Personne n'était au courant de ses ennuis. Il a fait coter à la Bourse de Londres son groupe en train de boire la tasse, sur quoi il a filé avec plus de cent millions de livres en poche. On prétend que le butin est entreposé sur un compte numéroté en Suisse. Il s'est réfugié au Venezuela avec femme et enfant.

– Ça alors ! Et ça date de quand ?

– On a appris la nouvelle hier soir tard.

– Pas étonnant que Joy se fasse un sang d'encre.

– Tu prendrais mon parti si je faisais la même chose ? Tu me suivrais ?

– Je resterais à tes côtés en toute circonstance, Wolf. Mais je n'accepterais jamais de vivre dans le luxe grâce à l'argent durement gagné par autrui. Non, ça, il n'en serait pas question. Comment peut-on construire son bonheur sur le malheur des autres ? – Je l'ai regardé, rayonnante. – Heureusement, le problème ne se posera pas. Jamais tu ne feras une chose pareille.

– En es-tu bien sûre ?

– Mais oui. Tu assumerais tes revers de fortune et tu irais prospecter ailleurs. Avec moi, naturellement.

– Tu vivrais donc dans la misère, prête à tout recommencer à mes côtés ? Tu te souviens de cette maison, au Namaqualand ?

– Bien sûr. Tant que je peux vivre avec moi-même, je peux

vivre avec toi. Oh, Wolf... – Je l'ai serré dans mes bras de toutes mes forces. – Je déteste tout ce qui est illégal. Outre l'aspect moral, je n'ai pas le cran nécessaire. Mais que tu sois ou non prêt à le reconnaître, en contrevenant à la loi sur le contrôle des changes, tu es leur complice.

– Si tu le dis. Bon, je meurs de faim. À quelle heure Mrs Mallory prend-elle son service ?

– Pas avant une heure. Je vais improviser quelque chose.

J'ai fait griller du pain et frire des œufs au bacon en chantonnant de soulagement. Avec un temps de retard, je me suis rappelé les papiers parfaitement ordonnés relatifs à la société de conteneurs et ses trois années de fonctionnement sans accroc. Mais après tout, Wolf était un malin. Il n'y avait rien d'inimaginable là-dedans. J'ai décidé de penser à autre chose.

– Mm, ça sent bon. Bon sang, je suis crevé ! J'ai conduit toute la nuit. J'étais tellement impatient de rentrer... Je me fais du souci quand je vous sais tout seuls, Nicky et toi. J'ai décidé d'embaucher un vigile pour les nuits où je serai absent.

Je le regardais manger.

– Ce n'est pas la peine. Avec Brigit, je ne risque rien.

– Viens te coucher, chérie, m'a-t-il suppliée. J'ai envie de toi. Ensuite, il faut que je dorme deux-trois heures avant d'aller travailler.

– Je vais demander à Mavis de surveiller Nicky.

Je me rappelle qu'en montant l'escalier je chantonnais encore. Wolf était déjà nu sur le lit, très excité. Dans ses prunelles brillait la lueur de témérité et de tendresse mêlées qui me faisait tant d'effet.

Je me suis déshabillée lentement, sans le quitter des yeux, baignant dans un sentiment d'extase où la joie le disputait au soulagement. Quand je l'ai chevauché, j'ai pris son visage dans mes mains et je l'ai contemplé avidement avant d'effleurer ses lèvres. Cet homme m'était tellement précieux... Aussi précieux que mon fils, ou ma propre vie. Plus, peut-être. Quand il m'a pénétrée je me suis mise à gémir, puis j'ai éclaté en sanglots.

– Pourquoi ne me fais-tu pas confiance ? Pourquoi ne m'as-tu parlé ni de l'armateur grec ni de Torrabai ? Ils disent que c'est une affaire fictive. Moi je sais que tu es au-dessus de ça, mais ce genre d'affirmation peut nous nuire.

– Tais-toi et baise-moi, a-t-il rétorqué tendrement. Tout ça n'a aucune importance. Ce Grec est un con. Mon avocat s'en occupe.

– Jure-le ! Jure que tu ne prendras pas de risques dans le seul but de préserver notre niveau de vie. Je me contenterais d'une maisonnette. D'une cabane ! N'importe quoi du moment que je vous ai, Nick et toi. Oh, mon chéri...

Nous avons fait l'amour avec frénésie, et quand Wolf a joui je me suis sentie émue. C'était comme si nous avions été séparés très longtemps. J'avais été bien bête de me faire du souci.

Quand Mavis m'a réveillée, je venais à peine de m'endormir. J'ai enfilé ma robe de chambre pour aller ouvrir la porte.

– Madame, qu'est-ce que je donne à Nicky pour son petit déjeuner ?

– Voyons, Mavis..., l'ai-je gentiment grondée, à demi endormie. Du porridge, comme d'habitude. Préparez-le, je vais venir le faire manger. J'arrive toute de suite.

Wolf s'est assis dans le lit pour me regarder m'habiller.

– Tu es adorable, Nina. Surtout ne vieillis pas.

Il m'a enveloppée d'un regard indéchiffrable.

– Ne crains rien, ça ne se produira pas du jour au lendemain, ai-je répliqué, moqueuse. Il me reste bien deux ou trois ans avant d'aborder la mauvaise pente. Pas la peine de prendre un air aussi nostalgique.

26.

— Il mange bien, dis donc. Il prend toujours la même chose au petit déjeuner ? s'est enquis Wolf.

– C'est de loin ce qu'il préfère, ai-je répondu en chatouillant mon petit garçon sous le menton.

Nick a empoigné ses accoudoirs et entrepris de se soulever en rythme tout en ouvrant une bouche avide de porridge.

– Et pour le déjeuner ?

– Ma foi, la même chose que nous, ai-je fait, distraite.

– Mais encore ? Ça m'intéresse. Dis-moi.

Surprise, j'ai demandé :

– Pourquoi, tu le trouves trop maigre ?

– Au contraire. Il est la santé même.

J'ai reculé d'un pas, souriante, résolue à prendre au sérieux son brusque intérêt pour l'alimentation de Nicky. C'est qu'on ne le voyait pas souvent à la cuisine !

– Viande hachée, purée de pommes de terre ou de légumes verts, poisson frit, pommes frites, ragoût de mouton, que sais-je... On a de la chance, il adore les légumes, avec une prédilection pour la citrouille. Ne t'en fais pas, il a largement assez à manger.

En contemplant mon fils, j'ai senti monter en moi une bouffée de bonheur sans mélange. Il était grand et fort pour son âge, et rarement malade. C'était une bénédiction. En plus, pour moi c'était le plus intelligent de tous les bambins.

J'ai récité une prière intérieure. Je me sentais coupable d'avoir manifesté une telle défiance, la veille. Heureusement, cela n'avait pas eu de conséquences graves.

– Et pour les vitamines ?

J'ai ri.

– Une cuillerée de sirop vitaminé tous les matins.

– C'est tout ?

– Viens voir. – J'ai ouvert le réfrigérateur et fait une petite révérence ironique. – Voici le menu, sire. Le prince de Galles a droit à une banane, une papaye ou tout autre fruit écrasé avant d'attaquer son œuf à la coque et son pain grillé. Et s'il a encore faim il engloutit deux ou trois biscuits avec son lait chaud.

– Tu es un génie.

– Non, juste une mère. Au fait, je t'aime et j'aime aussi que tu t'intéresses tout à coup au régime alimentaire de ton fils.

Nicky est enfin venu à bout de son petit déjeuner et Mavis lui a essuyé la figure avec un gant de toilette humide avant de le poser par terre. Sur quoi Brigit est venue lui donner un grand coup de langue qui l'a fait tomber sur le derrière. Mais il s'est mis à quatre pattes en endurant stoïquement les marques d'affection de la chienne, tout en murmurant : « Vi-aine, Brigit, vi-aine. » Elle lui a fait la fête de plus belle en agitant la queue, cherchant à se faire pardonner.

Nous étions fin novembre, c'est-à-dire au tout début de l'été, et *Morgendauw* était inondé de soleil. Les feuillages nacrés de rosée matinale luisaient d'un éclat argenté. Les rouges-gorges du Cap nichaient dans la haie et le jardin tout entier résonnait de chants d'oiseaux. J'ai ouvert la porte-fenêtre.

– Dehors », ai-je ordonné à la chienne.

Aussitôt Brigit est allée folâtrer sur la pelouse comme un poulain maladroit, Nicky non loin derrière. Il s'écoulerait encore des mois avant qu'elle n'acquière une allure plus digne, mais en attendant l'enfant l'adorait.

Wolf m'a embrassée dans le cou jusqu'à ce que je m'en étrangle à demi.

– J'ai des papiers à apporter au terminal de fret aérien. J'emmène Nicky, ça lui fera une promenade et il aime beaucoup regarder atterrir les avions.

La semaine précédente nous étions allés rendre visite à un ami et, à notre départ, Nicky avait piqué une crise impressionnante.

– Je ne peux pas venir, je prépare son goûter d'anniversaire.

– Ne t'en fais pas. On ne sera pas longs. J'emmène aussi Mavis, au cas où on me ferait attendre là-bas. Donne-lui la veste du petit. Il y a parfois un peu de vent sur la piste.

– Quoi ? En pleine vague de chaleur ? Je me suis moquée de lui.

– Tu sais bien que le vent peut se lever d'un coup.

– Quel vieil enquiquineur !

– À plus tard.

Il a souri et son visage exprimait la plus grande compassion, la plus grande tendresse. Tout l'amour du monde se reflétait dans ses yeux.

Je les ai accompagnés jusqu'à la Land Rover en jouant les mères poules, notamment pour m'assurer que Nicky était bien attaché à l'arrière à côté de Mavis.

– Viens avec nous, maman !

– Il faut que je me prépare pour ton anniversaire, mon chou. Allez, à tout à l'heure.

Pour la centième fois j'ai montré à Mavis comment boucler correctement une ceinture et ils s'en sont allés, Brigit gambadant derrière la voiture. La chienne a abandonné la poursuite au bout du chemin pour revenir au petit trot, toute triste.

Une fois le goûter prêt, comme il me restait du temps je suis allée arroser mes roses. J'adorais m'occuper du jardin, et je n'ai pas vu passer le temps. Quand j'ai refait surface et consulté ma montre, j'ai poussé une exclamation. Il était presque midi. J'ai fait réchauffer de la viande hachée et de la purée et j'ai laissé le tout dans le four, à feu doux, avec un assiette par-dessus. Je me suis occupée jusqu'à une heure en mettant de l'ordre mais je commençais à m'énerver. Wolf aurait tout de même pu appeler s'il avait été retardé ! Le goûter d'anniversaire était prévu en début d'après-midi, même si les invités se résumaient à Joy et quelques voisins avec leurs enfants !

Sur le coup de deux heures, je luttais contre un étrange et funeste pressentiment. Wolf savait pertinemment que j'attendais. Il ne m'avait encore jamais fait ce coup-là. Pourquoi ne m'appelait-il pas ? Il n'ignorait pas que je me faisais du souci pour Nicky, et de toute façon il avait promis de rentrer pour midi. Avaient-ils eu un accident ? Sur une impulsion j'ai appelé la police, mais non, on n'avait signalé aucun accident sur la route de l'aéroport.

À deux heures et demie c'est Mavis qui m'a appelée depuis le bureau du directeur de l'aéroport.

– Madame, sanglotait-elle sangloté. J'ai attendu trois heures dans la voiture. Monsieur est parti en emmenant Nicky.

27.

À l'aéroport, je me suis garée n'importe comment mais j'ai gagné le bureau du directeur en me forçant à marcher normalement. Puis je me suis présentée.

– Je vous en supplie ! Aidez-moi à retrouver mon mari et mon fils ! Le petit est peut-être malade. Faites-les appeler par haut-parleur.

– C'est déjà fait, Mrs Möller. En revanche, j'ai envoyé votre domestique à l'infirmerie. Elle était en pleine crise d'hystérie. Mais elle ne va pas tarder à nous rejoindre.

Il se montrait compatissant, mais pour lui ma réaction était exagérée. Peut-être avait-il raison. J'ai fait un effort pour me calmer, mais la tension faisait battre mon cœur à grands coups dans ma poitrine.

Il ne s'était rien passé. Wolf attendait ses documents, voilà tout. Ou alors il avait emmené Nicky déjeuner quelque part. Mais comment osait-il me laisser sans nouvelles ? Allons, tout serait bientôt fini. À la tombée du soir Nicky serait en sécurité dans son petit lit.

Mavis est revenue, escortée par une infirmière. Elle pleurait toujours.

– Reprenez-vous, Mavis. Réfléchissez bien. Que vous a dit Mr Möller en vous laissant seule dans la voiture ?

– Il a dit... – Elle a dégluti avec peine. Tout à coup elle semblait avoir peur de moi, ce qui n'a pas laissé de m'intriguer. – Il m'a dit d'attendre là. Mais madame ! Il a emporté le sac à dos de Nicky et j'ai bien vu qu'il était très lourd. Il l'avait mis dans le coffre. Plus le sac en cuir que vous lui avez offert pour Noël. Ah, et sa couverture, aussi. Sans réfléchir, j'ai dit : « Donnez-moi le petit, je vais le porter », et... »

Elle a de nouveau fondu en larmes.

– Et qu'a-t-il répondu ?

– « Non ; vous, vous gardez la Land Rover. Il y a eu pas mal de vols ici, ces derniers temps. » Mais au bout d'un moment j'ai vu qu'il était parti sans les clefs.

Foudroyée, j'ai littéralement failli perdre l'équilibre. Je me sentais au bord du malaise, victime d'un fort sentiment d'irréalité. Jamais Wolf ne partait sans ses clefs de voiture ! La Land Rover était sa fierté, sa joie. Et pourquoi avait-il insisté pour emporter la veste de Nicky ? Pourquoi avait-il voulu savoir ce que mangeait le petit, tout à coup ? J'avais vu juste, il n'avait pas de quoi rembourser Bernie et ses amis. C'était la banqueroute. Il s'était enfui. Mon Dieu, non, non ! C'était de la folie. Nous étions si heureux. Il n'était pas cruel à ce point. Jamais il ne me priverait de mon enfant. Qui, d'ailleurs, avait besoin de sa mère. Mon cœur s'est remis à battre la chamade et j'en ai eu des sueurs froides.

– Je vous en prie, Mrs Möller, prenez un siège.

Le directeur m'a fait asseoir et s'est retourné vers l'infirmière. Un verre d'eau fraîche, vite. Un coup d'œil à Mavis. Ou plutôt deux.

Un jeune employé de l'aéroport a frappé à la porte, l'air effrayé et les yeux écarquillés.

– J'ai fait diffuser un nouvel appel général. Voici le sergent Blumer, qui vous guidera dans nos locaux. Êtes-vous en état ?

– Il le faut bien.

– Allez jeter un coup d'œil dans les librairies et les cafés. Votre mari boit ?

– Non.

J'étais presque aveuglée par les larmes et mes jambes me portaient à grand-peine. Je suivais machinalement le sergent. Nous ne retrouverions pas Wolf, je le savais à présent.

Quand nous avons regagné le bureau du directeur, j'avais l'impression qu'il s'était écoulé des heures. Des membres du personnel allaient et venaient, le téléphone sonnant sans arrêt et les haut-parleurs répétaient toutes les cinq minutes un appel destiné à Wolf. Une infirmière m'a apporté de l'aspirine et du café noir très sucré.

– Avez-vous une photo de votre mari ou de votre fils, madame ?

– Pas sur moi, non.

À ce moment-là le directeur a levé la tête.

– Entrez, mademoiselle. Mrs Möller, je vous présente miss Swanepoel, qui s'occupe de l'enregistrement des passagers sur les vols charters.

Une jeune femme en uniforme m'a saluée avec gravité.

– Elle a vu un homme et un enfant en bas âge décoller ce matin à onze heures quarante-cinq pour Walvis Bay, en Namibie. Veuillez me dire si sa description correspond.

La jeune femme a rougi, puis repris ses esprits et lu ses notes d'un air impassible.

– L'homme était grand, brun avec des mèches blondes, vêtu d'une saharienne, les yeux bleus, le teint hâlé ; il pouvait avoir trente-cinq à quarante ans. Il portait un petit garçon, un sac à dos et une mallette. L'enfant était très mignon, je m'en souviens parfaitement. Roux, avec de grands yeux noisette. Il portait un jean bleu, un T-shirt vert et...

– Non... non !

J'ai bondi sur pieds, gauchement. Sa voix chantante résonnait dans ma tête, tout tournait autour de moi. Blumer m'a rattrapée et aidée à me rasseoir.

– Mon Dieu, c'est bien lui, c'est mon Nicky. Pourquoi l'a-t-il emmené ? Pourquoi ? Pourquoi ?

Les policiers sont arrivés – des jeunes gens inexpérimentés qui posaient des questions idiotes. Nous étions-nous disputés ? Étions-nous heureux en ménage ? Avions-nous déjà parlé divorce ? Mon mari avait-il des difficultés financières ? Y avait-il une autre femme ? Et ainsi de suite. Des questions insensées ! Absurdes ! Ridicules ! Wolf m'aimait !

Je n'avais pas les idées claires. Je voulais répondre, mais je ne trouvais plus mes mots. J'avais la bouche sèche et les lèvres paralysées, au point de ne pouvoir articuler une traître syllabe.

– État de choc, ai-je entendu.

Ils voulaient m'emmener à l'hôpital.

– Non. Ce mot-là au moins, j'ai réussi à le proférer. Wolf, mon mari... Il va m'appeler. Il faut que je rentre. Il me contactera forcément. Il s'expliquera. Je vous en prie, ramenez-moi.

Une fois les policiers partis, j'ai inventé une histoire d'accident pour Mrs Mallory, qui a renvoyé les invités. Les enfants sont repartis en pleurnichant, traînant leurs ballons de baudruche derrière eux et serrant dans leurs petites mains leur part de gâteau. Joy est restée, mais je l'ai laissée avec la gouvernante et j'ai attendu dans ma chambre qu'elle s'en aille. Puis j'ai donné leur après-midi aux domestiques et erré dans la maison silencieuse, si grande et si vide à présent, en rassemblant les jouets qui traînaient sans m'éloigner du téléphone. Wolf allait appeler. Il avait perdu l'argent de nos amis et pris la fuite. Mais il allait me dire où, que je puisse le rejoindre. Ensemble, on définirait la marche à suivre. Il me restait de l'argent. Je pouvais vendre la maison.

Entre-temps, mon petit bout de chou était privé de sa mère et de son environnement familier. Comment allait-il s'endormir sans son ours en peluche ? *Nicky, où es-tu ? Wolf, je t'en prie, rentre à la maison. Je me moque de ce que tu as trafiqué. Comment peux-tu me faire une chose pareille ?*

Tous deux me manquaient atrocement. Je me suis jetée sur mon lit, les yeux secs, épuisée par le chagrin et la migraine. L'oreiller me faisait l'impression d'un bloc de ciment. Je l'ai jeté à travers la pièce et j'en ai attrapé un autre.

C'est à ce moment-là que j'ai vu la photo.

J'ai crié, crié sans pouvoir m'arrêter. Puis je me suis redressée, frissonnante, et je l'ai ramassée. Mais mes mains tremblaient tant que j'ai dû la reposer sur la table de chevet. Je ne distinguais presque plus ce qu'elle représentait.

– Reste calme. Ton bébé a besoin de toi. Ne perds pas la tête.

Cela me faisait du bien de prononcer ces paroles à voix haute, mais je ne pouvais pas m'empêcher de frémir. Comment Wolf pouvait-il me faire ça ? J'ai contemplé l'épouvantable confirmation que je venais de trouver : une photo de Nicky sur sa chaise haute, prise par Wolf quinze jours plus tôt mais que je n'avais pas vue. L'air tout heureux, confiant, Nicky souriait à son père. Mais ce père avait ensuite dessiné au crayon rouge un horrible trait sur le cou de son enfant et écrit, également à l'encre rouge, sur le petit T-shirt blanc : « Silence total, sinon… »

Une flèche rouge pointait vers la balafre.

28.

Je marmonnais des paroles incohérentes tout en ayant l'impression de m'observer de loin. Et du haut de ce détachement étonné, je m'entendais dire :

– Il n'y a plus personne ici. Plus personne ! Mon petit Nicky, mon fils, mon amour… envolé ! Il faut que je fasse quelque chose. Mais quoi ? Brûler les papiers. Il ne doit subsister aucune trace des affaires de Wolf. Ne rien laisser ! Pas même une empreinte digitale. Il ne doit disposer d'aucun prétexte pour faire du mal à mon enfant.

J'ai commencé par frotter toutes les surfaces lisses : ses chaussures, les interrupteurs, les poignées de porte, l'armoire de toilette, le poste de télévision, les disques compacts, tout ce qu'il avait pu toucher. Cela m'a pris des heures. À midi, je me suis munie d'allumettes, de paraffine et d'un seau ignifugé, puis j'ai traversé le jardin au pas de course pour m'occuper du bureau. J'ai jeté dans le seau tout ce que j'ai trouvé et j'y ai mis le feu : dossiers, disquettes informatiques, correspondance… J'ai ouvert le coffre-fort et je suis ressortie en courant, des chemises et des documents plein les bras. Ma colère était pareille aux flammes : elle consumait tout sur son passage. Des papiers il n'est bientôt plus resté que des cendres, et mon amour subissait parallèlement le même sort. Un amour que je voulais voir mourir à mesure que je remuais lentement, délibérément les braises.

J'ai allumé l'ordinateur de Wolf et entré son mot de passe – *Bosbok.* Comme je m'y attendais, il avait tout supprimé. Mais il était possible de récupérer les données effacées, je le savais ;

alors j'ai extrait le disque dur de l'appareil et je l'ai fracassé à coups de marteau.

Il aurait fallu que je fasse disparaître la photo simulant l'égorgement de Nick – nul ne devait savoir qu'il servait d'otage. Mais malgré tous mes efforts, je n'ai pu me résoudre à jeter au feu l'image de mon enfant. Je l'ai lissée du plat de la main, avec amour, et je l'ai placée, toute tachée de larmes, sur le bureau.

Je te retrouverai, Nicky. Je te le promets. Maman va venir te chercher. Mais où ? Ma détermination a cédé la place à un abattement extrême et à une nouvelle marée de larmes.

Quand Brigit s'est mise à grogner, c'est à peine si je m'en suis rendu compte. Puis son poil s'est hérissé. Elle semblait terrifiée. Je n'ai pas bougé. Une silhouette masculine s'est encadrée sur le seuil de la porte. J'ai repris mes esprits, mais trop tard. J'ai avancé vers l'inconnu d'une démarche mal assurée, mais il m'a violemment repoussée, il est entré dans la pièce et il a claqué la porte derrière lui. Il l'a verrouillée et a mis la clef dans sa poche. Ensuite il est allé allumer l'ordinateur.

– Sortez d'ici ! Sortez ou j'appelle la police !

– Je *suis* policier, Mrs Möller. Je cherche votre mari. Où est-il ?

– Vous avez un accent étranger. Vous mentez ! Qui êtes-vous ?

Ma voix montait trop haut dans les aigus. J'ai essayé de me reprendre.

– Je vous l'ai dit. Ah, mais je vois que j'arrive trop tard. Vous avez tout détruit. Pourquoi ?

Après m'avoir décoché un regard noir, il a entrepris une fouille en règle du bureau. Je suivais ses progrès d'un œil inquiet, en cherchant le moyen de m'enfuir. Il y avait bien un bouton déclenchant le signal d'alarme, derrière le bureau de Wolf, mais l'étranger me barrait le chemin. La pièce ne comportait qu'une seule issue, et il en détenait la clef. Petit et râblé, il avait une grosse tête et un cou épais. Son crâne était hérissé de rares cheveux blonds et ses yeux bleus luisaient d'un éclat suprêmement menaçant. Il prenait tout son temps. J'ai frissonné.

– Où se trouve votre mari ? m'a-t-il demandé à voix basse, en revenant vers moi.

Tout à coup j'ai vu sa main partir et il m'a frappée à la joue. J'ai hurlé. Chancelante, sonnée, j'ai senti que ma bouche s'emplissait de sang.

À ce moment-là Brigit lui a sauté dessus. Pris au dépourvu, il est tombé à la renverse. J'ai bondi vers le bureau et pressé le bouton d'alarme. La sirène s'est aussitôt fait entendre dans la pièce, mais il y a eu un coup de feu et Brigit est partie en arrière, le crâne en miettes. Elle a tressauté deux ou trois fois, puis s'est immobilisée dans une mare de sang.

– Salaud ! ai-je hurlé, perdant tout self-control.

J'ai projeté la chaise la plus proche sur l'intrus avec la ferme intention de le tuer, mais c'était un roc. La chaise a volé en éclats et ma rage s'est muée en effroi à la vue des mains qui se refermaient autour de mon cou.

– Où est Wolf Möller ?

J'ai hoqueté, à demi étranglée, et il a desserré son emprise. La sirène retentissait toujours.

– Je n'en sais rien. Il a disparu.

D'une brève poussée, il m'a expédiée au sol. Puis il a enserré mon poignet droit dans une étreinte d'acier. J'ai vu briller la lame d'un couteau à cran d'arrêt et une douleur intolérable a explosé dans ma tête : il venait d'enfoncer la lame sous l'ongle de mon pouce et de lui imprimer une torsion pendant que je me convulsais en criant.

– Où est votre mari ?

Sa voix me parvenait de très loin, elle s'élevait à des kilomètres de la caverne de souffrance pure où je me trouvais désormais. Puis l'homme a aperçu la photo de Nick, à plat sur le bureau, et m'a lâchée pour aller la contempler.

– Ainsi vous disiez vrai... Vous ignorez où il est. Sinon vous partiriez à la recherche de votre enfant. Vous ne seriez pas ici. Möller le retient en otage.

Sur ces mots, il est parti aussi vite qu'il était venu, en emportant la photo. Je me suis effondrée et j'ai pleuré sur Brigit, sur mon pouce tuméfié, sur mon malheur incommensurable.

On me secouait. J'ai d'abord pris conscience de la douleur. J'avais une migraine affreuse, ma main et ma joue étaient gonflées. En ouvrant les yeux j'ai vu une mare de sang, puis Brigit, et les événements de la nuit me sont revenus d'un coup. Un policier soucieux se penchait sur moi. J'ai voulu reculer.

– Je suis de la police, Mrs Möller. Il m'a montré sa carte. Vous êtes en sécurité. Votre alarme s'est déclenchée et la société de surveillance nous a appelés. Qu'est-ce qui s'est passé ?

– Un cambrioleur, ai-je murmuré.

– Et le chien ?

– Pauvre Brigit... Elle lui a sauté dessus... et il l'a abattue. Elle m'a sauvé la vie.

– Vous avez de vilaines contusions au cou. Et qu'est-ce que vous vous êtes fait à la main ? Je crois que je vais appeler une ambulance.

– Non ! Ne faites pas ça ! Il faut que je reste ici. Mon mari a disparu... en emmenant mon fils. Mais il va m'appeler... forcément. Alors il faut que je sois là.

Mes paroles devenaient incohérentes.

– C'est votre mari qui vous a fait ça ? Mais c'est affreux. Il a examiné tristement mon pouce bleui, presque noir, dont l'ongle ne tenait plus qu'à un fil.

– Mais non ! Je viens de vous dire qu'un cambrioleur était entré ici.

Il m'a aidée à regagner la maison, où deux autres policiers en civil furetaient çà et là. L'un a fait du café et m'en a apporté, l'autre a trouvé de quoi écrire et pris ma déposition, qui a duré une pénible demi-heure. J'ai dû tout répéter plusieurs fois. Il était certain que je mentais, et naturellement, il avait raison. Je ne voulais pas qu'il sache que l'intrus en avait après Wolf. Une fois convaincue que ma déposition ne contenait rien de dangereux, j'y ai apposé ma signature.

– Il faut vous reposer, maintenant. Appelez votre médecin. Votre main réclame des soins. Y a-t-il une voisine que je puisse appeler ?

J'ai secoué la tête.

– Nous avons passé la propriété au peigne fin. Il n'y a plus personne. Il semble, par ailleurs, qu'on n'ait rien emporté. Venez, je vous accompagne jusqu'à votre chambre. Un policier montera la garde devant chez vous.

– Je vais me débrouiller toute seule, merci.

Comme les premières lueurs de l'aube effleuraient les carreaux, j'ai brièvement sombré dans le sommeil. Mais bien vite j'ai retrouvé la douleur, la nausée et, bien pis, le cauchemar qui refusait de s'en aller.

29.

Mavis m'a apporté du café.

– La police est de retour. Depuis un bon moment déjà. Elle fouille la maison de fond en comble.

Encore ! À quoi bon ? De toute façon, je savais qu'on ne retrouverait pas Nicky. Wolf l'avait kidnappé, et Wolf était l'homme le plus intelligent au monde.

– Dites-leur que je prends une douche et que je descends dans vingt minutes.

Cette fois-ci j'ai eu affaire à des policiers plus austères, plus avisés, sans trace de sympathie à mon égard. Ils se sont présentés : lieutenant Joubert et major Barnard, Brigade de répression des fraudes. Joubert, le plus jeune, était mince et hâve, avec un visage bien dessiné et des yeux vert pâle profondément enfoncés dans leurs orbites. Quant au major, il était très grand, avec un front exagérément bombé. Chez lui, chaque trait était démesurément accentué ; mais ses yeux bruns au regard doux restituaient un semblant d'équilibre à l'ensemble.

– Vous êtes dans une situation critique, Mrs Möller, a-t-il commencé d'une voix étonnamment contenue. Nous avons retrouvé la trace de votre époux au port de Walvis Bay. À partir de là, plus rien ; il a pu continuer par bateau ou prendre la route de l'Angola. A-t-il des contacts dans ce pays ?

Je me suis contentée de regarder fixement mes mains.

– Pourquoi a-t-il emmené votre enfant ?

Un haussement d'épaules.

– Vous a-t-il laissée ici pour couvrir ses arrières ?

– Non.

– Savez-vous où il se trouve ?

– Non.

– Nous avons le compte rendu de votre comportement à l'aéroport. Vous étiez en état de choc, madame. Vous ignoriez qu'il était en partance. Vous vous faisiez un souci fou pour votre fils.

Torturé par une douleur pulsatile, mon pouce virait au noir. Plus je le regardais, plus il me faisait mal.

– Hier soir, on vous a agressée.

– Nous nous sommes battus quand j'ai voulu déclencher l'alarme.

– Ce n'est pas ce que je crois. À en juger par cette contusion sur votre cou et par votre pouce blessé, je parierais plutôt que cet homme a voulu vous faire dire où est allé votre mari. S'il le trouve avant nous votre enfant sera tué. Alors répétez-nous ce que vous lui avez révélé.

– Je lui ai dit que j'ignorais où était Wolf.

– Celui-ci va-t-il envoyer quelqu'un vous chercher ?

Je l'ai regardé fixement.

– Vous croyez que c'est possible ?

Il a dû détecter un soupçon d'espoir dans ma voix car il a répondu :

– Non, je n'y crois guère. Où qu'il soit, il faut impérativement que vous récupériez votre fils. Soyez coopérante, madame. C'est votre seule chance. Nous sommes parvenus à la conclusion que vous aviez effacé tous les fichiers informatiques de votre mari, et même détruit son disque dur.

J'ai à nouveau haussé les épaules, puis décidé de mentir.

– Non, ce n'est pas moi, c'est l'intrus.

– Ne soyez pas absurde. Un allié de votre mari ne vous aurait pas torturée. Il était au contraire son ennemi. Alors aidez-nous à l'identifier avant qu'il ne fasse du mal à votre fils. Soyez réaliste. – Il m'a secouée par l'épaule. – Les autres pourraient lui enlever le petit pour l'obliger à rendre les millions détournés. Pensez un peu à ce qu'il vous a fait ! C'est le sort que vous souhaitez pour votre enfant ? Parce qu'il est capable de bien pire, je vous prie de le croire.

J'ai frémi.

– Je ne peux rien pour vous. Laissez-moi tranquille.

– Aidez-nous à identifier votre agresseur. Sinon, vous pouvez être accusée d'entraver la bonne marche de la justice. Nous savons très bien que vous l'avez vu.

– Ça, je peux vous le dire.

Il était de petite taille, trapu, avec un cou de taureau, le crâne aplati, le cheveu blond et rare, les yeux bleus. Des yeux de tueur. Sans la moindre chaleur. Rien qu'un éclat menaçant.

– Vous êtes d'accord pour l'identifier sur photo ?

– Oui.

– Vous nous accompagnez au poste.

– Non, je vous en prie, il *faut* que je reste à la maison.

– Votre mari n'entrera pas en contact avec vous, madame. Vous ne pouvez compter que sur nous.

J'ai gardé les lèvres pincées, mais mes yeux lançaient des éclairs de rage.

– Pourquoi n'avons-nous trouvé aucune photo de votre mari dans la maison ? Vous les avez détruites ?

– Non, ai-je fait en secouant la tête. Il n'y en a jamais eu.

– Vous êtes pourtant mariés depuis trois ans.

– Il n'a jamais voulu se laisser prendre en photo.

– Vous n'avez pas trouvé ça bizarre ?

– Pas sur le moment, non.

– Vous êtes mouillée jusqu'au cou, c'est ça ? Les détournements de fonds, les escroqueries... Vous trempez dans la combine depuis le début.

– Pas du tout.

– Pourtant, vous saviez que ces fichiers comportaient des données compromettantes, sinon vous ne les auriez pas effacés.

– Je n'étais au courant de rien.

– Vous couvrez votre mari.

– Non.

– Alors expliquez-moi pourquoi vous avez effacé ses fichiers.

Un long silence.

– Nous savons qu'il a monté un système pour exporter les capitaux de quelques hommes d'affaires. Malheureusement pour eux, là n'était pas son objectif ultime. Êtes-vous impliquée dans cet abus de confiance ?

– Est-ce que j'ai l'air d'un aigrefin ? Et si j'étais coupable, vous croyez que je serais encore là ?

– Nous avons fait venir un serrurier pour ouvrir le coffre-fort de votre époux, mais naturellement il était vide. Vous étiez déjà passée par là. Votre mutisme vous condamne, madame. Je vous le rappelle, rien que pour cela vous êtes passible de dix années d'emprisonnement. Et je me suis laissé dire qu'il y aurait d'autres chefs d'inculpation. Vous avez intérêt à coopérer, sinon vous serez considérée comme complice dans les nombreuses opérations frauduleuses de votre mari. Et comme il a escroqué ses victimes à hauteur de plusieurs millions, vous pouvez escompter une sentence très lourde. Alors, avez-vous la moindre idée de l'endroit où il peut se cacher ?

Et ainsi de suite. Les questions n'en finissaient pas. Sans doute espéraient-ils m'avoir à l'usure. Mais j'ai paré toutes les attaques, quand je ne gardais pas le silence. Au bout de plusieurs heures ils se sont enfin levés, l'air sombre.

Barnard s'est adressé à moi sur un ton qui ne laissait aucun doute sur ses convictions.

– Ne quittez pas Le Cap, madame.

J'ai enfoui mon visage dans mes mains. Nul besoin de feindre le choc. Mon désespoir était bien réel.

30.

Joy et Bernie sont arrivés à l'heure du déjeuner. Ils ont arrêté leur voiture au pied de la terrasse, où ils m'ont attendue l'air à la fois hostile et apeuré.

– Nous sommes ruinés. Nous avons dû mettre la maison en vente, a déclaré Joy à mi-voix.

Pour la première fois, j'ai senti quelque chose comme de la solidarité entre eux. Bernie avait même passé son bras sous celui de sa femme.

– C'est toi qui l'as averti. Tu as facilité sa fuite. Et moi qui te faisais confiance…

– Je t'assure, je n'ai fait que le questionner comme tu me l'avais demandé.

– Pas la peine de me répéter sa réponse. Contente-toi de me dire où il se trouve maintenant.

– Si je le savais !

Alors Joy a remarqué ma joue tuméfiée, mon pouce bandé.

– Il t'a battue ? Qu'est-ce que tu as à la joue ? Et à la main ?

– Quelqu'un est entré chez moi la nuit dernière.

– Eh bien, il y en aura d'autres. *Beaucoup* d'autres, a méchamment placé Bernie. Et ils voudront tous savoir où est Wolf. Vous le lui avez dit, à celui-là ?

– Mais non, comment voulez-vous ! Je vous répète que je l'ignore.

– Je vous en prie, dites-le-nous à *nous,* m'a suppliée Bernie. Si je lui mets la main dessus, je lui ferai peut-être cracher une partie de mon fric.

– Vous *devez* me croire, tous les deux ! Il a enlevé Nicky ! D'après la police, il a affrété un avion pour Walvis Bay ; et là, il a disparu. Joy... Bernie... Comment faire pour récupérer mon bébé ?

Le peu de maîtrise que je conservais était sur le point de fondre.

– La brigade de répression des fraudes est venue, a poursuivi Bernie d'une voix grinçante, désagréable. Ils disent que vous le protégez. Que vous avez brûlé ses dossiers pendant qu'il filait avec le magot. Croyez-moi, Nina, vous ne vous en tirerez pas comme ça. Il y a des choses que vous ignorez, dans cette affaire. Ce que je crois, moi, c'est que Wolf vous a donné rendez-vous quelque part. Vous êtes comme deux larrons en foire. Des voleurs ! Et c'est bien ce que j'ai dit à la police. Il s'est payé la tête du gouvernement et c'est *vous* qu'ils vont boucler à sa place. Vous allez en prendre pour des années.

– Enfin, Bernie ! Comment pouvez-vous croire une chose pareille ?

Joy lui a silencieusement ordonné de se taire et, s'apercevant sans doute qu'il en avait trop dit, il s'est refermé comme une huître. Un silence glacial a suivi.

– Mais entrez, voyons. Ne restez pas plantés là, ai-je enfin dit.

– Nous ne remettrons plus jamais les pieds dans cette maison, a répliqué Joy. Et n'essaie pas de renouer le contact avec nous.

Le tout ponctué d'un regard de mépris.

En les regardant partir, j'ai douloureusement pris conscience de ma duplicité. J'aurais pu leur dire que leur argent avait été transféré à Lübeck ; seulement, si Bernie contactait la police là-bas, cela risquait de nuire à Nicky. Or rien ne saurait jamais m'inciter à mettre en danger mon enfant. Wolf avait parfaitement réussi à me faire taire, comme il l'avait sans doute prévu.

D'ailleurs, il y avait là une piste... Mon désespoir s'est quelque peu atténué. Jusque-là, assommée, j'étais incapable de réfléchir intelligemment. J'ai résolu de prendre le premier avion pour Lübeck. J'arriverais peut-être à temps. J'avais l'impression qu'il s'était écoulé une éternité depuis le départ de Wolf, alors que cela faisait à peine vingt-quatre heures. Je me suis attablée dans la salle à manger pour mettre noir sur blanc ce que je savais du passé de mon mari. Il était né à Beeskow, il avait fait ses études à Dresde…

Et si Bernie avait raison ? Si la brigade de répression des fraudes m'empêchait effectivement de quitter le pays ? Mieux valait attendre le lendemain soir et rouler toute la nuit, direction la frontière namibienne. Personne ne s'attendrait à ce que je sorte d'Afrique du Sud par là. En outre, ce serait dimanche, le redoutable major Barnard serait en congé hebdomadaire.

Le reste de la journée s'est passé en préparatifs divers. J'ai confié à une société de fret le soin d'emballer mes affaires personnelles, pour expédition en Angleterre. Puis j'ai retiré de l'argent sur mon compte personnel et donné congé à mes employés en leur réglant ce que je leur devais. Là-dessus, un coup de fil de notre organisme de crédit immobilier m'a appris que la traite en cours restait impayée. Pourquoi ? Nous avons vérifié les comptes ensemble, par téléphone, ce qui m'a permis de découvrir que Wolf avait levé quelques jours plus tôt un emprunt sur la maison, pour 80 % de sa valeur totale.

La tête entre les mains, j'ai récapitulé les faits dont je disposais. Joint par téléphone, le banquier de Wolf m'a révélé que mon cher époux avait déposé cinq cent mille rands dix jours auparavant puis, quelques heures plus tard, rédigé un chèque du même montant à l'ordre de l'organisme officiel chargé de convertir les devises en or au taux standard. Wolf avait donc sur lui quatre cent quatre-vingt-dix pièces d'or d'une once. Était-ce possible ? Naturellement : cela ne représentait guère que trente kilos en tout. Voilà pourquoi il avait pris le sac à dos de Nicky !

La photo, l'achat de pièces d'or, l'emprunt… tout cela sentait la préméditation. Si je ralliais Lübeck dans les meilleurs délais, je pouvais encore l'intercepter – lui, ou le transfert d'argent suivant.

Ce soir-là, j'ai fait les cent pas pendant des heures en essayant de débrouiller l'écheveau du raisonnement de Wolf. Que savais-je vraiment de l'homme que j'avais épousé ? Très peu de chose, finalement. Le monstre qui avait souillé la photo de mon fils, spolié nos amis et subtilisé l'argent que j'avais personnellement investi dans la maison n'était pas l'homme que j'avais cru aimer. Ce Wolf-là n'était qu'une personnalité créée de toutes pièces.

Et le cambrioleur de la veille, qui était-il ? Que voulait-il ? Des bouffées de panique me laissaient frissonnante. J'ai avalé un calmant, enfilé un pull et juré de me reprendre. Nicky avait besoin de moi, et moi de tous mes moyens intellectuels si je voulais le retrouver.

À l'aube, quand mes forces ont fini par me lâcher, j'ai pleuré sur l'homme que j'avais aimé. J'aurais tant voulu sentir ses bras autour de moi, ses lèvres sur les miennes, la caresse de ses mains, le poids de son corps dur et ferme... Pourquoi continuais-je à l'aimer autant ? En cet instant, s'il était revenu, j'aurais accepté n'importe quelle excuse. S'il m'avait appelée, je me serais rendue n'importe où, rien que pour être avec lui et Nicky. J'ai essayé de lui trouver des justifications, mais comment oublier l'affreuse photographie de Nicky, le cercle rouge tracé autour de son cou gracile ? À cette idée, toutes les excuses possibles fondaient comme neige au soleil. La douleur que me causait la trahison de Wolf était à la limite du supportable. Seule la nécessité absolue de retrouver Nicky me donnait la force de continuer. Pendant trois ans j'avais aimé un homme fondamentalement mauvais, sans scrupules, et maintenant il détenait mon fils.

31.

Je roulais dans la nuit. Des bourrasques chahutaient ma voiture et soulevaient de mini-tempêtes de sable. Il faisait très froid pour la saison. Soulagée, j'ai aperçu à l'est un miroitement grisâtre. Je rêvais, dans l'ordre, d'une tasse de café, d'un bain chaud et d'un bon petit déjeuner. Après quelques minutes d'indécision, j'ai choisi de m'arrêter dans une auberge en bord de route. J'avais tout le temps : le poste frontière n'ouvrait qu'à huit heures.

Le temps de reprendre la route, il faisait grand jour. Sur ma gauche, un littoral désert où de gigantesques rouleaux venaient s'écraser sur des rochers aux angles acérés. À ma droite, une plaine rocailleuse s'étendait à perte de vue vers l'intérieur des terres. En tournant la clef dans le contact, je me suis sentie lasse, vieille. Je n'avais jamais éprouvé cela.

Arrivée en vue d'Alexander Bay, j'ai découvert une série de maisons carrées d'aspect lugubre posées sur une étendue sans relief où aucune verdure ne semblait s'épanouir. J'ai passé mon chemin en hâte, pour traverser le fleuve Orange et prendre ma place dans une file de dix voitures. Il me restait une interminable heure à attendre. Je me demandais si j'avais bien fait. C'était probable. Dans cette région où régnaient le terrorisme et la contrebande de diamants, je n'attirerais guère l'attention. À moins qu'on n'ait lancé un mandat d'arrêt contre moi je serais bientôt dans un avion pour Windhoek, destination Lübeck.

Ce fut effectivement l'heure la plus longue de ma vie. Enfin, un garde-frontière m'a fait signe d'avancer. Une fois à l'intérieur du poste, je lui ai tendu mon ancien passeport au nom d'Olgivie, plus un justificatif de mon domicile actuel et un autre à l'étranger. Il a pianoté sur son clavier, froncé les sourcils, relevé sur moi un regard surpris puis à nouveau consulté son écran. Les touches ont cliqueté, le froncement de sourcils s'est accentué. Les minutes passaient.

L'accablement pesait sur mes épaules.

– Zut ! J'ai oublié une valise à l'hôtel. Il faut que je retourne la chercher.

– Veuillez attendre ici, a-t-il fait d'un ton sévère.

Un autre homme en uniforme est venu se poster derrière moi. Tout cela sans heurt, et avec une efficacité redoutable. À l'extérieur, personne n'avait dû se rendre compte de quoi que ce soit. Dans ma tête, la honte s'ajoutait à la déroute et à l'effroi. J'avais les joues en feu, les larmes aux yeux. Je devais constamment me remettre en mémoire que, dans cette triste histoire, c'était *moi* la victime.

– Voulez-vous avoir l'obligeance de me suivre, Mrs Möller ? a énoncé le garde-frontière qui se trouvait derrière moi en me saisissant fermement par le bras.

– Vous n'avez aucun droit de m'arrêter. Je suis citoyenne britannique, et à ce titre libre de mes mouvements.

Ma voix rendait un son anormal. D'ailleurs, j'avais l'impression d'être dans un état anormal de la tête aux pieds.

– Au contraire, nous en avons parfaitement le droit. Un mandat d'amener a été délivré contre vous. Le major Barnard est en route. À son arrivée, vous serez transférée par avion au Cap, où sera prononcée votre inculpation en bonne et due forme.

Bouclée dans une cellule surchauffée et mal ventilée avec six délinquants locaux, j'ai vécu une journée de terreur et d'humiliation. J'avais sept heures à attendre, c'est-à-dire largement le temps de passer en revue les nombreuses erreurs que j'avais commises, et de me lamenter sur le sort de mon fils.

– Vous avez pris là une déplorable initiative, Mrs Möller. – Barnard m'a vertement sermonnée en m'escortant jusqu'à la voiture. – On vous avait pourtant avertie de ne pas quitter Le Cap. Après ce que vous venez de faire, il est peu probable que vous obteniez la libération sur caution.

– Pourquoi ? J'ignorais qu'on allait m'arrêter.

– Allons, allons. En plus, le poste-frontière auquel vous vous êtes présentée représente un choix suspect. Comptiez-vous qu'on viendrait vous attendre à Walvis Bay, comme votre mari ?

Un demi-sourire ironique.

– Mais pas du tout ! Qu'est-ce que vous me chantez là ? Qui attendait mon mari ?

Je n'y comprenais rien. J'étais aussi perdue qu'Alice atterrissant au Pays des Merveilles.

– Vos faits et gestes pourraient être mal interprétés.

– Expliquez-moi ce qui se passe. Je vous en prie ! On me dit que je suis en état d'arrestation, puis finalement il n'en est rien. Alors ? Que me reproche-t-on ? J'ai le droit de savoir. Et l'enlèvement de mon fils ? Quelles recherches avez-vous entreprises de ce côté-là ? Où est mon enfant ? Vous le savez ? J'ai des droits, non ? Je n'ai rien fait de mal.

Il a opposé un visage de pierre à ma supplique, et je n'ai pu lui tirer un mot de plus.

Ses sous-entendus me laissaient perplexe. Qu'avait donc fait Wolf en plus d'abuser la majeure partie de nos amis (et moi-même) et de kidnapper mon bébé ? Je devinais qu'il n'était pas seulement question d'escroquerie, mais d'autre chose de beaucoup plus grave.

Assis dans le hall d'attente de l'aérogare, nous passions sans doute pour un couple comme un autre car nul ne nous accordait un regard. Un couple en instance de divorce, peut-être : nous n'échangions pas une parole. C'est seulement après le décollage, une fois qu'il a eu englouti deux whiskies bien tassé, que Barnard a quelque peu baissé sa garde.

– J'ai foi en vous, a-t-il déclaré d'une voix plus posée, plus réfléchie. Cela vous étonnera sans doute, mais je crois que votre mari vous fait chanter et qu'il a pris votre enfant en otage.

Ça, pas besoin d'être un génie pour le deviner.

– Ce que je ne comprends pas, c'est pourquoi il vous a laissé la vie. Vous représentez pour lui un formidable danger potentiel. À mon avis, au moment de s'en aller, il s'est rendu compte qu'il ne *pouvait pas* vous tuer comme prévu ; j'en suis même sûr. Vous êtes très belle, Mrs Möller. Peut-être est-il tombé amoureux de vous. – Puis, poussant son indéniable avantage : – J'ai la certitude qu'il vous a épousée parce que vous étiez la femme qu'il lui fallait pour s'établir socialement dans un milieu propice à ses affaires.

Décidément, ce Barnard avait potassé ses dossiers.

– Vous avez tout intérêt à placer votre confiance en nous. Témoignez contre votre complice. Il a toutes les polices du monde occidental aux trousses. On finira par le retrouver, et votre fils avec.

– Vous n'êtes pas très convaincant, major Barnard. Vous essayez de me faire peur, mais l'homme que j'ai épousé, même si je n'ai jamais réellement su qui il était, m'effraie bien plus encore. Vous croyez peut-être qu'il ne lit pas les journaux ? Il sera forcément au courant. Et alors il... il...

Les mots se sont bloqués dans ma gorge. J'en avais déjà trop dit. J'ai regardé fixement mes mains pour échapper au regard scrutateur de Barnard et lui cacher mon angoisse.

– Croyez-moi, madame. Vous n'avez pas le choix. On nous attend au Cap, où vous serez inculpée officiellement. Et incarcérée. – Il a attendu, puis soupiré : – Il y a beaucoup de choses que vous ignorez à propos de votre époux. Nos services secrets ont appris – mais un peu tard – qu'il espionnait pour le compte des Russes depuis son arrivée en Afrique du Sud. En fait, il se servait de l'Armscor comme façade pour leur faire parvenir des secrets industriels américains. Après Walvis Bay, il se perd dans la nature. Il a donc pu s'enfuir par la mer, pourtant ce jour-là il n'y avait à quai aucun navire susceptible d'embarquer des passagers. Le seul qui ait quitté le port était un pseudo-bateau-laboratoire des pêcheries russes connu pour être un centre de renseignement. C'est lui qui a pris Möller à son bord. Nous n'avons aucun doute à ce sujet. Il a probablement été débarqué en Angola, d'où il a pu prendre un avion direct pour Moscou.

Je l'écoutais bouche bée, incrédule. La transpiration ruisselait dans mon dos et dessinait de grosses taches humides sur ma robe. Mes mains tremblaient, je n'arrivais pas à mettre de l'ordre dans mes idées. Wolf, un espion ? Se pouvait-il vraiment qu'à l'heure actuelle, Nicky soit en Russie ? Dans ce cas, comment pouvais-je espérer le retrouver un jour ?

32.

Je me suis maîtrisée à grand-peine. Il fallait que j'assimile les révélations de Barnard. Il y avait bien cette fameuse nuit, à Chobe, où j'avais entendu Wolf parler une langue étrangère. Déjà, j'avais cru reconnaître du russe. Mais quel rapport, quelle continuité entre l'espionnage et le fait d'escroquer ses proches ? Je ne percevais aucune ressemblance entre l'homme que j'avais épousé et la mystérieuse entité habitant ce corps que j'avais appris à tant aimer.

Les Russes avaient-ils réellement envoyé un navire récupérer Wolf ? Il était donc un personnage si important ?

– Mrs Möller, a répété Barnard, je dois vous prévenir que si vous ne coopérez pas avec les autorités vous serez considérée comme complice de votre époux et, à ce titre, passible du même chef d'inculpation que lui – sauf que dans son cas ce sera par contumace. La différence est que *vous,* vous irez en prison.

Les pensées tournaient dans ma tête à une vitesse folle, mais toujours en aboutissant à la même conclusion : j'étais prise au piège. Au prix d'un grand effort, j'ai refoulé mon angoisse et prêté l'oreille car je sentais que Barnard penchait en ma faveur.

– Si je savais ce qui est en jeu, je serais mieux à même de prendre une décision.

Il a médité un instant, puis a repris :

– Il y a longtemps qu'Interpol et la C.I.A. recherchent Wolf Möller. Mais on ne s'attendait pas à le retrouver en Afrique du Sud. On prétend qu'il a eu recours à la chirurgie esthétique. Je doute que vous soyez vraiment – je veux dire *légalement* – mariés.

Möller n'est pas son véritable nom – pour ne rien dire du titre de noblesse –, mais nul ne connaît sa véritable identité.

– Cela signifie-t-il qu'il n'a aucun droit sur mon fils ?

– Exact.

– Si j'écope d'une longue peine, vous appuierez le chef d'inculpation d'enlèvement en prouvant que j'ai la garde de Nicky ?

– Cela me paraît faisable. Je vais vous dire ce que je sais – officieusement bien sûr –, si cela peut vous aider. Malgré vos dénégations, je sais que votre mari retient votre enfant en otage pour s'assurer de votre silence.

Une pause. Je n'ai pas réagi.

– Möller a trompé les autorités sud-africaines en feignant de leur procurer certains articles sous embargo international. Ses manigances ont été percées à jour par des agents de la C.I.A. venus enquêter à l'Armscor sur certains chargements de matériel informatique normalement destinés à l'Afrique du Sud et qui se sont retrouvés en Russie. Il est alors apparu que notre pays servait de plaque tournante dans un trafic clandestin de secrets militaires américains en direction de la Russie.

« Votre mari est un brillant ingénieur versé dans les technologies stratégiques de pointe. Grâce à un apport régulier de capitaux en provenance d'Union soviétique, d'une part, et l'aide de l'Armscor, d'autre part, il a réussi à obtenir ce qu'il voulait moyennant pots-de-vin, chantage ou promesses de participation aux gains. La plupart des entreprises rechignent à toucher des pots-de-vin dans une opération commerciale au bénéfice de l'U.R.S.S., mais si les produits sont « officiellement » destinés à l'Afrique du Sud, ils ont moins de scrupules. Le stratagème était remarquable. Par ce biais, Möller a pu faire parvenir aux Russes le fameux système de détection de missiles balistiques intercontinentaux. Ce qui a fait prendre au moins quatre ans de retard aux Occidentaux dans la course aux armements nucléaires. La C.I.A. a fait vœu de neutraliser Möller dès qu'elle aurait réussi à lui mettre la main dessus.

« Vous saisissez, à présent, votre situation ? Vous êtes devenue sa complice en détruisant ses dossiers.

– Je vous rappelle que le système soviétique s'est effondré il y a tout juste un an.

– Exact : les agissements de Möller ont atteint leur but à l'époque et il s'est retrouvé à court d'argent car on n'a pas pu le payer comme prévu. Alors il a arnaqué des gens pour une somme bien supérieure, histoire d'éponger ses pertes. En profitant de riches Sud-Africains désireux de planquer leur fric à l'étranger.

Est-ce pour cela que Wolf était si tendu, si anxieux ces derniers temps ?

– Madame, vous vous êtes certainement mis en tête de retrouver vous-même votre fils, mais je vous en prie, revenez à la raison. C'est insensé. Möller est recherché par les services secrets américains, britanniques, ouest-allemands, sud-africains et israéliens, sans parler d'Interpol. Jusqu'ici, leurs efforts sont restés vains. Je vous signale qu'il a opéré au nez et à la barbe des autorités pendant des années sans qu'on sache qui il était, alors comment pourriez-vous réussir toute seule ?

– Vous croyez que je vais m'en remettre à *vous* pour retrouver mon fils ?

Il a eu la grâce de rougir.

– Naturellement, nous avons de gros ennuis avec les États-Unis. Il faut que justice soit faite. Votre mari leur a filé entre les doigts, mais il leur reste... vous !

– Taisez-vous ! Taisez-vous ! Je ne maîtrisais plus ma peur.

– Möller nous a bien eus, a-t-il repris, mélancolique.

Je me suis rappelé le désespoir dans le regard de Bernie lorsqu'il avait fait le même constat.

– J'aurais voulu vous aider, a-t-il ajouté, radouci. Je vous crois digne de confiance. Vous devriez faire de même envers nous.

– Mais enfin ! ai-je murmuré. Vous devez bien vous en douter, jamais un homme aussi intelligent ne m'aurait confié quoi que ce soit ! J'ai vécu dans l'illusion totale, une illusion paradisiaque au sein de laquelle je me croyais aimée, heureuse en ménage. – Je ne cachais plus mon amertume. – Je ne suis même pas sûre de croire à votre histoire. Je sais qu'il a dérobé de l'argent, mais si vous saviez à quel point il détestait les Russes !

– Mais votre mari *est* russe, madame.

Là-dessus, Barnard s'est laissé aller contre le dossier de son siège ; il a fermé les yeux et n'a plus dit un mot. À quoi bon ?

J'étais anéantie. Je ressentais tous les symptômes physiques de la panique totale.

Quand j'ai acquis la certitude qu'il s'était endormi, j'ai rédigé à l'intention de mon père un billet expliquant brièvement que je n'étais pas coupable et exposant les faits que je tenais de Barnard. Il fallait qu'il confie à une agence spécialisée le soin de retrouver Nicky. Les villes de Dresde, Beeskow et Lübeck constituaient trois pistes quant à la véritable identité de Wolf. J'expliquais pourquoi, mais mes mains tremblaient tant qu'il aurait du mal à me lire.

J'allais me rendre aux toilettes et soudoyer – ou supplier – un voyageur pour qu'il poste ma lettre.

Puis j'ai réfléchi au triste sort qui m'attendait. On pouvait effectivement me poursuivre pour escroquerie et espionnage, et me boucler pour des années. Quels étaient mes recours ? J'ai voulu échafauder un plan, mais je n'arrivais pas à rassembler mes idées, qui se cognaient dans ma tête comme des oiseaux pris au piège cherchant désespérément une issue. Non, décidément, inutile de chercher une combine. L'alternative était simple : ma liberté ou la vie de mon fils. Barnard avait raison. La seule solution était de témoigner contre Wolf. Justement ce qu'il avait redouté, ce contre quoi il s'était prémuni en prenant mon enfant en otage.

Quelle femme achèterait sa liberté au prix de la vie de son bébé ? Brusquement, une image criante de vérité s'est imposée à mon esprit : le petit visage tout chiffonné de Nicky quand il fallait le consoler. Si cela se trouvait, à cet instant même, en pleurs, il m'appelait de tout son cœur ! Je ne savais même pas s'il était toujours avec Wolf. Il avait pu le placer dans une institution.

Oh, mon bébé ! Où es-tu ? Mon amour, je ne te laisserai jamais tomber, je te le promets ! Même si on m'enferme de longues années. Et un jour, je te retrouverai.

Seconde partie

16 mai 1994 – 11 novembre 1994

33.

Prison de Pollmoor – 16 mai 1994

Quand les portes se sont refermées sur moi, j'ai cédé au désespoir. Puis j'ai trouvé quelque secours en moi-même, sous la forme d'un rêve bien précis. J'ai alors pris conscience d'une facette de ma personnalité si impitoyable et si énergique que j'ai eu bien du mal à l'accepter. Une facette capable de tuer. Je l'ai su tout de suite : il fallait que je me repose sur elle, que je la renforce encore. Et cet aspect de moi, je l'ai appelé mon *tokoloshe.*

Il y a dix-huit mois que je suis emprisonnée, mais ce *tokoloshe* devient chaque jour une arme plus meurtrière. Je l'enchaîne dans un des recoins les plus reculés, les plus obscurs de mon esprit. Il s'est brûlé au contact de ma colère, cette forge perpétuellement incandescente, il a été trempé par mes peurs, torturé par l'interminable et déchirante attente, façonné par mes propres mains jusqu'à prendre la forme d'un invincible instrument. Mon *tokoloshe* est rusé, vicieux. Il me mènera jusqu'à Wolf, jusqu'à mon fils. Il me donnera le courage d'accomplir ce qui doit être accompli. Il est ma force, ma stratégie. Il est le côté sombre de mon âme.

34.

La cellule, grande comme une chambre à coucher un peu supérieure à la moyenne, contenait vingt-quatre femmes ayant chacune sa couchette. Nous venions des hauteurs érodées du Transkei, des champs de canne à sucre du Natal, des plaines arides de la côte ouest, des camps de squatters du Cap. Nous avions volé, fait le tapin, agressé... Deux d'entre nous avaient même tué. Mais nous étions femmes, et nous avions en commun de souffrir le martyre parce que nous étions coupées de nos familles, et surtout de nos enfants.

À la fin de l'été, une vague de chaleur a transformé la prison surpeuplée en véritable enfer. Il faisait tellement chaud que les murs se cloquaient et que, dans nos tenues de prisonnières, allongées sur nos lits, nous osions à peine respirer. Dieu sait quels germes en profitaient pour se répandre dans le bouillon de culture qui nous tenait lieu d'air. On nous avait annoncé que ce jour-là, nous n'irions pas travailler à la blanchisserie, qu'il n'y aurait pas non plus de ménage à faire. Nous ignorions pourquoi, mais personnellement, cette inactivité rendait mon sort encore plus insupportable.

Sur ma paillasse trempée de sueur, je m'efforçais malgré mon hébétude d'écouter les enfants des gardiens jouer dehors. Ces petites voix m'empêchaient de sombrer dans la démence. Je suis sortie d'un coup de mon apathie en m'entendant appeler par mon nom. C'était la gardienne.

– Suivez-moi. Allons, dépêchez-vous !

La peur a fait naître un goût amer dans ma bouche en me renvoyant d'un coup à l'épouvantable époque de ma détention préventive. Je revoyais le fauteuil, les cruelles menottes, les fils électriques qui serpentaient jusqu'au mur... Je sentais encore la puissante odeur de désinfectant qui n'arrivait pas à masquer celle du vomi, de l'urine, de la sueur et du sang qu'avaient déversés là ceux qui m'avaient précédée. Non, pas ça ! Déjà la gardienne étalait derrière mes oreilles et au creux de mes genoux la substance gélatineuse que je connaissais si bien... J'entendais les cris que je poussais en me débattant pour ne pas me retrouver assise dans ce fauteuil.

– Vite ! Le commandant vous attend.

Sentant la face interne de mes cuisses tout humide, j'ai eu honte et cela m'a aidée à reprendre courage. J'ignorais ce qu'on me réservait encore, mais je saurais y faire face ! D'ailleurs, je l'avais amplement prouvé – à moi-même et à mes geôliers – quand on avait cherché à me faire parler de Wolf et de ses activités d'espion. Avec un ultime regard éperdu pour mes compagnes de cellule, je suis sortie sur les talons de la gardienne.

Je l'ai suivie le long d'une série de couloirs séparés par des portes qu'il fallait chaque fois déverrouiller puis reverrouiller derrière nous, jusqu'aux services administratifs ; c'est dans le bureau du commandant Hendrik Vermeulen, directeur de la prison, que s'est achevé mon interminable et incertain périple.

Ce Vermeulen se laissait aller. Sa chemise était sale, ses ongles noirs, ses cheveux parsemés de pellicules. La vie n'avait guère été clémente avec lui. Je m'étais souvent demandé ce qui poussait les gens à devenir gardiens – ou directeurs – de prison. Ce n'était pas vraiment une profession dont on rêvait enfant. Pompier, oui. Mais directeur de maison d'arrêt ?

Il a feuilleté mon dossier un bon moment, en me laissant plantée devant lui sans savoir où me mettre. Malgré mes dix-huit mois d'emprisonnement, j'admettais toujours mal de devoir rester debout devant un homme assis.

Enfin il s'est éclairci la voix et m'a jeté un bref regard où j'ai eu le temps de lire toute l'hostilité qu'il me vouait.

– Dans sa grande sagesse, le président Mandela a signé la grâce de plusieurs prisonniers pour célébrer la naissance de la nouvelle Afrique du Sud. Vous faites partie des heureux élus.

Que devais-je en conclure ? Qu'on m'accordait une remise de peine ? J'ai retenu mon souffle.

Il a marqué une pause le temps d'inspirer profondément. Il s'efforçait de réprimer sa rage. En vain : elle s'est déversée d'un coup.

– Rien d'étonnant à cela, d'ailleurs, puisque votre mari est un espion coco ! En un rien de temps vous serez à Moscou, à vous goberger de vodka.

Il s'est interrompu, brusquement renfrogné, et j'ai songé à ce que signifiait le concept de « Nouvelle Afrique du Sud » pour les Blancs de la classe ouvrière, ceux qui ne possédaient pas de terre. Une lente régression vers le statut d'apatride tandis que les Noirs leur prenaient peu à peu leurs emplois ? Était-ce cela qui faisait si peur à cet homme ?

Stupéfaite, je l'ai entendu ajouter :

– Vous êtes libre.

Je me suis mise à trembler. Mes genoux refusaient de me supporter plus longtemps et j'ai bien cru que j'allais tomber ; mais une fois de plus, mon sang-froid est venu à la rescousse.

– Je suis tenu de vous proposer les services d'une assistante sociale, mais en ce qui me concerne vous pouvez aller vous faire… – Là encore il s'est interrompu. Puis, sur un ton las : – Ce sont les gens comme vous et votre mari qui avez causé la ruine de ce pays. Si ça ne tenait qu'à moi, les traîtres dans votre genre auraient tous droit au « collier ». Tous les gens au pouvoir…

Il n'a pas été plus loin. Il semblait mal à l'aise. Moi qui ne connaissais que trop bien l'amertume de l'humiliation, j'ai failli compatir.

– Je peux dire au revoir à mes compagnes de cellule ? ai-je bredouillé.

Il est devenu rouge de colère.

– Et puis quoi encore ?

Je me suis retrouvée dans un couloir grouillant de prisonniers fraîchement libérés qui s'embrassaient en riant. Chacun à leur manière, ils s'étaient battus pour la liberté. Ce qui n'était pas mon cas. Je me suis vidé l'esprit en attendant la douche réglementaire. Alors seulement j'ai laissé libre cours à ma joie, cessé de refouler ma douleur et frappé le carrelage à m'en faire mal aux paumes en hurlant : « Libre ! Je suis libre ! », jusqu'à ce que l'eau brûlante chasse toutes mes larmes.

Une demi-heure plus tard, après avoir enfilé des vêtements devenus beaucoup trop grands pour moi, et toujours en proie à la même sensation de légère ivresse et d'irréalité, j'ai franchi en titubant le portail de la prison… pour tomber tout droit dans les bras de Joy !

– Ça alors ! Mais qu'est-ce que tu fais là ?

Je l'ai serrée dans mes bras en ravalant le douloureux souvenir de sa trahison passée.

– Merci mon Dieu !

C'est tout ce que je trouve à dire : merci mon Dieu ! Elle m'a étreinte à s'en couper le souffle. Puis elle a reculé d'un pas pour me jauger du regard.

– Que tu es maigre. Comme tu as dû souffrir. Ma pauvre Nina… Tu n'as pas de poux, j'espère ? – J'ai fait signe que non. Elle a rougi et m'a prise par le bras. – Excuse-moi. Bon, allons-nous-en d'ici. Je ne savais pas si tu serais libérée. On a essayé de se renseigner, mais pas moyen d'obtenir une réponse ferme. Alors je suis venue, dans le vague espoir que… À vrai dire, depuis une semaine je viens tous les matins. Nina ! Si tu savais comme je regrette pour tout ce qui… Enfin, tu sais. Tu m'as manqué. Mais maintenant tu es là. Allons-y.

– Où ça ?

– Mais chez nous, bien sûr. La maison n'est pas aussi belle que l'autre, mais nous sommes plus heureux, finalement. Je t'ai réservé une place dans l'avion de ce soir à destination de Londres, d'où tu repartiras pour Inverness. C'est ton père qui a exigé que tu quittes aussitôt le pays.

– Mon père ? ai-je répété d'un air rêveur. Moi qui croyais qu'il avait fait une croix sur moi.

– Bien au contraire, tu ne sauras jamais avec quel acharnement il a fait pression de tous côtés pour obtenir cette grâce présidentielle. À voir les lettres ouvertes qu'il a adressées au gouvernement, on dirait que tu es le chef de file des communistes britanniques venu chez nous combattre pour la liberté.

– Tiens donc. Voilà qui ne ressemble guère à mon père.

– Tu es tout de même sa fille, non ?

Tout à coup, j'avais une grosse boule dans la gorge.

35.

Inverness. Écosse – 18 mai 1994

Tout en regardant par la vitre du taxi, je me préparais à l'épreuve de la confrontation avec mon père. J'avais l'impression d'être une ratée, non pas tant à cause de mon séjour en prison et du tapage médiatique qui l'avait entouré que pour n'avoir pas su garder mon fils. Que n'avais-je mieux écouté ma propre intuition et les appréhensions de mon père ! Si seulement j'avais mieux surveillé Nicky ! Comme mon père devait me mépriser d'avoir été si bête... J'avais eu tort de rentrer à la maison. Seulement voilà : je n'avais pas le choix. J'avais besoin de son aide.

Il faisait un froid inhabituel pour un mois de mai. Les arbres n'avaient pas encore déplié leurs tendres bourgeons, ce qui conférait au paysage la beauté hivernale austère et limpide que j'avais tant aimée. Le loch avait un éclat d'acier dépoli et, au-dessus de ses eaux lisses, le pic de Liathach se dressait, sombre et menaçant, sur fond de ciel de plomb.

Le voyage s'était déroulé en un éclair. J'étais encore sous le choc. Il s'était écoulé à peine vingt-quatre heures depuis ma libération. Il m'aurait fallu plus de temps pour redevenir moi-même. Je ne cessais de frissonner, et pas seulement à cause du froid.

– Nous y sommes presque, ai-je dit au chauffeur.

Il n'y avait personne pour m'attendre. Attristée par cette douche froide, j'ai payé ma course et poussé la porte d'entrée du manoir.

Rien n'avait changé. Ici l'horloge de grand-père où, petite, j'allais me cacher, là le vieux tapis afghan que Brigit n° 1 s'était appliquée à mâchonner et que Maria avait fait discrètement réparer, là-bas le portrait de ma grand-mère, et partout une accueillante odeur de cire. Oui, tout était d'une familiarité saisissante… sauf l'obscurité ambiante pour qui était accoutumée aux soleils éclatants, aux grands espaces, aux éclairages vifs… Je ne savais plus ce que c'était que cette pénombre-là.

Puis une inconnue s'est avancée vers moi d'un pas pressé. Rondelette mais digne, cheveux gris fer et joues bien roses, l'image même de la gouvernante. Elle avait de beaux yeux gris et irradiait la bienveillance, tout en cachant mal son embarras. Peut-être craignait-elle que je ne bouleverse l'ordre qu'elle avait établi dans la maison, que je ne prenne sa place ?

– Bonjour. Vous devez être Nina Olgivie. Je suis Rosemary Peters, la gouvernante.

Elle avait l'accent du pays.

– Votre père sera content de vous voir. Il était impatient.

Olgivie, et non Möller… C'était donc ainsi que mon père préférait me présenter ?

– Le colonel est dans son bureau. J'y ai fait un bon feu. Voulez-vous un peu de café avant le déjeuner ?

– Oui, merci. Ça me fera du bien.

Dès que j'ai poussé la porte j'ai vu mon père qui, dans un fauteuil près de la fenêtre, était plongé dans un recueil de dessins. Lorsqu'il a tourné la tête vers moi, j'ai été choquée de constater à quel point il avait vieilli. Ses cheveux étaient tout blancs, son teint plus pâle que dans mon souvenir, et son visage s'était émacié ; pourtant, son regard était alerte, plus volontaire et incisif que jamais. Je me suis contrainte à avancer, à sourire… Mes blessures anciennes me revenaient d'un coup. Mais en même temps, je me rappelais les paroles de Joy.

– Merci d'avoir fait pression pour ma libération, papa.

Il a haussé les épaules avant de se lever tant bien que mal, à la force des bras, pour prendre appui sur deux cannes.

– Et aussi d'avoir alimenté mon compte en banque. Je ne m'en suis rendu compte qu'en arrivant à l'aéroport d'Heathrow.

– Ça va, ça va… Si tu continues, tu vas bientôt me remercier de t'avoir procréée !

– Pas sûr.

– Pourquoi, c'était si dur que ça ?

– La prison, pas tellement. Mais perdre mon fils… Non, je

crois que le pire, en fin de compte c'est que *lui* m'ait perdue. Je ne supporte pas qu'il ait souffert, lui.

J'ai inspiré profondément. Pas question de m'aventurer en terrain instable.

– Qu'est-ce qu'il fait froid ! Je ne suis plus habituée à ces températures.

Il a lâché un petit rire qui sonnait faux.

– Ce type était une canaille. Je t'avais prévenue !

En équilibre sur une canne, il a calé l'autre contre la table pour me donner une poignée de main. Ce qui n'était pas un mince exploit.

– Viens t'asseoir, Nina. On dirait un soldat à la parade.

J'ai eu mal au cœur de le voir négocier péniblement les quatre mètres qui le séparaient de son fauteuil puis s'asseoir avec une lenteur infinie, mais il n'a pas voulu que je l'aide. J'ai pris place face à lui en me rapprochant du feu qui ronflait dans l'âtre.

– Voilà qui est mieux. Tu as maigri. Et tu as une vilaine cicatrice au bras. À part ça, tu n'as pas changé. Naturellement, les pires cicatrices sont intérieures, invisibles ; mais tu as tenu le coup. C'est le principal.

Il s'efforçait de paraître enjoué, mais je voyais que cela lui coûtait.

– Je suis navrée, papa.

– Et moi donc. Wolf t'a tendu un traquenard et on t'a jetée en prison pour te faire parler. Ça n'a pas marché, et tu as souffert, je n'en doute pas. Si seulement j'avais pu intervenir à temps ! Mais Dieu merci tu es là, maintenant. Je craignais que tu ne te fasses tirer dessus par des extrémistes de droite à l'aéroport.

– N'exagérons rien.

– Je sais ce que je dis. Wolf a ridiculisé l'ancien gouvernement. C'est pourquoi tu as écopé d'une peine aussi lourde. La grâce présidentielle dont tu as bénéficié peut, aux yeux de certains, signifier que tu travaillais toi aussi pour les Russes. Le plus drôle est qu'en fait, Wolf était un mercenaire qui se vendait au plus offrant. Clive Wattling, mon ex-collègue dans les Services, en a la conviction comme moi. Tu te souviens de lui ?

– Vaguement.

– Ses recherches sur Möller brossent le portrait d'un expert en géologie et en technologies stratégiques qui vendait – au plus offrant, donc – du pétrole à l'Afrique du Sud, des systèmes de détection de missiles aux Russes, et ainsi de suite. Tout ce qui lui tombait sous la main, quoi. Son idée d'utiliser l'Armscor et le contournement des sanctions économiques pour s'allier les fabricants d'armes américains d'extrême droite était un coup de génie.

C'était un bien long discours pour mon père, mais qui expliquait son inquiétude. Finalement, il se souciait de moi ! Cela m'a fait un bien fou. Je lui ai pris la main – chose que je ne me rappelais pas avoir jamais osé faire –, mais il l'a retirée avec douceur.

Alors j'ai posé la question qui me brûlait les lèvres.

– Tu es le seul à avoir soupçonné Wolf. Comment as-tu deviné ? Sur le moment, ça m'a fait beaucoup de peine, tu sais. Tout le monde était sous son charme, à commencer par moi ; mais toi, non. Tu te souviens, tu m'avais dit qu'il avait une « idée derrière la tête » ?

Il a continué à me dévisager, avec son habituelle intensité distante. Lui qui était passé maître dans l'art de déchiffrer les expressions d'autrui avait claquemuré son âme, et nul n'aurait su dire ce que signifiait cet air nonchalant, légèrement amusé. *Y a-t-il au monde quelqu'un qui sache vraiment qui est mon père ?* En tout cas pas ma mère qui, renonçant à le percer à jour, avait cherché refuge ailleurs. Ma mère qui était morte pendant que j'étais en prison – autre sujet à ne pas aborder, si je voulais rester sereine.

– Je ne sais pas très bien, a-t-il fini par répondre. Dans mon métier, à la longue on acquiert une espèce de sixième sens. La plupart des gens cherchent à masquer leurs faiblesses derrière une façade. Un homme intelligent se donnera du mal pour avoir l'air bête, et inversement. Toi, tu aurais dû te demander pourquoi ton Wolf essayait tant d'impressionner le monde par ses démonstrations d'affection. En fait, pour lui nous sommes tous des victimes potentielles, d'une façon ou d'une autre.

Malgré toute ma haine pour Wolf, cela me dérangeait qu'on le traite avec autant de mépris.

– Mais assez parlé de lui, a-t-il conclu, subodorant sans doute ce que je ressentais. Ah, voilà le café. Merci, Mrs Peters. – Il a attendu que sa gouvernante ait fini de nous servir. – Il faut oublier ce Wolf, maintenant. N'utilise plus ton nom de femme mariée. Ce n'était qu'une fausse identité, de toute manière. Je doute qu'il ait jamais correspondu à une quelconque réalité. Dieu sait quel est le vrai nom de cet individu. – Un petit rire bref qui, à nouveau, m'a blessée. – Ici, personne n'a fait le rapport entre Nina Olgivie et l'espionne de haut vol répondant au nom de baronne Möller. C'est aussi bien, non ?

Je me suis rappelé mon mariage. Wolf et Joy avaient bien préparé leur petite surprise et, éberluée, j'avais signé sans savoir ce que je faisais. Ce jour-là, Wolf m'avait prise dans ses bras pour me demander, moqueur :

– Ça se met au lit sans plus de cérémonie, une baronne ? Ou faut-il dorénavant que je sollicite une audience ?

Il s'était bien payé ma tête, tiens ! Et il avait dû trouver cela très amusant. Quelle cruauté ! Au tréfonds de moi-même, des flammes de fureur pure consumaient mon cœur. Un pli soucieux a barré mon front.

– Suis mon conseil, Nina, tourne la page.

Muette d'incompréhension, j'ai mis un moment à réagir. Puis je l'ai agrippé par le bras :

– Jamais, tu m'entends ! me suis-je exclamée avec une virulence non préméditée. Oublier mon fils ? Quelle femme en serait capable ? Wolf est un être barbare, le mal fait homme ! Il faut récupérer Nicky le plus vite possible. Si seulement je savais par où commencer !

Il a aussitôt souligné l'absurdité de ma réaction. J'étais impuissante et il me l'a bien fait sentir :

– C'est là ton plan, Nina ? Repartir sur-le-champ ? Je te donnerai tout l'argent que tu voudras, tu sais. Je ne suis pas exactement dans le besoin ! Mais vas-tu entreprendre une fouille en règle de la terre entière ? Jusqu'à la dernière botte de foin ?

Un linceul de désespoir glacé s'est abattu sur moi. J'ai frémi. En effet je n'avais aucune idée de la marche à suivre.

– Heureusement, pendant ton incarcération je ne suis pas resté complètement inactif, a-t-il repris. Mais je t'en dirai plus après le déjeuner. Tu peux attendre jusque-là ?

– Oui, bien sûr. Pas de problème. En dépit de ma tension extrême, je me suis forcée à sourire.

36.

Nous étions comme deux étrangers qui se cantonnent maladroitement aux sujets sans conséquence : l'état des cultures, les pluies insuffisantes, la taille des truites... Bref, tout sauf ce qui pouvait faire naître l'émotion. Père a mangé très simplement, par habitude ; son plat préféré (la truite au bleu accompagnée d'épinards) ne me mettait guère en appétit. Mon malaise emplissait la grande salle à manger obscure.

Nous sommes convenus de nous retrouver à trois heures dans son bureau. À Olgivie Lodge, se présenter en retard à un rendez-vous était considéré comme une quasi-trahison. J'ai donc passé l'heure qui restait à examiner les placards où Mrs Peters avait rangé mes vêtements. L'antimite se justifiait, vu la longueur prévue de ma peine de prison, mais comment allais-je me défaire de l'odeur, à présent ?

Quant aux quinze cartons de vêtements, valises et objets divers que la société de déménagement avait livrés, on les avait entreposés au grenier. En contemplant mes affaires – vases, albums de photos, effets personnels, argenterie, ustensiles de cuisine, vêtements d'enfants... – j'ai réprimé un hoquet. Mon Dieu ! Un jour peut-être j'aurais le courage de tout déballer, mais pas avant longtemps.

Maintenu d'aplomb par ses cannes, père se tenait le dos au feu.

– Ah, te voilà ! Ferme la porte et écoute-moi bien, a-t-il entamé sans préambule. Pendant ton absence, j'ai engagé trois des meilleures agences de recherche au monde pour retrouver Nicholas, et ce sur trois continents.

Une lueur d'espoir a dû briller dans mes yeux car il a promptement ajouté :

– Ne t'emballe pas. Je n'ai aucune bonne nouvelle à t'annoncer de ce côté-là. Toutefois, le travail accompli est entièrement résumé dans ces dossiers. – Il a désigné une pile de chemises renflées, posées sur son bureau. – Dès l'instant où Wolf débarque à Walvis Bay, on perd toute trace de lui et de Nicky. Et personne n'a vu d'homme quitter la Namibie avec un enfant en bas âge. Personnellement, je suis convaincu qu'il a été récupéré par le navire russe dont t'a parlé Barnard.

« Tu t'en souviens, j'ai répondu par une formule sibylline à la courte lettre que tu as rédigée à mon intention dans l'avion. Le compte en banque de Lübeck avait déjà été clôturé quand notre émissaire est arrivé sur place. Sans doute était-il déjà trop tard quand tu m'as écrit. D'autre part, nul Wolf Möller n'a jamais fréquenté l'université de Lübeck – ni aucune autre, d'ailleurs. C'est ce qui m'a conduit à penser qu'il opérait sous un faux nom.

Le souvenir de nos moments d'intimité ne m'inspirait plus que de la honte ; j'ai voulu penser à autre chose, mais en vain. Je me revoyais au lit, la tête sur son épaule. Un jour, comme nous venions de faire l'amour avec un abandon total et que nous nous laissions aller à la béatitude, côte à côte, en paix l'un avec l'autre, il m'avait dit : « Mon épouse bien-aimée, tôt ou tard nous aurons assez d'argent pour remettre en état ma propriété en Allemagne. Là-bas, tu seras célèbre pour ta beauté – tu seras la noble baronne Möller ! Et moi, je serai le seul à savoir que tu es aussi le meilleur coup d'Europe. »

Malgré moi, j'ai grimacé de chagrin.

– Mais Wolf, lui, était bien réel ! C'était un homme en chair et en os. Alors qu'importe le nom qu'il se donnait ?

J'ai rougi. Qu'est-ce qui me prenait de me défendre ainsi ? Étais-je en train de ressusciter un comportement ancien nourri de rébellion ?

Mon père a ouvert un dossier.

– Tu verras ici qu'un individu se faisant appeler Gunther Mannheim a escroqué plusieurs personnes, en Amérique, au début des années quatre-vingt, et qu'il en a retiré de grosses sommes d'argent. Lui aussi se prétendait originaire d'Allemagne de l'Est. Je discerne des similitudes entre son mode opératoire et celui de ton « Wolf ». Malheureusement, on ne dispose que de descriptions physiques imprécises ; rien de très concluant.

Il a feuilleté un volumineux dossier.

– Au début des années quatre-vingt, donc, Interpol a également recensé cent seize escroqueries minières qui rappellent sa manière habituelle de procéder. Je les ai toutes passées au crible, et pour moi, certaines portent sa signature. Il se peut qu'à l'époque, l'escroc en herbe ait fait ses premières armes. Mais chaque fois il est rentré dans son trou après coup, et on ne sait ni où ni sous quelle identité. C'est bien le problème, d'ailleurs.

Il a tourné une page et m'a lancé un regard troublé.

– Ce document-ci, j'ai dû en appeler à d'anciens contacts pour me le procurer. C'est une copie du dossier constitué sur Möller par la C.I.A. Qui tient *énormément* à le retrouver. Möller est très riche, très malin, et il a un culot monstre. Pas un seul service de renseignement n'a réussi à se faire ne serait-ce qu'une vague idée de sa véritable identité, et encore moins de sa planque.

« Ce que je te conseille donc, c'est d'abandonner les recherches. Tu ne retrouveras pas ton fils. Si les professionnels eux-mêmes s'y cassent les dents, tu n'as aucune chance.

La moutarde m'est montée au nez.

– C'est hors de question ! Et de quel côté es-tu, au juste ?

C'était, chez moi, un véritable cri du cœur. Mais il a fait la sourde oreille.

– Lis ces comptes rendus, puis mets-les de côté et repars de zéro, Nina. Fais-toi une nouvelle vie, fonde une autre famille. Évidemment, maintenant que tu as un casier judiciaire, tu ne pourras plus travailler ni dans la banque ni dans la gestion d'actifs, même si tu as été injustement accusée, mais il existe bien d'autres possibilités. Y compris rester à la maison à ne rien faire, ou prendre en charge la gestion du domaine. Ou alors, crée ta propre entreprise. Tu es jeune, tu as toute la vie devant toi. Et nous ne sommes pas ce qu'on pourrait appeler des pauvres. Alors sois raisonnable, Nina.

– Je n'en crois pas mes oreilles. – Je luttais pour conserver

mon calme, l'entendre parler ainsi était au-dessus de mes forces.
– Quel homme faut-il être pour abandonner ainsi son petit-fils ?

– Un petit-fils que je n'ai jamais vu.

Pour la première fois, je percevais son propre chagrin et la culpabilité m'a submergée. Pourquoi, en effet, ne lui avais-je jamais amené Nicky ? À cause de Wolf, naturellement. Wolf, qui avait toujours trouvé mille bonnes raisons de se défiler chaque fois que je proposais d'aller voir mon père. J'aurais dû insister. Mais je redoutais plus que tout l'irréparable affrontement qui aurait pu avoir lieu entre les deux hommes.

– Tu étais tellement braqué contre Wolf ! Mais bien sûr, tu avais raison.

Il a haussé les épaules.

– C'est du passé, tout ça. – Me voyant sortir de la pièce, trois gros dossiers sous le bras, il a ajouté : – Nina ! J'aimerais connaître ta décision avant minuit. Tu penses que ce sera possible ?

– Oui.

Comme si j'avais besoin de temps pour me prononcer ! Je n'en ai pas moins passé une des soirées les plus déprimantes de ma vie à compulser ses dossiers. Tant de « professionnels » spécialement formés, entraînés, pour si peu de résultats !...

Minuit. Entendant mon père se préparer un chocolat dans la cuisine, je l'ai rejoint sans bien savoir quoi lui dire.

– Je vais me lancer à la recherche de Nicky. Jamais je ne l'abandonnerai. Il faut que tu le saches. Je ne te demande pas d'être d'accord, mais tu dois comprendre les sentiments d'une mère envers son enfant. S'il le faut, je consacrerai ma vie à ma quête. Je ne laisserai *jamais* tomber.

– Tu veux un chocolat chaud ?

Mon père avait l'art de vous remettre d'un coup les pieds sur terre.

– Oui, merci.

Je me suis attablée, puis j'ai poussé les dossiers vers lui.

– Jamais vu une telle masse d'informations pour ne rien dire du tout.

– C'est bien ce que je pense aussi. Par où commencer, tu as une idée ?

– Plusieurs. N'oublie pas que j'ai eu un an et demi pour y réfléchir.

Il a posé sur moi un regard interrogateur, mais je répugnais à formuler les idées en question. Les rêves ont tendance à s'envoler en fumée quand la raison s'en empare. Et de la raison, mon père en avait à revendre. Alors, que lui dire ? Le silence devenait pénible.

– Écoute. Wolf a deux points faibles. Le premier est un problème de timing. Chaque fois qu'il monte une escroquerie il doit disparaître très vite, avant que sa victime ou les autorités ne le repèrent. Le second est : comment blanchir l'argent volé sans mener ses poursuivants jusqu'à sa base opérationnelle ? De nos jours, les gouvernements et les banques surveillent de près les mouvements de capitaux. Il devient difficile, voire dangereux de faire transiter des sommes de provenance douteuse ; en outre, cela demande à la fois du temps et certaines compétences. Je vais conduire une partie de mon enquête via l'Internet, et passer en revue toutes les escroqueries minières connues, ainsi que celles liées au trafic d'armes, en traquant le fonctionnement habituel de Wolf – il recherche les endroits où se fait sentir le besoin de contourner un embargo, un blocus, des sanctions économiques. Il a besoin de ce genre d'artifice pour opérer. Je finirai par prévoir une de ses initiatives et lui tomber dessus.

Mon père buvait son chocolat à petites gorgées.

– Cela nous permettrait de suivre son butin à la trace, au fil de ses pérégrinations autour du monde, jusqu'à savoir enfin qui il est et découvrir sa tanière.

« *Nous permettrait* » ? Voilà qui mettait un peu de baume sur mes plaies, un peu d'espoir dans mon trouble. Je tentais d'occulter ce fantasme absurde, mais il ne cessait de revenir en force.

C'est père qui a rompu le charme, avec un petit laïus qui avait l'air préparé.

– Puisque tu es décidée à foncer, a-t-il repris de sa voix alerte, intelligente, et qui ne trahissait jamais la moindre émotion, je t'offre mon aide – à plein temps –, mon savoir et mes ressources financières non négligeables. Pour des raisons évidentes, c'est toi qui devras te déplacer, aller frapper aux portes. Naturellement, j'ai toujours des contacts dans le Renseignement. Certains ne sont plus de toute première jeunesse, mais tant pis. – Il a contemplé les dossiers d'un air sombre. – Et vu mon expérience, c'est à *moi* de prendre la direction des opérations. Il se peut que notre collaboration se révèle très efficace. Bois ton chocolat. Il va refroidir. Une dure journée nous attend. Tu as tout de même quelques raisons de te réjouir, Nina.

Sa voix était d'une douceur surprenante, tout à coup.

– Wolf a deux autres points faibles : il t'aimait et il aimait son fils. À mon avis, il l'a emmené parce qu'il ne supportait pas d'en être séparé.

– Il *m'aimait* ? – J'ai failli m'étrangler. – Il m'a privée de mon fils ! Il m'a laissée aller en prison ! Tu appelles ça de l'amour ?

– Tu es vivante, alors que Wolf a toujours su que tu représentais un danger majeur pour lui. Voilà pourquoi il t'a fait chanter en menaçant de sacrifier Nicky. Je suis sûr que *jamais* il ne ferait de mal à son fils. Mais toi tu es certainement la seule, dans le monde occidental, à savoir qui il est, *ce* qu'il est, même si tu ne t'en rends pas encore compte.

– Comment ça ? Qu'est-ce que tu veux dire par là ? À moins que… – Je me suis rappelé que Barnard m'avait tenu des propos similaires. – Oui, je vois…

Mon père m'a saisie par le poignet.

– Nina, il faut procéder dans les règles – à huis clos, si je puis dire, et devant un magnétophone. Il ne faut pas laisser filer une seule piste. Dans les jours, les semaines qui viennent, nous chercherons ce que tu peux savoir d'utile. Autrement dit, tu vas passer au « debriefing ». Nous finirons par recomposer une image de l'individu qui se cache derrière le masque souriant. Ensuite, nous te donnerons une nouvelle personnalité. Et je crois que la chirurgie esthétique ne sera pas de trop pour cette cicatrice. D'où vient-elle, d'ailleurs ?

– Le jour du verdict, j'étais sous le choc, je ne pensais qu'à ces cinq années à supporter avant de me lancer à la recherche de Nicky. On m'a conduite à la prison de Pollsmoor, et là, on m'a fait passer à la douche. Je n'ai pas regardé autour de moi. Et on m'a sauté dessus. Je me suis débattue… comme une tigresse. C'est cette entaille au bras qui m'a sauvée parce qu'il y avait du sang partout. La gardienne a dû appeler des renforts. Excuse-moi, papa, mais je ne veux plus *jamais* parler de ce qui s'est passé en prison.

Ce n'était pas l'entière vérité. Disons plutôt qu'ici, dans cette froide et austère demeure d'Écosse, j'avais du mal à me rappeler qu'il existait ailleurs des douches de prison surchauffées, des femmes bestiales aux désirs malsains, des gardiennes portées sur le voyeurisme. J'avais des souvenirs qui me semblaient improbables et que je ne pourrais plus jamais évoquer.

– C'est une des choses auxquelles tu vas devoir tourner le dos, Nina. Rendez-vous demain matin à six heures. Tant que durera notre collaboration, je te prierai d'être exacte. Il y a un réveille-matin dans ta chambre, au cas où tu serais tentée de faire la grasse matinée.

J'étais partagée entre le désir de le frapper et celui de le serrer dans mes bras. Mais l'un comme l'autre, ces deux gestes étaient hors de question.

Cette nuit-là, j'ai passé des heures à chercher le sommeil ; comment un vieil infirme et une femme inexpérimentée, de surcroît affectivement impliquée dans l'affaire, pouvaient-ils réussir là où tous les experts du monde avaient échoué ?

37.

Bien sûr, j'étais contente que mon père m'aide, mais la froideur de son raisonnement me blessait, comme déjà dans mon enfance après la défection de ma mère : il partait toujours du principe que je bâclerais tout ce que j'entreprendrais et cela me mettait dans une rage folle. Pourtant, j'avais passé la première partie de ma vie à lui prouver qu'il se trompait… Rien n'avait donc changé ?

Il m'attendait dans son bureau en pianotant impatiemment. Il régnait dans la pièce un parfum d'après-rasage, de feu de cheminée, de paperasse poussiéreuse et de tabac qui m'a ramenée vingt ans en arrière. Quant à son air rébarbatif, il ne me dépaysait pas non plus. À quoi était-il dû cette fois ? Un coup d'œil à ma montre m'a confirmé que j'avais… deux minutes de retard !

– Excuse-moi, ai-je marmonné.

À quelle heure se levait-il donc ? Outre le feu dans l'âtre, il avait déjà préparé une Thermos de café et une boîte de biscuits. Là encore, quel exploit !

– Allume ce spot, m'a-t-il ordonné. Puis mets la caméra et le magnétophone en marche. Ensuite, assieds-toi là. – Il m'a indiqué le fauteuil qui faisait face à la lumière. – Commence par le commencement. Quand et comment as-tu fait la connaissance de Wolf Möller ?

J'ai dû me faire violence pour me remémorer des événements que j'avais péniblement bannis de ma mémoire. Au début, j'ai même cru que je n'y arriverais pas. Le ton de ma voix variait selon le degré de souffrance qu'elle exprimait. Mais une fois lancée, je me suis rendu compte que mes bafouillages se muaient peu à peu en un flot de paroles continu.

Je me suis rappelé le dîner chez Joy, les accidentés gisant en travers de la route, les yeux de mon agresseur tandis qu'il refermait sa main sur mon sein, puis l'arrivée opportune de Wolf. Que m'avait-il dit, déjà ? Ah oui, quelque chose comme : « Ils craignent l'*homo stupidus* autant que l'*homo sapiens.* » Ce recul par rapport à la situation m'avait tant plu, sur le moment... Puis – et c'était une torture –, j'ai revécu notre première nuit ensemble, à la réserve. Et la suite, au Namaqualand. J'avais encore dans les narines l'odeur de l'océan, je sentais contre mon dos le contact rugueux du sable, j'entendais les vagues s'écraser tout près. Nous nous étions si bien entendus, physiquement ! Son odeur à *lui* aussi, je la flairais encore, après tout ce temps. Je sentais sa peau sous mes doigts, j'entendais sa voix, je goûtais sa saveur sur ma langue... Tout était d'un réalisme extrême.

– Ma parole, tu es toujours amoureuse de cette canaille !

– Je l'ai aimé éperdument, tu comprends. Il me faisait l'effet d'un être authentique au milieu de tous ces gens bizarres, trop directs, trop... Je ne sais pas. Trop crispés, artificiels... Mais c'est fini. Sachant, maintenant, ce qu'il est vraiment, ce qu'il a fait... Je ne peux que le haïr. Un jour, il m'a dit que j'avais de la chance de ne pas avoir appris la haine. Eh bien, c'est fait... Je me suis tue, peu désireuse d'avouer mon brûlant désir de vengeance.

La matinée a été longue. C'est avec plaisir que j'ai vu arriver Mrs Peters avec café et sandwiches. J'avais le dos douloureux, mes yeux me piquaient, j'avais mal à la gorge à force de parler.

– Papa, je te signale que je ne suis ni une prisonnière politique ni une espionne... mais ta propre fille. Alors avons-nous vraiment besoin de ce projecteur ? Tu ne crois pas que tu vas un peu loin dans le respect du passé ?

Son regard distant, imperturbable, n'a pas varié d'un iota.

– Nina, tu ne te rends peut-être pas compte quand tu es blessée, effarée, intriguée, mais je t'assure que ça se voit. Le temps d'une brève expression dubitative, ou affligée. Je me repasserai le film tous les soirs. Cela m'aidera à mieux cerner tes réactions affectives et, éventuellement, à détecter ce qui a pu nous échapper. Fais-moi confiance. Allons, poursuivons. En vivant aux côtés de Wolf, en apprenant à le connaître, qu'est-ce qui t'a le plus surprise chez lui ?

Une fois de plus il a fallu que je me replonge dans le passé malgré ma répugnance. Nous avions été si heureux ! Plus que la moyenne. Ce qui, peut-être, était suspect en soi...

– Nous étions en permanence sur un petit nuage. Je ne me posais pas de questions sur notre bonheur. Wolf ne disait jamais rien de blessant, nous nous disputions rarement. Maintenant que j'y repense, ça tient du surnaturel. Pourtant, de temps à autre, quand quelque chose l'irritait il... il se déconnectait. Je sais pas très bien comment dire...

– Essaie.

– Disons que... Écoute. Wolf avait des yeux extraordinaires. J'y lisais de l'amour, de la tendresse, tout ce que je voulais y voir, en fait. Quand il était là c'était comme si, tout à coup, le soleil se levait. Mais à certains moments, il pouvait aussi... « débrancher » la source d'amour qui alimentait normalement son regard. Et cela avait un côté irréel. Comme s'il avait actionné un interrupteur, tellement c'était soudain et radical. Il ne restait dans ses yeux qu'une froideur totale, et ça, ça faisait mal. – Là, il fallait que je prenne le temps de réfléchir. – Pour dire les choses de façon plus concise, ce qui me faisait le plus souffrir c'était qu'il puisse actionner cet « interrupteur » *à volonté.*

– Et ça se produisait souvent ?

– Non, mais je crois qu'il s'en servait pour me blesser et m'obliger à faire ses quatre volontés.

– Quel genre d'incident provoquait cette irritation ?

– De petites choses insignifiantes, des bêtises. Pas du tout ce qu'on pourrait imaginer. Je me souviens, un jour, en Namibie, j'ai perdu l'équilibre et laissé tomber dans la mer un diamant de valeur. Eh bien, il en a ri. Il était comme ça. Par ailleurs, un détail sans importance avait le don de le mettre en fureur, et cela pouvait durer des jours entiers. Il faisait comme si je n'existais pas, et moi je lui cachais que j'avais mal. Il s'enfermait dans son bureau et mettait ses disques préférés en m'excluant complètement.

– Tu te souviens d'un exemple précis ?

– La première fois, c'était à la réserve animalière. On dînait au *boma* et il s'est produit un incident : David a dû abattre un babouin estropié parce que le personnel noir y voyait un *tokoloshe.* Quand il a expliqué que les sorciers fabriquaient les *tokoloshe* en infligeant privations et supplices divers à de jeunes enfants pour en faire des émanations du mal, Wolf s'est mis dans tous ses états. J'ai eu l'impression qu'il le prenait pour lui, mais je ne saurais dire pourquoi. Je ne me rappelle pas ses paroles exactes. J'ai lâché un petit rire mal assuré. Cette nuit-là, en rêve, j'ai vu un *tokoloshe* qui avait les yeux de Wolf. C'était terrifiant !

Comme le nid qui m'était tombé dessus ensuite, mais je n'allais pas ennuyer mon père avec ça. D'ailleurs, c'est sur ce rêve qu'il a longuement insisté.

– Ton inconscient a peut-être voulu te mettre en garde contre Wolf en suggérant qu'il était lui aussi « estropié », d'une certaine manière – qu'on lui avait *greffé* le mal dans sa petite enfance. Mais tu n'as pas écouté son avertissement...

– Non, en effet.

Oubliant ses propres recommandations, il a continué à disserter sur le sujet. J'ai compris qu'il s'était intéressé à la psychologie après son accident. Décidément, avec lui je n'étais pas au bout de mes surprises.

– Mais on s'éloigne du sujet. – Il nous a promptement remis sur la voie. – Quand s'est-il à nouveau « déconnecté », après cela ?

– Attends une minute ! – J'ai claqué des doigts. L'espoir renaissait, et pour lui j'étais prête à revivre un autre incident, survenu cette fois-ci au Botswana. – On roulait dans une zone particulièrement aride. Pas un animal en vue, forte chaleur, pas un souffle de vent. On ne se sentait pas bien, ni l'un ni l'autre, on était de mauvaise humeur. Là-dessus, un vol de gros oiseaux s'abat sur nous, attirés par les insectes. Wolf s'anime et me dit que ce sont des faucons crécerelles, qu'il en a observé enfant, qu'ils se nourrissent de souris et de petits oiseaux. Il m'a montré leurs pattes rouges, et naturellement, il a fallu que je le contredise. Mon manuel d'ornithologie disait que ces migrateurs venaient de Sibérie, non d'Allemagne ; Wolf devait donc se tromper. Eh bien, il a fait la tête pendant des heures en m'accusant de l'espionner. Ensuite il s'est excusé, et...

Je me suis interrompue. Tout à coup, une foule d'exemples analogues me revenaient en tête.

– Rétrospectivement, tu comprends bien qu'il t'habituait à ne *pas* l'espionner, justement. À ne pas remettre en question ce qu'il disait. À ne jamais chercher à comprendre, faute de quoi tu sortirais de sa vie, tu serais *rejetée* – ce qui, nous le savons tous les deux, t'effraie plus que tout au monde ; car c'est ton talon d'Achille, Nina, n'est-ce pas ? Wolf s'était fabriqué une façade intouchable, une personnalité d'emprunt qui ne devait *en aucun cas* laisser entrevoir qui se cachait derrière. Et tu as appris à te plier à ce petit jeu parce que tu craignais de perdre l'homme que tu aimais.

– Quelque chose comme ça, oui. Tu as raison. J'ai enfoui mes doutes. Au bout d'un moment, j'ai résolu de garder pour moi ce qui m'intriguait. Comment ai-je pu être aussi bête ?

– On dresse les rats de laboratoire avec des morceaux de fromage ; toi, il t'a dressée à coups d'amour/désamour. Le moment est peut-être venu de formuler une hypothèse de départ : Wolf serait orphelin, on l'aurait arraché à son foyer, maltraité, et sans doute envoyé en Sibérie. Il est possible – voire probable – qu'il ait été élevé dans un camp militaire de rééducation pour adolescents – ils ne sont pas rares là-bas. Par la suite, on l'aura formé, forcé à commettre des actes que lui-même réprouvait. C'est un phénomène bien connu en Europe depuis la fin de la guerre. Nous nous rapprochons de sa véritable identité, Nina.

Son sourire m'a fait l'effet d'un rayon de lune se reflétant à la surface d'un étang noir.

– Nous portons tous en nous une mesure d'humanité, même les pires criminels. L'âme est source de bonté et de droiture, et quand on est coupé de ce qu'on a de pur au fond de soi, on se met à se détester et à détester les autres.

J'ai posé sur lui un regard surpris. Derrière ce regard-là se dissimulait un inconnu, un philosophe solitaire, sans amis, habitué à ne jamais se plaindre, et qui n'avait jamais exprimé devant moi ces conceptions, ces convictions-là. J'avais la sensation de pénétrer pour la première fois dans le territoire privé de mon père et d'y découvrir ce qu'il était vraiment. *Avance à pas prudents, Nina.*

Il n'a éteint le projecteur qu'à l'heure du déjeuner. Je me suis étirée en battant des paupières. Je n'y voyais plus rien.

– C'est affreux. Cette lumière m'aveugle et l'immobilité m'ankylose. Je suis épuisée, vidée de toute émotion. Ça fait mal, de se souvenir. Tout est encore si présent à mon esprit… En plus, on n'avance pas beaucoup, me semble-t-il.

– Si ça ne te fait rien, on en parlera pendant la pause, a-t-il répondu en consultant sa montre.

Lisant la révolte dans mes yeux, il a haussé un sourcil le temps d'évaluer mon degré de résistance. Décidément, ce regard perçant n'avait pas vieilli. Il a bien vu que je ne coopérerais plus ce jour-là.

– Tu veux qu'on la prolonge jusqu'à demain, cette pause ? Il vaudrait peut-être mieux.

Je me suis renfrognée.

– Pas question. Je ne sache pas qu'on ait fait de trouvaille si retentissante, jusqu'à présent.

– C'est possible. On verra. Et maintenant, si tu veux bien m'excuser…

Il s'est dirigé vers sa salle de bains qu'on lui avait aménagée à côté du bureau et a claqué la porte derrière lui.

38.

Notre entreprise pouvait se comparer à un chantier de fouilles archéologiques : nous déterrions sans cesse des tessons de passé – le passé de Wolf – pour reconstituer une image ressemblante. Ces quinze jours de « debriefing » m'avaient paru durer une éternité. Physiquement, ces journées et ces soirées entières d'interrogatoire et d'introspection m'avaient usée. En revivant le passé j'avais réveillé le traumatisme, mais aussi ravivé le souvenir de mon petit Nicky blotti dans mes bras. Et ce double processus accélérait ma guérison.

Il était temps de s'arrêter quelques jours. Mon père m'avait convaincue d'aller consulter le meilleur chirurgien esthétique d'Écosse pour ma cicatrice au bras.

– Un jour tu me remercieras, Nina. Quand tu auras surmonté la haine de toi qui te mine.

Je n'en croyais pas mes oreilles.

En juin, j'ai séjourné quarante-huit heures dans une clinique privée d'Édimbourg. J'en suis revenue le bras en écharpe à près de huit heures du soir ; mon père était toujours dans son bureau. J'ai attendu seule dans la salle à manger glaciale pendant que Mrs Peters allait et venait en rouspétant parce que le rôti serait trop cuit. Mon père se repassait les cassettes vidéo de nos entretiens. Je ne sais pas comment il pouvait supporter ça.

Un merle s'est mis à chanter dans un orme devant la fenêtre. Les branches s'étaient couvertes de jeunes feuilles, et les genêts, les boutons-d'or, les primevères et les chélidoines tapissaient la montagne d'un jaune éclatant. Tout autour du loch, on distinguait les taches roses et mauves que dessinaient les chardons et la menthe d'eau.

– Mrs Peters ! ai-je lancé en direction de la cuisine. Vous voulez bien dire à mon père que je suis allée faire un tour ? J'ai besoin de me détendre.

– Ça ne m'étonne pas, mon petit. Vous devriez même être au lit... Mais la porte de derrière s'était déjà refermée, et je n'ai pas entendu la suite.

L'air était piquant et l'allégresse de ce début d'été omniprésente. L'été se faisait attendre, mais la température était clémente ; le jardin vibrait de chants d'oiseaux. Je suis descendue jusqu'au lac et, assise sur un tronc d'arbre tombé, j'ai regardé le soleil se coucher derrière les pics montagneux. La mélancolie m'a effleurée. Wolf pensait-il à moi de temps en temps ? Nicky demandait-il où était sa mère ? Était-il heureux ? Où se trouvaient-ils, tous les deux, en ce moment même ? Puis la nostalgie a cédé sous les coups de boutoir de la colère.

En proie à ce chagrin muet, soudain j'ai vu deux cerfs avancer dans les hautes herbes, à la lisière de la forêt. Majestueux, gracieux jusqu'à l'évanescence, ils se sont approchés du bord de l'eau, l'un derrière l'autre ; on aurait dit une apparition, deux créatures surgies d'une autre dimension où la vie était plus paisible. Leur long corps gris brun chatoyait sous les feux du couchant ; scrutant les environs de leurs grands yeux limpides et ne décelant aucun danger immédiat, ils ont lentement courbé l'échine et abaissé vers l'eau leur tête magnifique tels des suppliants en pleine communion avec la nature, puis ils ont brisé le miroir lisse du lac en y créant des cercles concentriques de plus en plus larges.

Ce spectacle m'a procuré une étrange impression de déjà-vu. Alors je me suis rappelé une chienne, elle aussi grande, majestueuse et gris acier, qui s'était faufilée dans notre jardin, famélique, pour étancher sa soif dans la piscine. Je lui avais vite jeté des morceaux de viande, et elle avait dévoré tout ce qui me tombait sous la main avant de se réfugier sous la haie.

Je l'avais nourrie, patiemment et de loin, pendant plusieurs jours, jusqu'à ce qu'elle accepte d'entrer dans la cuisine. J'étais ravie. Mais l'irritation de Wolf avait gâché ma joie.

– Emmène-la à la fourrière, m'avait-t-il impérieusement ordonné.

– Tu peux courir.

– Qu'est-ce que c'est que cette expression ?

– Dis donc, avais-je répliqué en riant, ce n'est pas un Allemand qui va m'apprendre à parler ma langue, tout de même !

Mais cela ne lui avait pas arraché l'ombre d'un sourire.

– Je lui trouverai un foyer quand le moment sera venu. Enfin, si je décide de ne pas la garder.

J'étais enceinte, et mon affection naturelle pour les chiens se trouvait encore renforcée par mon instinct maternel naissant.

Wolf avait fini par se calmer et essayer la persuasion.

– Je ne peux pas plus lutter contre ma méfiance envers les bâtards que toi contre l'influence de tes hormones. Qu'il s'agisse d'animaux ou d'êtres humains, je ne me fie qu'aux êtres de race pure. Je t'en prie, ma chérie, débarrasse-toi de ce chien. Il me dérange.

– On verra. Il faut d'abord qu'il reprenne des forces.

Joy avait une amie dont le chien venait de se faire écraser. Ma nouvelle petite camarade, longue, maigre et dégingandée avait donc retrouvé un foyer dès la semaine suivante ; mais entretemps la maisonnée avait accueilli en son sein Brigit, alors âgée de six mois – cadeau de Wolf. Son pedigree devait remonter jusqu'aux Vikings, mais je n'ai pas cherché à savoir. Je m'en souciais comme d'une guigne.

Le soir tombait. Les chevreuils se sont enfuis quand je me suis levée. Je suis rentrée en toute hâte à la maison. Mon père m'attendait à table.

– Excuse-moi. C'est si agréable, dehors, que j'en ai oublié l'heure.

– Ce n'est pas grave. Tu avais bien besoin de prendre un peu l'air. Comment te sens-tu ?

– J'ai mal, mais pas trop. Et toi ? Ça va ?

– Oh, moi, ça va toujours. Il a balayé ma question d'un geste de la main.

Depuis quelque temps il oubliait un peu son obsession de l'heure et de la discipline. Je le trouvais plus détendu, et ses jambes semblaient se remuscler.

– Une autre idée m'est venue – importante, je crois. Je ne sais pourquoi, j'ai l'impression qu'elle ne doit rien au hasard. Tu vas me trouver absurde, mais...

– Au contraire.

– J'ai vu des cerfs, et j'ai trouvé qu'ils ressemblaient à des rennes.

– Ce sont bel et bien des rennes. Jadis, on en trouvait en Écosse à l'état sauvage. On les a réintroduits en grand nombre, notamment dans la région d'Aviemore. Ils sont en liberté dans les monts Cairngorm mais s'aventurent parfois jusqu'ici. Alors, cette idée ?

Il a rempli mon verre d'eau.

– J'ai oublié de te dire que Wolf était obsédé par les pedigrees, les titres de noblesse, ce genre de chose. Je ne sais vraiment pas pourquoi je n'y ai pas pensé plus tôt.

– Trois ans de vie commune, ça fait beaucoup de choses à évoquer.

Occupé à découper la viande, il ne m'écoutait qu'à moitié. On en oublie forcément.

– Wolf a rechigné le jour où j'ai voulu adopter un chien errant, beau mais bâtard. Il disait qu'il faudrait éliminer les bâtards à la naissance. Pour lui, les animaux comme les humains se répartissaient en deux camps : ceux de race pure, si possible nobles, et les autres, les roturiers, les gens du commun, qu'il méprisait. Je l'ai traité de néo-nazi, ce qui l'a littéralement horrifié. Tu n'imagines pas ma surprise quand il m'a révélé que si j'avais moi-même franchi la sélection c'est parce que je descendais des anciens seigneurs d'Écosse. Crois-moi si tu veux, mais il avait potassé l'arbre généalogique de la famille !

– Si ça se trouve, quand il était petit il ne pouvait se raccrocher qu'à cela. S'il est vraiment noble, cela facilitera nos recherches. Ce ne sont pas les comtes et les barons qui manquent dans cette partie de l'Europe, mais le côté positif est que les lignées sont faciles à consulter aux archives. Je me réserve ce domaine d'investigation. Il se prête admirablement à la recherches informatisée. Je me suis rendu utile, pendant ton absence. J'ai reconstitué le portrait de notre homme, et de l'enfant qu'il a été. À partir de ses mensonges, mais aussi des faits réels qu'il a laissé échapper par inadvertance, on peut établir qu'il est né au sein d'une ancienne famille de propriétaires terriens quelque part en Europe de l'Est. Son père a sans doute été résistant pendant la guerre avant de revenir se marier sur ses terres. Wolf a dû naître à peu près en 1954, à une époque où, en Union soviétique, les purges annihilaient toute forme d'opposition dans les Républiques satellites. Il est probable qu'on a déporté toute sa famille en Sibérie, où le père a péri – de mort naturelle ou non mais plus probablement assassiné, ce qui a nourri le ressentiment de Wolf. À partir de là les siens ont dû l'élever dans le mythe de la grandeur passée, des terres, de la magnifique demeure familiale, des bijoux et des tableaux perdus. À la puberté – voire avant – on l'aura enlevé à sa famille pour l'envoyer à l'armée, en camp d'entraînement. Il a dû souffrir, mais par la suite, son don des langues, son charme et sa cordialité ont dû rapidement gagner la confiance de ses supérieurs alors que ses capacités intellectuelles lui ouvraient les portes de l'université. Là, il a certainement été recruté par le K.G.B. ; une fois agent, il a appris à combiner ses missions d'espionnage et ses arnaques personnelles. Ce ne sont que des conjectures, j'en ai conscience, mais ce portrait va beaucoup mieux à ton Wolf que son identité de prétendu baron allemand. Il coïncide avec tout ce que tu as pu apprendre de lui.

– Ce qui ne laisse qu'une moitié du globe terrestre à passer au crible, ai-je ironisé non sans aigreur.

– Allons Nina, mange quelque chose. Tu es bien trop maigre. Reprenons. – Je me suis mise à picorer sans enthousiasme dans mon assiette. – Supposons que le jeune Wolf, récemment déporté en Sibérie, soit effectivement un aristocrate bon teint. Peut-être est-ce pour cela qu'il a adjoint le titre de baron à sa fausse identité. La plupart des familles dépossédées par les Soviétiques se sont évaporées dans la nature, mais Wolf, lui, a rendu coup pour coup, y compris les coups bas. Il a puisé sa force dans le désir de récupérer sa fortune personnelle. Cette hypothèse te paraît-elle plausible, toi qui le connais ?

– Parfaitement. Elle lui va comme un gant.

J'ai poussé un petit rire triomphateur et pris la main de mon père. J'ai voulu retenir mon geste au dernier moment, en me rappelant à quel point il détestait les épanchements, mais c'est lui qui l'a serrée bien fort dans la sienne.

– Nous sommes sur la bonne voie, Nina. Arme-toi de courage. J'ai la plus grande foi en toi. Et maintenant, mange.

Il essayait maladroitement de couper court aux effusions. J'ai tout de même senti une vague chaleur m'envahir progressivement.

– Moi aussi, j'ai foi en toi, ai-je conclu dans un souffle.

Nos regards se sont croisés et nous avons silencieusement exprimé toute la confiance, toute la complicité qui nous unissait.

39.

Les journées de travail s'enchaînaient, identiques au point de se fondre les unes dans les autres. Il me semblait que ces séances d'interrogatoire sous le projecteur duraient depuis toujours. J'avais les yeux de plus en plus bouffis, la gorge de plus en plus à vif, la voix de plus en plus éraillée, mais l'enquête ne connaissait pas de répit.

Mon père avait une méthode bien à lui pour faire face aux tentatives de rébellion.

– Accroche-toi, Nina, disait-il. Je suis presque certain que ton inconscient avait tout compris de Wolf dès votre mariage, mais que pour rien au monde tu ne l'aurais laissé gâcher ton bonheur. Tu t'es voilé la face. Tu as refoulé au fond de toi ce que tu ne voulais pas voir, et c'est là que nous devons aller repêcher les faits qui accablent ton mari.

Le 15 juin, je suis retournée à Édimbourg faire enlever mes points de suture. Je n'ai pas eu à attendre : dès mon arrivée une infirmière s'est occupée de moi et cinq minutes après je n'avais plus ni pansements ni agrafes. Elle a tout nettoyé à l'éther, puis m'a annoncé que le médecin allait me recevoir.

– Superbe, a-t-il déclaré en laissant courir son index le long de mon avant-bras. C'est une réussite. Dans un an la cicatrice ne se verra presque plus. Dorénavant, évitez les bagarres…

Quand je suis rentrée mon père avait de la visite, ce qui n'était pas courant. J'étais déçue. J'aurais voulu tester sa réaction sur-le-champ.

– Ils ont dit que vous deviez vous rendre tout de suite dans le bureau, m'a rapporté Mrs Peters.

La première chose que j'ai remarquée, c'est la familiarité qui régnait entre eux deux. J'en ai déduit que le nouveau venu avait lui aussi appartenu aux Services secrets. Il était petit et trapu, avec un crâne si protubérant qu'il devait tordre le cou comme un perroquet pour regarder d'un côté ou de l'autre. D'ailleurs, la ressemblance avec ce volatile ne s'arrêtait pas là. Son nez évoquait un bec et ses yeux bruns disparaissaient à demi sous des paupières tombantes – ce qui ne l'empêcha pas de lancer à mon bras un regard empreint de vivacité curieuse. J'avais vu juste : il était proche de mon père, qui n'avait jamais été très porté sur les confidences.

Il nous a présentés et l'inconnu s'est levé pour me serrer la main.

– Nous nous sommes vus quand vous étiez haute comme trois pommes, Nina. Vous ne pouvez pas vous en souvenir.

– Je te présente le commandant Clive Wattling, qui dirige le service pour lequel je travaillais. Autrefois, j'étais son officier traitant. Je ne te l'ai pas dit mais j'ai gardé des liens avec mes anciennes fonctions. De temps en temps, on a besoin de mon savoir-faire. Sinon, on m'aurait largué depuis longtemps.

– Je suis impressionné par tout ce que vous avez réussi à déterrer à propos de Wolf Möller, a solennellement annoncé Wattling. J'aurais tendance à approuver le profil que vous avez dressé. Il n'était pas russe, mais il avait des relations. Dans son rôle d'espion industriel, il vendait ses services à qui voulait l'employer, et de temps à autre les Russes le payaient royalement. Il était très pointu en matière de technologie stratégique, et par ailleurs diplômé en géologie. Un type brillant, malheureusement. Difficile à pister. Il a tout de suite vu le parti qu'on pouvait tirer des sanctions économiques contre l'Afrique du Sud pour revendre de la technologie aux Russes et aux Chinois. Je suis certain que le gouvernement sud-africain a couvert ses frais. Et c'est tout ce que nous tenons sur lui. Quand le système communiste s'est effondré il s'est retrouvé sans acheteurs, donc dans une situation périlleuse. C'est à ce moment-là qu'il a quitté précipitamment le pays.

– Quant à l'homme qui s'est introduit chez vous par effraction, nous pensons qu'il s'agit de Boris Borovoï, longtemps membre du K.G.B. et ex-officier traitant de Möller. Il semble qu'il ait conservé des relations avec la police secrète russe après l'effondrement du système. Pourriez-vous l'identifier ?

Wattling a extrait une photo d'une chemise cartonnée.

– C'est bien lui ! C'est le salaud qui a abattu ma chienne !

– Parfait ! – Il a rangé la photo. – Nous tenons tout particulièrement à retrouver Möller et nos collègues américains aussi, naturellement ; nous sommes donc prêts à vous donner un coup de main. Mais notre aide sera parfois imperceptible, mon petit, a-t-il précisé avec gentillesse. Je vous souhaite de réussir pleinement dans votre entreprise. Sur le plan personnel, je suis disposé à me mettre en quatre pour apporter ma contribution. Mais officiellement parlant, nous n'aurons que des rapports lointains.

– Elle n'est pas encore au courant, Clive, est intervenu mon père. Nina, tu viens d'être admise dans le sacro-saint cercle de l'Intelligence, encore que d'une manière détournée. Officiellement, tu es désormais mon agent, mon informatrice.

– Moi, espionne ! Ça alors...

– Bienvenue à bord. Nos rapports seront régis par l'intérêt mutuel, a-t-il ajouté. Nous devrons nous transmettre tout ce que nous apprendrons sur Möller. En échange, on vous fournira un soutien logistique semi-officiel, principalement dans le domaine de la recherche documentaire si le besoin s'en fait sentir.

– Toutefois, a renchéri Clive Wattling de sa voix grave et un peu rauque, nous vous avons concocté une fausse identité qui vous sera bien utile. Plus question d'être Nina Olgivie. On pourrait faire le rapport soit avec votre nom de femme mariée, soit avec votre père, toujours connu dans les milieux du Renseignement. Vos services ne seront pas rétribués, il ne faut pas vous y attendre, et on ne vous tirera pas d'affaire si vous enfreignez la loi – encore que le maximum sera fait pour vous faciliter les choses. Car cette mission peut se révéler très dangereuse pour vous.

J'ai inspiré profondément. Depuis quelque temps, je ne pensais plus à cela. Wattling me rafraîchissait la mémoire. Mais pas question de renoncer pour autant. Mon fils avait besoin de moi.

– Jetez un coup d'œil à ceci, mon petit.

Il m'a remis un mince dossier. Sur le dessus, un passeport au nom de Naomi Hunter que j'ai ouvert avec curiosité. Elle avait trente et un ans, c'est-à-dire deux ans de moins que moi, et exerçait la profession de comptable ; elle mesurait comme moi 1,68 m, avait les yeux bleu-vert, les cheveux châtains. Signe particulier : néant. Elle ne me ressemblait pas du tout.

– Ne vous en faites pas pour la photo, a commenté Wattling, qui semblait lire dans mes pensées. On mettra la vôtre à la place. Faites-en faire une et je vous renverrai le document sous quarante-huit heures. Faites-vous aussi teindre les cheveux.

Mrs Peters nous a apporté du café et des petits gâteaux, ce qui m'a donné le temps de consulter mon dossier.

Naomi Hunter avait été condamnée à cinq ans d'emprisonnement en 1988 pour détournement de fonds au détriment de la société d'épargne pour laquelle elle travaillait. Elle s'était suicidée en prison. Elle n'avait pas de famille, et la date prévue pour sa libération était passée. Comme le délit avait été passé sous silence par son employeur, personne n'était au courant ou presque.

Pauvre Naomi, ai-je songé en contemplant sa photo. Elle avait presque payé sa dette envers la société, elle aurait pu recommencer sa vie ailleurs. Mais se libère-t-on jamais vraiment d'une condamnation quand elle a été formulée par soi-même ?

Mon père a rompu le fil de mes pensées.

– Un peu plus de café, Nina ?

– Mm, oui, merci.

– Et maintenant, écoutez-moi bien, a repris Wattling en farfouillant dans un dossier. La C.I.A., le F.B.I., Interpol et *Goldbrick* – groupement d'intérêts créé pour combattre l'épidémie d'escroqueries minières aux U.S.A. – nous ont fait parvenir une liste d'arnaques signalées dans le monde au cours des dix-huit derniers mois. – Il a posé un dossier, épais cette fois, sur le bureau. – Prenez-en connaissance. Vous y trouverez peut-être des choses qui vous mettront la puce à l'oreille. Autrement dit, des choses qui porteront la marque de Wolf Möller.

– Je vais m'y mettre. Jour et nuit s'il le faut.

Le dossier était vraiment très lourd.

– Assez discuté. – Mon père s'est levé. – Tu veux bien nous faire faire le tour du propriétaire, Nina ? J'aimerais montrer nos derniers-nés à Clive. On n'imagine pas ce que la science peut faire pour le bétail. On pourrait se retrouver dans une demi-heure ? J'ai encore quelques petits services à extorquer à mon ami.

40.

Après le départ de Wattling, mon père et moi avons passé la soirée à compulser ses dossiers. La crédulité de certains investisseurs ne laissait pas de me surprendre.

– Le plus souvent, l'escroc appâte sa victime en exploitant sa cupidité, a dit mon père. Mais Wolf fait preuve en plus d'un flair certain pour prévoir l'imprévisible.

– Il est intelligent et souple. Je l'ai toujours considéré comme un génie.

– Un génie bien pervers...

Vers deux heures du matin nous sommes parvenus à la même conclusion : l'affaire des « Friends of Unita » sentait son Wolf à plein nez.

– Tu as vu le mot que forme ce sigle ? « F-o-u » !

J'ai souri.

– Wolf a toujours eu le sens de l'humour.

J'ai lu : « Un individu se présentant sous le nom d'Andrés Anselmo, chirurgien portugais réputé, ex-résident d'Angola, crée un fonds de solidarité au bénéfice de l'Unita, qui s'efforce de promouvoir la démocratie dans ce pays. La collecte de fonds subséquemment lancée aux États-Unis pour l'achat de matériel militaire et médical s'avère fructueuse. Sur quoi l'imposteur se faisant passer pour le Dr Anselmo s'envole en empochant quatre millions de dollars. »

Les services secrets britanniques avaient ajouté une note dactylographiée : le vrai docteur Anselmo était retourné en Angola mettre sur pied une structure d'accueil pour les blessés de guerre, mais sur ces entrefaites il avait succombé à une nouvelle forme de malaria particulièrement virulente dans un campement sanitaire isolé.

– Pour Wolf, c'était en effet une affaire en or, ai-je constaté pensivement. Il allait souvent en Angola acheter des diamants de contrebande. Il a très bien pu y apprendre que ce médecin avait attrapé la malaria.

– C'est ce que je pense aussi.

– Pourquoi dit-on ici que « Le banquier d'affaires concerné, David Bernstein, a refusé de communiquer la liste des victimes » ?

– Parce que ces listes sont très recherchées par les escrocs, qui cherchent à les réutiliser dans le même but, partant du principe qu'à l'avenir certaines victimes mordront à nouveau à l'hameçon.

Il a posé sur moi un regard dubitatif.

– Il nous faut cette liste, Nina. Bernstein ne peut la rendre publique à cause des dispositions légales américaines sur le secret bancaire. Alors il va falloir aller la chercher. Quand elle sera entre nos mains, nous demanderons aux victimes de nous alerter dès qu'elles feront l'objet de nouvelles sollicitations. L'escroc, que ce soit ou non Wolf, a travaillé contre la montre. Il fallait opérer avant que la nouvelle de la mort du vrai Anselmo ne paraisse dans la presse américaine. Pour les arnaqueurs de ce genre, tout est dans l'art d'agir au moment opportun ; c'est une question de survie. Et c'est comme cela que nous finirons par alpaguer Möller. Je te conseille de réserver dès maintenant ta place dans l'avion. Tiens-toi prête à partir dès lundi. Cela te laisse le temps de te teindre les cheveux et de faire parvenir des photos d'identité à Clive. Vois ce que tu peux trouver sur Bernstein par l'Internet. Entre-temps je vais réfléchir à un motif justifiant ta présence là-bas.

Mes recherches m'ont appris que le parcours personnel de David Bernstein était intimidant : sorti de Yale avec les honneurs, il avait aussitôt intégré l'armée israélienne, où il avait trimé un an comme simple soldat avant d'être promu capitaine dans le Renseignement militaire. Au bout de cinq ans, il était rentré au pays travailler pour la banque familiale, dont il était l'unique héritier. Il avait trente-quatre ans, il était millionnaire, et l'année précédente un magazine féminin U.S. l'avait élu « Plus beau parti de l'année ». Et c'était à cet homme-là que j'étais censée me mesurer...

Le week-end venu, mes bagages étaient faits et j'étais prête à partir. Je voyagerais donc sous l'identité de Naomi Hunter, comptable de formation et australienne d'origine ; travaillant officiellement pour le compte d'une société d'assurances, j'enquêtais sur une demande de prestation formulée par le plus gros fabricant d'armes du pays à qui le faux docteur Anselmo avait soumis plusieurs contrats pour l'achat de véhicules blindés. Le faux prétexte était excellent et j'en savais gré à mon père. D'autre part, je connaissais suffisamment bien le pays et le secteur d'activité concerné pour me tirer d'affaire.

– On est en bonne voie, Nina, m'a déclaré mon père au moment de mon départ, le lundi matin. Ces cheveux bruns te changent, mais tu as fière allure. Bonne chance.

Tandis que le chauffeur me conduisait à l'aéroport, je me suis dit que décidément, mon père avait bien changé. Ses yeux brillaient, le ton de sa voix était plus allègre, il souriait fréquemment et me donnait de petits surnoms d'enfant que je croyais depuis longtemps oubliés. Notamment « Ninja la Terrible ».

Je m'étais lourdement trompée sur son compte. C'était un philosophe, un penseur, et non un *gentleman farmer* un peu rustre – ou un téméraire agent secret, comme je me l'imaginais petite. Je l'avais toujours aimé, bien sûr, mais aussi étonnant que cela puisse paraître je commençais à présent à le trouver sympathique.

Ayant cinq heures à tuer entre deux avions à Londres, j'ai résolu de me jeter à l'eau, de céder à l'envie qui me taraudait depuis mon retour en Grande-Bretagne : je suis allée voir Eli. Je me rassurais en me disant qu'il pouvait toujours refuser ; mais non, il m'a reçue.

Cette visite me rappelait de vieux souvenirs ; en passant devant Mary, sa secrétaire, j'en ai eu une boule dans la gorge. Rien n'avait changé, Eli non plus. Sa crinière blanche était peut-être un peu plus longue, sa tenue un peu plus voyante, mais j'ai bien reconnu ses yeux bruns pleins d'une ardeur toute juvénile.

– Nina, mon petit… C'est atroce, ce qui vous est arrivé ! Je comptais bien que vous passeriez me voir. Vous m'avez manqué. Venez, asseyez-vous. Il faut tout me raconter.

Il me serrait la main. J'avais l'impression qu'il ne la lâcherait plus. Une bouffée de tendresse, un flot de souvenirs… et je me suis jetée à son cou.

– Voilà qui est mieux, a-t-il dit.

– J'ai un peu de temps devant moi, mais vous ?

– Nous allons le prendre. – Il a appelé sa secrétaire. – Qu'on ne nous dérange pas. Et faites-nous monter du café, s'il vous plaît. Avec des biscuits. – Il s'est retourné vers moi. – Vous avez beaucoup maigri. Et pourquoi avoir changé de couleur de cheveux ? Je ne trouve pas que celle-ci vous flatte. Allez, commencez par le commencement.

J'ai été surprise de pouvoir résumer en une heure quatre ans et demi de ma vie. Avec Eli, j'avais toujours joué cartes sur table. Je me suis aperçue que je pouvais même lui parler de mon séjour en prison. Bizarrement, je me suis déchargée d'un grand poids en lui racontant tout. Pour finir j'ai exhibé la photo de Nicky à laquelle je tenais tant. Elle était usée, toute froissée depuis le temps.

– Mon fils, ai-je fièrement annoncé. J'ai la ferme intention de le ramener à la maison. Aussi, pour quelque temps, vais-je être Naomi Hunter, et brune comme elle l'était. Pour être tout à fait franche, je ne suis pas tranquille quand je pense à l'entrevue qui m'attend. Savez-vous quoi que ce soit d'utile ?

Ne pouvant me résoudre à ranger la photo, j'ai entrepris de la lisser du bout des doigts.

– Je sais un tas de choses… qui ne vous seront guère utiles, Nina. David est un des plus fins banquiers qu'il m'ait été donné de rencontrer. Et il a fait des merveilles au sein du Renseignement israélien. Je ne crois pas qu'il ait été personnellement victime de votre arnaqueur, d'ailleurs. À mon avis, il assume l'erreur commise par son père. Et sans rechigner, encore. Le vieux s'accrochait mais parlait depuis longtemps de prendre sa retraite. Une de ses « danseuses » était de promouvoir la démocratie dans les pays du tiers-monde. Ce projet en particulier, il l'a soutenu il y a environ dix-huit mois. C'est lui-même qui me l'a dit. David n'est en poste que depuis un an.

– Vous êtes donc amis, tous les deux ?

– Et même parents, par alliance. Mais nous ne nous voyons pas très souvent.

– Je vous en prie, ne le mettez pas au…

– Voyons, Nina ! – Il m'a faire taire d'un geste. – Jamais je ne vous nuirais. J'ai entendu dire que David avait quitté le Mossad à regret ; son père faisait pression sur lui pour qu'il reprenne la direction de la banque. Il est plutôt de gauche ; tandis que son père, lui, était très à droite. Ils se sont beaucoup heurtés par le passé.

Eli a continué à discourir jusqu'à ce que vienne l'heure de regagner l'aéroport.

– Ne sous-estimez pas les risques de votre mission, Nina, a-t-il conclu en me serrant la main. Vous devrez vous mesurer à des agents de renseignement venus des quatre coins de la planète et au crime organisé de tous les pays. Les uns sont aussi retors et aussi dénués de scrupules que les autres. Ne l'oubliez pas.

Malgré ces mises en garde, en repartant, je me sentais pleine d'optimisme.

41.

– Voulez-vous que nous déjeunions ensemble ? Midi trente aux *Four Seasons,* ça vous irait ?

David Bernstein s'était révélé délicieusement aimable et sans prétentions lorsque je l'avais appelé depuis mon hôtel new-yorkais. Beaucoup plus abordable que prévu, ce qui me désarçonnait.

Un peu plus tôt, mon père lui avait faxé une lettre dont l'en-tête pouvait prêter à confusion car elle imitait le nom d'une société d'assurances connue. Il y demandait, au nom de cette dernière, confirmation que lesdits contrats avaient bien été soumis au fabricant d'armes et confirmait que j'enquêtais sur toute piste pouvant remonter jusqu'au faux Dr Anselmo.

Le moment était venu, et en suivant le serveur à travers une salle de restaurant ponctuée de fontaines murmurantes et de bassins ornementaux agrémentés de nénuphars, je me demandais si j'allais être capable de tenir mon rôle.

Un homme s'est levé de table. J'ai espéré contre toute raison que ce n'était pas David Bernstein, mais naturellement, mes craintes se sont avérées. J'ai su d'instinct que jamais je ne réussirais à l'entortiller. Je n'aurais su dire pourquoi. Peut-être à cause de son air sereinement vigilant, parfaitement maîtrisé.

Il ne semblait pas conscient de l'excédent de valeurs masculines positives dont la nature l'avait pourvu. C'était un Américain de la troisième génération dont les ancêtres étaient venus d'Europe de l'Est, comme l'attestaient ses yeux bruns en amande, ses pommettes hautes, ses lèvres pleines et mobiles. Il portait un pantalon kaki et une chemise ouverte, sans cravate – pas trace des accessoires masculins que je détestais tant. Pas même une alliance.

Il m'a gratifiée d'une solide poignée de main, et je me suis interrogée sur mon trouble. Il y avait longtemps que je n'avais pas serré la main d'un homme pareil. Ni, d'ailleurs, déjeuné ou même conversé normalement avec qui que ce soit. *Je n'aurais jamais dû faire ça.* Il était trop tôt, j'étais encore convalescente, après ce long séjour derrière les barreaux. Et comment garder la tête froide face à un homme comme Bernstein ? Il devait passer ses loisirs à repousser les avances des femmes.

– Comment allez-vous, miss Hunter ? Bienvenue à New York.

Il avait une voix grave, presque bourrue, mais comme pour compenser, il s'exprimait avec une grande douceur.

– Eh bien... Je... Euh, merci d'avoir accepté de me rencontrer. C'est très aimable à vous d'avoir pris sur votre temps pour...

Le serveur attendait que je me décide à m'asseoir pour rapprocher ma chaise. Je me suis exécutée, non sans regretter de devoir mener cet homme en bateau. Brusquement, cela ne m'était plus du tout indifférent.

Le sommelier a fait son apparition et Bernstein a reporté son attention sur la carte des vins.

– Prenez-vous du vin au déjeuner, miss Hunter ?

– Pratiquement jamais ; en tout cas pas aujourd'hui, merci.

– Une orange pressée, ça vous dit ?

– Parfois.

Il a commandé un jus de pamplemousse pour lui, puis m'a demandé si j'avais fait bon voyage, si j'étais contente de mon hôtel, etc., en cachant mal une impatience visible. La conversation courante n'était pas son fort. On nous a apporté nos boissons avec une célérité étonnante, sur quoi Bernstein a solennellement levé son verre.

– À nos succès, mademoiselle. Il semble que nous ayons un objectif commun : mettre le prétendu Anselmo dans l'incapacité de nuire. Comptez sur moi pour faire tout ce qui sera en mon pouvoir. Au fait, voici des copies de tous les documents dont vous aurez besoin.

Il m'a remis une grande enveloppe.

– Je vous remercie.

Tout en jouant avec mon verre, je me suis demandé si je n'avais pas intérêt à me montrer franche avec lui. Avec un David Bernstein, le contraire semblait hasardeux.

– Je voudrais la liste des personnes qui se sont laissé piéger.

Il a froncé les sourcils.

– Décidément, cette liste est convoitée par beaucoup de monde. Qu'est-ce qui vous intéresse ?

– La même chose que les autres. Ces donateurs s'étant montrés sensibles à ce type de sollicitation, l'escroc retentera un jour sa chance auprès d'eux. Auquel cas nous l'attendrons au tournant.

– « Nous » ?

– Mes collègues et moi-même.

– Le code déontologique de la profession m'interdit de vous remettre cette liste, a-t-il répliqué presque machinalement. Toutes les personnes qui y figurent sont des clients parfaitement honorables de l'établissement. Alors oublions cela, si vous voulez bien. En quoi d'autre puis-je vous être utile ? Quelle est exactement votre mission ? S'agit-il simplement d'enquêter sur l'authenticité d'une demande de prestation ? Ou bien recherchez-vous le personnage lui-même ?

– Évidemment, si nous parvenions à savoir où il se cache, mes employeurs accompliraient les démarches nécessaires pour rentrer en possession des sommes engagées avant de le remettre entre les mains de la justice.

– Parlons un peu de vous. Jusqu'où êtes-vous prête à aller pour retrouver la trace de cet aigrefin ? Ce n'est pas sans risque, vous savez. Mais vous en avez certainement conscience. Comment ce rôle, qui vous va si mal, a-t-il pu vous échoir ? Quelle importance tout cela revêt-il à vos yeux ?

– C'est mon métier.

Les sourcils froncés, j'ai décidé de m'en tenir là.

Bernstein, à qui rien n'échappait, a bien senti ma réticence. Une lueur perplexe a brillé dans ses yeux, mais là-dessus le serveur est venu prendre notre commande et j'ai éludé en choisissant un potage et une salade. L'expression de Bernstein était neutre et son port tout militaire, mais son regard interrogateur, courtoisement assorti d'un sourire, me rivait sur place.

– Je ne peux pas vous révéler grand-chose sur ce pseudo-Anselmo, monsieur Bernstein. En revanche, vous n'ignorez pas comment il opère. Vous savez sans doute que l'authentique Anselmo est mort de la malaria en Angola. Pourquoi n'avez-vous pas vérifié que vous aviez bien affaire à celui qu'il prétendait être ?

J'ai guetté l'effet produit et ma récompense n'a pas tardé : il a eu l'air ébahi.

– Ça par exemple ! Vous êtes sûre ? Décidément, cette histoire se complique de jour en jour. Nous nous sommes renseignés sur ce médecin, naturellement ; nous avons appris qu'il menait inlassablement campagne contre le communisme, qu'il avait monté plusieurs expéditions humanitaires pour secourir les victimes de mines antipersonnel, et qu'il souhaitait collaborer avec l'Unita.

Il s'est replié dans un silence atterré.

J'ai aussitôt poussé mon avantage, pour éviter qu'il ne se remette à poser des questions.

– Donnez-moi votre version des faits. Pourquoi avoir prêté quatre millions de dollars à un individu que vous n'aviez même pas rencontré ?

Une pause. Je devais paraître indifférente à son charme pourtant indéniable.

– D'abord, ce ne sont pas quatre mais deux millions. Le reste provenait de la collecte. Anselmo ne faisait pas partie de nos clients.

Bernstein était vexé et cela se voyait. Tant mieux !

– Le client, c'était « Les Friends of Unita », et vous pouvez me croire : c'était une association à but non lucratif tout ce qu'il y a de plus authentique, parfaitement respectable, créée aux États-Unis pour collecter des fonds et favoriser la propagation de la démocratie en Afrique. – Il a haussé les épaules avec un sourire contrit. – J'ai fait une affaire foireuse.

– On m'a pourtant dit que vous aviez été mis devant le fait accompli, que ce projet était en fait un « dada » de votre ex-P.-D.G, qui se trouve également être votre père.

Il a eu l'air très étonné.

– D'où tenez-vous cette information ?

– Je ne sais plus. – Flûte ! Je venais de commettre une bourde. Pourvu qu'il n'aille pas se renseigner sur moi auprès d'Eli ! –

Ainsi vous ne l'aviez jamais vu en personne, ni vous ni aucun membre de votre personnel ?

– En effet. Il était désormais sur ses gardes.

– Nous sommes du même bord, vous et moi. Nous devons mettre en commun les informations dont nous disposons.

– Entendu. Je vais faire de mon mieux. Anselmo devait donner ici une série de conférences sur le désastre angolais. Au lieu de cela, il a dépêché un groupe de paraplégiques accompagnés d'un représentant de l'Unita. Ils ont passé la quasi-totalité de leur séjour en état de choc. Et tout ça pour quoi ?

Un serveur nous a apporté nos plats.

– Ça ira ? m'a demandé Bernstein.

– Parfaitement. Merci. Qu'est-ce qui vous met tellement en colère dans cette affaire d'escroquerie, Mr Bernstein ? Vous voulez bien me le dire ?

– Qu'on se soit servi de la souffrance d'autrui, chose que j'ai en horreur. Nos activités de soutien aux démocrates du tiers-monde étaient chères au cœur de mon père. J'ai repris le flambeau, comme vous le savez, mais j'aurais dû me douter de quelque chose. Mon père a perdu la face, sans parler de ces deux millions de dollars, et moi aussi. Ce n'est rien de le dire. D'où mon désir de... – D'un geste las, il a passé sa main sur son front. – ... de retrouver ce salopard ! Il a eu un petit rire et secoué la tête.

Sa colère était tenace, et resterait à vif tant que l'imposteur, qu'il s'agisse ou non de Wolf, n'aurait pas été incarcéré.

Il a souri.

– Vous êtes quelqu'un à qui on parle facilement. Mais j'ai peur de vous ennuyer avec mes histoires. Je peux vous appeler Naomi ? Ici, on s'appelle tous par nos prénoms. Moi, c'est David. Un sourire désarmant. J'ai bon espoir de réussir sous peu. Car voyez-vous, Naomi, ces escrocs ont beau être malins, ils ont tous le même problème : ils doivent blanchir leur butin avant de pouvoir s'en servir. Et c'est comme cela que je vais lui mettre la main dessus.

J'aurais pu l'écouter des heures. Malheureusement, je ne disposais pas de ce délai. Je lui ai même pardonné de me détailler – à *moi* ! – les filières de blanchiment d'argent. Il m'infantilisait.

J'ai fini par perdre patience. Il était temps de prendre fermement position.

– Anselmo, ou le *prétendu* Anselmo, est passé maître dans cet art, ai-je coupé avec un dédain non feint. Il utilisera sans doute des institutions financières, il expédiera des marchandises fictives, il achètera en liquide des diamants ou de l'or de contrebande. Vous dites que cent milliards de dollars d'argent sale transitent en permanence autour de la planète, mais vous savez sûrement que le véritable chiffre est plus proche de *trois* cents milliards. Comment voulez-vous, dans ces conditions, détecter des tendances, des mouvements de capitaux à partir des transactions bancaires dont vous avez connaissance ?

Silence. Un filet d'eau ruisselait dans le bassin voisin. J'aspirais à me présenter sous un tout autre jour – par exemple sous les traits d'une femme douce, féminine, attachante… Le contraire de Naomi Hunter, quoi !

– Je vous prie de m'excuser. Je me suis conduit en butor en partant du principe que vous n'y connaissiez rien. – Il semblait mal à l'aise, tout à coup. – Nous devrions poursuivre cette conversation dans mon bureau. Vous serez surprise par le volume d'informations que je peux me procurer par l'intermédiaire de mes confrères banquiers. On y va ?

Il n'a pas réglé la note. Ce devait être un habitué. Lorsque nous sommes sortis dans la rue, en plein soleil, j'ai remarqué que ses cheveux très noirs avaient des reflets bleutés et que dans ses yeux brillait une détermination farouche qui n'était pas sans me plaire. En outre il se mouvait avec un légèreté et une grâce félines, dignes d'un athlète.

Dans d'autres circonstances je pourrais m'enticher de vous, David Bernstein, en ai-je conclu avec regret en montant dans le taxi. *Et je préférerais être dans votre camp que dans le camp adverse.*

42.

Pendant le court trajet du restaurant à la banque Bernstein, mes sens surexcités m'ont transmis une conscience aiguë de ce qui m'entourait à mesure que l'adrénaline coulait à flots dans mes veines. J'étais à la fois grisée et terrorisée au contact de l'énergie émanant de cet homme, mais aussi déconcertée par le vif intérêt que je lui portais. C'était réciproque, je le savais. Mais qui piquait réellement sa curiosité ? Naomi Hunter ? Paradoxalement, j'étais jalouse de cette autre femme qui était aussi moi. Puis ces sentiments ont cédé la place à la peur. Il ne fallait surtout pas laisser ce David s'approcher trop de moi. Ce serait une erreur fatale.

En descendant du taxi, il m'a attrapée par le bras avec une autorité de propriétaire pour m'entraîner tout aussi fermement vers le hall d'entrée de sa société. Le contact de sa main m'a fait l'effet d'un petit choc électrique, à la fois stimulant et effrayant. Déjà, dans le taxi, en sentant la chaleur de sa cuisse contre la mienne j'avais ressenti une curieuse excitation. Ce n'était vraiment pas le moment de me laisser aller à ce genre de chose. Avais-je perdu la tête ?

Il n'a desserré son étreinte qu'une fois dans le bureau de sa secrétaire, une dame d'âge moyen, tirée à quatre épingles, à qui il a souri. Son visage rond, son nez pointu et son embonpoint lui conféraient une banalité d'aspect que seule venait relever la clarté de son remarquable regard bleu.

– Naomi, je vous présente ma secrétaire, Taube Bach, a déclaré David en lâchant mon bras. Taube, miss Hunter et moi-même allons plonger tête baissée dans les profondeurs insondées du cyberespace. Souhaitez-nous bonne chance et alimentez-nous en café et en biscuits à intervalles réguliers.

Avec un sourire d'humilité feinte, elle a promis d'y pourvoir.

– Mais d'abord, a-t-il exigé, il faut absolument expédier les affaires courantes. Ce ne sera pas long. Miss Bach veille non seulement au bon fonctionnement de mon bureau, mais aussi au *mien*, a confirmé David.

Il lui a soufflé à l'oreille une petite plaisanterie qui l'a fait rire ; son visage s'est éclairé et ses doigts agiles, chargés de bagues, ont tortillé une mèche de ses cheveux. Il devait être plaisant de travailler avec David. Pour ma propre secrétaire, en revanche, travailler à mes côtés n'avait pas dû être drôle tous les jours. Le pouvoir est lourd à porter, pour les femmes : elles ont beau être les meilleures partout ce n'est *jamais* assez. Personnellement, j'avais dû faire et refaire quotidiennement la preuve de mes capacités. Que je relâche un instant ma vigilance, et tel homme situé au-dessous de moi dans la hiérarchie voulait aussitôt m'apprendre à faire *mon* travail. Peut-être était-ce pour cela que j'avais gommé ma féminité, y voyant un signe de faiblesse. Grossière erreur de ma part.

David a repoussé l'un après l'autre les problèmes que lui soumettait sa secrétaire en se reposant entièrement sur elle, ce qui lui a valu un sourire radieux. Puis il m'a ouvert la porte de son bureau et fait signe d'entrer avec un regard excessivement familier. D'ailleurs, il a rougi comme une pivoine, et c'est ce qui m'a définitivement conquise.

Une vaste pièce gracieuse donnant sur Central Park. À part le bureau, qui supportait un ordinateur et une boîte de rangement vide, on se serait cru dans une salle de séjour privée : fauteuils et canapés tendus de chintz vert et bleu à motif floral, tapis vert mousse d'allure neuve, grand vase vert plein d'iris... Deux pans de mur étaient tapissés de livres en russe, français, hébreu et anglais traitant de sujets aussi variés que le droit, l'archéologie ou la philosophie.

– Naomi ? a lancé David sur un ton insistant. – Je me suis enfin retournée. – J'ai comme l'impression que je me trompe de prénom... ?

– Excusez-moi. Je n'écoutais pas. – Quelle idiote ! J'ai bien vite abordé le sujet qui me préoccupait. – Racontez-moi comment tout a commencé. On a tant de mal à croire que vous ayez pu vous laisser duper par qui que ce soit.

Affalé dans un fauteuil, il s'est mis à pianoter sur l'accoudoir.

– Je suppose que je ne risque rien à vous le dire. Venez vous asseoir. Voilà. Il y a onze mois, j'ai été contacté par une dame de la bonne société bostonienne, une certaine Martha, qui collectait des fonds pour l'Unita.

– Martha comment ?

– Désolé, mais…

Il avait l'air ridiculement sentencieux quand il faisait cette moue-là.

– Naturellement, vous vous êtes renseigné sur elle.

– Naturellement. Profil impeccable, arbre généalogique remontant aux premiers pionniers anglais, vous voyez le genre.

« Il y a donc un peu moins d'un an, peu de temps avant que je prenne mes fonctions, Martha est venue trouver mon père pour lui exposer ses projets. Elle avait apporté ses comptes et, favorablement impressionné, mon père a fait pression sur le conseil d'administration pour que cette œuvre bénéficie prioritairement du fonds de développement qu'il avait créé. Je vous l'ai dit : encourager la démocratie, c'était son rêve. Mon père est un peu bizarre, un peu vieux jeu, mais c'est un sacré bonhomme. Il ne méritait pas ce qui lui est arrivé. Quoi qu'il en soit, la banque a donné son accord pour soutenir financièrement le projet par l'intermédiaire d'un prêt-relais couvrant les acquisitions nécessaires, du moment que les apports de particuliers affluaient régulièrement. Car voyez-vous, Naomi, les généreux donateurs américains ont été émus au point de verser des dizaines, des centaines, parfois des milliers de dollars.

« À la demande du Dr Anselmo, ces fonds ont été transférés sur le compte londonien des F.O.U. pour servir à l'achat d'armes, de véhicules et de fournitures médicales.

– Pourquoi Londres ?

– D'après Anselmo, en Angola le contrôle des changes aurait entraîné des retards interminables sur les apports de capitaux étrangers.

– Rien de suspect de ce côté-là.

– Sauf que douze heures après le transfert, notre Anselmo avait disparu, et l'argent avec.

Une rage folle couvait dans ma tête, mais je me suis efforcée de n'en rien laisser paraître.

43.

– Disparu sans laisser de traces, ai-je murmuré amèrement.

Cela commençait à ressembler aux pratiques de Wolf. Moi aussi j'avais été un « projet », rien qu'un projet, dans sa vie…

– Venez par ici.

David m'a offert un autre siège, cette fois devant l'ordinateur. Il s'est connecté à Internet et quelques secondes plus tard nous suivions les circuits des échanges bancaires internationaux en cherchant à repérer les dépôts importants.

– Tenez ! Voilà l'itinéraire que j'ai pu reconstituer à ce jour.

J'ai étudié attentivement un périple détaillé matérialisé par une courbe sur un planisphère. Trois chèques avaient été rédigés à l'ordre de fabricants de munitions et de véhicules armés, respectivement canadien, belge et sud-africain. Les sommes avaient été transférées et aussitôt compensées. De là, les trois circuits interbancaires s'échelonnaient tout autour du globe, avec une étape de quelques jours à la Hong Kong Bank de Genève. Là-dessus, cent mille dollars avaient été transférés à Maun, au Botswana, puis retirés en liquide. Le lendemain, cinquante mille dollars atterrissaient en liquide dans les mains d'un organisateur de safaris pour l'achat d'une Land Rover customisée pourvue d'importants réservoirs d'eau et d'un réservoir à essence trois fois plus volumineux que la normale. Le véhicule avait quitté le Botswana à Mukwe, à la frontière de l'Angola, et on n'en avait plus entendu parler.

– Un mois après le dépôt d'argent à Genève, deux millions de dollars ont été retirés du même compte et transférés à Prague, et de là à Moscou.

On était vraiment tenté de voir Wolf derrière cet Anselmo, auquel cas il était basé à Moscou. Mais j'ai réprimé mon enthousiasme.

– L'argent restant est toujours dans une banque suisse. Je ne peux aller plus loin pour l'instant à cause du secret bancaire, mais j'ai une certaine influence ; il ne me faudra pas longtemps pour convaincre qui de droit et passer à l'étape suivante.

J'étais déroutée, inquiète. Comment Bernstein avait-il pu couvrir tant de chemin en si peu de temps ? Il risquait de repérer Wolf avant moi et de remettre l'affaire entre les mains de la C.I.A., qui demanderait son extradition. Wolf aurait tout le temps de passer dans la clandestinité ou de cacher Nicky là où je n'aurais aucune chance de le retrouver. S'il apprenait que j'avais été remise en liberté, me soupçonnerait-il de l'avoir démasqué ? Cela mettrait-il Nicky en danger ?

– Ce n'est qu'un début, mais je suis sûr d'être sur la bonne piste. Et je vais le pincer, ce salopard, vous pouvez y compter ; mais à ma manière. J'ai aussi fait rechercher la Land Rover.

– Mais enfin, David ! Cet argent va faire plusieurs fois le tour de la terre dans les mois qui viennent. – J'essayais de paraître sûre de moi. – Le temps de le rattraper, vous aurez des cheveux blancs.

– Faites-moi donc confiance ! Je suis banquier, ne l'oubliez pas ! Joignez vos efforts aux miens, si vous voulez.

– D'accord, mais seulement si vous me communiquez la liste des donateurs.

Il a secoué négativement la tête.

– Vous êtes décidé à n'en faire qu'à votre tête pour régler définitivement le problème, mais sans vous en rendre compte, vous faites le jeu de cet escroc, ai-je martelé sans beaucoup de courtoisie. Il sait depuis le début ce que vous mijotez. Vous ne voyez donc pas que la confidentialité joue en sa faveur ? Il faut au contraire appeler et prévenir chacun de ces donateurs. Quant à votre Martha, elle peut nous procurer des indices sur la véritable personnalité d'Anselmo. Donnez-moi cette liste, j'en ferai bon usage. Et aussi les coordonnées de Martha ; je la contacterai.

Nous perdons du temps. Il faut révéler l'escroquerie au grand jour.

Il a eu l'air froissé.

– Voyons, Naomi, je dois tenir compte de la réputation de la banque, et de celle de mon père, et respecter l'anonymat de mes donateurs. – À présent, il s'exprimait en P.-D.G. – Quant à Martha, je ne tiens guère à mêler une respectable vieille dame à cette affaire.

– Je vois. À terme, tout ça n'aura donc été qu'un jeu d'écritures comptables, pour vous. Un chiffre légèrement diminué l'année prochaine, une affaire proprement étouffée.

– Appelez ça comme vous voudrez.

Quand il était en colère, sa voix devenait très douce, en proportion inverse de son mécontentement. En cet instant, elle se réduisait à un simple murmure.

Il n'a pu poursuivre : Ms Bach est entrée lui demander de régler je ne sais quel problème.

– Puisque que je vous dis que je ne suis pas là !

Ironique, il a fait mine de se protéger le visage.

– Mais c'est le message que vous attendiez, monsieur.

– Ah ! Dans ce cas… Excusez-moi, Naomi. Mettez-vous à l'aise, je ne serai pas long.

Tandis que la porte se refermait derrière lui, je suis restée rivée à l'écran. Une chance inespérée s'offrait à moi ! David parlait au téléphone dans le bureau de sa secrétaire. J'ai posé des mains tremblantes sur le clavier. J'accumulais les fautes de frappe, mais il ne m'a fallu que trente secondes pour inclure toutes les informations concernant la F.O.U. dans un e-mail destiné à mon père et expédier le message.

Vite, Nina, dépêche-toi ! Mes doigts volaient au-dessus des touches. J'ai effacé toutes les notes de Bernstein, qui occupaient plusieurs documents, puis trouvé et mémorisé le nom complet et l'adresse de Martha avant de quitter le programme et de l'effacer à son tour. Ensuite j'ai cherché les copies de sauvegarde, je les ai mises à la corbeille, et j'ai vidé celle-ci avec une sensation de triomphe.

Tremblant visiblement, je suis allée à la fenêtre. Bernstein parlait toujours au téléphone. J'ai essayé de respirer calmement, mais il m'aurait au moins fallu une bouteille d'oxygène. La secrétaire est entrée en coup de vent, du courrier plein les mains.

Bernstein revenait. Je me suis préparée au pire en feignant d'admirer le panorama.

– David... – Je me suis retournée, la main tendue. – Cette entrevue m'a apporté certaines choses, mais dans l'ensemble, nous perdons notre temps puisque vous ne voulez pas partager vos informations. Quant à ce projet de suivre à la trace l'argent blanchi, il est absurde – vous en avez pour une vie entière à repérer les tours de passe-passe d'Anselmo. Ce temps-là, moi, je n'en dispose pas. Merci pour le déjeuner et ravie d'avoir fait votre connaissance.

J'ai fui avant qu'il ne se remette de ma grossièreté.

J'ai hélé un taxi, regagné l'hôtel, fourré mes affaires dans une valise, réglé ma note et pris le chemin de l'aéroport. Là, j'ai pu me détendre suffisamment pour appeler Martha Newton-Thomas à Boston et prendre rendez-vous avec elle le lendemain matin.

En attendant l'avion, j'ai fait taire mes regrets. D'ailleurs, ce n'était pas mon genre. Je ne me suis permis qu'un bref instant d'apitoiement. Il ne faudrait plus jamais croiser la route de David Bernstein.

44.

Toute grande ville a sa Martha Newton-Thomas pour gérer ses bonnes œuvres, fourrer son nez dans ses affaires et s'élever contre le déclin des mœurs. Naturellement, la mienne habitait le quartier le plus chic et le plus ancien de Boston, exclusivement peuplé de banquiers et d'agents de change ; sa villa, haute et étroite, était discrètement nichée dans une rue en arc de cercle surplombant le port. On m'a introduite dans un bureau étonnamment moderne où je me suis retrouvée face à une dame aux proportions et aux traits imposants, incongrûment vêtue de mousseline de soie rose.

Mrs Newton-Thomas m'a accordé une brève poignée de main avant de m'avertir d'entrée qu'elle prélevait, à titre de gestionnaire, 20 % des fonds collectés, plus 5 % pour faire partie du conseil d'administration. Puis elle m'a énuméré les divers organismes qu'elle présidait. Les bagues et la monture de ses lunettes jetaient mille feux implacables et ses nombreux doubles mentons tremblotaient à qui mieux mieux. Un étourneau picorant sans pitié tout ce qui lui tombait sous le bec, jusqu'à totaliser ses fameux 20 %.

– C'est ici que j'organise mes campagnes. Elle m'a montré des graphiques, des supports publicitaires, puis démontré le fonctionnement de son équipement informatique de pointe.

– Mais rappelez-moi ce qui me vaut votre visite, Ms Hunter. Au téléphone, je n'ai pas très bien saisi.

– Je suis au regret de vous informer que le Dr Anselmo a la malaria. Il a demandé à un de ses collègues de la mission de chercher à savoir si la banque Bernstein avait reçu un mandat à votre intention. Comme, de notre côté, nous n'avons rien reçu, nous voudrions savoir s'il était arrivé directement chez vous. Êtes-vous au courant ?

– Pas du tout. D'ailleurs, je n'ai aucune nouvelle du Dr Anselmo. Franchement, cette campagne a été un tel succès que je m'attendais un peu à ce qu'il me témoigne de la reconnaissance. Manifestement, je me trompais lourdement.

– À nous de retrouver la trace de ce versement, mais le docteur est trop atteint pour répondre à nos questions et nous rencontrons certains problèmes. C'est Mr Bernstein qui m'a demandé de venir vous voir. Pour procéder, il lui faut certains renseignements.

– Je suis navrée d'apprendre qu'Anselmo est malade. Mais pourquoi nous expédie-t-il des fonds alors que nous disposons d'une telle somme en banque ?

– Il se trouve que les fonds collectés ont été transférés à Londres, où l'Unita doit acquérir les fournitures dont elle a besoin. Madame, avez-vous eu des contacts écrits avec le Dr Anselmo ? Par pli postal, télécopie, télégramme, chèque ? Qui a financé la première collecte ? Un particulier, un organisme ? Le récent transfert a nécessairement emprunté le même chemin.

Elle était remarquablement agile pour sa corpulence. Sans le moindre effort, elle est allée rechercher l'information requise sur son ordinateur.

– Au départ, j'ai reçu deux chèques d'Anselmo. Ah, nous y voilà. C'était il y a dix-huit mois exactement. Il ne les a pas signés en nom propre, naturellement ; ils étaient émis par une organisation humanitaire, une de ces structures apparemment neutres dont on ne sait jamais si elles sont alimentées par les catholiques ou les communistes. Ah, j'y suis. C'était une certaine Fondation transafricaine pour le Développement, basée à Sarajevo. Sarajevo ! On se demande parfois… Il semble que le Dr Anselmo ait vécu dangereusement. Ce premier versement couvrait les frais de lancement de la campagne. Car vous le savez, ma chère, on n'a rien sans rien.

Je contenais à grand-peine mon excitation. Je suis allée jeter un coup d'œil par-dessus son épaule, histoire de mémoriser le numéro de compte en banque. La dernière fois que j'avais vu le nom de cette fondation, c'était sur l'ordinateur de Wolf la nuit où Brigit avait été abattue. À ce moment-là, le compte était sis à Lübeck.

– Sur quelle banque les deux chèques ont-ils été tirés ?

Les touches cliquetaient sans interruption. Je remerciais le ciel d'être tombée sur quelqu'un de compétent.

– Sur la Bosnaskandia, une banque privée possédant des succursales en Autriche, en Hongrie et en Bulgarie. J'ai vérifié.

Sa satisfaction sonnait haut et clair. J'espérais que la mienne était moins visible.

– Je me souviens, à l'époque j'avais trouvé curieux qu'une organisation catholique entrepose ses fonds dans ce genre d'endroit. Le chèque comportait le nom du titulaire en toutes lettres, je l'ai noté quelque part. Ah, voilà : Gunther Mannheim.

Ma bonne fortune me coupait le souffle. Mon Dieu, mais combien de millions Wolf avait-il donc raflés aux quatre coins du globe ? Sarajevo était-elle l'ultime destination des fonds escroqués ? Est-ce là qu'il s'était établi ? Avec Nicky ? J'ai récité une muette prière d'action de grâces en me forçant à sourire.

Ma joie s'est vite envolée quand j'ai compris que Bernstein poserait bientôt les mêmes questions que moi à Martha Newton-Thomas. Que pouvait-elle lui apprendre d'autre, voyons… ?

– Pourriez-vous me donner une description physique d'Anselmo ?

– Non, car je ne l'ai jamais vu. Je lui ai parlé au téléphone, sa générosité m'a paru sincère et je l'ai trouvé très lucide. J'étais impatiente de le rencontrer.

– Vous pourriez donc me décrire sa voix ?

– Grave mais douce, avec un accent étranger auquel se rajoutaient des intonations américaines. Comme s'il avait fait ses études ici.

C'était exactement la voix de Wolf, mais on pouvait en dire autant de millions d'hommes dans le monde. Rien qui puisse être vraiment utile à Bernstein.

– Donc, personne ne l'a jamais vu ?

– Ici, non ; mais en Afrique sûrement, des dizaines de personnes. En fait, je n'ai pas directement eu affaire à lui. J'ai été pressentie par les Friends of Unita pour gérer la collecte des fonds qui leur étaient destinés. C'est devant eux que j'étais responsable, non devant lui. Mais pourquoi ces questions ? Il y a quelque chose qui cloche, c'est ça ?

– Non, non. Tout va bien – à part la maladie d'Anselmo. Une souche nouvelle, résistante aux antibiotiques connus.

Elle a plissé les yeux ; son regard était lourd de soupçon.

– Pourquoi David Bernstein ne m'a rien dit ?

Il était temps de prendre congé.

– Vous êtes l'efficacité même, madame. Votre aide m'a été extrêmement précieuse. Et j'étais sincère. Mais je ne voudrais pas abuser de votre temps.

Je me suis levée.

Elle a consulté sa montre.

– Voyons, mon petit, vous n'allez pas partir comme cela. C'est l'heure de prendre le café. Joignez-vous donc à moi. Mais que fait la femme de chambre ? Attendez-moi, je reviens. Le café ne va plus tarder.

Sur ces mots, elle est sortie. En règle générale, les Martha Newton-Thomas ne perdaient pas leur temps en compagnie de quidams dans mon genre. Cette invitation était inquiétante. Elle était sûrement allée appeler Bernstein. Qu'allait-il m'arriver ? Il fallait que je fiche le camp. À ce moment-là est arrivée une domestique à l'air sévère, avec café et gâteau.

– Je vous en prie, m'a-t-elle ordonné, asseyez-vous.

Je suis restée debout.

– Remerciez de ma part Mrs Newton-Thomas. Dites-lui que malheureusement j'ai un avion à prendre. Au revoir.

– Comment allez-vous vous rendre à l'aéroport ? Asseyez-vous donc le temps qu'on vous appelle un taxi.

– Une voiture m'attend, ai-je menti.

En m'enfuyant, je l'ai entendue appeler sa patronne.

45.

Quand je suis arrivée à la maison, il était presque minuit. En me voyant entrer dans le salon, mon père a tourné vers moi un visage radieux, ce qui m'a réchauffé le cœur.

– Désolée d'être en retard. J'ai fait quelques achats et dîné avec un vieil ami.

– Oui, j'ai eu ton message.

J'ai accroché mon imperméable à une patère derrière la porte.

– Regarde, mes mains sont glacées ! – À ma grande surprise, il me les a frictionnées énergiquement. – Je ne suis pas fâchée d'être rentrée.

– Je suis content qu'il ne te soit rien arrivé.

– Je boirais bien quelque chose. Quelle journée ! J'ai été prise de frissons.

– Sers-moi quelque chose aussi. Je t'attendais. Raconte-moi tout. Je sais qu'il est tard, mais c'est important.

Je lui ai retracé pas à pas mes aventures des deux derniers jours.

– Pour tout te dire, j'éprouve une cuisante sensation d'échec.

– Tu as tort. On ne peut espérer qu'une seule chose des enquêtes sur le terrain : trouver une piste. Il ne faut rien espérer d'autre. Le Renseignement, c'est comme une rangée de dominos qui s'effondrent les uns après les autres une fois le processus enclenché, chaque domino étant une piste à suivre. Alors, quelle est l'étape suivante ?

– Tu le sais aussi bien que moi : Sarajevo.

Un soupir.

– C'est bien ce que je craignais.

– Il est possible que Wolf vienne d'ex-Yougoslavie, à l'origine. Et que les banquiers de là-bas le connaissent. On ne peut pas négliger cette piste.

Mon père a froncé les sourcils.

– C'est très dangereux, et de toute façon je doute qu'on te délivre un visa. À Sarajevo, le cessez-le-feu est précaire. Après avoir rejeté deux plans de paix, les parties en présence font régner la terreur dans les zones sous contrôle gouvernemental. On dénombre des centaines d'impacts d'obus. En février, un obus de mortier a tué soixante-huit personnes sur le marché. Maintenant, les Russes sont dans la place ; ils préservent la paix comme ils peuvent au côté des Américains. La situation est extrêmement délicate. Les ex-Yougoslaves courent après l'argent. Pourvu qu'on leur en prête sur deux ans, ils sont prêts à reverser 15 % de taux d'intérêt mensuels !

– Tant que ça ? Incroyable.

– Ils ont besoin de devises occidentales pour s'armer. Mais pratiquer ce genre de taux, ça revient cher. Alors ils réinvestissent l'argent emprunté dans le trafic de drogue afin de financer la guerre civile. Cet argent est blanchi par l'intermédiaire de sociétés-écrans autrichiennes qui achètent les armes nécessaires en Hongrie ou en Bulgarie. Les transactions revêtent une apparence légitime et sont protégées par le secret bancaire. Tu penses bien que les banquiers ne voudront répondre à aucune question.

– Il faut que j'y aille quand même. Wattling pourrait nous aider, non ? Je l'appellerai demain matin.

– Je suppose qu'il faut en passer par là. Bon, à mon tour maintenant. J'ai des nouvelles pour toi. Tu as provoqué de sacrés remous. Dans notre partie, la règle du jeu est de toujours laisser les choses dans l'état où on les a trouvées, Nina. Tu n'aurais pas dû effacer les notes de Bernstein.

– Je le reconnais. Mais tu comprends, je dois constamment garder une longueur d'avance sur le subtil Bernstein si je veux avoir une chance de retrouver Nicky. En quoi serions-nous plus avancés si Wolf comparaissait devant les tribunaux ? Et s'il me soupçonnait d'avoir joué un rôle dans son arrestation ? David est mon ennemi, et il doit le rester.

– Tu es peut-être trop inquiète. Après tout, Interpol, la C.I.A. et même les Sud-Africains lui courent après sans qu'on ait jamais réussi à déterminer ne serait-ce que sa nationalité, pour ne rien dire de sa planque.

– David est d'une autre trempe.

Mon père m'a lancé un regard perspicace.

– Par ailleurs, ta fuite n'est pas passée inaperçue des médias. Martha Newton-Thomas a appelé la police et la presse en a eu vent. Elle a fait une déclaration pas plus tard que cet après-midi sur C.N.N. Elle a parlé de l'argent disparu et d'une miss Hunter qui lui avait rendu une visite éclair pour lui tirer les vers du nez. On a l'impression que c'est toi et le faux docteur qui avez escroqué quatre millions de dollars aux généreux bienfaiteurs américains. Il n'a pas fallu longtemps aux journalistes pour annoncer qu'Anselmo était mort. Évidemment, Martha Newton-Thomas a voulu s'assurer qu'on ne s'en prendrait pas à elle. Elle a reproché à la banque d'avoir transféré les fonds à Londres sans enquêter, et fait passer Bernstein pour un imbécile. Il fallait qu'il réagisse vite. Il a donc donné une conférence de presse en promettant aux donateurs que la somme totale serait récupérée dans quelques jours et que dans l'intervalle, son établissement couvrait les pertes. Le texte paraîtra dès demain dans la presse.

– Zut ! Pour un coup d'essai, ce n'est pas très réussi.

– Tout dépend de quel point de vue on se place. Certaines personnes vont voir en Naomi Hunter une spécialiste reconnue de la fraude en tout genre et du blanchiment d'argent. C'était bien notre idée de départ, non ? La notoriété – voilà ce dont notre jeune femme a justement besoin…

Le dimanche suivant, Mrs Peters est allée au village acheter des croissants et les journaux. Mon père a dévoré les uns comme les autres avec sa gourmandise habituelle. Ses yeux lançaient des étincelles.

– Écoute ça, Nina ! Ton Bernstein prétend que plusieurs de ses clients se sont fait avoir par une certaine Naomi Hunter, assistée d'un complice inconnu, et met en garde les donateurs potentiels. Je cite : « Naomi Hunter est à l'avant-garde d'une nouvelle forme de délinquance. Jadis il fallait se garder des hommes armés. De nos jours, c'est d'une femme équipée d'un ordinateur dernier cri qu'il va falloir se méfier. Une femme qui possède également la beauté, la jeunesse, le charme. On voit tout de suite que Naomi Hunter a les dents longues. Elle est brillante, instruite, elle a au bout des doigts les dernières innovations technologiques. Et elle met à profit ses formidables capacités intellectuelles pour repérer les faiblesses de notre système financier. Elle s'attaque au grand public à cause de sa crédulité et de son ignorance en matière financière. Elle prend des risques, mais ces risques sont calculés. »

J'ai lu l'article à mon tour, les sourcils froncés. Était-il sincère quand il me disait belle ? J'ai écarté le journal. Je regrettais tant de devoir être Naomi Hunter aux yeux de David !

– C'est un malin, a gloussé mon père. Comment est-il, à part cela ?

– Imbu de lui-même, finaud, intello jusqu'à l'arrogance.

– Il ne t'a pas plu ?

J'ai haussé les épaules.

– Il n'a aucun respect pour moi. Pourquoi en aurait-il, d'ailleurs ? Il me prend pour Naomi, il se méfie de moi.

Une lueur moqueuse s'est allumée dans le regard malin de mon père, mais j'y ai également lu un peu d'inquiétude. J'aurais voulu le rassurer.

– Attends-moi, je reviens. J'ai quelque chose à te montrer.

Je suis montée en courant au grenier. Je savais précisément dans quelle caisse était emballé mon album de photos. J'avais besoin de partager Nicky avec mon père.

– Regarde, c'est le jour où Wolf nous a ramenés de la maternité. Et là, le jour où on a sorti Nicky dans sa poussette pour la première fois. Le voilà dans son berceau, puis sur sa chaise haute. Celle-là, je l'ai prise parce qu'il ressemblait à un petit singe qui fait la grimace, comme toujours quand il était triste ou contrarié. Le matin je venais le prendre dans son petit lit, et il était si heureux de me voir que ses yeux brillaient. Alors j'ai fait une photo. Il adorait jouer avec Brigit. Si tu avais vu comme cette grande chienne maladroit se montrait douce avec lui !

Nous avons regardé chaque photo, l'une après l'autre. Mon père n'a pas dit grand-chose, mais ses yeux étaient pleins de larmes. Arrivée au bout, j'ai posé l'album sur la table.

– C'est la première fois que j'ai le courage de regarder ces photos. Parce que j'ai enfin l'impression qu'on progresse dans nos recherches.

– Ce ne sera pas sans risques, Nina. Et ces risques seront peut-être plus grands que tu ne l'imagines.

– Ne pensons pas aux dangers éventuels. Je vais continuer à avancer, voilà tout.

L'amour et la haine me donneraient de la force. J'allais me raccrocher à l'un comme à l'autre avec la même énergie.

46.

– Clive est quelqu'un de bien, de fiable. On a de la chance de l'avoir à nos côtés.

Mon père a poussé vers moi une liasse de documents. J'ai examiné le visa tant convoité, ainsi que le papier m'autorisant à me rendre à Sarajevo comme observatrice d'une organisation humanitaire, le tout obtenu par Wattling.

– Comment a-t-il réussi à se procurer cette lettre de recommandation ?

– Il va falloir que tu œuvres effectivement pour cet organisme caritatif qui a souvent recours à des professionnels. Tu en fais désormais partie. Wattling s'est débrouillé pour que tu visites les principaux orphelinats de trois grandes villes ex-yougoslaves : tu devras détailler leur budget, leurs subventions, leur degré de dépendance envers l'humanitaire national et international, le régime nutritionnel des enfants, leur état de santé, etc. Ils t'enverront des formulaires. Cet arrangement les satisfait pleinement.

– Et si jamais… ? Papa, tu continues à chercher Nicky dans les orphelinats même si…

– Bien sûr. Il y a deux ans que nous maintenons le contact en permanence, par l'intermédiaire du service des Personnes disparues qui leur fait parvenir tous les mois une mise à jour comportant la description de ton fils. On devrait d'ailleurs leur communiquer une autre photo. Ils sont très sollicités. Au fait, tu es déjà allée à Sarajevo, il me semble.

– En effet. Quand j'étais à l'université, je me suis promenée un peu partout en Europe avec l'équipe de ski.

– C'est un des rares endroits que je n'ai jamais visité.

– C'est une ville assez curieuse où l'on note une nette influence turque, avec un quartier autrichien très élégant et, juste à côté, une ville ouvrière de la pire espèce, pleine de grands immeubles sans grâce.

– Je me demande ce qu'il en reste aujourd'hui. Tu sais, je persiste à croire que tu perds ton temps. Je te l'ai dit, les ex-Yougoslaves ont besoin de devises. C'est ce qui les maintient en vie. En conséquence, ils ont fait du secret bancaire une priorité nationale. Ils ne te diront pas un mot des comptes ouverts chez eux par Wolf.

– Tu as probablement raison, mais j'ai une idée. Il me reste quelques détails à régler avant de partir. Si je trouve une place dans un avion, je m'envole dès après-demain.

Les détails en question consistaient notamment à ouvrir un compte en Suisse au nom de la Fondation transafricaine pour le développement et à y transférer cinquante mille livres sterling puisées dans mes fonds propres, avec pour uniques signataires autorisés mon père et moi-même.

Finalement je me suis posée à l'aéroport de Sarajevo une semaine plus tard. J'ai pris un taxi pour le centre ville. Il faisait froid pour un mois de juin. Tout le monde faisait grise mine. Sarajevo s'étendait au centre d'une immense plaine encerclée par de lointaines montagnes formant un amphithéâtre autour d'elle. Lors de ma dernière visite, cette plaine était uniformément enneigée ; cette fois, les prés étaient piquetés de fleurs sauvages et les vaches ou les chèvres n'étaient pas rares. Mais tout à coup nous sommes entrés dans un zone d'immeubles bombardés dont les carcasses se dressaient de part et d'autre de la route. Partout les fenêtres étaient barrées par des planches et, çà et là, il ne restait pratiquement plus rien des anciens édifices. Ce que j'avais jadis perçu comme un ensemble architectural contrasté avait cédé la place à un champ de ruines uniforme et affligeant où se succédaient rues défoncées et façades criblées d'impacts.

Mon fils vivait-il quelque part dans cette désolation ? À cette idée, j'ai pris peur.

L'hôtel Holiday Inn était toujours debout, quoique légèrement endommagé. J'y ai pris une chambre mais, aussitôt délestée de ma valise, je me suis rendue, toujours en taxi, à la Bosnaskandia Bank, qui occupait près de l'hôpital un immeuble art déco qui avait dû être splendide. Les fenêtres étaient closes et elles aussi barrées, mais l'édifice était intact. J'ai présenté ma lettre d'accréditation à l'accueil et on m'a fait descendre dans la salle des coffres, capable de résister à n'importe quelle déflagration, où l'on avait provisoirement installé les bureaux.

Le directeur, Michel Banski, quinquagénaire courtaud au teint maladif et au cheveu rare, s'est précipité à ma rencontre, les bras tendus. Son large sourire découvrait des dents en mauvais état, rafistolées avec les moyens du bord ; mais son regard exprimait une cordialité qui m'a tout de suite mise en confiance.

– *Dobrodosli* ! Soyez la bienvenue à Sarajevo, miss Hunter ! On ne vient pas souvent me voir de Londres. Je regrette, je n'ai pas de rafraîchissements civilisés à vous offrir – hélas ! ces temps-là sont révolus. Je suis ravi qu'on nous envoie une observatrice humanitaire. Ici le peuple souffre tellement !

Le moment m'a paru bien choisi pour lui remettre son cadeau – six paquets de café – en espérant qu'il n'en prendrait pas ombrage. Heureusement, il n'en fut rien.

– Ce n'est pas l'unique raison de ma présence ici, monsieur. Il me faudrait également quelques informations sur un compte ouvert dans votre établissement. Il s'agit de la Fondation transafricaine pour le développement, et...

Je me suis interrompue : il venait de se lever d'un coup et de me faire une drôle de petite révérence. Son sourire amical avait complètement disparu.

– Je crains que vous ne perdiez votre temps. Je n'ai jamais entendu parler de cette fondation.

– Je vous en prie, écoutez-moi jusqu'au bout. – Résolue à ne pas bouger de mon siège, je lui ai montré mon chéquier, dont une souche témoignait d'un retrait. – Il y a cinq jours, j'ai fait virer à Sarajevo cinquante mille livres sterling depuis Londres sur le compte en question au nom de la Transafricaine pour rembourser une dette. Auriez-vous l'amabilité de me dire si cet argent a bien été viré ?

Banski s'est mis à pianoter sur son clavier d'ordinateur ; son visage était l'image même de la suspicion.

– Je ne vois aucune trace de ce virement, mademoiselle. Vous avez un récépissé, une quelconque preuve que la transaction a bel et bien eu lieu ?

Je lui ai tendu la pièce comptable dont je disposais.

Il a froncé les sourcils.

– Mais ce n'est pas le bon numéro de compte ! Ce n'est même pas le bon établissement. Pourtant, l'intitulé est correct. Vous avez dû faire erreur. Attendez-moi un instant, je vous prie. Je vais voir à laquelle de nos succursales correspond ce code banque. Ce ne sera pas long.

– Cinq minutes suffiront, cher monsieur, ai-je murmuré dès qu'il a eu le dos tourné, en m'asseyant dans son fauteuil pour entrer le numéro du compte de Wolf, glané chez Martha Newton-Thomas.

Mais au bout de quelques secondes, le découragement m'a envahie. Le compte avait été ouvert par un prête-nom, une société domiciliée aux Antilles. J'en ai mémorisé l'adresse, mais il était peu probable que je m'y procure des noms, même si je me rendais sur place. Elle communiquait ses ordres à la banque par fax. Un seul retrait avait été opéré depuis le dépôt initial ; il correspondait aux frais de lancement de la campagne. L'argent était disponible à tous moments et produisait un intérêt mensuel déposé sur le même compte. Le directeur avait ajouté une note en serbo-croate ; je l'ai fidèlement recopiée dans mon carnet.

Je n'ai trouvé trace que d'un seul autre versement, pour un montant d'un million de dollars, dont l'origine était un compte au nom de l'International Trading, ouvert dans une banque de Sardaigne. J'en ai recopié le numéro de compte.

Entendant un bruit de pas, j'ai éteint l'ordinateur et promptement regagné mon siège.

Le malaise de Banski se lisait dans ses yeux.

– Qu'êtes-vous réellement venue faire ici, miss Hunter ? Qui vous envoie ?

Il a posé mon récépissé sur son bureau, en l'immobilisant d'une main.

– Si vous ne me répondez pas, je vais être obligé d'appeler la police.

– Je vous ai déjà donné la raison de ma présence. Avez-vous retrouvé mon virement ?

– Oui, sur un compte récemment ouvert en Suisse.

Son regard s'est porté sur l'ordinateur. Je me suis brusquement souvenue qu'il l'avait laissé allumé en partant. Flûte !

Il a entrepris de composer un numéro sur le cadran de son téléphone.

– Avant d'appeler la police, monsieur, je vous conseille de m'écouter jusqu'au bout. Il me suffit d'un mot pour que la C.I.A., Interpol et les services secrets d'au moins trois pays viennent fourrer leur nez dans vos affaires, poser des questions et chercher à consulter vos fichiers – et ce quelques heures après que j'en aurai fait la demande. Vous ne savez sans doute pas qu'un espion grassement rémunéré, recherché depuis des années par les Américains, est client de votre banque. Croyez-moi, si cela fait la une des journaux, si votre banque attire l'attention des agents de renseignement du monde entier, vos narcotrafiquants auront vite fait de retirer leur argent pour aller le mettre en sûreté ailleurs. Elle n'y survivrait pas. Est-ce que je me fais bien comprendre ?

Je me suis levée. Banski m'opposait un visage fermé relativement inquiétant.

– Mon travail consiste à prendre l'argent qui se présente, verser les intérêts et fermer les yeux sur le reste, a-t-il répondu. Point final. Vous êtes téméraire, miss Hunter. Mais je ne veux pas d'ennuis. Je garde votre récépissé.

– Il est à vous.

Sur ces mots, j'ai pris mon sac et je m'en suis allée.

47.

Quand je suis rentrée à l'hôtel, il était deux heures de l'après-midi ; j'étais plutôt optimiste. J'avais faim, mais ma priorité absolue était d'envoyer mon rapport à mon père par e-mail ; en outre, je voulais le charger d'enquêter sur le compte ouvert en Sardaigne au nom d'International Trading, et de faire traduire au plus vite les commentaires de Banski.

Puis je suis descendue au restaurant. Je sentais que j'étais sur le point de faire un grand pas en avant. Absorbée dans mes pensées, en chargeant mon plateau je n'ai pas prêté attention aux autres personnes présentes. J'ai pris un sandwich, une salade, une tasse de café, et j'ai payé tout aussi distraitement.

Une fois installée près d'une fenêtre, je n'avais plus faim. Je me demandais si mon fils était suffisamment nourri. L'idée qu'il puisse être abandonné dans un orphelinat m'était insupportable. Le reconnaîtrais-je si je tombais sur lui par hasard ? Il s'était tout de même écoulé deux ans depuis que Wolf me l'avait pris.

Subitement, je me suis revue dans la cuisine, à Constantia, courant vers Nicky qui tentait de s'extraire seul de sa chaise haute. Il était toujours impatient d'expédier le petit déjeuner pour aller jouer dans le jardin. Son doux regard brun exprimait tout son amour, toute sa confiance en moi ; vacillant sur ses petites jambes, il savait que s'il tombait de son siège, je serais toujours là pour le rattraper. Et en effet, j'étais toujours là. Ce jour-là, je l'ai prestement enlevé dans mes bras et je l'ai fait virevolter dans les airs avant de le poser par terre. Il s'est élancé vers la porte du jardin, et j'ai suivi des yeux sa crinière rousse enflammée par le soleil matinal en me délectant de son rire tandis qu'il traversait la pelouse à toute allure, talonné par sa fidèle adoratrice à quatre pattes.

La scène s'est évanouie d'un coup et j'ai pris conscience d'une présence. Battant des paupières, j'ai relevé un regard contrarié sur... David Bernstein, qui me dévisageait avec une expression ouvertement hostile. Son irruption a fait naître en moi une bouffée de soulagement qui m'a simultanément agacée.

– Vous voilà ! Je me doutais bien que nous finirions par nous retrouver. Vous êtes comme les catastrophes naturelles, vos réapparitions sont cycliques.

– Vous tombez dans la banalité, David.

Il a détourné les yeux, mais j'ai eu le temps de voir sa colère et son humiliation.

– On vit dans un monde cruel, vous savez. Les rêves ne se réalisent pas toujours et les gens ne sont pas forcément ce qu'ils paraissent être. Vous ne le saviez pas ?

– Oh, crachez le morceau, c'est tout !

Il a attiré une chaise et pris place à côté de moi.

– Quel morceau ?

– Dites-moi pourquoi vous m'avez menti, pourquoi vous avez effacé mes recherches et dérobé la liste des donateurs. D'ailleurs, ça ne vous a avancée à rien. J'ai d'autres exemplaires de cette liste, plus une mémoire photographique. Mais vous avez commis un délit et je veux savoir pourquoi.

– Vous ne pouvez rien prouver.

– Vous niez avoir commis ce dont je vous accuse ?

Je me suis abstenue de répondre. Je ne voulais pas continuer à mentir.

Un soupir.

– Mentez, Naomi, mais au moins dites quelque chose !

– Vous préféreriez ?

– Vous êtes très forte, je vous le concède. J'étais sur le point de vous dénoncer au F.B.I., mais je me suis renseigné sur votre compte auprès d'amis opérant dans votre secteur, et là, j'ai appris que vous aviez été condamnée à cinq ans de prison pour détournement de fonds au préjudice d'une société d'épargne de Perth, en Australie, pour laquelle vous travailliez. Malgré votre bonne mine, vous entrez dans la catégorie des repris de justice ; vous vous êtes fait prendre la main dans le tiroir-caisse, et on vous a bouclée pour malversation ! Australienne ! Bon sang, vous m'avez bien eu. Vous n'êtes libérée que depuis un an ! C'est donc si difficile de redevenir honnête ? Ou bien est-ce chez vous une pulsion d'autodestruction ? C'est votre petit ami, le faux Dr Anselmo, qui vous a envoyée effacer ses traces ? Vous ne voyez donc pas qu'en faisant le ménage derrière lui vous vous rendez complice de ses méfaits ? Vous en auriez repris pour dix ans si je vous avais balancée.

– Vous pouvez encore le faire.

– Le problème, c'est que malgré moi j'ai pitié de vous. Vous auriez besoin d'aide. L'arnaqueur semble avoir barre sur vous. Et je ne trouve pas que vous ayez vraiment un profil de criminelle. Alors écoutez-moi, Naomi. J'ai offert cinq cent mille dollars à quiconque m'apportera des informations conduisant à l'arrestation d'Anselmo. Cette somme est à vous si vous me dévoilez sa véritable identité. Je suis disposé à passer l'éponge si vous me révélez ce que vous savez de cet homme. Sinon...

– Ce n'est pas digne de vous, David.

Il a eu la grâce de rougir.

– Qu'est-il pour vous ? Vous ne vous rendez pas compte de ce qu'il est en train de vous faire ?

– Vous n'y êtes pas. J'ai bel et bien l'intention de le traîner en justice, mais avant cela il faut moi aussi que je découvre qui il est et où il se cache. Je n'avais pas l'intention d'abuser de votre confiance ; seulement, il *faut* que je le retrouve, et pour cela je me mettrais en infraction avec n'importe quelle loi, n'importe quel code de conduite. Alors ne me posez plus de questions parce que je ne vous dirai pas un mot.

Quand il se renfrognait, tous les traits de son visage étaient affectés : ses yeux s'étrécissaient, sa lèvre inférieure saillait, sa mâchoire se contractait, son front se plissait. Un acteur qui en fait trop tant il s'efforce de bien jouer son rôle. Impossible de prendre sa colère au sérieux. Je lui ai souri.

– Vous avez personnellement connu cet homme.

Comme ce n'était pas une question, je me suis tue.

– Vous étiez associés ?

– Vous voulez dire complices ? Non.
– Alors c'est qu'il vous a volé quelque chose.
– En plein dans le mille. Quelque chose de très précieux.
J'ai perçu une note d'amertume dans ma propre voix.
– Et vous feriez n'importe quoi pour récupérer cette chose ?
– N'importe quoi, David. Vous pouvez me croire.
– L'argent ne doit jamais revêtir une telle importance.
J'ai baissé les yeux sur ma tasse de café.
– Faites-moi confiance, Naomi. Je voudrais vous aider.
– Si je gobais ça, je serais prête à gober n'importe quoi. Vous ne pouvez rien pour m'aider, hormis me laisser tranquille.
– Savez-vous où se trouve cet homme ?
– Si je le savais, je ne serais pas ici.
– Vous l'aimez ?
J'ai secoué la tête.
– Vous êtes tombée à sa place, c'est ça ?
– C'est ça. Et maintenant, fichez-moi la paix, David.
J'ai repoussé ma chaise pour me lever.
– Veuillez m'excuser, j'ai un rendez-vous.
Sa main s'est refermée sur mon poignet. Comme il était fort ! Je me sentais menottée.
– Vous ne me faites pas peur, David. Lâchez-moi.
– Comment une femme comme vous peut-elle devenir aussi dure ? Et faire fausse route à ce point ? Prenez garde, Naomi. Je fais sans doute un bêtise en vous disant cela, mais j'aimerais *vraiment* vous aider. Si vous vous fourrez dans un guêpier dont vous ne pouvez vous tirer seule, vous savez où me trouver.
Il a lâché mon poignet et s'est accoudé à la table en se rapprochant de moi. Il a plongé son regard dans le mien.
– Pourquoi ? ai-je demandé.
– Je voudrais que vous restiez en liberté et que vous vous rangiez, que vous meniez une vie normale.
J'ai fermé les yeux de toutes mes forces en résistant à l'envie de tout lui raconter, d'accepter son aide. J'étais désarmée par sa gentillesse. Mais si je voulais retrouver Nicky avant que Wolf ne disparaisse dans les limbes, il fallait que je garde une longueur d'avance sur David Bernstein.
– Oubliez-moi, David. Adieu.

Il était temps d'aller visiter l'orphelinat. Le réceptionniste de l'hôtel m'en a procuré l'adresse. Je suis remontée dans ma chambre chercher un manteau et consulter ma boîte aux lettres électronique. La réponse de mon père était déjà là.

Bien joué, Nina. Mais sois prudente ! J'ai découvert que la Bosnaskandia Bank était la propriété d'un groupe de truands de l'ouest comme de l'est. Je te conseille de changer d'hôtel puis de quitter Sarajevo dès que possible.

Le commentaire du directeur se traduit par : « Tous les ordres faxés jusqu'à ce jour sont anonymes et renvoient à des virements en cours. Ils ont été expédiés de Vienne, Prague, Paris, Rome et Istanbul. Le dernier, reçu en octobre 1994, demandait la clôture du compte à dater du 1er octobre 1995 et annonçait des instructions écrites à venir concernant le transfert du solde. »

Pour finir, le compte au nom de l'International Trading est utilisé par Vittorio Cassellari pour blanchir son argent sale. C'est le plus dangereux de tous les narcotrafiquants. – Ton père qui t'aime.

J'ai effacé le message et demandé à la réception qu'on m'appelle un taxi, direction l'orphelinat.

C'était une vieille maison décrépite et pleine de coins et recoins, située dans le secteur autrichien. Au milieu de la pelouse se dressait un platane aux branches duquel on avait suspendu de vieux pneus en guise de balançoires, et cela m'a un peu remonté le moral.

J'ai demandé au chauffeur de m'attendre, puis cherché partout la directrice de l'établissement. Comme on ne la trouvait pas, c'est finalement une jeune infirmière qui m'a fait faire le tour des locaux.

J'ignore à quoi je m'attendais, mais certainement pas à ces rangées de lits dont le petit occupant apathique et muet n'avait strictement rien à faire de la journée. Partout des petits yeux tristes, des nez qui coulaient, des peaux croûteuses, le tout baignant dans une forte odeur d'urine.

– Quand sortent-ils jouer ?

L'infirmière parlait très peu anglais.

– Euh… pardon ?

– À quelle heure vont-ils jouer ? Ils jouent bien de temps en temps ?

Pour toute réponse, elle a haussé les épaules.

J'ai ressenti tous les symptôme physiques d'une colère noire.

J'ai serré dans mes bras un petit garçon roux qui puait le vomi et l'urine, mais il s'est mis à pleurer, alors je l'ai reposé.

– Excusez-moi.

L'infirmière a filé. Je suis passée de lit en lit en me demandant qui prenait jamais le temps de parler un peu avec ces pauvres petits. Qui leur apprenait à jouer, à rire, à courir ? Faisaient-ils des bêtises ?

L'infirmière est revenue accompagnée de la directrice, qui m'a escortée, un dortoir après l'autre. Tristement, elle m'a expliqué la situation.

– Ici, nous nous occupons de deux cents enfants. Comme nous n'avons pas de quoi les nourrir, deux de mes sœurs sont employées à temps plein pour la collecte de fonds. Le personnel est insuffisant pour administrer tous les soins nécessaires. Nous ne pouvons surveiller qu'un seul groupe de jeu à la fois – et cela mobilise une infirmière. Les autres employés assurent les traitements médicaux, l'entretien des locaux, la cuisine, l'administration des repas… Pour être franche, nous sommes à bout de forces. Nous n'avons pas le temps d'accorder une attention particulière à tel ou tel enfant, ni même de lui apprendre à parler.

– Il suffirait d'une personne et d'un tableau noir.

– Alors envoyez-nous des renforts, mon petit. Nous avons grand besoin de bénévoles. Nous ne pouvons plus embaucher personne.

– J'en ferai mention dans mon rapport.

Au passage je cherchais du regard un autre petit rouquin muet. Une fois certaine que Nicky n'était pas là, j'ai adressé une prière d'action de grâces silencieuse au saint patron des enfants, puis j'ai pris congé.

Mon chauffeur attendait toujours.

– On vous a suivie jusqu'ici. Je ne veux pas d'ennuis, moi.

L'air soucieux, il m'a désigné une voiture garée de l'autre côté de la rue. J'ai entrevu le profil de David.

– Mais non, ce n'est qu'un ami un peu curieux. Je vous assure. Ramenez-moi à l'hôtel, s'il vous plaît.

Comment osait-il m'espionner ainsi ? Peut-être se doutait-il que je n'étais pas Naomi Hunter. Il fallait que je sache.

48.

J'ai coincé David dans le hall de l'hôtel.

– Pourquoi me suivez-vous ? Vous êtes toujours persuadé que j'ai volé l'argent de l'Unita ? Ou bien espérez-vous que je vais vous conduire jusqu'au Dr Anselmo ?

– Je veux savoir qui vous êtes.

– Mais vous le savez. Une femme qui a fait de la prison pour avoir pioché dans la caisse. Ce sont vos propres termes. Et c'est exact, j'ai effectivement été incarcérée pour malversation, entre autres. Je ne vois pas pourquoi vous voudriez savoir autre chose sur moi.

– Moi si. Je ne vous crois pas. Vous avez passé l'après-midi à visiter un orphelinat et on me dit que vous étiez bouleversée. Vous m'intriguez, Naomi. Vous ne pouvez pas repartir avant demain après-midi : il n'y a pas d'avion. Donc, moi non plus. Alors mettons de côté ce qui nous oppose et dînons ensemble ce soir. Je vous en prie.

Pourquoi pas ? Je n'avais rien d'autre à faire.

– Où ?

– Au *Daïre*, dans le quartier turc. Il paraît qu'on y mange très bien. Rendez-vous dans le hall à huit heures.

C'était en fait une boîte de nuit aménagée au sous-sol d'un ancien entrepôt à grain. Elle était décorée dans le style Renaissance et le numéro des danseurs tziganes était assez réussi.

David connaissait bien l'ex-Yougoslavie et le contexte de la guerre civile. Je l'ai écouté attentivement tout en savourant un *skamplignje,* préparation épicée à base d'encornet, et un potage appelé *begova corbar,* et enfin du *bakalava,* sorte de pâtisserie légère agrémentée de confiture.

David a fini par me demander :

– Que comptez-vous obtenir de Banski, au juste ?

J'ai haussé les épaules et contemplé mes mains.

– Inutile d'insister, David. Je n'aborderai pas ce sujet avec vous.

– Je veux savoir ce que vous êtes venue faire ici. J'ai passé du temps sur l'ordinateur de Martha, après votre départ précipité. Je n'y ai trouvé qu'un seul élément intéressant : la Fondation transafricaine pour le développement. Le chèque censé couvrir les premiers frais de la campagne a été tiré sur un compte ouvert ici même, à Sarajevo. Mais cette information n'aurait pas suffi à vous amener ici. Quelque chose me dit que l'intitulé du compte ne vous était pas inconnu. Il relie le faux Anselmo à l'homme que vous recherchez, n'est-ce pas ?

– Non. C'est pour cela que vous m'avez conviée à dîner ? Vous auriez aussi bien pu me poser la question ce matin dans le hall de l'hôtel.

– C'est vrai.

– Alors, pourquoi ?

– Je voulais vous inviter à dîner.

– Je vous trouve sournois.

– Ça vous va bien, tiens ! Naomi, nous devons jouer cartes sur table, vous et moi ; autant nous y mettre tout de suite, non ? Je me suis plus amplement renseigné sur vous. Nulle part je n'ai trouvé mention d'une autre personne impliquée dans votre mésaventure. Je ne crois pas que le prétendu Anselmo, disons l'escroc qui se présente comme tel, ait jamais opéré en Australie.

– Dites donc les choses comme elles sont. Dites « vol », et non « mésaventure ».

– Le problème, chez vous, c'est que votre passé et votre personnalité sont en contradiction totale. Je ne crois pas que vous soyez Naomi Hunter. Ni que vous ayez jamais séjourné derrière des barreaux australiens. Qui recherchez-vous vraiment ? Pourquoi ne pas me le dire ?

J'ai gardé le silence et regardé autour de moi en me demandant si je n'avais pas intérêt à m'en aller tout de suite.

– Quelle que soit l'identité de cet homme, vous dites qu'il vous a volé quelque chose de précieux avant de vous laisser écoper à sa place.

– Je n'ai pas dit cela, mais qu'il m'avait volé de l'argent.

– J'ai très bonne mémoire, Naomi.

J'avais le feu aux joues, je me sentais mal à l'aise. Que cherchait David, au juste ? Pourquoi fouinait-il ainsi dans le passé ?

– Je ne me suis pas tourné les pouces cet après-midi, vous savez. Banski m'a rapporté que vous étiez officiellement ici en tant qu'émissaire d'une organisation humanitaire, que vous deviez rédiger un rapport sur les orphelins du pays. Comment se retrouve-t-on dans ce circuit quand on sort de prison ?

– Laissez tomber, David, sinon je m'en vais.

– Vous préféreriez peut-être danser ?

– Pourquoi pas ?

– N'oubliez pas, Naomi : je suis de votre bord. Vous ne devez pas vous méfier de moi. En revanche, à votre place je me méfierais de Banski. S'il vous soupçonne d'avoir flairé une piste, il avertira les individus concernés.

Une fois dans les bras de David, j'ai failli oublier mon identité d'emprunt. C'était un danseur hors pair et mon attirance pour lui est remonté à la surface.

– Dites donc, Naomi, m'a-t-il soufflé à l'oreille autour de minuit, vous dansez drôlement bien.

Ses lèvres ont effleuré mon oreille et, l'espace d'un instant, j'ai vibré à l'unisson tout en me rappelant que malheureusement, cet homme n'était pas pour moi.

– Écoutez, David. Je suis ici contrainte et forcée. C'est tout.

Ah, comme j'aurais voulu être Nina Olgivie ! Nous irions si bien ensemble, lui et moi…

– Allons, Naomi. Vous ne pouvez nier vos sentiments pour moi et vous savez ce que je ressens à votre égard. En dépit de nos petits désaccords, nous faisons la paire, vous et moi. Alors soyons amis, vous voulez bien ?

– En réalité, nos « petits désaccords », comme vous appelez le gouffre qui nous sépare, sont si grands que c'est à peine si nous appartenons à la même espèce. Par ailleurs, je vous rappelle que ce matin encore vous me lanciez un ultimatum – la carotte ou le bâton ; ce ne sont pas la des bases très saines quand on veut devenir amis. Pour finir, j'ai horreur qu'on m'espionne. Si je suis ici ce soir c'est parce que vous m'avez forcé la main, ce qui ne vous empêche pas de me parler sentiments.

Il a cessé de danser pour me fusiller du regard.

– Vous avez raison. J'ai eu tort et je l'admets. J'ai eu la sottise de croire que nous pouvions dépasser les circonstances qui nous ont mis en présence. Allons nous rasseoir, voulez-vous ?

Tandis que nous regagnions notre table a retenti un lointain sifflement sonore qui s'est mué en cri aigu de plus en plus assourdissant. L'orchestre s'est tu et le bruit s'est rapproché à toute vitesse. Puis, silence total.

J'ai vu l'horreur se peindre sur les traits de David. Il m'a poussée sans ménagement vers l'escalier. J'ai heurté un mur et, trop sonnée pour comprendre ce qui se passait, je suis tombée ; David s'est abattu contre moi en me plaquant ses mains sur les oreilles.

Le vacarme de la déflagration a été inouï. J'ai eu l'impression qu'on me frappait à la tête et au ventre. J'en suis restée comme abrutie.

J'ai cherché mon souffle : une poussière épaisse planait dans l'air. Il faisait complètement noir. J'étais à plat ventre par terre, avec un poids mort sur le dos. Je ne pouvais plus bouger. Affolée, j'ai cherché à me relever en griffant le sol pour trouver une prise et me délivrer de ce fardeau. Puis je me suis rendu compte que c'était David.

– Ôtez-vous de là ! ai-je hurlé.

Ma voix rendait un son métallique et atténué, comme si elle me parvenait de très loin. Mes oreilles carillonnaient.

– Allez-vous-en, ai-je sangloté.

Puis j'ai repris mes esprits et, en même temps, j'ai recouvré l'ouïe. Je devais absolument me maîtriser. Faisant porter tout mon poids sur mes coudes, j'ai rampé et, peu à peu, je me suis débarrassée du poids qui m'écrasait. J'ai cherché à tâtons la tête de David. Quand j'ai retiré mes mains, elles étaient gluantes et tièdes. Du sang ! Était-il gravement atteint ? Je lui ai relevé la tête en posant ma main sous son menton.

– David ! ai-je crié. David, vous m'entendez ? David, ça va ?

Pas de réponse.

Paniquée, j'ai insisté :

– David, répondez-moi !

Un faible gémissement. Puis il a soufflé :

– Sortez d'ici, Naomi. Par l'issue de secours...

Dès que j'ai voulu me relever, j'ai manqué m'asphyxier. Le plâtre tombait tout autour de nous et j'ai entendu du verre se briser. Il y avait aussi des plaintes et des appels au secours, mais je n'y voyais goutte et chaque inspiration manquait me couper le souffle tant elle était chargée de fumée. Voyons, par où était l'entrée ? Ah oui, du côté de la scène, croyais-je me souvenir.

Tout à coup, un rougeoiement s'est mis à palpiter. Le feu ! Le feu avait pris sur scène ! Nous allions mourir ici. Les silhouettes obscures qui erraient çà et là se détachaient sur fond de brasier naissant, et la fumée conspirait avec la poussière pour m'empêcher de respirer.

La sortie de secours ? Je ne l'avais pas vue. Mais elle devait logiquement se trouver dans le couloir qui partait derrière les toilettes, celles-ci jouxtant le bar. Mais où se trouvait le bar ? Enfin j'ai réussi à me repérer. Il suffisait de longer le mur jusqu'à l'angle, et si on continuait tout droit on avait une chance.

Je me suis baissée pour palper David. Un bloc de ciment gisait près de sa tête, un autre lui immobilisait les jambes. Haletante, je l'ai fait rouler sur le côté.

– David ! ai-je hurlé à pleins poumons.

La pièce s'emplissait rapidement de fumée, mes yeux piquaient si fort que je n'y voyais plus rien.

– Il faut sortir d'ici, et vite.

J'ai passé ses bras autour de mon cou et tenté de le relever, mais en vain. Il était trop lourd.

Alors je l'ai calé contre le mur en position assise, puis je me suis mise à quatre pattes et je lui ai présenté mon dos avant de l'agripper solidement par les deux bras. Là encore, j'ai voulu me redresser mais sans succès. Alors j'ai continué à le tirer mais à quatre pattes, en tentant d'éviter les victimes affolées.

– Sortez d'ici, Naomi. Laissez-moi.

Il venait de refaire surface.

– Taisez-vous et avancez. Essayez de m'aider. Si vous pouviez nouer vos bras autour de mon cou, de mon côté je pourrais me servir des miens.

– Je crois que je peux tenir debout.

À deux, nous avons réussi à nous relever. Attrapant le bras de David passé par-dessus mon épaule, j'ai fait quelques pas en trébuchant. Puis il a repris un peu d'assurance et son poids s'est allégé dans mon dos. Les flammes ronflaient, les gens criaient. J'aurais voulu reprendre mon souffle, mais il n'y avait pas d'air, rien que de la fumée. Le plâtre continuait à pleuvoir et la chaleur était intense.

Nous avons atteint l'angle du mur, mais devant moi une masse de corps se pressait contre la porte. Les gens la martelaient du poing en hurlant. L'entrée principale, en flammes, nous était interdite. Je me suis effondrée au pied d'un mur et David m'a imitée.

– David, j'ai de l'admiration pour vous. Depuis le début, ai-je coassé. Je ne sais pas pourquoi je vous dis ça. Je regrette que les choses ne puissent se passer autrement entre nous, mais pour le moment…

Des sirènes ont retenti et la porte s'est ouverte avec un craquement. Une demi-douzaine de jets d'eau se sont engouffrés dans la salle. Les pompiers avaient des allures d'extraterrestres, à travers ce rideau de fumée.

Propulsée dans le couloir en direction de l'air respirable, j'ai fini par atterrir sur la pelouse juste avant David, qui avait à nouveau perdu connaissance. Infirmiers et brancardiers allaient et venaient entre les survivants sous des projecteurs installés à la hâte. Après un bref regard à mon compagnon, une infirmière les a appelés.

– Allez avec lui, m'a-t-elle ordonné en anglais.

L'hôpital était moderne et efficacement organisé ; pendant que j'attendais devant la salle de radiologie, les infirmières m'ont rassurée. David a fini par ressortir sur un chariot et j'ai suivi le mouvement en toussant jusqu'en traumato, où on l'a installé sur un vrai lit.

Une jeune femme en blanc est entrée en coup de vent.

– Ne vous en faites pas. C'est moins grave que ça en a l'air. Je suis médecin, je m'appelle Anna Babic et je m'occupe de ce patient. Il y a pas mal de sutures à faire, comme vous pouvez le constater, et les contusions sont nombreuses, mais on ne voit pas de gros dégâts à la radio à part le traumatisme crânien. Il a une vilaine plaie à la tête, causée par les chutes de gravats, mais il ne devrait pas tarder à reprendre conscience. Auquel cas il pourra sortir dans quelques jours.

– Il a repris conscience un moment sur les lieux.

– Excellent. Mais vous-même n'avez pas l'air en grande forme. Prenez une douche et reposez-vous un moment chez nous ; on remplira les papiers plus tard.

– Naomi, a dit David quand je me suis réveillée, beaucoup plus tard. Vous ne cesserez jamais de me surprendre. Merci de m'avoir tiré de là.

– C'est vous qui m'avez sauvé la vie. Vous ne vous souvenez pas ? Vous vous êtes jeté sur moi pour me protéger. Alors moi aussi je vous suis reconnaissante.

Pas très à l'aise, je me suis assise et j'ai lissé mes cheveux.

– Je dois avoir une de ces têtes !

– Vous êtes ravissante.

Je l'ai regardé sans comprendre. C'était peut-être le choc. Un rapide coup d'œil à ma montre.

Je suis contente que vous alliez mieux. Je pars cet après-midi.

Il m'a saisi la main.

– Comment vous retrouverai-je ?

– C'est sans espoir, David. Nous devons nous dire adieu. Il n'y a pas d'avenir pour nous deux. Mieux vaut tout arrêter tout de suite, avant qu'il ne soit trop tard.

J'ai déposé un baiser sur ses lèvres.

– Vous avez sans doute deviné que je suis amoureux de vous, Naomi. Et un de ces jours, je découvrirai qui vous êtes.

– Faisons comme si vous n'aviez rien dit.

Plus tard, une fois bien en sécurité dans l'avion, j'ai revécu notre petite scène d'adieux. En fait, il me tardait déjà de le revoir.

49.

– Sous l'identité de Naomi Hunter, dont le passé est connu, m'a dit mon père, on te fera confiance. Elle te donne le profil nécessaire pour pénétrer dans l'univers de Vittorio Cassellari. S'ils te demandent ton avis, tu seras en mesure de le donner. En matière financière, tu peux en remontrer à n'importe qui.

– Exact.

Pas le moment de se montrer modeste...

C'était bon de se retrouver chez soi, fût-ce pour un bref séjour. Ma mission suivante était de susciter une rencontre avec Cassellari. Puisqu'il avait versé un million de dollars à la Transafricaine de Wolf, il devait soit le connaître, soit avoir entendu parler de lui. Mon père – dont l'inquiétude ne m'avait pas échappé – me briefait en vue de mon prochain rôle : celui de la riche aventurière peu scrupuleuse qui, ayant escroqué une foule de généreux donateurs américains, s'établissait à présent dans le blanchiment d'argent sale pour le compte des truands les plus recherchés d'Europe.

– À nous deux, nous saurons te parer des signes extérieurs de richesse nécessaires pour convaincre la pègre de tes talents en matière d'escroquerie.

– Est-ce le moyen le plus direct d'arriver jusqu'à Cassellari ? J'avais en tête quelque chose de plus rapide.

– Pas d'accord. Attends plutôt qu'il vienne à toi. À ton retour d'Afrique du Sud, tu m'as dit que le principal problème de Wolf était de blanchir son argent de telle manière qu'on ne puisse remonter jusqu'à lui. Cassellari doit être dans le même cas. Plusieurs de ses conseillers financiers ont écopé de lourdes peines pour s'être occupés de son argent sale. Les gouvernements et les banques surveillent plus que jamais les mouvements de capitaux. Il devient hasardeux de faire transiter de grosses sommes autour du monde. Il faut du temps, des compétences précises. Ces gens sont obligés de se spécialiser. Vers qui peuvent-ils se tourner ? Ils ne peuvent se fier à personne a priori, et les experts sont rares. Tu es une femme, ils croiront t'intimider. Et ils n'auront pas peur que tu les voles. Tu combleras un vide dans leur système.

– Tu as sans doute raison.

– Écoute-moi bien, Nina. Je me suis informé sur Cassellari. Tu dois savoir où tu mets les pieds. Au départ, c'était un petit escroc sans le sou qui a commencé par chaparder dans les entrepôts du canal de Panama avant de passer à un style de criminalité plus redoutable. Mais c'est seulement en se lançant dans le trafic de drogue qu'il a eu envie de voir très grand. Cassellari a été arrêté et condamné une première fois en 1968 pour détention de cocaïne. Un des policiers qui ont procédé à son arrestation a été tué peu après. Les autres ont été soudoyés, et les poursuites finalement abandonnées. C'était le système Cassellari. Les arrestations débouchaient systématiquement sur un non-lieu. Jusqu'au jour où, dans les années quatre-vingt, un juge italien particulièrement acharné a refusé de baisser les bras. Il a été assassiné, lui aussi – et à partir de là, tous ceux qui se dressaient sur le chemin de Cassellari ont été éliminés. Il est considéré comme responsable d'au moins une centaine de meurtres. Alors sois prudente. Si lui et ses compères apprennent que tu es en rapport avec les Renseignements britanniques ou avec moi, ils te tueront sans le moindre remords. Avant tout, ils vont te soumettre à un interrogatoire serré, notamment en ce qui concerne ton système de blanchiment. Tiens-toi prête, et dès qu'il entrera en contact avec toi fais-le-moi savoir. Mais il faut être patiente. Même si tu dois attendre un mois, cela en vaut la peine. Une seule chose me chiffonne : Banski a pu le prévenir que tu avais connaissance du chèque versé sur le compte de Möller.

– Je suis sûre qu'il fera le mort. C'est lui qui a commis une erreur au départ. Il n'a pas intérêt à ce que ça se sache. Et il sait que ça ne viendra pas de moi.

– Espérons que tu as raison. Entre-temps, essaie de te glisser pleinement dans la peau de Naomi Hunter, cette femme riche, qui a vu grand et tiré son épingle du jeu. Tu es intelligente, pleine de ressources, rusée et sans scrupules. Ne l'oublie pas ! Achète-toi des vêtements de luxe, mets-toi dans la peau du personnage et surtout : fais attention. N'oublie jamais qui tu es censée être. Tu seras confrontée à des individus peu recommandables. En surface, ils sont dans la plus grande légalité. Plus ils sont riches, plus tu dois les soupçonner, à moins qu'ils ne possèdent un ou deux puits de pétrole ou qu'ils aient fait un gros héritage. Je me renseignerai pour toi à mesure que tu m'enverras leur profil. Laisse bien entendre que tu es prête à tout pour empocher des gains à court terme, avec une préférence pour le blanchiment d'argent.

Une brusque bouffée d'angoisse.

– Comment sauras-tu où je suis ?

– Tu me tiendras au courant tous les soirs par e-mail. Ce doit être une règle absolue. Si je n'ai pas de nouvelles de toi j'en conclurai qu'il t'est arrivé malheur. Autre chose. Tu vas devoir ouvrir un compte bancaire au nom de Naomi Hunter. Je te conseille Monaco.

– Logique, en effet.

– Par ailleurs, il va falloir acheter ou louer un appartement, une voiture, et ainsi de suite. Fais dans l'ostentatoire.

– Malin. *Très* malin.

Mon père a eu un petit sourire.

– Quand on aura répandu le bruit que tu as planqué des millions de dollars, toutes sortes de gens tenteront de t'intéresser à leurs combines, réputées pour provoquer l'enrichissement rapide. La plupart seront illégales, mais tu garderas ton argent et tu seras seul maître à bord. Maintenant, quelques adresses. « Tu » as contacté l'agence immobilière « Aux demeures de l'Aiglon », qui a déjà trois appartements à te faire visiter.

– Quand t'es-tu occupé de cela ?

– Pendant que tu étais à Sarajevo. Là encore, prends le plus tapageur ; avec un peu de chance ce sera aussi le plus cher. Il sera payé par la société qui gère tes capitaux, le Thornton Fidelity Trust, dont le logo – « TFT » – se retrouvera sur tous les documents relatifs à un autre compte bancaire, celui-ci domicilié à Londres.

– Avons-nous vraiment tant d'argent ?

– On se débrouillera. Fréquente les coiffeurs célèbres, les casinos… Ah, oui ! Tu viens d'être admise au Sporting Club de Monaco. Ta cotisation est réglée. L'endroit idéal pour établir des contacts. Au fait, j'y ai un informateur. Et puis il y a le casino, célèbre lieu de blanchiment d'argent. Le concessionnaire Mercedes de Monaco attend livraison d'une décapotable blanche flambant neuve. Tu l'as commandée depuis New York. Fais les boutiques, trouve-toi un bon styliste local, fais en sorte qu'on remarque tes tenues… et surtout leur créateur. Oublie tes sempiternels tailleurs en tweed, d'accord ?

– Entendu.

Je trouvais sa voix bien rauque, tout à coup.

– Qu'est-ce qui ne va pas, papa ?

– En vérité, je commence à me faire du souci pour toi. Sois très prudente, Nina. Ne fais confiance à personne. Tu es tout à fait capable de réussir – ta façon de manipuler Banski a fait mon admiration. Bien joué ! Mais je te connais, tu vas vouloir économiser. Or, ce n'est pas du tout le genre de Naomi. Il ne faut jamais perdre de vue ton identité d'emprunt.

– Ne t'en fais pas.

Je suis allée m'accroupir à côté de son fauteuil et j'ai passé mes bras autour de ses épaules. Pour la première fois, j'ai perçu la solitude de cet homme si triste, si maîtrisé, si brillant qui faisait tout pour que je retrouve mon fils. *Son petit-fils.* Cet homme qui avait endossé le rôle de mentor, qui me soutenait, m'encourageait, passait des heures devant son ordinateur et s'absorbait dans d'interminables recherches, cet homme ne se plaignait jamais de son infirmité. J'ai compris, tout à coup, le drame qu'il vivait en étant incapable d'extérioriser un amour pourtant réel.

– Papa, je t'aime, tu sais.

– Mais je n'en doute pas, a-t-il répliqué avec vivacité.

– Je ne peux m'empêcher de revivre ces jours et ces nuits terribles où je pleurais la perte de mon bébé. Si j'ai tenu le coup, c'est parce que je me suis raccrochée à l'espoir au-delà de toute raison. Mais grâce à toi la raison est avec moi, la voie me paraît plus dégagée. Et je t'en remercie.

– On y arrivera, Nina. Je te le promets.

50.

Dès mon entrée au casino de Monte-Carlo, en robe de soirée Valentino toute en dentelle noire brodée de perles, je me suis comme toujours arrêtée à la caisse, puis au bar. Depuis un mois je venais là un soir sur deux, en attendant qu'on me « découvre. » J'en étais sûre, tôt ou tard j'entrerais en contact avec les caïds de la pègre. Je n'ignorais pas que d'énormes sommes d'argent sale étaient régulièrement blanchies sur les tables de jeu.

Officiellement, la direction de ces établissements tenait la mafia à distance, mais la proximité de l'Italie rendait la minuscule principauté particulièrement vulnérable sur ce plan. Avec un peu de chance, je serais moi aussi happée par le crime organisé.

Armée d'un verre d'eau gazeuse, j'ai pris ma place dans ce haut lieu de l'opulence en notant à quel point l'atmosphère du casino monégasque était feutrée, quasi religieuse, avec ces murs lambrissés, ces épais rideaux de velours, ces lustres à pendeloques... Les sons y étaient assourdis, contenus ; les joueurs pariaient sans se départir d'une certaine gravité, voire d'un certain respect un peu craintif. Je me suis arrêtée à la grande table de roulette, qu'un homme à l'œil d'aigle et au teint basané fixait intensément, comme si elle détenait un secret que lui seul pouvait percer.

Il fallait être bien bête pour jouer de l'argent. Personnellement, je n'avais jamais ressenti la moindre fascination à l'égard du jeu. Quand je gagnais je me sentais coupable, et quand je perdais c'était pire. Mais comme mon rôle l'exigeait, je pariais de temps en temps, je feignais d'admirer les gagnants et je dissimulais mon ennui en me rappelant constamment que je n'étais plus Nina Olgivie mais Naomi Hunter, laquelle aurait sans doute adoré tenter sa chance contre le hasard aveugle là où moi-même je me retenais de bâiller.

Ce soir-là je suis restée une demi-heure à regarder l'homme au teint sombre se rembrunir à mesure que sa martingale se retournait contre lui. Les joueurs invétérés adhèrent souvent à l'hypothèse erronée (connue sous le nom de « Doctrine de Monte-Carlo ») selon laquelle au sein d'un jeu de hasard, les manches ne sont jamais indépendantes les unes des autres, et que toute série gagnante sera forcément contrebalancée par une perdante et inversement. La plupart des martingales se fondaient sur cette conjecture, et les directeurs de casino étaient les premiers à en vanter les mérites.

Un rapide coup d'œil à ma montre : dix heures et demie. La nuit serait longue. Pour passer le temps, j'ai décidé de m'essayer au black-jack. Dans le plus pur style Naomi, j'ai jeté mon dévolu sur la table où les enjeux étaient les plus élevés. Ici au moins, on pouvait mémoriser les cartes à mesure qu'on les abattait.

Le paquet était aux trois quarts entamé (j'avais mémorisé toutes les cartes) quand le croupier m'a distribué un as, le dernier. Ah ah ! J'ai parié dix mille francs et attendu ma deuxième carte. Un valet. Le croupier a abattu ses cartes et moi j'ai raflé la mise. J'ai réussi à gagner encore trois fois avant de faire une pause. Naturellement, mes gains revenaient légitimement à mon père : c'était lui qui avançait l'argent ; si j'avais perdu je me serais également fait un devoir de le rembourser. Donc, j'étais perdante à tous les coups. Tout cela était d'un ennui…

À ce moment-là j'ai fait un pas en arrière et… percuté un spectateur, ce qui a été fatal au contenu de mon verre.

– Permettez-moi de vous en offrir un autre, m'a dit le nouveau venu en brossant ses manches trempées. C'est de ma faute, je me tenais trop près de vous.

J'hésitais sur son accent. Russe ?

– Non, c'est de la maladresse de ma part. Je vous en prie, ne vous donnez pas cette peine.

– J'insiste, miss Hunter. Rendez-vous sur la terrasse. On y est très au calme, ce soir.

Il était grand, avec un regard brun de renégat téméraire, une allure follement sensuelle, des narines évasées, des lèvres pleines, des pommettes hautes… *Il doit avoir des origines cosaques.* Il avait à peine quarante ans mais son air de dédain étudié le faisait paraître plus âgé. J'ai remarqué la grâce et l'économie de ses mouvements. Il était athlétique ; un léopard traquant sa proie.

Je suis sortie sur la terrasse. Un petit vent humide m'a fait frissonner. Derrière la balustrade, en contrebas, les vagues auréolées de brume se brisaient sur les rochers et les lumières du casino nimbaient les embruns d'évanescentes irisations. Fascinée, je n'ai pas entendu revenir mon inconnu. Tout à coup il était là, près de moi – bien trop près, même ; il investissait totalement mon espace vital en y imposant sa présence puissante et par trop familière.

– Vous buviez de l'eau gazeuse, mais je sais que vous aimez le martini. Sans doute teniez-vous à conserver toute votre lucidité. Ne vous en faites pas. Avec moi vous pouvez vous laisser aller, Naomi. Je veux être votre ami.

Dans le genre voix caverneuse et menaçante, un ours polaire n'aurait pas fait mieux. Dans le genre sensuel non plus. J'ai vite chassé cette idée. Il m'a tendu un martini auquel ne manquait pas même l'olive. Un richissime affairiste russe récemment débarqué en Occident, peut-être ? Ils étaient légion.

– J'avoue que je suis intriguée. Qui êtes-vous ? Comment connaissez-vous mon nom ?

Il avait un sourire extraordinaire qui débutait par une lueur chaleureuse dans le regard et se prolongeait par un fin réseau de petites rides sur tout le visage, sur quoi ses lèvres s'entrouvraient en lui donnant paradoxalement une expression un peu triste.

– Sergueï Romanovitch, dessinateur en orfèvrerie, bien que je n'aie plus guère le temps d'exercer mon métier. J'ai une proposition professionnelle à vous soumettre. Et naturellement, cela suppose… disons, une petit enquête. À propos : votre collier est magnifique. De qui vous vient-il ?

– D'une personne qui m'a été chère.

Les mots ont eu du mal à sortir.

– Il avait très bon goût, ma foi. Ces diamants sont d'une eau parfaite et les saphirs qui forment contrepoint admirablement choisis. C'est un cadeau à la fois rare et superbe. Voulez-vous m'accompagner chez moi ? J'habite tout près. Il y a certains sujets que j'aimerais aborder avec vous, mais dans la plus grande confidentialité.

– Difficile de faire plus confidentiel qu'ici. Qui oserait braver ce froid ? On ne se croirait jamais en août.

Il a ôté son blazer pour le poser sur mes épaules. Le vêtement dégageait un arôme plaisant, musqué mais mêlé de verveine citronnée. Sergueï Romanovitch portait en dessous une fine chemisette moulante à manches courtes sous laquelle je devinais des bras et un cou puissant, et des muscles durs comme la pierre que seules avaient pu sculpter des années d'exercice physique acharné.

– Vous allez prendre froid.

– Ça m'étonnerait ! J'ai été élevé en Sibérie. Je vous assure, je ne peux vous parler de mes projets ici, Naomi. Il faut que je vous montre certains objets.

– Que diriez-vous de demain soir ? Aujourd'hui, je suis trop fatiguée. Je voulais le temps de me renseigner.

– Je regrette, miss Hunter, mais c'est ce soir ou jamais. Buvez et suivez-moi.

J'ai haussé les épaules, souriante.

– Très bien.

Romanovitch m'a escortée à travers tout le casino jusqu'au parking, où il m'a ouvert la portière de sa Maserati. Nous avons remonté la rue en glissant sans bruit sur le bitume, en direction de la grand-route. Au sommet de la corniche, près du Sporting Club, il a bifurqué dans une voie sans issue. Un portail en fer forgé s'est entrouvert devant nous et nous nous sommes approchés d'une maison à couper le souffle, bâtie sur un vaste soubassement rocheux dont les flancs de granit semblaient faire partie intégrante de l'édifice. Vue d'en bas, à la lumière des phares, c'était un ensemble d'angles et de saillies dont les teintes ocre rouge rappelaient les falaises corses. Les portes du garage se sont refermées sans bruit derrière nous et j'ai eu un mauvais pressentiment. Le contrôle de la situation m'échappait totalement.

51.

La maison était extraordinaire, à l'image de son propriétaire. Celui-ci m'a fait visiter le rez-de-chaussée, une série de grands espaces ouverts, orientés selon des angles différents et séparés par des marches. Le blanc dominait, ce qui mettait en valeur une remarquable collection d'icônes. Quant aux tapis persans, disposés sur des dalles blanches elles aussi, ils avaient l'air aussi anciens que précieux.

– Je collectionne les icônes. Celle-ci date du XIIIe siècle et vient de Constantinople. Celle-là est d'origine sibérienne. Je l'ai trouvée dans une église abandonnée. Mon problème a été de savoir à qui l'acheter. Personne ne voulait en endosser la responsabilité.

– Qu'avez-vous fait ?

– Ma foi, je l'ai volée. Mon pays perd peu à peu son patrimoine culturel. En général, le trafic transite par l'Ukraine direction Odessa, par cargaisons entières, ou via la Hongrie à destination de l'Europe de l'Ouest. J'ai décidé de prélever ma part. Les articles authentiques sont de plus en plus difficiles à trouver. Mais revenons à nos affaires. Si je vous ai amenée ici c'est pour vous montrer quelque chose. Mais d'abord, puis-je vous offrir un verre ?

– J'apprécierais un martini, merci.

Mon verre en main, je l'ai suivi de pièce en pièce en admirant ses icônes ; devant sa chambre, j'ai eu un instant d'appréhension. Aux traditionnelles « estampes japonaises », il avait pu substituer sa collection personnelle...

C'était bien une chambre d'homme : l'ameublement y était

spartiate. Il y a poussé un grand miroir coulissant qui masquait une chambre blindée. Là, j'ai d'abord découvert une petite antichambre aveugle meublée de vitrines. Six coûteuses parures y étaient exposées sur des coussinets de velours. Je me suis penchée sur leurs pierres magnifiques en retenant mon souffle. Sergueï m'en a conté l'histoire à mesure qu'il les déposait dans mes mains.

– Vous êtes négociant en bijoux anciens d'origine russe ?

– En ce moment, oui. Mais celui-ci n'est pas russe.

Il a ôté de son présentoir noir un collier de diamants et de rubis formant trois rangs. Voyant qu'il ne prenait pas de précautions particulières, j'ai compris que c'était un faux ; mais la beauté du motif et la perfection de l'exécution m'ont fait tomber sous le charme.

– Et où se trouve l'original ?

Il a émis un gloussement, un petit rire de gorge pas déplaisant du tout.

– Ainsi vous savez reconnaître le vrai du faux.

– Pas du tout. Désolée de vous décevoir. Votre irrévérence vous a trahi.

– Je vois que je ne me suis pas trompé sur votre compte, Naomi. Vous êtes très intelligente. Je voudrais que vous alliez à Prague acquérir ce fameux original. Vous payeriez avec le liquide confié par mon client, vous le rembourseriez au moyen d'un chèque émis par une célèbre salle de vente londonienne en échange du bijou. On partagerait les bénéfices et vous toucheriez en plus votre commission de blanchiment.

Je me suis détournée en feignant d'admirer un autre collier le temps de dissimuler ma surprise.

– Qu'est-ce qui vous fait croire que… ?

– Il y a un mois que vous hantez le club et le casino en cherchant manifestement du travail. Vous avez rendu quelques services çà et là, mais ce n'est pas votre véritable but. Vous voulez jouer dans la cour des grands, n'est-ce pas ? Moi aussi j'ai besoin de votre argent sale, mais pour une tout autre raison. Disons, à titre de capital temporaire. Je suis « blanchi », moi aussi ; il faut que je me remette en selle. Alors je voudrais vous proposer un marché. Je peux vous mettre en contact avec quelqu'un de très haut placé.

– Un seul problème, Sergueï : j'ignore absolument de quoi vous voulez parler.

– Il se trouve, a-t-il poursuivi sans tenir compte de mes dénégations, que je suis un proche de Carla Maria Lo Bello, la maîtresse de toujours de Vittorio Cassellari. Or, je sens que vous cherchez à vous introduire dans sa sphère. Mais vous n'y arriverez jamais sans mon aide.

– Pourquoi m'espionnez-vous ?

– Ne soyez pas naïve, Naomi. Il est de notoriété publique que vous avez détourné en toute impunité une fortune destinée à une œuvre charitable, et qu'on n'a jamais retrouvé les fonds. Maintenant, vous êtes en quête d'autres transactions. On prétend que vous êtes très efficace dans le blanchiment d'argent. J'ai besoin de vos services, et comme je peux vous être utile par ailleurs, faisons un marché, voulez-vous ?

Mon père avait vu juste : les malfrats avaient fini par venir à moi. Mon sinistre pressentiment s'est accentué et j'ai eu la chair de poule.

– Faites-moi confiance, jolie Naomi, disait Sergueï. Carla me fait confiance, elle. Elle commencera par une somme modeste, histoire de vous tester. Disons un million de dollars, ce qui devrait suffire pour payer le collier. Le négociant praguois n'attend que de le vendre.

– Qu'est-ce qui vous fait croire que je suis disposée à partager avec vous ?

– Vous devez blanchir votre argent sale, et je vous offre le moyen de le faire. Mais ce n'est pas la seule et unique raison. Le profit sera substantiel et je vous en reverserai une partie. Ce collier peut se revendre au double de son prix. Vous aurez droit à dix pour cent du bénéfice.

– Si je disposais d'une somme pareille, pourquoi aiurais-je besoin de vous ?

Il a ri.

– Vous n'avez idée ni de la demande ni de l'offre. Alors, qu'en dites-vous ?

L'affaire se tenait. C'était une bonne méthode pour blanchir de l'argent puisque le client percevrait un chèque incontestable.

– Bon. J'essaierai d'avoir recours à vous aussi souvent que possible, mais ce ne sera pas systématique. Je modifie sans cesse mes circuits de blanchiment, sachez-le. Mais on peut me tromper sur la marchandise. Je ne saurais pas reconnaître un faux.

– Je vous apprendrai. Faites-moi confiance. Commençons tout de suite, si vous voulez.

Sergueï tenait à me décrire toutes les pièces superbes circulant sur le marché européen, avec leur histoire, leur apparence, leurs propriétaires passés et présents, mais il était presque trois heures du matin. Installée sur un divan confortable, j'ai fermé les yeux. Puis j'ai senti qu'il me secouait gentiment par le bras.

– Venez, Naomi. Je vous raccompagne.

En sentant ses lèvres sur les miennes, j'ai aussitôt repris mes esprits. Je l'ai repoussé en me levant d'un bond, bien réveillée. Je l'ai fusillé du regard.

– Je ne faisais que sceller notre entente. Désormais je promets de bien me tenir. Mais je vois bien que vous vous ennuyez à mourir. Je vous ramène à votre voiture.

J'ai ri.

– J'étais lasse, voilà tout. Je ne m'ennuyais pas le moins du monde. J'espère que vous ne m'en voulez pas.

Pendant le trajet de retour vers le casino, j'ai senti avec plaisir ma libido ressusciter. Il fallait bien l'admettre : Sergueï était un homme fascinant.

52.

Je me trouvais une fois de plus en terrain sanctifié par la richesse, sur les lieux que je hantais un soir sur deux : le très convoité Sporting Club de Monaco où venaient se divertir les richissimes Européens ; rois du pétrole, stars de cinéma, aristocrates et millionnaires y côtoyaient toutes sortes d'escrocs et de charognards. La seule cotisation d'entrée aurait suffi à faire vivre une famille pendant des années, mais qui s'en souciait ? Ce genre d'idée y était aussi déplacé que les hot dogs ou les godillots ; et de toute manière, la cupide et dépensière Naomi s'en serait souciée comme d'une guigne.

Je voulais me sentir à l'aise dans sa peau. J'inhalais avec satisfaction l'air clément charriant des effluves de coûteux parfums, des vins millésimés et de très vieux cognacs. En outre, une odeur de havane venait du bord de la piscine, où un groupe d'hommes était en grande conversation. Au bar régnait un charivari invraisemblable, chacun s'efforçant de se faire entendre par-dessus le vacarme des autres. Je suis sortie sur la terrasse.

Moi aussi, en tant que criminelle notoire prête à exercer de nouveau ses talents, je faisais partie des charognards ; mais ce soir-là je me sentais d'humeur optimiste. Sergueï avait parlé de moi à son amie Carla.

Mon profil était sans défaut. J'occupais un charmant appartement donnant sur le port et la roseraie de la princesse Grace, je possédais un coupé Mercedes dernier cri et toute une garde-robe griffée. Avec ma robe en soie bleu nuit aux reflets changeants, au décolleté profond et à la jupe évasée, signée Dior, j'étais tout à fait crédible ; en plus, cette tenue m'allait très bien et mettait en valeur le collier que Wolf m'avait offert, une année, pour mon anniversaire.

Je me suis attardée le temps d'admirer les lumières de Monaco, égrenées comme des pierres précieuses tout au long de la côte. Dans le port de plaisance, les lampes coiffant les mâts se balançaient au gré d'une douce brise.

En réintégrant le salon bondé, j'ai trouvé un canapé libre dans un angle, près d'une fenêtre. Comme le serveur tout en noir me lançait un regard inquisiteur, je lui ai commandé un martini.

Un homme de haute taille, au teint si noir que ses traits étaient à peine perceptibles sous l'éclairage tamisé, est entré dans la salle et s'est jeté dans un fauteuil. Un ministre zaïrois dont la fantastique fortune avait des origines plus que douteuses. Dans son sillage, deux ravissantes call-girls espagnoles qui se ressemblaient comme deux sœurs et se mettaient à la disposition de la riche clientèle d'un célèbre hôtel de la baie. Il leur avait fait endosser des tenues identiques, signées d'un grand créateur, dont la jupe à pans évoquait une grande corolle jaune. Cette couleur faisait ressortir leur teint sombre et la coupe ultra-juvénile de ce vêtement leur donnait un petit air désuet. Leurs affaires ne devaient pas marcher très fort, à voir le mal qu'elles se donnaient pour distraire leur client assommé d'ennui.

Un groupe de pétroliers saoudiens monopolisait le devant de la scène par leurs discussions animées. J'ai également repéré une pop star américaine, un comédien, un banquier britannique, un gros agent immobilier français et un gangster italien. Les autres têtes m'étaient inconnues. Avec le temps, j'aurais probablement fait leur connaissance, mais le temps, c'était justement ce dont je ne disposais qu'en quantité limitée.

J'ai sursauté : une femme de grande classe et qui avait dû être très belle venait vers moi. Son tailleur en satin noir de coupe très mode accentuait la délicatesse de sa silhouette et contrastait vivement avec une épaisse masse de cheveux blancs ondulés, rassemblés en chignon. Elle a promené autour d'elle un regard hautain, et quelques instants plus tard elle était à mes côtés ; elle m'a enveloppée d'un regard brun, impérieux et quelque peu hostile.

– Vous permettez ?

Elle s'est gracieusement posée à côté de moi et a croisé ses jambes admirables dans un frou-frou de bas nylon tandis qu'une bouffée de parfum – « Joy » – s'aventurait jusqu'à mes narines. Je lui donnais plus de soixante-cinq ans mais elle était bien conservée, extrêmement soignée, avec une silhouette impeccable ; elle était probablement italienne.

J'ai souri prudemment.

Elle m'a effleuré le bras.

– J'espère que vous ne m'en voulez pas. Je vais sans doute vous paraître impertinente, mais je suis certaine de vous avoir déjà vue. Cela me tarabuste. Nous nous sommes déjà parlé ici même, non ? Je vous vois toujours seule. Vous ne devez pas être d'ici. Une jolie fille comme vous ne resterait pas longtemps dans son coin. Je devrais peut-être vous présenter à certains de mes amis. Dites-moi, comment vous appelez-vous, mon petit ?

– Naomi.

– Naomi Hunter, hein ? C'est bien ce que je pensais. Les journaux ont parlé de vous il y a quelque temps. J'espérais bien que c'était vous, parce que... Cela va vous paraître bizarre, mais j'ai besoin de votre aide.

Merci Sergueï, ai-je songé en m'efforçant de dissimuler ma joie.

Elle a adressé un hochement de tête au serveur.

– Que buvez-vous, Mrs Hunter ?

– Un martini sec, s'il vous plaît. Et vous pouvez m'appeler Naomi.

– Dans ce cas, appelez-moi Carla. J'aime cet usage des prénoms. Je le trouve rafraîchissant. Mon nom est Carla Maria Lo Bello. Je passe une partie de mon temps à Rome, mais je voyage beaucoup. Pour tout dire, je suis incapable de me poser.

Quand elle souriait, son visage s'illuminait et elle paraissait plus jeune. Elle faisait beaucoup de gestes en parlant, mettant en valeur des belles mains aux longs doigts effilés, chargés de bagues.

– Mon petit, j'ai décidé de me mettre entièrement à votre merci. Voyez-vous, en ce moment je traverse une mauvaise passe... – Une fois de plus sa main élégante s'est posée sur mon bras. – J'ai un ami, un homme merveilleux, avec lequel je suis en termes disons, très... Comment dit-on dans votre langue ?

– Intimes ?

Elle a éclaté de rire.

– Intimes, nous le sommes, bien sûr. Mais nous avions également une vie de couple, pourrait-on dire, et ce depuis longtemps. Depuis toujours, en fait. Du lundi au vendredi. Le weekend, jusqu'à il y a peu, il le passait dans sa magnifique demeure de Sardaigne où vivent ses deux fils et ses trois filles. Ce sont ces dernières que je redoute le plus. Elles me détestent. Or, il y a trois mois cet homme a été victime d'une crise cardiaque qui l'oblige à rester là-bas, en Sardaigne.

Elle a posé ses beaux yeux sur moi en feignant de paraître très affectée. Sans grand succès, je dois dire.

– Et comme c'est un homme honorable, il tient à me mettre à l'abri du besoin.

– Bien entendu.

– Mais maintenant qu'il est diminué, voire en danger de mort, il craint que ses enfants, qui ont repris ses affaires en main, ne découvrent la somme qu'il me réserve. Après sa disparition, ils pourraient tenter de se la réapproprier. Il cherche donc le moyen de travestir sa générosité en… Comment dit-on… ?

– En blanchissant cet argent.

– Voilà. Vous n'y allez pas par quatre chemins, Naomi. Cela me plaît. Vous m'inspirez confiance. Accepteriez-vous de me rendre ce service, moyennant une petite rémunération pour votre peine ?

– Ma « petite rémunération » s'élève à cinq pour cent.

Elle a soupiré imperceptiblement. De soulagement ou, de regret ?

– De quelle somme s'agit-il, Carla ?

– Un million de dollars pour commencer.

– Et quelle forme prendra cette donation ?

– Elle sera versée en dollars et en liquide. Naturellement, il pourra y avoir d'autres versements.

– Je devrais pouvoir vous aider. Il n'est pas très difficile de convertir cet argent en chèque libellé en devises, mais le plus important est de faire croire que vous vous l'êtes procuré par vous-même.

– C'est aussi ce que dit mon ami.

– Je vais réfléchir. Quand pensez-vous avoir besoin de moi ?

– Dès que vous serez prête.

– Une dernière question. Dans quel domaine exerce votre ami ?

– Cela a-t-il vraiment de l'importance ?

– Cela m'aiderait à échafauder un plan.

– Eh bien, dans des domaines divers... Le commerce maritime, le commerce de gros, la distribution, tout cela pour des produits variés. – Elle a eu un geste qui englobait le monde entier. – Je vous ferai expédier la somme. Donnez-moi votre adresse. Mais d'abord... Venez, mon petit. Je vais vous présenter à mes amis.

Je lui ai donné ma carte de visite et elle m'a conduite vers le groupe d'hommes au bord de la piscine. Ils ont été à peine polis. Mais la conversation tournait autour de la spéculation sur les monnaies, sujet que je possédais parfaitement. Alors j'ai émis de temps en temps un petit commentaire tout en guettant les réactions et en mémorisant les noms, les visages, les accents, les attitudes caractéristiques des uns et des autres pour que mon père établisse leur véritable identité. Avec un peu de chance, le serveur qu'il soudoyait lui procurerait également leurs empreintes digitales.

Physiquement, chacun de ces hommes était une caricature de truand. Bizarre... Les flics avaient toujours une tête de flic, les croque-morts aussi. Vraiment curieux.

Voyons... Dans ce cas précis, qu'est-ce qui sentait la pègre à plein nez, chez mes interlocuteurs ? Leurs yeux de prédateurs ? Leur visage prématurément ridé ? Mais je me trompais peut-être... Loin d'appartenir à la mafia, celui-ci était peut-être mon propre banquier ! *C'est peu probable, mais le cas échéant il faudrait que je transfère mes fonds ailleurs,* ai-je songé en souriant intérieurement. Je me suis attardée jusqu'à une heure du matin, puis je suis rentrée chez moi.

Quelle que soit l'heure, je ne manquais jamais de faire mon rapport à mon père par e-mail. Depuis quelque temps, mes messages exprimaient la crainte que le plan n'échoue, mais il me faisait invariablement la même réponse : « Sois patiente, ils ne tarderont pas à mordre à l'hameçon. » Ce soir-là, j'avais enfin une avancée importante à lui annoncer. J'allais blanchir un million de dollars pour Vittorio Cassellari, l'homme qui avait déposé la même somme sur le compte de Wolf à Sarajevo. Enfin on tenait quelque chose.

53.

Il était plus de minuit. Je hantais mon territoire habituel en feignant de me passionner pour les jeux d'argent. Alors que j'empochais des jetons, un serveur m'a apporté un martini sur un plateau.

– Mais je n'ai rien commandé.

– C'est de la part de ce monsieur, là-bas. Il m'a demandé de vous remettre également ceci.

C'est là que j'ai aperçu David. Il m'a lancé un clin d'œil, puis il a vivement tourné la tête ; j'ai fait de même, mais ce bref contact a suffi à accélérer mon rythme cardiaque et à rendre mes gestes moins assurés. J'ai maladroitement déplié le billet. « Il faut que je vous voie. Rendez-vous au port de plaisance. Un yatch appelé *La Belle* est amarré juste au-dessous de l'arrêt d'autobus. Je vous y attendrai. » J'ai griffonné : « D'accord ! » en grosses lettres en travers de ce qu'il avait écrit, et demandé au serveur de transmettre.

Rien ne pouvait plus m'empêcher de le rejoindre. Je suis sortie dans la nuit et j'ai marché sans me presser, en savourant l'odeur fraîche de la brume marine. À minuit, à Monaco, seules les hauteurs environnantes étaient plongées dans l'obscurité. Partout les lumières clignotaient sous le ciel bleu sombre.

Pourquoi fonçais-je tout droit retrouver David ? Sans doute parce que j'en avais assez de soupirer de loin après lui, avec tout ce que cela entraînait de nuits sans sommeil, de rêves érotiques et de passivité due au manque d'amour, ce triste état où même les joies deviennent insipides. Oui, j'en avais vraiment assez.

Je l'ai trouvé accroupi sur un tas de planches. Aussitôt il m'a serrée contre lui.

– Vous ne pouvez pas savoir à quel point vous m'avez manqué, Naomi.

Ajouté à la violence de ce désir, ce visage familier qui m'était déjà si cher m'a fait un effet insoupçonné. Tout à coup, je ne maîtrisais plus mon émotion.

– Venez vite, a-t-il soufflé en agrippant ma main pour m'entraîner sur la passerelle. – Une fois à bord, il m'a attirée dans une cabine avant de soulever maladroitement ma jupe tant il était impatient. – J'ai failli devenir fou quand tu es partie, Naomi. Je t'aime, tu sais. Je t'aime !

– Je t'aime aussi, me suis-je entendue murmurer.

Nous avons fébrilement ôté nos vêtements. Ma propre fougue me coupait le souffle. Puis nous nous sommes abattus sur le lit dans les bras l'un de l'autre, lèvres et langues mêlées, corps étroitement enlacés.

– Naomi, ma chérie..., a gémi David.

Après, j'ai niché ma tête au creux de son épaule et je l'ai regardé amoureusement, en regrettant que cette nuit ne puisse durer toute la vie. J'étais triste par avance à l'idée des mensonges à venir et de l'abîme qui nous séparerait à jamais, lui et moi.

Seigneur, aidez-moi ! Il n'y a pas de place pour l'amour dans ma vie.

Je suis restée longtemps dans cette position, blottie contre David, sans la moindre envie de parler, consciente que nous avions atteint un point de non-retour.

Nous avons fait l'amour à plusieurs reprises cette nuit-là, mais l'aube m'a rendu l'usage de mes facultés. Je me sentais moite, sale et folle de rage contre moi-même. Avais-je donc perdu la tête ? Je me suis assise dans le lit et j'ai lancé à David un regard noir.

– Oublions ce qui s'est passé, veux-tu ?

– Jamais.

– Entre nous, il n'y a que du désir. Tu ne sais pas qui je suis. Je ne te connais pas non plus. Cette erreur ne se reproduira pas.

Nous nous sommes dévisagés d'un air mécontent. Je n'avais encore jamais vu David aussi tendu, aussi préoccupé. Il ne cessait de passer ses mains dans ses cheveux courts et hérissés en me lançant des regards éperdus.

– Tu es sûre que c'est ce que tu veux, Naomi ? Tu vas te mentir longtemps, comme ça ? Tu es amoureuse de moi, regarde donc la réalité en face.

– Je vais prendre une douche. Où est la salle de bains ?

Il m'a indiqué une porte matelassée de tissu rose, lui-même tissé de fil d'or.

– À cette heure matinale, il y a vraiment de quoi vomir, ai-je commenté devant ce spectacle. – Pour la première fois j'ai examiné le décor. – Quelle horreur !

La pièce était immense, le lit surdimensionné, la décoration entièrement rose et or, dans le genre extrêmement voyant.

– Le lit était moelleux, non ?

La Belle était un yacht de croisière qui avait dû coûter des millions.

– À qui appartient ce bateau ?

– À un armateur syrien qui le loue ; donc, pour l'instant il est à moi.

– Comment m'as-tu retrouvée ?

– Pas très difficile. J'ai d'excellents contacts dans les milieux bancaires. J'ai repéré ta trace grâce à un chèque émis à l'ordre du garage où tu as acheté ta décapotable. Je me suis dit : Monaco est l'endroit rêvé pour côtoyer les truands qui cherchent à blanchir leur argent. J'ai décidé de t'y attendre tous les soirs pendant une semaine. Je n'en étais qu'à ma seconde tentative.

– Bien joué, ai-je conclu succinctement.

Dans la salle de bains, j'ai fait le point. Je m'étais conduite de manière très imprudente. Cela ne se reproduirait décidément pas. J'ai fusillé du regard mon reflet dans la glace. Espèce d'idiote ! Qu'est-ce qui primait, la vie de mon fils ou une aventure sentimentale ? Mes yeux se sont emplis de larmes ; je ne me voyais même plus dans le miroir.

J'ai pris une douche brûlante, puis je me suis rincée à l'eau glacée tant était grand mon besoin de me châtier, de me purger de mes satanées faiblesses. Tout en me passant un peigne dans les cheveux, j'ai essayé de comprendre comment les choses avaient pu si mal tourner. J'ai trouvé la cabine déserte, mais au moment où j'allais m'éclipser David a réapparu avec du café fumant.

– Merci, j'en ai bien besoin. Écoute, David. Je crois que je progresse dans mes recherches. Enfin ! Une dénommée Carla me prie de blanchir pour elle un million de dollars. Elle doit me remettre la somme en liquide ce soir même. Or, avant-hier au casino j'ai fait la connaissance d'un homme appelé Sergueï Romanovitch, que j'ai accompagné chez lui. Il voudrait qu'on fasse équipe, lui et moi ; je suis censée utiliser l'argent de ma cliente pour acheter des bijoux russes anciens à mettre aux enchères à Londres. Ce qui permettrait à Carla de recevoir un chèque de la salle des ventes en échange de ses dollars cash.

– Carla comment ? a-t-il demandé avec brusquerie.

– Carla Maria Lo Bello. Sergueï prétend ne pas disposer du liquide nécessaire pour acquérir les bijoux dans l'immédiat. Ils dit aussi que le négociant fera monter les prix s'il sait qu'il a affaire à lui.

– Et s'il te tend un piège ? S'il fait en sorte que tu achètes un faux ? Il est peut-être complice avec le vendeur. Cette femme est liée à un des plus gros trafiquants de drogue européens. Imagine que tu perdes son argent ! Non, cette histoire ne tient pas debout, on te tend un piège. Ne te mêle pas de ça.

– Il le faut.

– Idiote ! Comment peut-on avoir la tête dure à ce point ? Faut-il que je te supplie à genoux ?

– Pourquoi pas. Écoute, David. Tôt ou tard je rencontrerai quelqu'un qui me mènera à… l'homme qui nous a pris dans ses filets.

– Peut-être, mais qu'est-ce qui te différencie de lui, finalement ? Tu enfreins quotidiennement la loi en étant sûre de ton bon droit. Sous tes airs angéliques, a-t-il poursuivi, attristé, tu es tout le contraire d'un ange, au fond. Tu te mets au service de criminels de la pire espèce, et en plus tu en retires un bénéfice non négligeable.

– Dans mon cas, la fin justifie les moyens, ai-je répliqué d'un air contraint.

– La fin ne justifie *jamais* les moyens. Combien va te rapporter le marché conclu avec ce Sergueï et cette Carla ?

– C'est mon affaire.

– Moi, c'est de *toi* que je fais mon affaire. Je suis fermement décidé à te prouver ton erreur. Ne t'étonne pas que je n'aie plus confiance en toi, Naomi. Tant de mensonges, tant de cachotteries, et en fin de compte tant de bénéfices...

– Comme ton indignation est vertueuse ! Je te l'ai dit : la seule chose qui compte pour moi c'est de retrouver... Anselmo.

– Aux fins de représailles ?

– Entre autres.

– Pour rentrer dans tes frais ? Récupérer ce que tu as perdu ?

– On peut dire les choses comme ça.

– Rien ne peut justifier ce que tu t'apprêtes à faire.

Un de ces monstres élève mon fils, David. Il faut que je le reprenne, et vite. Comme justification, cela me suffit amplement.

– Je suis persuadée du contraire.

– Tu tiens donc tant que ça à te venger ?

J'ai hésité. Puis :

– Oui.

Encore une fois j'étais tentée de tout lui dire, mais le bon sens l'a emporté.

– David, ai-je repris avec précaution. Si tu savais que j'agis dans l'illégalité à cause d'une tragédie que j'ai vécue, tu m'aiderais ?

– Pas si cela implique de blanchir l'argent de ces individus.

– L'amour n'est donc pas inconditionnel ? Pas question d'enfreindre la loi, même pour m'aider dans un projet qui a plus d'importance à mes yeux que ma propre vie ?

– Non.

– Et si les jours de ton enfant étaient en danger ? Tu te croiserais les bras ?

– C'est inutile, Naomi. Jamais je ne céderais aux exigences d'un criminel.

– Eh bien, tu as encore beaucoup de choses à apprendre.

La tristesse pesait sur mes épaules. David l'a vu et cela l'a mis en colère.

– N'essaie pas de m'embobiner. C'est la cupidité qui te motive et rien d'autre. Tu veux de l'argent, tu veux récupérer ce qu'Anselmo te doit. Ma parole, tu en arrives à croire aux fables que tu te racontes ! Cet homme, je peux le retrouver, je te l'ai dit. Si c'est la vengeance que tu veux, je te promets qu'il ira en prison pour le restant de ses jours. Laisse-moi faire. Tu peux m'assister, si tu le souhaites.

– Non, David. Tu n'aurais pas dû chercher à me revoir.

Il a absolument tenu à me raccompagner à ma voiture pour me dire adieu. J'ai pris le volant en combattant des émotions contradictoires : honte, sentiment de culpabilité, compassion… Si seulement je pouvais me confier à lui ! Mais non. Nous n'avions pas les mêmes priorités.

Les craintes de David envers Sergueï se sont révélées infondées, même si j'ai eu quelques inquiétudes au moment de remettre le million de Carla entre les mains d'un joaillier de Prague contre le fameux collier et un certain nombre d'autres pièces de choix. Tout s'est déroulé sans incident et j'ai pris le premier avion pour Heathrow avec autour du cou une parure de diamants et rubis au motif exquis, entre autres bijoux précieux, le tout ayant appartenu à la princesse Marie de Hesse.

Je me rongeais les ongles en me jurant de ne plus jamais offrir davantage d'argent que je ne pouvais en rembourser au cas où on me refilerait un faux et où Sergueï et son vendeur s'envoleraient avec l'argent de ma cliente. Mon mot d'ordre serait désormais : peu à la fois, et le moins souvent possible.

Le whisky bien tassé que je me suis accordé n'a pas réussi à dissiper mon anxiété. Et si je m'étais fait avoir ? L'arrangement proposé par Sergueï était trop beau pour être vrai…

Lors de la vente aux enchères, les bijoux ont atteint quatre millions de livres sterling. J'ai prélevé mon pourcentage, qui comprenait ma part des bénéfices réalisés par Sergueï, et encaissé cinquante mille livres. Pas mal, pour deux jours de travail. Cet argent, je l'ai aussitôt mis de côté pour, plus tard, rembourser mon père.

Le lendemain soir, quand j'ai remis à Carla son chèque tiré sur une grande salle des ventes londonienne, elle a eu l'air très satisfait.

– Mon ami dispose d'autres sommes dont vous pourriez vous

occuper, m'a-t-elle soufflé en se penchant tout près de moi de telle manière que ses cheveux ont frôlé ma joue et que j'ai à nouveau humé son merveilleux parfum. Cette fois, il s'agirait de dix millions de dollars. Pouvez-vous vous en charger ? L'inquiétude se lisait dans ses yeux.

– C'est un jeu d'enfant, Carla.

– N'oubliez pas que c'est un homme très exigeant, très efficace, Naomi. Un perfectionniste. Il ne ménage pas ceux qui le déçoivent. Alors si vous n'êtes pas certaine d'être à la hauteur, abstenez-vous.

Elle semblait soucieuse, mais tout cela avait-il vraiment une quelconque importance pour elle ?

Sergueï ne m'avait pas menti. L'« ami » en question s'appelait bien Vittorio Cassellari, et j'étais invitée pour le week-end dans sa forteresse de Sardaigne.

54.

Une sensation de flottement m'a tirée du sommeil au moment où le Boeing d'Air France a entamé sa lente descente vers la Sardaigne. L'île émeraude a peu à peu émergé de la brume et le miroitement bleu foncé de la mer a viré au turquoise sous la lumière de l'après-midi à mesure que nous approchions des hauts-fonds du littoral. Quelques instants plus tard nous survolions les plages de la façade ouest, avec leur luxuriance d'hôtels pour millionnaires et de magnifiques demeures, le tout ponctué d'ovales bleutés signalant les piscines. Puis nous sommes passés au-dessus des monts vert sombre qui se dressaient à l'intérieur des terres tandis que les rayons obliques du soleil tardif jetaient mille feux dorés sur des rivières sinueuses aux flots tumultueux. Sur le versant opposé le soleil s'était déjà couché, et c'est au milieu d'ombres violettes que nous nous sommes posés à Cagliari.

– Je vous souhaite un agréable séjour, madame, m'a dit en souriant le fonctionnaire de l'Immigration.

N'ayant qu'un bagage à main, je me suis dirigée tout droit vers la barrière derrière laquelle un petit groupe de personnes attendaient les voyageurs. Un écriteau annonçait « Bienvenue à Naomi Hunter ». Il était brandi par un chauffeur en livrée à la carrure impressionnante, au teint tanné et à l'expression anxieuse.

– Bonjour, je suis Naomi Hunter.

– Bonjour et bienvenue. Moi, c'est Alberto.

Il m'a gratifiée d'une solide poignée de main calleuse qui m'a arraché une grimace. Sur son insistance, je lui ai donné mon sac de voyage et permis de prendre mon bras pour me guider vers la sortie à travers la foule de l'aérogare. Une Mercedes SL600 noire aux vitres teintées nous attendait sur un emplacement interdit au stationnement et gardé par un employé de l'aéroport. Il nous a salués.

Nous avons longé une route côtière bordée d'hibiscus, en direction du nord. Adossée à la banquette, je m'appliquais à refouler mes craintes en goûtant la beauté du paysage. Et comment ne pas admirer les superbes résidences devant lesquelles nous passions ? Le soir tombait, de petites lumières s'allumaient çà et là ; mais la brise parfumée restait tiède.

Alberto avait la nostalgie de l'ancien temps et m'en a largement fait part.

– Quand j'étais petit, il n'y avait pas de villas, pas de piscines. On pouvait se construire une cabane sur la plage et vivre heureux avec trois fois rien. Fini, tout ça. Enfin, c'est comme ça, c'est la vie moderne, hein ? Il y a de bons et de mauvais côtés.

Alberto était d'humeur à philosopher. J'ai eu droit à un interminable monologue débité sur un ton uniforme.

Trois quarts d'heure plus tard, nous avons décrit un virage en épingle à cheveux pour nous engager sur une petite route qui grimpait en pente raide à travers une forêt touffue. Nous avons fini par déboucher sur un plateau surplombant les arbres et la mer. Devant nous, une haute clôture en feuillard et un portail gardé par un vigile armé, flanqué d'un Rottweiler. Il a passé la voiture au détecteur, puis le portail s'est ouvert. Un mélange de fleurs de tabac, de chèvrefeuille et de verveine citronnée a assailli mes narines tandis que nous traversions un bosquet en direction d'une série de lumières clignotantes. Au passage j'ai aperçu des courts de tennis éclairés a giorno ; un groupe de jeunes gens assistait à la partie. Plus loin, les reflets azur d'une piscine aux dimensions olympiques.

La demeure, dont les murs étaient peints en rose, avait l'air gaie et animée, avec ses balustrades en surplomb et ses multiples recoins fleuris ou ornés de chérubins. À cela s'ajoutait des stores amarante et d'énormes urnes débordant de bougainvillées roses et écarlates. Les portes-fenêtres étaient grandes ouvertes et j'ai entendu un morceau de Mozart exécuté avec maestria. Je ne m'étais pas attendue à une maison aussi joyeuse, aussi charmante ; ma conscience calviniste s'est rebellée.

À peine étais-je descendue de voiture qu'une gouvernante à l'ancienne, toute de noir vêtu, est venue me saluer avec une déférence exceptionnelle. Elle m'a conduite, à travers une enfilade de corridors aux murs couverts de trésors artistiques, à une grande chambre à coucher donnant sur la piscine.

– Le matin vous aurez une vue imprenable sur la mer et les bois, m'a-t-elle annoncé dans un italien fortement teinté de dialecte. Je vous laisse vous changer. Voulez-vous que je vous fasse couler un bain ?

– Non merci, je vais me contenter d'une douche.

– Je défais vos bagages ?

Elle a considéré mon unique sac d'un œil désapprobateur.

– Non, je m'en chargerai.

– Ici, vous trouverez à boire. Je vous prépare un gin-fizz ? Autre chose ?

– Non merci, je n'ai besoin de rien.

Avec un soupir, elle a renoncé.

– On dîne à huit heures. Le signor Cassellari est à cheval sur la ponctualité. La salle à manger est en bas, à gauche de l'escalier.

Avec une drôle de petite révérence, elle a pris congé.

J'ai pris un citron vert dans une coupe de fruits, j'en ai pressé le jus dans un verre d'eau gazeuse et je suis allée m'asseoir sur la terrasse. La lune était un énorme globe doré suspendu au-dessus de la mer et de son propre reflet pâli.

– Naomi Hunter, ai-je fait tout bas. Je suis Naomi Hunter. Coriace, robuste et extrêmement compétente dans ma partie. Je m'apprête à pénétrer dans le saint des saints du plus gros narcotrafiquant au monde, mais je ne suis pas impressionnée pour autant. Tout ce qui m'intéresse, c'est le pourcentage que je vais lui demander quand il me mettra son marché en main.

Lorsque je me suis sentie prête à endosser mon rôle, j'ai décroché ma robe de son cintre et je suis allée prendre ma douche.

Vittorio Cassellari est venu m'accueillir à la porte de la salle à manger. C'était un petit homme extraordinairement simiesque, affublé d'une épaisse chevelure noire, de poils taillés qui lui sortaient des oreilles, de sourcils qui se rejoignaient et d'un front granuleux plissé comme le cuir ; la partie inférieure de son visage était mangée par une barbiche noire. Son regard pétillait d'énergie et d'une intensité farouche. Ses pupilles brunes tranchaient sur un blanc d'œil singulièrement lumineux, et on avait l'impression qu'elles n'étaient pas à leur place dans son visage.

– Ah, chère mademoiselle Hunter ! Quel plaisir de faire votre connaissance, jeune dame – et quelle surprise ! – Il s'exprimait d'une voix grave, sans trace d'accent italien. Il m'a entraînée dans une pièce dont la décoration bleu et blanc était aussi onéreuse que distinguée. – Comment peut-on être à la fois aussi séduisante et aussi avertie ? a-t-il ronronné. Carla m'a parlé de l'aide précieuse que vous lui avez apportée. Vous m'avez épargné des embarras considérables. Je sais me montrer reconnaissant, comme vous l'apprendrez. Je peux vous procurer beaucoup d'affaires à traiter, vous savez ; mais nous en reparlerons.

Les convives se tenaient sur la terrasse, à l'exception d'un homme qui, à l'autre bout de la pièce, inclinait une carafe en cristal taillé au-dessus d'un verre de sherry.

– Boris, venez que je vous présente Ms Hunter, a lancé Cassellari en le prenant par le bras.

L'homme s'est retourné d'un coup... et je me suis retrouvée nez à nez avec l'intrus au regard d'acier qui avait abattu Brigit, une éternité plus tôt, dans une autre vie, là-bas, à Constantia.

– Naomi, je vous présente Boris Borovoï.

Les jambes muées en plomb, rictus aux lèvres, j'ai fait quelques pas pour aller lui serrer la main. Il a plissé les yeux et ses lèvres ont esquissé un imperceptible sourire.

Se souvenait-il de moi, au bout de deux années ? Nous nous étions vus à peine quelques minutes, mais personnellement, elles étaient restées gravées dans ma mémoire. Bien sûr, il faisait nuit, et le bureau était mal éclairé...

– Enchantée.

Avais-je surpris une lueur ironique dans ses yeux ? Non, ce devait être l'effet de mon imagination. S'il me reconnaissait, allait-il me démasquer ? Oui, sans aucun doute.

– Nous nous sommes déjà rencontrés, miss Hunter. Vous vous rappelez ?

– Non, je ne vois pas.

Ma voix était mal assurée.

Ça y est, il allait vendre la mèche ! J'étais perdue ?

– Ah bon ? Où ça ?

Cassellari se donnait des airs patelins, mais je ne devais pas m'y fier. J'ai réprimé un frisson.

– Au casino, il y a quelques jours. Vous avez eu beaucoup de chance, et je vous en félicite, miss Hunter.

Sur ces mots, il a tourné les talons. Pourquoi me protégeait-il ? Et combien de temps sa résolution tiendrait-elle ?

55.

– Par ici, Naomi. Tout le monde est sur la terrasse. Il y fait merveilleusement bon à cette heure de la journée.

Cassellari m'a attirée vers la porte avant de se retourner pour s'entretenir avec la gouvernante.

J'ai marqué une hésitation. L'odeur du vieux sherry et du whisky pur malt, le luxe environnant et la magnifique tenue de Carla (sans parler de ses bijoux) me donnaient la nausée. Tout cela était fondamentalement immoral. En réalité, j'avais affaire à la lie de la société. J'ai reporté mon regard sur l'eau et le reflet chatoyant de la lune. Çà et là, quelques points lumineux signalaient des yachts croisant au large. Fleurs et plantes exotiques embaumaient l'atmosphère d'une grande douceur. *Il n'y a pas de justice en ce monde,* me suis-je dit non sans amertume.

Manifestement ravie, Carla a souri et m'a fait signe de la rejoindre. Je n'aurais pas dû m'étonner de sa présence. J'avais compris depuis longtemps que l'histoire qu'elle m'avait servie était une pure fiction. Ce soir-là elle était particulièrement belle, régalienne dans sa robe de brocart à col montant et aux manches bouffantes. Comme dans un rêve, je suis allée lui serrer la main et saluer les personnes présentes, qu'elle m'a toutes présentées. Mais je sentais ma concentration défaillir. Le visage de Borovoï m'avait remis à l'esprit de manière terriblement évocatrice la nuit de notre affrontement. Je ne pouvais chasser l'image de Brigit gisant dans son sang.

Borovoï m'avait été décrit par le major Barnard comme un ex-agent du K.G.B., mais étant donné l'effondrement du système soviétique, il pouvait aussi bien être devenu banquier. À moins qu'il ne participe à l'entreprise de rapprochement russo-européenne des trafiquants de drogue. Ou alors, il était resté dans la police russe... Auquel cas il traquait peut-être Wolf comme moi. Cela faisait-il de nous des alliés ? J'ai décrété que non.

– Vous venez de frissonner. – Borovoï m'a effleuré le bras. – Vous avez froid, miss Hunter. Ici, en altitude, il fait assez frais le soir. On n'est pas habitué à cela en Australie, n'est-ce pas ? Venez, rentrons. Avec votre permission, signor Cassellari...

Il m'a entraînée à l'intérieur.

– Vous semblez plutôt effrayée, m'a-t-il soufflé à l'oreille. Il n'y a aucune raison à cela. Nous sommes à la merci l'un de l'autre, Mrs Möller. J'essaie de vendre une moitié de ma banque à Cassellari. Vous me comprenez ? – Il a raffermi son étreinte sur mon bras avant de me secouer légèrement. – Reprenez-vous.

J'ai jeté un regard par-dessus mon épaule, mais les autres étaient toujours sur la terrasse.

– Mr Borovoï, vous savez qui est Wolf Möller et pourquoi je le recherche. Alors si je vous aide, il faut m'aider aussi.

– D'accord.

Il enfonçait ses doigts dans mon bras.

– Lâchez-moi, sinon je refuserai de coopérer.

– Voilà qui est mieux !

Je me suis écartée et son gloussement moqueur m'a mise hors de moi. Sa banque ? Quelle banque ? Fallait-il en conclure qu'il n'avait plus de lien avec la police de son pays ? Rien de tout cela ne tenait debout.

Les autres nous ont rejoints, et nous nous sommes rassemblés autour d'une table en ébène le temps que Carla nous place. Elle-même était en face de moi, à la droite de Cassellari, tandis que j'étais à sa gauche. Venait ensuite le fils de Cassellari, Angelo le mal nommé, qui semblait âgé d'une quarantaine d'années. Yeux caramel, moustache copnquérante, cheveux gras et frisés, il ressemblait à son père et n'avait pas de quoi s'en réjouir.

À côté de lui, un certain Frans Aquitton, originaire de Panamá. Je l'ai observé à la dérobée en mémorisant ses traits en même temps que son identité : yeux bleus trop rapprochés, chevelure platine hérissée, bouche amère. Au bout de la table trônait le fils de Carla, Paolo, qui avait hérité de la beauté de sa mère avec un quelque chose de plus chaleureux, de plus sensuel, très attirant. Ensuite, presque face à moi, Cesare de Sica, un Italien de l'âge de Cassellari dont j'ai présumé qu'il était son conseiller financier. Le genre d'homme dont il fallait se méfier. J'ai noté ses yeux gris et rusés, son visage pincé et ses lèvres en perpétuel mouvement ; il souriait fréquemment et parlait peu, mais rien ne lui échappait. Pour finir venait Borovoï.

Il ne m'a pas fallu longtemps pour saisir qu'on me mettait à l'épreuve. Si je m'en sortais, je serais admise dans le cénacle. Dans le cas contraire, à la grâce de Dieu. Cassellari m'a souhaité pompeusement la bienvenue en portant un toast en mon honneur.

– Vous avez tous entendu parler de Naomi Hunter ici présente, qui a empoché la somme non négligeable de quatre millions de dollars au nez et à la barbe du F.B.I. et des banques. Vous vous demandez sans doute comment elle s'y est prise. Ma foi, moi aussi. Dites-nous donc, mademoiselle, comment vous avez réussi à échapper aux poursuites ?

C'était une question que j'avais prévue. *Ne pas s'expliquer, ne pas s'apitoyer,* tel était mon mot d'ordre. Cassellari et compagnie attendaient ma réponse.

J'ai souri avec une assurance que je ne possédais pas.

– En fait, c'est une erreur. Ça ne s'est pas passé comme ça. Ce n'est qu'une histoire créée de toutes pièces par la presse. Le F.B.I. s'en est rapidement aperçu et m'a relâchée.

Plaider non coupable, voilà une bonne stratégie défensive ! À la prison de Pollsmoor, tout le monde geignait constamment en se prétendant innocent.

– Toutes sortes de gens commettent ces erreurs-là, miss Hunter, a commenté Cassellari. Les généreux donateurs américains, à la hauteur de quatre millions, par exemple. C'est pour cela que le F.B.I. a mené une enquête.

Son petit numéro d'oncle bienveillant devenait un rôle difficile à tenir.

– Vous pouvez parler librement. Ici vous êtes entre amis.

Si seulement ! Il y a eu un long silence. Il fallait que je dise quelque chose. Pas d'autre solution. Je me suis laborieusement embarquée dans une explication boiteuse en référence à un événement qui ne s'était pas produit.

– La police ne trouvera jamais aucun lien entre les Friends of Unita et moi.

Comme personne ne semblait trouver cette affirmation satisfaisante, j'ai brodé.

– Le premier problème, pour le F.B.I., était de trouver ce lien. On était incapable de remonter la piste. On ignorait tout du récipiendaire final, comme de l'intermédiaire ayant ouvert les multiples comptes bancaires par lesquels ont transité les fonds.

– Apparemment, Ms Hunter ne souhaite pas divulguer ses méthodes personnelles, est intervenu Borovoï. Nul doute qu'elle a choisi une domiciliation avec le plus grand soin. Si, par exemple, elle a jeté son dévolu sur une banque privée russe, les autorités n'ont pas pu savoir qui avait ouvert les comptes, ni combien on y avait déposé. Ah, ah ! Je lis dans vos yeux que je brûle ! N'est-ce pas, miss Hunter ?

J'ai hoché la tête en essayant de prendre l'air fâché. Il m'avait à nouveau sauvé la mise. Pourquoi ?

Le dîner a été excellent : bisque de homard, terrine, perdrix rôties et pour finir des profiteroles, mais j'étais trop tendue pour le savourer. Au lieu de cela je grignotais en faisant de mon mieux pour éviter le pied d'Angelo, qui cherchait sans arrêt le mien, vite suivi par sa main passée sous la nappe.

Pendant que Borovoï vantait les mérites du système bancaire de son pays et sa démocratisation avancée, Angelo en a profité pour me souffler à l'oreille :

– Vous êtes très belle, Naomi. Vous m'excitez. On pourrait peut-être se retrouver plus tard ?

– Pour vous, il sera toujours trop tard.

Son pied a continué à frôler le mien.

La conversation s'est animée à mesure que le vin coulait ; naturellement, il était question d'argent, du coût et du risque accrus liés à son blanchiment. Les convives m'ont posé toutes les questions qui leur passaient par la tête hormis celle qui leur brûlait les lèvres, à savoir : *Est-ce que vous êtes bidon ou pas ?*

– Notre problème, a dit Cassellari en me regardant, c'est que les règles du jeu sont en train de changer. C'est de jour en jour plus difficile. Certains de nos meilleurs opérateurs sont en prison. Des hommes qui étaient à la tête d'entreprises puissantes et parfaitement légitimes. Y compris des agents de change à la bourse de New York. Quatre d'entre eux ont été condamnés récemment, avec des sentences allant de vingt à quarante années d'emprisonnement.

– C'est éminemment dissuasif, a reconnu de Sica. Qui voudrait prendre ce genre de risque ? Dernièrement, le F.B.I. a suivi la trace d'une série de mouvements de fonds à travers les États-Unis, puis toute l'Europe, en allant jusqu'à placer sur écoutes de grandes institutions financières.

– Prenez le cas de René Laurent, un de nos associés, a renchéri Cassellari. Son argent a fait plusieurs fois le tour du monde en quelques mois, et ils ont quand même réussi à lui mettre la main dessus. – Il a paru abandonner son anecdote en cours de route pour poser sur moi un regard soupçonneux. – Et malgré cela, vous, miss Hunter, vous avez surclassé tous ces gens.

C'était me signaler que je devais à nouveau présenter mes références.

– Il faut du savoir-faire en matière financière, voilà tout. Le problème est que s'il subsiste une trace écrite on peut presque toujours remonter la piste. En un sens, c'est un peu comme la chasse à courre. Le renard peut bien faire plusieurs fois le tour de la planète, pendant des années, en admettant qu'il ait la robustesse nécessaire, s'il laisse derrière lui une trace que les chasseurs peuvent suivre indéfiniment, comme votre associé, à quoi cela lui sert-il ? Non, ce que doit faire notre renard, c'est interrompre sa piste le plus souvent possible. La faire carrément disparaître en se tapissant dans un ruisseau, par exemple, ou en en remontant le cours vers l'amont, voire en grimpant dans un arbre. Ce qui n'est pas toujours une garantie de réussite, bien sûr.

– Si seulement c'était si simple, a répliqué Paolo, l'air plus méprisant qu'amusé.

– Qu'est-ce que tu en sais, toi ? a lancé Angelo, hargneux – et pas pour la première fois.

Ces deux-là ne s'aimaient guère. J'ai senti que je devais me donner plus de mal.

– Les services bancaires, financiers et boursiers laissent des traces écrites, et c'est ainsi que ces hommes se font prendre. Prenons par exemple une somme d'un million de dollars. En Afrique du Sud on peut s'adresser aux autorités régulatrices du marché de l'or et acheter pour un million de dollars de pièces d'or en liquide sans s'attirer de questions sur la provenance de l'argent, et repartir avec une valise pleine.

– Pas tout seul, a commenté Paolo.

– C'est vrai. Mais aucun ordinateur au monde ne sait vous suivre pas à pas quand vous ressortez des locaux. La piste est interrompue. On peut transporter ses pièces d'or n'importe où sans risque d'être suivi à la trace. Oui, la solution est de segmenter fréquemment la piste – en modifiant le montant, en changeant de monnaie, en diversifiant les canaux. Tout cela pour semer chez l'ennemi une confusion totale.

Apparemment, je reprenais le dessus. De Sica a acquiescé et, après avoir prudemment consulté son conseiller du regard, Cassellari a fait de même.

– Autre solution sans risque : déposer l'argent dans une des nombreuses banques privées qui ont poussé comme des champignons en Russie ou dans un des ex-pays frères. Par ailleurs, le Pakistan a récemment légiféré pour protéger le secret bancaire en cas de dépôt de devises. En Tchécoslovaquie, on compte cent cinquante banques nouvelles et pas de brigade de répression des fraudes. La Pologne offre un contexte stable, une monnaie convertible et la possibilité de transférer les capitaux à l'étranger.

Borovoï s'agitait.

– Messieurs, a-t-il déclaré, l'Europe de l'Est entière est une vaste blanchisserie ; alors pourquoi blanchir votre argent en Amérique ? C'est l'endroit le plus dangereux pour vous.

Il fallait que j'appuie ses propos. Je n'avais pas le choix.

– Personnellement, signor Cassellari, je choisirais la Russie. Il y a là-bas plus de mille banques privées nouvelles disposées à blanchir vos fonds sans poser de questions, et elles en sont tout à fait capables. Secret total garanti. Sinon, comment voudriez-vous qu'elles se procurent des capitaux étrangers ?

– C'est le transfert en Russie qui est dangereux. – Cassellari m'a lancé un regard désapprobateur. – Tôt ou tard il y aura une fuite, et alors pouf ! Terminé. L'attaque à main armée est devenue la norme, dans ce pays. Et puis, il y a le risque que la banque fasse faillite, ou nous escroque purement et simplement... Ajoutez à cela les extraordinaires moyens dont dispose la police pour lutter contre la délinquance, notamment financière, et vous obtenez un contexte extrêmement risqué.

– Les vrais gagnants sont ceux qui achèteront leur propre banque et créeront un service de transport de fonds du port maritime à leur établissement. Il n'est pas très difficile d'expédier les fonds à bord de navires dont vous êtes propriétaire, destination Odessa. Et il suffit de deux cent mille dollars U.S. pour s'inscrire au registre du commerce et ouvrir une banque à Moscou. Pour ma part, je recommande une association avec un citoyen russe. Je peux faire des recherches en ce sens, si vous voulez, et vous trouver le candidat idéal.

– Ce sont là de belles paroles, jeune dame. Mais nous verrons quel succès vous remporterez lors de notre première opération commune.

J'ai retenu mon souffle. Avais-je réussi l'examen ?

– Vous devez comprendre que les risques sont élevés, signor Cassellari. Le blanchiment d'argent représente la moitié de votre volume d'affaires. Cet aspect est aussi important que la source de l'argent. Je demande donc à percevoir dix pour cent de la somme traitée. Le double de mon pourcentage habituel.

Le pied d'Angelo a cessé de se presser contre le mien. Le fils Cassellari scrutait anxieusement l'expression de Vittorio.

Ce dernier a éclaté de rire.

– Vous êtes décidément une jeune femme ambitieuse, Naomi. – Je ne m'attendais pas à ce qu'il m'appelle par mon prénom. – Nous discuterons demain des termes de notre marché.

J'ai éprouvé un léger tressaillement d'inquiétude en plongeant mon regard dans ses yeux sans merci. Ruser avec lui, c'était encourir l'élimination pure et simple aux premiers stades du processus. Je remettrais toute l'affaire entre les mains de

Borovoï à la première occasion, mais entre-temps, je me servirais de ce projet pour sonder ses éventuels liens avec Wolf.

Cassellari m'a tendu la main par-dessus la table. Après une seconde d'hésitation, je l'ai serrée. Il m'a gratifiée d'un regard où l'admiration le disputait à la suspicion. Mais en tournant vers lui un visage faussement rayonnant, j'ai eu l'impression de n'y lire que de la méfiance.

Quand je suis descendue le lendemain matin pour le petit déjeuner, Borovoï était déjà parti. Cela m'a ôté un tel poids que j'ai même fait un tennis et des longueurs de piscine avec Angelo, ce qui avait l'avantage de le tenir quelque peu à distance. Le reste du week-end s'est passé en discussions avec Cassellari et de Sica sur des questions de stratégie et de rémunération. Nous nous sommes finalement entendus sur la perspective de transporter dix millions de dollars d'Odessa à Moscou, où je les déposerais dans une banque privée de mon choix.

J'ouvrirais, pour le compte de Cassellari, des négociations préalables à l'achat d'une autorisation d'exercer une activité bancaire à Moscou, une autre solution consistant à dénicher un associé. Cassellari et ses conseillers débarqueraient une fois les démarches préliminaires accomplies et prendraient le relais. En cas de succès je toucherais cinq pour cent du versement final. Ils m'ont mise en garde contre tout échec, et l'air était lourd de menaces.

J'ai repris l'avion pour Monaco certaine de progresser enfin vers mon but. J'avais du temps devant moi – ce que je détestais car dans ces cas-là, mes pensées se tournaient invariablement vers Nicky tel qu'il était la dernière fois que je l'avais vu, tout excité à la perspective de sa promenade à l'aéroport et de son goûter d'anniversaire.

– Maman va venir te chercher, Nicky, ai-je fait tout bas. Si Dieu le veut, je te retrouverai quelque part en Russie.

56.

Le soir de mon arrivée à Odessa, j'ai exploré la vieille ville, qui datait de l'époque vénitienne et était encore très belle. Je suis montée tout en haut de l'escalier rendu célèbre par *Le Cuirassé Potemkine* et, profitant de la vue plongeante sur le port et ses navires venus du monde entier, je me suis demandé s'il se pouvait que Nicky vive quelque part en Ukraine. Une espèce d'ivresse s'emparait de moi à l'idée que je me trouvais peut-être dans le même pays que mon fils, ivresse pourtant mêlée de désespoir car je ne savais pas du tout par où commencer mes recherches.

Craignant de manquer à l'appel en jouant les touristes, j'ai regagné ma chambre d'hôtel, bien décidée à n'en plus bouger. Et j'y suis effectivement restée des jours entiers, jusqu'à en perdre le sommeil : j'évaluais toute la nuit mes chances de retrouver Nicky, au petit matin, épuisée, je dormais une heure, puis tout recommençait. Je faisais monter mes repas, je passais des heures devant la télévision. Je n'avais de répit qu'au moment de connecter mon ordinateur portable pour envoyer à mon père mon rapport quotidien et lire ses messages à lui.

Le sixième jour j'ai été réveillée en sursaut par la sonnerie bizarre, haut perchée, du téléphone. Je ne savais plus où j'étais. Mais après une seconde d'affolement tout m'est revenu et j'ai cherché le combiné à tâtons.

– Allô ?

– Naomi Hunter ?

Une voix de femme.

– Oui.

– L'adresse que vous recherchiez est le 16, rue Petrovka. Demandez Mikhaïl Voy-na-kry-na. Venez tout de suite, s'il vous plaît.

Le nom m'a paru slave, certes, mais pas nécessairement russe. J'ai voulu lui demander comment il s'écrivait mais un déclic impersonnel a mis fin à la conversation. Je l'ai écrit phonétiquement en espérant l'avoir correctement mémorisé.

Pas trop tôt ! Mais pourquoi l'appel téléphonique tant attendu avait-il eu lieu un samedi ? Cela me laissait une sensation de malaise : j'allais devoir garder les devises jusqu'au lundi au lieu de les déposer tout de suite à la banque. Enfin, au moins pouvais-je passer à l'action, à présent.

C'était une belle matinée d'août où planait encore un reste de fraîcheur, et une légère brume blanche s'attardait au-dessus de la mer. En tenue de vacances – blue-jean, T-shirt et sandales –, j'ai hélé un taxi devant l'hôtel. J'étais aux anges de pouvoir enfin quitter ma chambre et rouler dans les rues de la ville. Songeant que j'allais m'attirer les soupçons du chauffeur si je débarquais les mains dans les poches sur les docks pour revenir avec deux grosses valises, je lui ai demandé de me laisser un peu avant ma destination finale.

La rue Petrovka, peu reluisante, longeait les docks ; je n'ai pas tardé à trouver le numéro 16, qui correspondait à un appartement en entresol guère plus engageant. Un homme attendait sur le seuil. Il était trapu, buriné, avec le regard matois, les lèvres charnues et le cheveu blond paille.

– Je suis Mikhaïl. Entrez, entrez. — Il m'a tirée par le bras, puis il a nerveusement inspecté les deux extrémités de la rue avant de refermer la porte. Alors seulement il m'a serré la main avec solennité. – Et vous ?

– Naomi Hunter.

– Soyez la bienvenue. Il faut faire vite.

Une femme basanée, aussi nerveuse que lui et qui devait être son épouse se tenait quelques pas en arrière ; elle l'a regardé d'un air méprisant me remettre deux valises de fabrication britannique, tout éraflées et couvertes d'étiquettes. J'ai exigé d'en vérifier le contenu, et je ne les ai refermées qu'après avoir acquis la certitude que la somme des billets de cent dollars se montait bien à cinq millions par valise.

– Très bien. Je vous félicite. Vous voulez bien m'appeler un taxi, Mikhaïl ?

– Nous n'avons pas le téléphone.

– Et les voisins ?

– Ma mission s'arrête là, a-t-il répondu en secouant la tête. Maintenant, à vous de jouer.

Sous mon regard incrédule, il est sorti en me laissant seule avec sa femme.

– Où puis-je trouver un téléphone, s'il vous plaît ?

Elle a froncé les sourcils.

– Pas parler anglais.

C'était faux, puisqu'elle m'avait parlé plus tôt – au téléphone, justement. Je reconnaissais fort bien sa voix.

Elle a claqué la porte dans mon dos pour bien me faire sentir qu'on était content de se débarrasser de moi.

Non sans inquiétude, j'ai pris la direction du plus proche arrêt d'autobus. J'avais entendu dire que des bandes armées écumaient les rues en extorquant de l'argent aux passants sous prétexte d'assurer leur protection ; résultat : les chauffeurs de taxi, par exemple, ne se déplaçaient plus sans une cartouche de cigarettes, une bouteille de vodka ou quelques dollars pour contenter ces « protecteurs ».

Pas trace de taxis – ni d'arrêt de bus, d'ailleurs. Il était onze heures passées, le soleil d'août atteignait le zénith et je transpirais abondamment. Je longeais une petite rue pavée qui montait en pente raide vers le centre ville ; comme je faisais une pause, une voiture de police s'est arrêtée à côté de moi.

– Madame est une touriste ? s'est enquis l'agent dans un anglais passable.

Manifestement, pour lui les touristes ne valaient guère mieux que les criminels du coin.

– Oui. Où puis-je trouver un taxi ?

– Pour où ?

– Mon hôtel, le Cosmopolitan.

– Je peux voir votre passeport et votre visa ? Il a examiné les deux avec une attention inquiétante. Vous être à Odessa cinq jours, pourtant pas bronzage. Vous quoi faire tout ce temps ?

– J'étais malade… Une intoxication alimentaire.

– Madame, vous monter dans ma voiture. Je vous emmène hôtel via poste de police. Milice pas loin.

Ce que je redoutais par-dessus tout était arrivé. Je me suis installée sur la banquette arrière pendant que mes valises prenaient place dans le coffre. Il fallait faire quelque chose !

– Écoutez ! Je me suis rapprochée de son oreille. La radio est coupée ? Je peux parler librement ? Vous devez savoir qu'il est parfaitement légal d'importer des devises étrangères en Russie. Votre pays a besoin de dollars. J'en transporte dix millions, dans ces deux valises. Mon travail consiste à les livrer au siège moscovite de la banque International Boukarine le plus tôt possible. Je suis sûre que cet établissement vous sera très reconnaissant de m'accorder votre protection.

– Madame être commissionnaire ?

– Oui, c'est exactement ça.

– Pas convenable pour femme sans armes, sans défense. En Russie, pas encore de loi contre dépôt grosses quantités de devises, mais nous poursuivons blanchisseurs d'argent. Vous prouver votre argent pas venir trafic de drogue. Je vous emmène à l'hôtel et nous téléphoner au directeur de banque après moi examiner contenu valises.

Je n'avais pas de doutes sur son identité – c'était bien un policier, pas un voyou –, mais dans ce pays, la police était parfois corrompue. Et s'il me volait mes valises ? Dans ce cas, je ne donnais pas cher de ma peau. Cassellari ne me le pardonnerait jamais.

Je me suis adossée à la banquette. Je tremblais. Pressentant que moins il y aurait de gens au courant, mieux cela vaudrait, je n'avais rien dit à Borovoï. De la part de Mikhaïl, ce refus de m'appeler un taxi était suspect. Peut-être avait-il averti la police. Sauf qu'il était lui-même un « commissionnaire » ; alors quel intérêt avait-il à me dénoncer ?

L'inspecteur Anatoli Joglo s'est présenté et a vérifié que les valises contenaient bien la somme annoncée ; dix minutes plus tard j'avais la certitude que Borovoï, Mikhaïl et lui étaient de mèche. Il m'a demandé les coordonnées de la banque, et une fois en communication avec le standard, il a voulu qu'on lui passe... Borovoï.

L'échange de propos a été bref et j'ai regretté de ne pas en saisir la teneur. Lorsqu'il a reposé le combiné, son attitude avait changé du tout au tout.

– Miss Hunter, j'ai décidé de vous aider.

Tu parles ! Il se servait au passage, oui ! Et largement encore. Je le voyais prélever des liasses entières dans une des valises.

– Mes gages, cinq mille dollars – avec accord directeur banque, a-t-il expliqué sans la moindre pudeur. Il rajouter cinq à Moscou. Moi être votre garde du corps, miss. *Mafiya* au courant transport de fonds. Vous pas en sécurité. Vous faire bagages, nous aller ailleurs. Je attendre en bas.

Il m'a fait une drôle de petite courbette désuète, mais son allégresse se lisait dans ses yeux.

Dès qu'il a eu le dos tourné j'ai appelé Borovoï.

– Il est effectivement inspecteur de police à Odessa, m'a informé ce dernier. J'ai vérifié. Quelqu'un l'a renseigné. D'ordinaire, les policiers de ce grade ne patrouillent pas dans les rues. Il vous attendait. Il a menacé de vous arrêter pour blanchiment d'argent si je ne rétribuais pas sa protection, donc nous n'avons pas le choix. Ces affaires-là ne sont jamais sans risques.

L'inspecteur Joglo m'a emmenée chez lui pour le week-end. Il habitait une maisonnette en bord de mer, à la périphérie de la ville. Sa femme, Theresa, m'a cuisiné de succulents petits plats, et ses deux enfants, un garçon de douze ans et une fille de dix, m'ont emmenée nager dans une jolie crique abritée. Je n'ai guère été surprise qu'« oncle » Mikhaïl vienne prendre l'apéritif le lendemain soir. Finalement, ça se présentait plutôt bien. J'étais impatiente de rallier Moscou. Le moment était presque venu de soutirer à Borovoï tout ce qu'il savait sur Wolf.

57.

Le siège social de la Boukarine occupait un immeuble de quatre étages près de la rue Piatniskaïa.

L'ascenseur étant en réparation, nous avons escaladé quatre volées de marches pour nous retrouver face à plusieurs vigiles armés dont l'air rébarbatif et autoritaire rappelait le temps du K.G.B. Ils nous ont barré le passage afin d'examiner nos papiers d'identité.

Puis une grande porte à deux battants s'est ouverte, livrant passage à un jeune homme au visage rose qui est venu serrer ma main, puis celle de Joglo.

– Vous avez l'argent ? m'a-t-il demandé dans un anglais quasi sans accent.

J'ai acquiescé.

– Naomi Hunter. Je m'attendais à voir M. Borovoï.

– Entrez, entrez donc. Toutes mes félicitations. M. Borovoï ne va pas tarder.

Il a fait mine de prendre les valises, mais Joglo s'y est cramponné.

– À Borovoï seulement. Être ordres.

Nous sommes passés dans un bureau hâtivement meublé : tables de travail en Formica beige à piétements d'acier, moquette neuve, reproductions hideuses encore dans leur emballage plastique et qu'on n'avait pas eu le temps d'accrocher aux murs, chaises mouchetées de bribes de polystyrène... De toute évidence, le mobilier avait été livré le matin même. La « banque-minute », quoi. J'ai tout de même noté de coûteuses rampes de spots au plafond, une grande sculpture moderne en métal, un tapis persan, des canapés moelleux, quelques tables basses supportant des vases, plusieurs ordinateurs et une batterie de téléphones. Encore un ou deux jours et cet établissement aurait de l'allure. Il inspirerait confiance à Cassellari, s'il daignait se montrer.

Même les secrétaires avaient l'air d'acquisitions récentes ; élégantes jusqu'à la pointe des souliers, elles n'avaient pu s'habiller que dans des grands magasins moscovites où l'on payait en devises occidentales. En outre, elles avaient dû prendre des cours d'amabilité souriante et se donnaient du mal, même si cela paraissait leur coûter.

Borovoï est entré en trombe.

– Chère miss Hunter. – Il m'a enserrée dans une étreinte d'acier. – Soyez la bienvenue, et toutes mes félicitations.

– Voici l'inspecteur Anatoli Joglo, mon ange gardien. Il voudrait retourner sur son lieu de travail le plus tôt possible.

Joglo a reçu ses émoluments, agrémentés d'une bourrade amicale et de promesses de collaborations à venir.

– Intéressant jeune homme, ma foi. On devrait lui confier l'organisation de nos futurs transferts de fonds. Il a les relations nécessaires, sans parler de l'expérience et du culot. Et maintenant, Nina, passons aux choses sérieuses. Si vous m'aviez annoncé votre arrivée j'aurais prévu quelque chose.

J'ai ri.

– Je vois, en effet, que nous n'étions pas attendus avant deux ou trois jours. Mais le mobilier n'a guère d'importance. Vous avez obtenu votre patente ?

– Tout est en ordre.

J'ai soupiré de soulagement.

Il ne restait plus qu'à conduire les négociations. Borovoï demandait une somme trop élevée pour une moitié des parts de sa banque, et mes talents de négociatrice ne suffisaient pas face à un homme qui connaissait ma véritable identité mais pouvait la révéler à tout instant. D'un autre côté, sa position était affaiblie par les renseignements dont je disposais de mon côté : il avait monté cette banque tout exprès, en quelques semaines, avec une mise de fonds de deux cent mille dollars pour le capital et la patente, plus la location de l'immeuble, les travaux de rénovation, le mobilier et tous les pots-de-vin qu'il avait dû verser afin d'accélérer la procédure administrative. Nous avons fini par nous entendre sur un million de dollars. Les neufs millions restants formeraient le premier dépôt de Cassellari.

J'ai rédigé le bordereau de dépôt, où signatures et cachets ont été dûment apposés ; mais je voulais bien plus. Dans cette nouvelle Russie, la plus dangereuse de toutes les activités criminelles se déroulait dans les milliers de banques privées de création récente. Des banques au capital insuffisant qui offraient de piètres garanties aux dépositaires. Comme celle de Borovoï, ce n'étaient souvent que des sociétés-écrans.

J'ai énuméré mes exigences, parlant et écrivant simultanément.

– Avant tout, il me faut votre signature sur ce récépissé, en tant que directeur de l'établissement. Ensuite, une lettre de votre main accusant réception des fonds. Et enfin, les certificats matérialisant les parts cédées à Cassellari pour une moitié de la banque. Les statuts de celle-ci sont-ils déposés ?

– Nina, Nina... Détendez-vous, voyons. On ne saurait parer à toutes les éventualités. La meilleure garantie de Cassellari, c'est sa réputation : celle de réduire instantanément à néant ceux qui cherchent à le doubler.

Avec un grand sourire, il s'est assené une claque sur le genou. Décidément, il en faisait trop. Je lui ai tendu la liste de mes desiderata.

– Autre chose. Vous n'avez sans doute pas oublié certaine soirée en Sardaigne. Nous avions conclu un pacte. J'ai tenu parole, alors maintenant, à vous.

– Vous allez être déçue, Nina. J'ignore absolument où se trouve Wolf Möller, et sous quelle identité.

C'était comme s'il m'avait décoché un coup de poing. J'en suis restée littéralement assommée et cela ne lui a pas échappé.

– Möller était un super-espion industriel, vous le savez. J'étais son officier traitant au sein du K.G.B., mais je ne l'ai jamais rencontré en chair et en os. C'était sa manière toute personnelle de procéder. Le contact de départ, celui qui nous renseignait sur les recherches stratégiques américaines, venait nous voir de sa part. Lui-même n'opérait que par téléphone, au début – et plus tard par fax et par e-mail. Les premiers temps, il utilisait beaucoup d'intermédiaires, on ne le voyait jamais. Mais il parlait parfaitement russe, aussi j'en ai conclu qu'il avait passé une partie de son enfance ici. Peut-être en Sibérie.

– Mais enfin, vous étiez dans la police et Wolf travaillait pour vous ! Vous n'avez donc pas su où le retrouver quand il a disparu ?

– Son réseau s'est effondré en même temps que l'Union Soviétique. Comme nous ne pouvions réunir les fonds pour le rémunérer, il a proposé ses informations aux Chinois – qui ont dû le rétribuer confortablement. J'aurais voulu empêcher cela à tout prix, mais il était trop tard. Je suis désolé de vous avoir fait du mal, mon petit. Jusqu'à tomber sur la photo de votre bambin, je vous croyais complices. Vous devez comprendre que nous tenions par-dessus tout à ce dernier lot de renseignements dénichés par Möller.

Sans prêter attention à ses excuses, j'ai poursuivi :

– Le major Barnard prétendait que Wolf avait été récupéré par un faux navire de pêche russe.

– Ce n'est pas ainsi que les choses se sont passées. Wolf Möller n'est jamais apparu en personne devant aucun agent russe. Depuis le début, c'est un électron libre qui ne fait confiance à personne. Nous pensons plutôt qu'il s'est échappé par la terre, via Le Caire.

Avec mon bébé ! Comment Nicky avait-il supporté ce périple ? Avait-il même survécu ? Tout à coup, j'en ai eu la nausée. Il fallait que je sorte. Je me suis forcée à lui serrer la main.

– Ce n'est vraiment pas grand-chose, par rapport à tout ce que j'ai fait pour vous, Mr Borovoï. Je vous considère toujours comme mon débiteur.

– Mais je reconnais volontiers ma dette envers vous. – J'ai eu droit à un baisemain obséquieux. – Je vous en prie, appelez-moi Boris. Nous sommes amis, non ?

Jamais je ne serais l'amie de cet homme, mais cela, je préférais le garder pour moi.

– Il me faut ces papiers pour Cassellari. Je les attendrai à Moscou le temps qu'il faudra.

– Excellente idée. Voulez-vous que je vous fasse visiter la ville ?

Je brûlais de décliner, mais ce n'était pas en restant enfermée à l'hôtel que je retrouverais Wolf.

Je suis restée à Moscou dix jours en tout, jusqu'à ce qu'on me remette les documents. Fidèle à sa parole, Borovoï m'a emmenée voir un ballet et un opéra, en plus de m'inviter généreusement à dîner dans les meilleurs restaurants.

Avant de repartir j'ai repris contact avec l'inspecteur Joglo. Il avait d'ores et déjà mis sur pied un service de transport rapide de capitaux entre Odessa et le siège social à Moscou. Décidément, Borovoï et lui étaient faits pour s'entendre. Je les ai laissés se débrouiller entre eux.

J'ai repris l'avion pour la Sardaigne, où j'ai retrouvé Cassellari la conscience tranquille. Et en effet, ses sbires et lui se sont montrés enchantés de leur nouvelle acquisition.

– Vous vous en êtes très bien sortie, Naomi. Maintenant que vous avez fait vos preuves, nous aurons pas mal de missions à vous confier. Il m'a remis mon chèque avec un geste théâtral.

Prenant mon courage à deux mains, j'ai décidé de lui soutirer les informations qui me faisaient cruellement défaut.

– Vous avez pensé à Sarajevo ?

– Sarajevo ? C'est où, ça ?

Ça s'annonçait mal.

– Mais bon Dieu, en Bosnie, voyons !

Il s'est renfrogné. Cet homme avait décidément de bien curieux principes. On avait le droit d'assassiner les gens, mais blasphémer, ça, c'était défendu !

– Je vous rappelle qu'il y a là-bas une guerre civile, Naomi.

– D'où l'intérêt d'y blanchir son argent. C'est l'argent de la drogue qui finance cette guerre. On y offre des taux d'intérêt très élevés pourvu qu'on investisse sur deux ans.

– Pas question ! Je dois pouvoir disposer de mon argent à volonté.

Cassellari me lorgnait d'un œil de plus en plus noir. Je l'exaspérais.

J'ai insisté.

– La Fondation transafricaine de développement, ça vous dit quelque chose ?

– Non.

De Sica m'a lancé un regard bizarre, mi-soupçonneux, mi-irrité.

– Et le nom de Wolf Möller ?

– À quoi on joue ? Aux devinettes ? Est-ce qu'on pourrait enfin parler affaires, Naomi ? Je voudrais vous soumettre une nouvelle approche. Il ne faut pas que mon argent transite tout entier par la Russie. Or, j'ai encore cinq millions à caser. Alors qu'est-ce que vous proposez d'autre ?

J'ai soupiré. Ce job me dégoûtait. Il était à la fois ennuyeux et dangereux, avec ses longues périodes d'attente suivies d'initiatives risquées. Mais il fallait bien que je joue le jeu. Cassellari m'amènerait jusqu'à Wolf.

– Quelque chose de nouveau. Je vous recontacte dans deux ou trois jours, quand j'aurai les idées plus claires sur la question, d'accord ?

Quelle joie de regagner mon appartement de Monaco où, depuis quelque temps, je commençais à me sentir chez moi ! J'ai consulté mes e-mails et trouvé un message de mon père.

Chère Nina.

Un détective privé américain pose des questions sur toi au village. Il a trouvé des photos au journal local, prises quand tu as remporté ce marathon en canoë. Il n'a pas encore eu le culot de se présenter ici. Avec l'aide de Wattling j'ai identifié son employeur. Il s'agit de David Bernstein. Simultanément, le Mossad enquête sur toi via les canaux officiels. J'ai demandé à Clive de divulguer certaines informations établissant un lien entre toi et les Services secrets britanniques. Pour toi, ce sera un rôle plus facile à tenir que celui d'escroc, vu tes liens avec DB. Il est clair que ce dernier te soupçonne de ne pas réellement être NH. Espérons qu'il s'arrêtera à l'explication « Services secrets » sans remonter jusqu'aux tristes événements d'Afrique du Sud. Fais bien attention à toi. Ton père qui t'aime.

J'ai éteint mon ordinateur et réfléchi au problème « David. » J'étais amoureuse de lui, cela ne faisait aucun doute, mais cet amour était teinté de honte et de scrupule. Je craignais – en fait, je redoutais plus que tout – qu'il ne me rejette à cause de mon passé. Je vivais dans la terreur de le perdre s'il apprenait que j'étais, ou que j'avais été, la femme de Wolf Möller, et que je le menais en bateau depuis le premier jour. Si seulement j'avais pu me confier à lui !

58.

Pour moi, bien pires que les aléas du blanchiment d'argent étaient les phases de distractions obligatoires. Il fallait qu'on me voie profiter de ma richesse, sinon je devenais suspecte. Je partageais mes loisirs entre les plages de Sardaigne et celles des Caraïbes, je me montrais dans les soirées huppées de Monaco, je gaspillais mon argent aux tables de jeu.

Chaque heure d'oisiveté m'était une torture, mais qui sait ? je pouvais me retrouver face à face avec Wolf. Il y avait un lien entre lui et Cassellari, cela au moins était sûr. Alors je fréquentais les amis de ce dernier, je me rendais à Tel-Aviv – ou ailleurs – avec la jet-set, rien que pour assister à un concert, j'évoluais dans les milieux à la mode... tout cela parce que ces occupations correspondaient au profil de Naomi. Dans ce milieu, on était fermement décidé à presser chaque minute de sa vie comme un citron pour en extraire jusqu'aux dernières gouttes de plaisir, et on vivait en permanence comme si l'on devait mourir le lendemain – hypothèse assez réaliste, d'ailleurs. Les invitations à dîner pleuvaient, sans parler des projections privées – que j'évitais car elles étaient le plus souvent à caractère pornographique, et très ennuyeuses – et des fêtes en tous genres, données à n'importe quelle heure du jour ou de la nuit. Je devais me montrer et, parallèlement, continuer à rechercher Wolf ; je suis donc devenue un oiseau de nuit, en ne m'autorisant qu'une heure de présence dans chaque soirée et en enchaînant celles-ci sans interruption jusqu'à l'aube.

Une brune qui avait dû être exquise mais offrait à présent un visage ravagé m'a abordée d'un air triomphant. « Très chère Naomi », a-t-elle vociféré. Qui était-ce donc ? Et où étais-je, déjà ? J'ai failli céder à la panique : je ne m'en souvenais pas.

Mon petit carnet était ouvert dans mon sac. Je l'ai consulté à la dérobée. Ah, oui ! À Monaco, au domicile – d'ailleurs somptueux – de la princesse Nabila, héritière d'une véritable fortune pétrolière. Elle m'a serré la main et, un bras épais comme une bûche passé autour de mes épaules, m'a entraînée vers les autres invités. J'ai été présentée individuellement à une série de négociateurs en djellaba et à deux ravissantes starlettes de cinéma qui avaient flairé le bon filon.

Des stewards en livrée servaient du rôti de bœuf, de la dinde, du caviar, des huîtres, de la langouste, des salades variées... Mais je n'avais pas faim. Je me suis contentée de grignoter des chips. L'astuce était d'être vue sur les lieux, mais d'en repartir seule. Au bout d'un quart d'heure je reprenais le volant pour m'acquitter du pensum suivant sur ma liste.

À trois heures du matin, comme je regagnais le parking d'une quelconque résidence de luxe, contente d'en avoir terminé, je me suis heurtée dans l'obscurité à Sergueï Romanovitch.

– Naomi, ma douce, j'avais renoncé à vous retrouver ! Mais la providence vient de frapper. Rentrez donc avec moi, j'ai un travail urgent à vous confier.

J'ai soupiré intérieurement en le laissant me conduire à sa voiture.

Une demi-heure plus tard je me laissais tomber dans un fauteuil de son bureau.

– Un petit martini avant de vous mettre au travail ?

– À quatre heures du matin ? Non merci. N'importe quoi sans alcool. Vous ne dormez donc jamais ?

– Pas souvent, non. Je n'ai pas besoin de beaucoup de sommeil. Vous n'allez pas me faire le coup de vous endormir ?

– Ça ne va pas tarder, mais je peux tenir encore. Soyons brefs, si vous le voulez bien.

Il m'a tendu mon verre en me souriant familièrement.

– J'ai un lit très confortable.

– Merci, mais non. Alors, de quoi s'agit-il ?

– Suivez-moi.

Il m'a désigné trois icônes accrochées au mur du fond.

– Régalez-vous, Naomi ! Personnellement, j'aime à les contempler quand je travaille.

Il y avait quatre emplacements en tout, mais le troisième était vide. Plus hautes que larges et plus grandes que la moyenne, ces icônes représentaient chacune une étape de la Nativité. Elles étaient belles, mais fendillées par l'âge. La première montrait Joseph et Marie suppliant l'aubergiste. Puis on voyait le nouveau-né dans sa mangeoire et les Rois mages lui apportant leurs présents. Sur la quatrième, particulièrement crue, les soldats romains massacraient des nouveau-nés. Les couleurs s'étaient assombries avec le temps, mais le sang restait écarlate.

– Comme vous pouvez le constater, il en manque une. Vous devinez ce qu'elle évoque ?

– La fuite en Égypte ?

– Exactement. Elles datent du XIVe siècle et viennent de Constantinople. Si je pouvais compléter la série, je posséderais un trésor d'une valeur inestimable. C'est pour cela que je vous ai amenée ici ce soir. J'ai des raisons de penser que l'icône manquante a été retrouvée en Turquie par un marchand moscovite. Je voudrais que vous alliez l'acheter pour moi à Moscou, et que vous me la rapportiez à Monaco.

– Pourquoi n'y allez-vous pas vous-même ?

– Je ne peux pas rentrer en Russie dans l'immédiat. Je suis recherché. C'est en partie pour cela que j'ai besoin de vous, outre votre inépuisable réserve de dollars. De plus, le marchand me connaît. Là encore, s'il savait qu'il a affaire à moi, le prix grimperait vertigineusement. Il sentirait bien à quel point je convoite son icône, car il sait combien la collection complète serait précieuse.

– Pourquoi moi ? Il doit exister des dizaines d'autres candidats possibles. Désolée de formuler des réserves, mais pour commencer, je ne parle pas russe. Ensuite, ce n'est pas mon domaine. Je ne vois pas le rapport avec le blanchiment d'argent.

– Détrompez-vous. Je suis sûr que Cassellari vous occupe à

plein temps. Il ne tient certainement pas à confier tout son argent aux Russes. Alors je dirais qu'il vous demande de savoir... disons, vous adapter.

– Ma parole, vous lisez dans les pensées, Sergueï.

– J'ai parmi mes clients le directeur d'une grosse galerie d'art américaine. Il paierait grassement la collection d'icônes complète, et son chèque pourrait vous être drôlement utile, non ? Alors je vous en prie, parlons affaires.

– Quels sont exactement vos liens avec Cassellari ?

– Secret-défense ! Écoutez-moi, Naomi. – Il a posé sa main sur mon épaule, le bras tendu, en me regardant dans les yeux. – Vous êtes trop curieuse. Dans notre partie, on ne pose que les questions strictement nécessaires.

– Ce qui est strictement nécessaire, pour moi, c'est de rester en vie, figurez-vous.

– Venez vous asseoir ici, à côté de moi.

Je me doutais bien qu'il me ferait tôt ou tard des avances, mais je ne m'attendais pas à ce qu'il passe aussi soudainement à l'attaque ; quant à la réaction de mon corps, elle m'a surprise aussi. Il m'a violemment attirée dans ses bras et ses lèvres se sont insérées de force entre les miennes tandis qu'il faisait passer ma jambe droite par-dessus son genou. Je me suis débattue, mais en même temps, je ressentais au creux de l'estomac des tressaillements d'excitation sensuelle. Il a raffermi son étreinte et fait glisser une bretelle de ma robe, découvrant un sein. Il était trop robuste, je n'arrivais pas à me dégager. Il m'a légèrement écartée de lui pour presser ses lèvres contre le bout de mon sein. L'espace d'un instant, il l'a tété comme un bébé. La sensation a libéré en moi des souvenirs déchirants en même temps qu'elle m'emplissait d'une brûlante vague de désir. Je l'ai frappé au visage, sans ménagement. Il m'a lâchée d'un coup pour se redresser en position assise.

– Pour qui vous prenez-vous ?

Je me suis rajustée pour essayer de défendre ce qu'il me restait de pudeur.

– Vous ne portez pas de soutien-gorge. Ça me plaît. En plus, vous avez les aréoles larges. Vous avez donné le sein, Naomi. Ça aussi, ça me plaît. Je vous trouve très excitante. J'aimerais faire votre portrait.

– Vous venez de commettre une regrettable erreur, Sergueï. Ma vie est soigneusement compartimentée. Je ne mélange jamais le sexe et les affaires.

– Dans ce cas, où va se porter notre choix ?

Il se moquait de moi.

Je m'en vais.

– Vous le regretterez autant que moi. – Il a tiré une enveloppe de sa poche. – Voici votre billet d'avion, le nom et l'adresse du marchand d'art, une réservation à l'hôtel et des *traveller's cheques* en dollars pour vos frais. Pour vous rendre chez votre interlocuteur, prenez un taxi, ne vous déplacez pas à pied dans ce quartier-là, surtout une fois que vous aurez l'icône. Enfin, la routine, quoi. Cela vous convient ?

J'ai hoché la tête.

Il a sorti du tiroir de son bureau un dessin en couleurs reproduisant la fameuse icône.

– Elle ressemble à ça. Ne vous en laissez pas refiler une autre. Vous voulez emporter la reproduction, ou vous préférez la mémoriser ?

– Donnez-moi quelques minutes. C'est vous qui avez dessiné ça ? J'ai emporté le croquis dans un coin mieux éclairé de la pièce.

– Oui.

– Bravo. Vous êtes sûr que les couleurs correspondent ? J'espère que vous ne vous contentez pas de *suppositions* quant au thème ?

– Oui, les couleurs sont fidèles, et non, je ne suppose rien. Écoutez, Naomi. Je vous prie de m'excuser. J'ai cru capter certains signaux de votre part, et... vous me pardonnez ?

Ses lèvres ont dessiné un sourire sardonique tandis que l'amusement faisait briller ses yeux.

– Du moment que vous vous mettez bien dans le crâne qu'il n'y a pas de place pour ce genre de chose dans ma vie.

– Je n'ai jamais rien entendu d'aussi triste.

Il me raillait ouvertement, à présent.

Il m'a raccompagnée sans un mot jusqu'à ma voiture. Il est

même descendu m'ouvrir la portière. Là, il m'a prise par la taille. Sans que je m'y attende ses lèvres ont effleuré les miennes, puis se sont pressées dans mon cou, et il m'a mordue.

– Cette nuit je rêverai de vous, Naomi.

Je l'ai repoussé avec colère. Je me sentais paradoxalement flouée, et j'avais conscience de m'être laissé prendre au dépourvu.

59.

Je me suis appuyée contre la paroi de l'ascenseur, heureuse de rentrer chez moi malgré la douloureuse migraine qui enserrait mon front. J'ai contemplé mon reflet hagard. *Je vieillis.*

Puis les portes se sont écartées et, cherchant ma clef dans mon sac, j'ai gagné mon appartement en toute hâte. Je n'aspirais qu'à m'écrouler sur mon lit et oublier le monde entier pendant au moins huit heures. Malheureusement, dès que je suis entrée j'ai vu qu'on m'avait précédée dans les lieux. Il y avait des vêtements pliés sur le dossier du fauteuil, et la crinière noire et frisée de David reposait sur mon oreiller. Réveillé d'un coup, il s'est assis dans le lit et m'a dévisagée en silence. Quelle fougue, mais aussi quelle circonspection dans ces yeux-là ! Je suis allée l'embrasser sur la bouche, puis je l'ai carrément étouffé sous mes baisers.

– Merci d'être venu.

Il m'a repoussée avant de prendre appui sur un coude.

– On peut savoir où tu étais ?

– Tu ne vas pas commencer ! – Je me suis redressée avec lassitude et je suis allée ôter mes bijoux, que j'ai déposés un par un sur la coiffeuse. Ensuite, j'ai enlevé mes chaussures. – Comment as-tu su où j'habitais ?

– Tu as accepté que je te raccompagne à ta voiture. À partir de là, pas très difficile d'obtenir ton adresse par ton numéro d'immatriculation.

– On ne peut pas penser à tout.

– Je crois surtout que tu n'es pas douée pour le subterfuge.

– Il s'est levé et m'a fait brutalement pivoter sur place. Il était nu. Prise par surprise, j'ai vacillé ; il m'a rattrapée et serrée très fort contre lui. J'étais agacée, mais les sens l'ont emporté. Il s'est mis à tirailler mes vêtements, l'air angoissé, et à faire glisser lui aussi les bretelles de ma robe. – Tu t'es fait peloter, j'en étais sûr. Je le sentais. Qui est-ce, et qu'est-ce qu'il t'a fait ?

– Dis donc, cesse ce petit numéro de mari jaloux, tu veux ? Qu'est-ce qui te prend ?

– Tu rougis ! Pourquoi ?

– Arrête, David. Sergueï m'a fait des avances, c'est tout.

– Menteuse ! Il m'a soulevé le menton du bout du pouce. Tu as vu ton cou ? Et ce téton, là ? Il t'a mordue. Tu mens, je te dis !

– Il était un peu trop sûr de lui. Peut-être parce qu'il est très sexy. Quand il s'est rendu compte que je n'étais *vraiment* pas d'accord, il a laissé tomber.

– Je ne sais pas pourquoi, mais je n'en crois pas un mot.

Il a voulu faire glisser ma robe, mais elle s'est déchirée. Une pluie de perles minuscules a crépité sur la coiffeuse.

– Mon Dieu ! Regarde le mal que nous nous faisons !

J'ai pris sa tête dans mes mains et je l'ai attiré à moi. J'avais besoin de sentir ses lèvres sur les miennes et, tout à coup, une bouffée d'amour menaçait de m'engloutir. J'ai enfoncé mes doigts dans sa chevelure. Il m'a soulevée de terre et emportée jusqu'au lit. Mes bras serrés autour de son cou, ma bouche pressée contre la sienne, j'ai senti mon désir faire voler en éclats toutes mes préventions et annihiler ma raison. J'avais faim de lui, de son corps, de son sexe, mais aussi de son esprit et de son amour. Je crois que je le lui ai dit, et j'ai même dû ajouter un « Je t'aime » au cours des ébats qui ont suivi une heure durant. Ou peut-être deux...

David sait-il qui je suis vraiment ? m'inquiétais-je, la tête nichée au creux de son épaule. Il se doutait de quelque chose, cela, j'en étais certaine. Quelle serait sa réaction, s'il apprenait la vérité ? Enfin, il y aurait des aspects positifs à être de nouveau moi-même. Je n'en pouvais plus de vivre perpétuellement dans le mensonge et jouer le rôle de cette égoïste cupide et dure à cuire pour qui les hommes n'étaient que des tremplins sur le chemin de ses ambitions.

– Ma chérie ?

La voix de David m'a tirée de mes pensées.

– Je te croyais endormi, David.

– Moi aussi je croyais que tu dormais ; et puis je t'ai entendue soupirer. Ces temps-ci j'ai du mal à dormir. Je ne cesse de m'en faire pour toi, nuit et jour. J'en ai mal au ventre. Je ne peux pas continuer comme ça.

– Pas de chance.

– Arrête de te faire passer pour plus dure que tu n'es. Je ne marche pas une seconde.

Dans la froide lumière du petit jour, le visage de David m'est apparu différent. Son regard exprimait toute sa tristesse, toute son inquiétude, et sa bouche arborait un pli amer. Mais je ne pouvais rien pour lui. Il était tombé amoureux d'une femme qui n'existait pas.

– Tu n'es pas obligée de te donner tout ce mal, tu sais. Écoute. J'y suis presque : je suis en train de rattraper ton ennemi. Donne-moi encore un mois. Je me suis mis en congé exprès. J'ai gardé mes anciens contacts au Mossad, et puis j'ai mon ordinateur. Si je reste à Monaco, c'est uniquement au cas où tu aurais besoin de moi. Une fois pour toutes, dis-toi que je suis avec toi dans cette histoire. Travaillons main dans la main. Dis-moi qui tu es. Fais-moi confiance.

– Tu te trompes de personne, David.

Exaspéré, il a passé sa main dans ses cheveux hérissés en prenant une expression si contrariée que ses fins sourcils noirs se sont rejoints.

J'étais triste pour lui, mais il ne fallait pas compter qu'il fasse, comme moi, passer le sort de Nicky avant tout, avant son vœu de traduire Wolf en justice.

– Je ne fais confiance à personne, l'ai-je informé.

Ses yeux se sont plissés de colère. Il a entrepris de se rhabiller. Puis il a ramassé ses clefs de voiture et marqué une pause sur le seuil.

– Après ce que tu as vécu, il est sans doute normal que tu sois un peu paranoïaque, mais tu devrais savoir où sont tes amis. Ne sois pas idiote, Nina.

J'étais soulagée qu'il parte. Quelle erreur de l'avoir aimé ! Il fallait au contraire que je chasse de mon esprit tous les sentiments susceptibles de l'encombrer, si je voulais retrouver mon enfant. Rien d'autre n'avait d'importance.

Il m'a fallu un moment avant de m'apercevoir qu'il m'avait appelée Nina.

60.

Juste avant le crépuscule, j'ai atterri à Cheremetyevo, l'aéroport international de Moscou. La température était plus fraîche que basse et les derniers feux du couchant nimbaient d'argent les bouleaux et les sapins des bois environnants. Tout était calme et paisible ; pas un souffle ne caressait les branchages. Autour de moi, les immenses étendues de Russie paraissaient sans fin, peut-être à cause de l'absence totale de relief. Pendant tout le temps que j'ai passé dans le hall d'attente nu, je n'ai pas vu décoller ou atterrir un seul avion. Ce silence donnait l'impression d'être à l'écart de toute civilisation.

Je savais déjà que les Russes ne riaient – voire ne souriaient – que dans des circonstances extraordinairement comiques, en tout cas jamais par politesse ; pourtant, cette indifférence austère me déprimait. Ceux à qui j'ai eu affaire ont tamponné mon visa sans même y jeter un coup d'œil et m'ont rendu mes bagages sans les inspecter, ce qui m'a un peu remonté le moral. Ma mission s'annonçait facile.

Comme Johannesburg, Moscou possède, vue de loin, un ciel nocturne caractéristique, magique, qui transmute en or pur ses bulbes, ses flèches et ses toits ; mais cette magnifique lumière a disparu quand le taxi a abordé les faubourgs, et une interminable enfilade d'immeubles sans charme a encore accru ma déception.

On m'avait réservé une chambre au National Hotel, auquel un réverbère à l'ancienne conférait des allures vaguement victoriennes même si, à l'agence de voyages, on m'avait assuré qu'il datait du début du siècle.

Sans s'arrêter à la réception, mon chauffeur m'a escortée jusqu'à la pièce réservée aux touristes étrangers. J'ai pris place devant un bureau face à une jeune femme assez mal habillée mais ravissante – cheveux auburn, teint diaphane, yeux brillants aux prunelles ambrées et grand front bien lisse. Elle m'a tendu ma clef avec gravité avant de m'exposer le règlement et les coutumes en vigueur à l'hôtel. À ma demande, elle m'a pris une place pour un ballet se donnant le soir même ce qui, d'ailleurs, n'a pas été sans mal. Puis elle m'a orientée vers un ascenseur délabré tandis que le portier suivait avec mes bagages.

La chambre était vaste et avait ceci de commun avec la maison de Sergueï que le plafond en était incroyablement haut – en fait, je n'en avais jamais vu d'aussi haut dans un hôtel. Aux fenêtres, de lourdes tentures en velours recouvraient partiellement des voilages en dentelle. Partout des napperons brodés, jusque sur le dossier des fauteuils trop rembourrés – là aussi on pensait à l'Angleterre victorienne. Mais quelle importance ? J'avais tout l'espace voulu, un lit confortable et une salle de bains – petite, certes, mais correcte. En outre, je n'ai pas tardé à constater que la cuisine était excellente. Je me suis donc préparée à attendre mon rendez-vous dans de bonnes dispositions d'esprit.

Le lendemain matin à onze heures je me suis rendue en taxi à l'adresse que m'avait donnée Sergueï. Nous sommes passés devant le musée de la Révolution, le musée Pouchkine, l'Operetta et l'auditorium Tchaïkovski, pour atteindre enfin la galerie Maximoff Gouroff, située à proximité de l'hôtel Métropole.

Les ennuis ont commencé quand Gouroff m'a présenté toute une série d'icônes dont aucune ne correspondait à la description fournie par Sergueï.

Au bout d'une heure j'ai commencé à m'inquiéter sérieusement.

– Ce n'est pas du tout ce que je cherche. Je vous ai pourtant dit que l'icône devait aller avec la décoration de la pièce.

Le galeriste a soupiré. Physiquement, il avait quelque chose du chien de chasse, à cause de ses yeux bruns injectés et soulignés de poches, de son air douloureux, de son visage allongé et ses bajoues.

– Mais madame, celle-ci est à la fois authentique et superbe. Elle a appartenu à la famille du Tzar.

Sur quoi il a entrepris de me détailler toute son histoire, avec l'enthousiasme du guide touristique fatigué qui répète pour la centième fois son petit laïus. C'était la vingt-quatrième icône qu'il me soumettait. Les unes après les autres elles m'avaient été apportées de l'arrière-boutique, déballées avec le soin qu'on réserve aux nouveau-nés, et cérémonieusement positionnées sur un petit support.

– Je ne doute pas qu'elle soit précieuse, mais je vous l'ai dit, moi, je n'y connais pas grand-chose. – J'ai reporté un regard dédaigneux sur une madone au sourire digne de la Joconde. J'aurais tant aimé l'acheter, au contraire ! – Ce que je recherche, c'est une icône qui rappelle les tons de la pièce – vert bouteille et violet.

Il a eu du mal à dissimuler sa rancœur, mais sa voix est demeurée posée.

– Pourquoi pas, au contraire, une œuvre dont les couleurs *tranchent* sur ce contexte ?

– Non, je veux qu'elle les *rappelle.*

– Ma foi, je crains de ne pouvoir vous satisfaire.

Manifestement, il lui en coûtait de me laisser repartir avec mes *traveller's.* Il avait l'air égaré et les coins de sa bouche charnue s'affaissaient progressivement.

– Il faut qu'elle soit coûteuse et parfaitement conforme à mes exigences, monsieur Gouroff. – C'était ma première grande mission, je ne voulais surtout pas échouer. – Si vous me trouvez quelque chose, je serai au National Hotel jusqu'à midi. – Un bref coup d'œil à ma montre. – Ciel, mais il est déjà tard ! Il faut que je retourne chercher mes affaires. Je pars aujourd'hui même. Ravie d'avoir fait votre connaissance, monsieur.

– Non, attendez ! Laissez-moi réfléchir. Il se peut que je trouve encore une icône qui s'inspire de votre remarquable décor.

Je l'ai dévisagé sans aménité, mais sans détecter d'ironie.

– Valia, a-t-il lancé à l'attention de son assistant. Apportez du café à madame. Cela va peut-être prendre un moment.

Il avait dû penser à une icône offrant la bonne gamme de couleurs… Pas trop tôt ! J'ai silencieusement béni Sergueï pour la fidélité de sa reproduction.

Une demi-heure plus tard Gouroff est revenu, toujours plus agité, toujours plus échevelé.

– Euh, si vous voulez bien me suivre, miss Hunter …

Une fois dans l'arrière-boutique, j'ai retenu mon souffle : j'avais sous les yeux l'exacte réplique de l'icône dessinée par Sergueï à mon intention, toute en délicates nuances vert bouteille sur fond violet foncé brumeux, avec çà et là d'infimes touches d'or. Même s'il en avait très bien rendu les différentes teintes, je ne m'attendais pas à une œuvre aussi belle, aussi prégnante. Cela m'a fait un choc. La Vierge Marie sur son âne serrait contre son sein l'Enfant Jésus tandis que dans la fuite, toute l'attitude de Joseph exprimait la peur et la hâte. J'ai vérifié les détails que m'avait précisés Sergueï : il y avait bien une clochette en or suspendue à l'encolure de la bête, un fil d'or ornait le voile de la Vierge et l'étoile du berger ainsi que la lune brillaient d'un même éclat dans le ciel bleu nuit.

Cette icône était dépaysante et attirante à la fois ; j'en suis illico tombée amoureuse. Mais je me suis vite reprise. Par le spectacle de mon adoration muette je venais certainement d'en augmenter le prix.

L'affaire a été rondement menée – je m'en tirais à mille dollars au-dessous du plafond que je m'étais fixé. J'étais toute guillerette. On m'a emballé la précieuse icône, qu'on a ensuite déposée avec mille précautions dans ma valise en la calant à l'aide de pulls et d'oreillers que j'avais apportés à cet effet.

De retour à l'hôtel, j'ai laissé la valise à la réception. Il me restait un peu de temps pour faire les magasins, ce qui ne manquait jamais de m'attrister puisque je n'avais que mon père et moi-même à qui faire des cadeaux. Dans la vitrine d'un magasin de jouets j'ai vu un grizzly en peluche robuste et souriant. Nicky aurait quatre ans dans trois semaines. Jouait-il encore avec des ours en peluche ? *Jouait*-il tout court ? *Mon Dieu, faites que je retrouve mon enfant...*

Le visage sillonné de larmes, je suis restée longtemps à contempler les jouets, pleurant à la fois sur lui et sur moi. Je perdais espoir de le retrouver un jour. Tout à coup, j'avais très froid. C'était une sensation très bizarre, comme si un courant d'air glacé m'enveloppait, m'étreignait tel un serpent qui resserrait progressivement son étreinte. Sans bien savoir ce que je faisais, je suis entrée dans la boutique.

C'était un ours remarquable, grand et fort, avec des yeux intelligents et une épaisse toison rugueuse – véritable, m'a-t-on appris. Raison de plus pour ne pas l'acheter. Pourtant, je me suis entendue dire : « Je le prends. Ce sera le cadeau d'anniversaire de mon fils. » *Un jour, je te le donnerai, Nicky, je te le promets. Même si tu es trop grand pour ça, un jour tu le serreras dans tes bras.*

En payant, je pleurais encore.

Pour me réconforter, et en pressant l'ours contre moi, je me suis dit que ce n'était pas de la folie mais de la pensée positive.

Huit heures du soir. Je m'étais présentée à Cheremetyevo avec suffisamment d'avance pour retirer mon billet et manger quelque chose. Une part de tarte salée, une bière, voilà qui m'aurait parfaitement convenu. Peut-être même *deux* parts de tarte. J'avais toujours froid et je me sentais tendue. J'ai pris ma place dans la file pour obtenir ma carte d'embarquement et enregistrer ma valise.

L'hôtesse m'a fait passer un formulaire.

– Lisez ceci, je vous prie.

Puis elle a reporté son attention sur l'écran de l'ordinateur.

C'était la liste des objets qu'on ne pouvait faire sortir du pays. Je l'ai fourrée dans ma poche, bien consciente d'être en infraction. Mais c'était la seule manière, pour moi, d'infiltrer la *mafiya.* Et puis, si les Douanes accordaient autant d'attention aux passagers en partance qu'aux nouveaux arrivants, je ne risquais pas grand-chose.

Mue par une impulsion, j'ai résolu de faire passer l'ours en bagage à main ; j'ai vu avec soulagement ma valise s'éloigner sur le tapis roulant. Il ne me restait plus qu'à patienter. Je me suis donc mise en quête d'un livre de poche et d'une cafétéria.

Quand j'ai franchi le Contrôle des passeports, il était presque neuf heures. Alanguie par la bière et la chaleur de l'aéroport, je ne pensais qu'au bonheur de rentrer chez moi. Mais l'officier prenait tout son temps. J'ai froncé les sourcils.

– Qu'est-ce qui ne va pas ?

Il a haussé les épaules et détourné les yeux.

Un autre policier est venu me prendre par le bras.

– Veuillez me suivre, miss Hunter.

Il m'a fermement escortée vers un bureau situé derrière le guichet de contrôle, et dont la porte annonçait « Renseignements » en cinq langues. J'étais envahie par une sensation d'irréalité.

– Veuillez attendre ici.

Puisqu'on détenait mon passeport, je n'avais guère le choix. Toutefois, on ne m'avait pas pris mon autre bagage à main, qui contenait mon ordinateur portable. Je me suis vite connectée à la prise de téléphone et j'ai envoyé un e-mail à mon père pour l'informer de ma situation et de mes craintes.

Au bout d'une demi-heure, un autre policier a fait son apparition.

– Qu'est-ce qui se passe ? J'exige la présence d'une personne parlant anglais. J'ai un avion à prendre, moi ! Vous parlez anglais, vous ?

– Par ici, madame, s'il vous plaît.

Il m'a fait entrer dans une seconde pièce où se tenaient trois hommes. Appartenaient-ils aux Douanes, eux aussi ? Un contrôle aléatoire, peut-être… Mais ma valise était ouverte sur la table, l'icône déballée et disposée sur mes vêtements. Malgré les circonstances, je n'ai pu m'empêcher de la contempler amoureusement.

– Elle est magnifique, n'est-ce pas ?

– Magnifique, en effet.

Je me suis retournée vers l'homme qui, derrière nous, venait de me répondre ; il était entré sans bruit dans la pièce. Petit, la tête carrée, aplatie sur le dessus et surmontée d'une touffe de cheveux noirs, il avait un front large et bombé et des yeux noisette qui me dévisageaient attentivement.

– Je suis le colonel Andreï Trenzine. Bonsoir, miss Hunter.

– Dieu merci, vous parlez anglais. Il y a un problème ? Pourriez-vous m'expliquer ce qui se passe ? Je ne voudrais pas manquer mon avion, voyez-vous.

– Le problème, c'est cette icône. Non seulement elle est très belle, mais en plus elle est volée, et par ailleurs unique. Tellement unique, en fait, qu'on n'a pas le droit de la faire sortir de notre Mère Russie. Vous êtes donc doublement en infraction pour recel d'objet volé et tentative d'exportation illégale.

– Mais je l'ai achetée aujourd'hui même ! Je l'ai vue dans une galerie, elle m'a plu, et voilà tout ! J'ignorais qu'elle était volée. J'ai ici un reçu comportant sa description.

– Pourtant, vous ne l'avez pas déclarée à la douane.

– Je ne savais pas que j'y étais tenue.

– Le formulaire qui vous a été remis au contrôle précisait bien qu'on doit énumérer toutes les œuvres d'art acquises au cours de son séjour.

– Écoutez, ai-je répliqué avec détermination. Je suis désolée, je n'ai pas lu ce formulaire. Je ne suis qu'une touriste, moi ! Cette icône était à vendre, je l'ai achetée, un point c'est tout. Le marchand aurait dû m'avertir.

– Où l'avez-vous achetée, s'il vous plaît ?

Une brève hésitation.

– Dans une galerie proche de mon hôtel. Le reçu est dans mon sac. Il en porte sûrement le nom. L'icône allait bien avec les couleurs de mon salon, alors je suis entrée et je l'ai achetée ! J'exige qu'on me rende mon passeport. Il faut que je prenne cet avion. Vous n'avez qu'à la garder, cette maudite icône ! Seulement, elle m'a coûté une petite fortune, et j'entamerai des poursuites pour récupérer ma mise.

– C'est hors de question. Je vais vous placer en garde à vue, vous fouiller, prendre vos empreintes digitales, formuler un chef d'inculpation et procéder à votre interrogatoire. Les accusations portées contre vous sont très graves.

– Je veux voir le consul du Royaume-Uni.

– Vous êtes pourtant australienne.

– Il se trouve que… que j'ai des contacts en Angleterre. D'ici là je ne répondrai à aucune question. Je vois bien qu'on m'a tendu un piège.

– À ce stade je ne sais pas si nous allons prendre contact avec une quelconque ambassade. Par ici, miss Hunter. Je ne crois pas que nous ayons besoin de vous passer les menottes, si ? Après tout, vous n'avez aucun endroit où fuir.

La tête me tournait, mon cœur battait à grands coups, mais j'ai fait un effort pour me maîtriser tandis qu'on m'accompagnait jusqu'à la voiture de police qui attendait dehors.

61.

Ma cellule était nue mais propre et la petite fenêtre à barreaux percée haut dans le mur me permettait d'entrevoir le jour qui se levait ; mais après cette nuit d'angoisse, mes ongles étaient rongés jusqu'au sang et la tension m'avait épuisée. Je ne savais ni à quel moment interviendrait mon inculpation, ni ce qu'on avait l'intention de faire de moi. Je me raccrochais à la certitude que mon père et Clive Wattling allaient passer à l'action, me localiser avant de faire pression pour obtenir ma libération. À l'idée que David tenterait lui aussi quelque chose, je me sentais quelque peu réconfortée.

Personne n'est venu me voir, personne n'est même passé devant ma cellule. L'immeuble était plongé dans le silence. Je regrettais presque les hurlements et autres fous rires déments qui peuplaient les nuits de Pollsmoor. J'avais entendu parler des décennies noires pendant lesquelles, en Russie, on pouvait disparaître purement et simplement. Ces gens étaient capables de m'expédier en Sibérie en prétendant n'avoir jamais entendu parler de moi. Jusqu'ici, je n'avais vu que la gardienne qui m'avait apporté à dîner avant de m'amener à la douche, d'ailleurs tiède. Inutile de m'adresser à elle : elle ne parlait pas anglais.

À deux heures de l'après-midi la porte de ma cellule s'est ouverte et la gardienne m'a fait signe de la suivre. J'ai peigné mes cheveux, attrapé mon sac et longé un couloir terminé par une porte devant laquelle était posté un garde. Il nous a indiqué un banc poussé contre le mur.

Une heure a passé. Ma gardienne avait manifestement l'habitude d'attendre. Elle s'est affalée contre le mur avant de sombrer dans une espèce de transe, la tête ballante et les bras croisés dans son giron. De mon côté je m'agitais, je croisais et décroisais les jambes, je me passais la main dans les cheveux et je luttais contre les frissons en resserrant mon manteau autour de moi, le tout en me remémorant les multiples interrogations qui venaient à l'esprit, sans parvenir à la moindre conclusion satisfaisante. Enfin on a ouvert la porte.

À l'invitation du garde, je suis entrée – en me redressant de toute ma hauteur – dans une grande pièce qui comportait un tapis persan et un mobilier parcimonieux. Derrière une longue table cirée, deux hommes : le colonel Trenzine et un individu en uniforme que j'avais déjà vu en sa compagnie à l'aéroport. Il s'est levé pour m'approcher une chaise, mais j'ai préféré rester debout.

– Qu'est-ce qui vous autorise à me retenir sans m'avoir inculpée, sans que j'aie pu consulter un avocat ou mon ambassade ?

Mais je me suis interrompue, stupéfaite : Boris Borovoï venait d'entrer, en uniforme de police. Après m'avoir saluée d'un hochement de tête, il est allé s'asseoir avec les autres.

– Je crois que vous connaissez le colonel Borovoï, madame Möller, a commenté Trenzine.

– Je vous en prie, Nina, asseyez-vous, a repris l'intéressé. Vous me mettez mal à l'aise, à rester debout comme ça. Vous n'aurez nul besoin d'appeler l'ambassade, car vous allez être libérée. Désolé d'avoir mis si longtemps à venir. Vous avez eu une peur bleue, n'est-ce pas ? Toutes mes excuses ; j'étais en Europe. On m'a rappelé pour vous identifier. – Il a adressé un signe à Trenzine. – Je suis formel, il s'agit bien de Nina Möller, née Olgivie.

Je me suis effondrée sur mon siège, complètement perdue.

– À présent vous connaissez mon secret, Nina. Oui, je suis colonel dans la police d'État russe. Mon travail consiste à infiltrer les milieux du crime organisé de mon pays, principalement à partir de leurs opérations de blanchiment d'argent, ce qui est ma spécialité. Mes collègues et moi-même avons créé de toutes pièces une banque fictive puis, avec votre concours, attiré Cassellari dans nos filets. Désormais, ses activités de blanchiment seront sous surveillance – à son insu, bien sûr. Il est en train d'opérer une jonction entre la pègre européenne et le banditisme russe. À travers lui, nous espérons infiltrer nos compatriotes délinquants. Je sais que vous ne répéterez pas cette information. Après tout, votre position est aussi précaire que la mienne.

Mon soulagement était intense, mais je me suis efforcée de n'en rien laisser paraître.

– Alors pourquoi ai-je été arrêtée ?

– Parce que vous avez fait une grosse bêtise, Nina. La règle d'or, dans ce genre d'histoires, c'est de ne jamais se confier à personne. Le colonel Trenzine a été prévenu par une source israélienne que Nina Möller était à Moscou, officiellement pour acquérir une icône rare destinée à Sergueï Romanovitch, le véritable motif de votre présence étant le blanchiment d'un million de dollars appartenant à un gangster sicilien, Vittorio Cassellari. Vous voulez du café ?

Je ne pouvais articuler un mot. Mes tempes battaient douloureusement et j'avais du mal à respirer. J'étais atterrée et profondément blessée par les révélations de Borovoï. Réfléchir, il fallait réfléchir. Trois personnes savaient ce que j'étais vraiment venue faire en Russie : mon père, David et Sergueï. C'était donc ce dernier qui… Non, il lui fallait absolument l'icône. En outre, il ignorait ma véritable identité. Ce qui ne laissait que David.

– Dites-leur qu'ils se dépêchent un peu pour apporter le café, a commandé Borovoï. – Trenzine a débité quelques mots à son assistant, qui est aussitôt sorti. – Je comprends vos motivations, Nina. Vous ne reculerez devant rien pour retrouver votre enfant, et à votre place j'en ferais autant. Seulement, que vous ayez ou non de bonnes raisons à cela, vous vous êtes commise avec des gangsters d'envergure internationale en vous mettant dans l'illégalité.

Les termes mêmes de David. Je me suis adossée en fermant les yeux.

– Le colonel Trenzine ici présent a fait surveiller votre marchand d'art. Un soupir. Puis j'ai appris à mes collègues que vous infiltriez ces bandes organisées dans l'espoir de découvrir la véritable identité de Wolf Möller, qui a kidnappé votre fils, et que vous agissiez en liaison avec les Services secrets britanniques, en plus de collaborer avec moi.

Il s'est interrompu. Une femme apportait un plateau chargé de grandes tasses fumantes.

– Votre café, Nina. Vous avez l'air d'en avoir besoin.

Nous sommes restés quelques minutes silencieux. Borovoï m'observait tranquillement. Il venait de bouleverser mon univers de fond en comble, et il le savait sans doute très bien. Comment David avait-il pu me faire une chose pareille ? Si, du moins, c'était bien lui le coupable. Je n'arrivais pas à le croire tout à fait. *Tu y as intérêt, au contraire. Wolf t'a trahie, alors pourquoi pas David ?*

– Vous saisissez, j'espère, les risques que vous avez pris, notamment avec Bernstein et Cassellari. Bernstein a fait partie du Mossad. Je doute qu'il ait coupé les ponts ; et il lui reste sans doute fidèle en esprit. Après tout, votre père aussi a gardé ses anciens contacts. Le fait est que Bernstein est incapable de vous cautionner dès lors que vous enfreignez la loi, et qu'en le mettant au courant vous avez pris un risque. De la même manière, si Cassellari apprend que vous êtes la fille d'un membre haut placé des services de renseignement britanniques, il vous fera éliminer sur-le-champ. Pour votre sécurité, ne dites pas à Romanovitch qui vous êtes en réalité. Ne faites confiance à personne, à part moi.

Je n'en revenais pas qu'il soit si bien informé ; mais à la réflexion, ce n'était pas si étonnant.

– Je veux que vous me teniez au courant, Nina. C'est avec *moi* qu'il faut travailler, et non Bernstein. Ses priorités ne sont pas les vôtres. Je serai en permanence en contact avec vous. Quant à cet argent que vous devez blanchir, je vous suggère de vous en tenir à un circuit qui ait déjà fait ses preuves. Déposez l'argent à la Boukarine. Nous nous occuperons du reste. Je suis là pour vous protéger.

J'ai doucement vidé mes poumons. *Le problème, c'est que vous en êtes propriétaire, Borovoï ; et cela fait de vous un suspect, puisque vous vous remplissez les poches aux dépens de l'État.*

Tant de questions sans réponse, tant de faits qui ne collaient pas...

– Il y a une chose que vous devez savoir. Möller a dérobé une très grosse somme à Romanovitch et gravement entaché sa réputation. Quand ce dernier le retrouvera, il le tuera. Or, cela ne fait pas notre affaire, puisque nous voulons le traduire en justice. Il faut donc mettre la main sur Möller avant lui. Votre fils vous sera rendu dès qu'il sera entre nos mains. Vous avez ma parole. Vous serez à Monaco en fin d'après-midi. Pour l'instant, on va vous restituer votre valise et votre ours en peluche. Il est pour votre fils ?

J'ai hoché la tête, incapable d'émettre un son.

– C'est bien ce que nous avions pensé. D'ailleurs, cela nous a mis les larmes aux yeux. Même les policiers ont du cœur, vous savez.

Je n'en croyais pas un mot. Mais j'ai refoulé mon chagrin pour jouir de mon triomphe. Sergueï avait traité avec Wolf ! Il le connaissait ! Enfin j'étais sur la bonne piste.

62.

Dès mon arrivée à l'aéroport de Nice, j'ai faxé à David le message suivant : « Bien rentrée. Rendez-vous chez moi à 21 h. » Puis j'ai récupéré ma voiture et regagné Monaco, où je me suis garée en surplomb du port de plaisance.

Il était presque neuf heures du soir. David n'était sûrement plus chez lui, ce qui me laissait une bonne demi-heure pour fureter dans ses dossiers. La fête battait son plein sur un des yachts et les véhicules des invités provoquaient un mini-embouteillage que des vigiles hargneux tentaient de démêler. J'entendais les rires des hôtes qui franchissaient allégrement la passerelle et je ne m'en sentais que plus esseulée. David m'avait-il vraiment trahie ? Cela faisait mal, mais j'ai chassé ces idées sombres. J'étais justement là pour m'en assurer.

Son bateau ne semblait pas surveillé. Peut-être le garde était-il discrètement allé se joindre aux noceurs d'à-côté. Je suis montée à bord sans encombre, puis je me suis glissée dans la cabine que David avait convertie en bureau. Là, j'ai allumé l'ordinateur et inspecté ses documents.

Trois évolutions récentes tendent à situer le domicile de Möller en Lituanie. Premièrement, la Land Rover achetée à Maun le jour où il a disparu avec les millions des « Friends of Unita » (F.O.U.) a été retrouvée à Tel-Aviv. Après un voyage dans les Pays baltes, des étudiants ont cherché à revendre à un concessionnaire, sur place, une voiture qui a été formellement identifiée. Ils ont déclaré l'avoir achetée à Riga après la panne de leur propre minibus. Et le concessionnaire de Riga affirme qu'il l'avait acquise et payée en liquide, quelques mois plus tôt, à un touriste allemand inconnu.

Deuxièmement, on a trouvé, à bord d'un avion cargo immobilisé pour réparations en Suède, des diamants, des pierres précieuses de Tanzanie et des émeraudes probablement originaires d'Afrique centrale. Personne n'a réclamé les pierres, mais elles avaient été expédiées de Riga à un grossiste d'Amsterdam qui prétend n'avoir eu aucune connaissance préalable de cet envoi. Elles sont actuellement en possession des Douanes.

Troisièmement, un certain nombre de Krugerrands (pièces d'or d'une once, de fabrication sud-africaine et cotées dans plusieurs pays) circulent en Lituanie bien que nul ne puisse en déterminer la provenance.

La Lituanie ! En effet, cela se tenait. Cela expliquait même un tas de choses quant au passé de Wolf et à son attitude d'ensemble. David avait obtenu des résultats spectaculaires, et j'avais du mal à contenir mon excitation.

Je n'ai pas été surprise de découvrir mon vrai nom sur l'entête d'un document. C'était le rapport du détective privé engagé par David. Il détaillait toute ma vie jusqu'au moment de mon procès et s'achevait sur ceci :

Un fils, Nicholas, lui est né le 30 octobre 1990 à la maternité de Kingsley. Ultérieurement, Nina Möller devait accuser son époux d'avoir kidnappé l'enfant. Juste après, celui-ci a été repéré en compagnie de son père à Walvis Bay, en Namibie, mais on en est sans nouvelles depuis. Il est apparu que le soi-disant baron Wolfgang von Möller s'était rendu coupable d'escroquerie et d'espionnage industriel pour le compte de l'Union Soviétique.

Dans l'incapacité de découvrir la véritable identité de Möller, les autorités sud-africaines ont arrêté sa femme Nina pour complicité, mais elle n'a effectué que dix-huit mois d'emprisonnement sur les six années auxquelles elle avait été condamnée. Pendant l'incarcération de sa fille, le commandant Olgivie, du Renseignement britannique, aujourd'hui invalide, a obtenu l'annulation de son mariage pour cause d'usurpation d'identité. Le tribunal de La Haye a attribué la garde exclusive de l'enfant naturel à Nina Olgivie.

Depuis lors, père et fille sont à la recherche du petit Nicholas. On pense que Nina Möller circule sous une identité d'emprunt fournie par le Ren-

seignement britannique, lequel reconnaît qu'elle lui est liée sans s'expliquer sur la nature de ce lien.

NB : Au vu des faits recueillis, il est permis de croire que le malfaiteur ayant usurpé l'identité du Dr Anselmo était Wolf Möller lui-même, époux de Nina.

À la page suivante j'ai lu :

Démarches entreprises pour extrader Nina Olgivie.

9 octobre. Les collègues du Mossad ont officiellement demandé l'extradition de Naomi Hunter afin qu'elle soit poursuivie pour...

Le bateau a tangué. On s'avançait sur la passerelle. J'ai éteint l'ordinateur et quitté précipitamment la cabine. Je me suis cachée dans le garde-manger juste au moment où quelqu'un entrait dans le bureau.

63.

En me rendant chez Sergueï au volant de ma voiture, je me suis appliquée à tenir mes émotions à distance. À partir de maintenant j'étais seule, je ne faisais plus confiance à personne, même si je feignais de collaborer avec la police russe et avec Sergueï.

Arrivée à destination, j'ai sonné et attendu qu'il vienne m'ouvrir. Presque aussitôt, il a bondi sur le seuil pour me saisir par la taille et m'entraîner dans la maison en me faisant valser – bref, en se comportant comme un idiot. Cet enthousiasme était-il dû au fait qu'il possédait enfin l'icône manquante, ou à la joie de me revoir ? J'ai penché pour la première solution en voyant avec quel soin il la déballait.

J'ai assisté à deux scènes dont je n'aurais su dire laquelle me fascinait le plus : le jeu d'icônes enfin reconstitué (ce qui, en soi, était un miracle puisque chacune avait accompli un solitaire et périlleux voyage à travers cinq siècles de guerres et de révolutions), ou bien l'homme lui-même, en transe devant les images émouvantes et sacrées. La tête rejetée en arrière, la gorge serrée par l'émotion, il rayonnait de joie.

– Aucune somme ne saurait vous exprimer ma reconnaissance, Naomi, a-t-il déclaré en me tendant mon chèque, dont le montant correspondait au prix d'achat de l'icône majoré de dix pour cent.

– La série ne sera donc pas mise aux enchères ?

– Pas cette fois-ci. Pour moi, elle représente l'éternelle quête du sacré qui ramène l'homme à lui-même et s'exprime par le besoin de créer ou de convoiter la beauté. Avez-vous jamais désiré une chose avec autant de ferveur ?

– Non, ai-je menti. Seulement de l'argent.

Un petit gloussement tout contre mon oreille.

– Mon œil. – Il s'est mis à me caresser la poitrine. – Vous avez de très beaux seins. Et vous avez nourri un enfant. Restez avec moi cette nuit, Naomi. Nous ferons l'amour et les projets viendront ensuite. Dites oui, je vous en prie.

Je voulais bien de l'amour, mais pas le sien. Pourtant, j'avais aussi besoin d'être réconfortée, de laisser libre cours à mes sentiments passionnés, de trouver une épaule où me consoler de mon chagrin. Et des trois hommes présents dans ma vie, Sergueï était le seul qui ne puisse me mentir. Quand il était là, au moins, je n'étais pas obligée de surveiller mes arrières.

– Je suppose qu'il fallait s'y attendre.

Je le sentais trembler de désir, je flairais l'odeur musquée de sa brûlante impatience ; en même temps, je savais que cet homme-là n'aurait jamais envie deux fois de la même femme.

Sergueï était un amant habile et passionné, comme je m'y attendais. Un cri m'a échappé quand mon corps a atteint un orgasme fougueux, définitif, quand l'essence de mon être s'est déversée sur son corps à lui en mille gouttelettes de sensations exquises. J'ai éprouvé une fugace sensation de honte : avec lui, je ne cherchais en fait qu'à compenser la perte d'une chose infiniment plus précieuse.

David, c'est toi qui devrais être là, à sa place…

Quand il m'a réveillée, il était minuit. À demi couché sur moi, il entreprenait de me chevaucher. L'espace d'un moment je l'ai pris pour David… et j'ai failli pousser un cri de déception quand je me suis aperçue de mon erreur. Mais un moment plus tard, en le sentant s'insinuer tendrement dans l'endroit le plus secret de ma personne, je me suis abandonnée à lui avec un ultime frisson.

Après, tandis que nous gisions entrelacés, tout imprégnés de sexe, il m'a parlé de mes bijoux. Il m'a décrit chaque pièce, chaque joyau, en précisant à quelle occasion ils avaient été créés.

– C'est comme cela que je t'ai retrouvée, Nininchka. Tu portais tes bijoux au country club et au casino ; ce sont eux qui m'ont appris que tu étais la femme de Wolf Möller.

Je me suis levée en masquant de mon mieux mon sentiment d'horreur croissante. J'étais comme engourdie. Je regardais par la fenêtre le scintillement des lumières à bord des bateaux qui croisaient dans la baie, les taches phosphorescentes qui, çà et là, égayaient la nuit. J'étais vidée de mes forces. Il n'y avait pas un mot de vrai dans les propos de Borovoï. Sergueï et lui se connaissaient, il savait donc que ce dernier était au courant de ma véritable identité. J'ai essayé de comprendre ce qui m'arrivait. Qui m'avait trahie, et pour quelle raison ?

– Pourquoi es-tu restée si longtemps à Moscou, Nina ?

– Je suis tombée amoureuse de la ville. J'ai fait les magasins.

– Comme tu es secrète, ma Nininchka. Tu me rappelles la mer. – Il est venu se plaquer contre mon dos et a passé ses bras autour de mes épaules. – Tu es profonde, sombre et si mystérieuse ! À certains moment tes yeux se mettent à briller, mais c'est rare. À ta manière, tu es aussi intransigeante, aussi aveugle que la mer. Quelque chose te force à jouer jusqu'au bout ton rôle de mère, tu n'es mue que par l'instinct – un instinct fondamental – qui te commande de retrouver ton fils.

– Alors tu sais ?

– Je savais que Möller avait eu un fils. C'est moi qui ai créé le bracelet en émeraudes et en saphirs qu'il t'a offert à cette occasion. Nous le retrouverons, Nininchka, si nous travaillons main dans la main, a-t-il ajouté tout bas. Je te le promets. Nous sommes complémentaires, toi et moi. Je sais comment Möller opère, et toi tu peux l'identifier. Puisque tu m'as rapporté mon icône, de mon côté je te mettrai sur la piste de ton fils.

– J'ai un peu de mal à croire que tu n'aies jamais rencontré Wolf en personne.

– Mais si, je l'ai bien connu autrefois ! Nous étions dans la même maison de redressement, en Sibérie ; seulement, nous étions enfants. Il a toujours été connu sous le nom de Wolf [1] parce qu'il était rapide, silencieux et malin, mais aussi parce qu'il

1. « Loup » *(N.d.T.)*.

n'a jamais voulu révéler son vrai nom. Un jour, pourtant, il m'a confié que ses parents avaient été tués parce qu'ils étaient nobles. Sans doute avait-il peur de subir le même sort s'il avouait son identité. Des années plus tard, il m'a contacté parce qu'il avait des diamants angolais à vendre. Là encore il s'est présenté sous le nom de Wolf – Wolf Möller, en l'occurrence –, mais nous ne nous sommes jamais plus trouvés face à face. Nous communiquions toujours par téléphone, par fax, ou par l'entremise d'un intermédiaire.

– Mais si tu as créé des bijoux pour lui, tu devais bien savoir où il résidait !

– Non. Je le croyais en Angola, par là.

J'ai lu dans ses yeux un bonté rassurante, mais il ne m'avait toujours pas dit pourquoi il recherchait personnellement Wolf.

– Tu ne me dis pas tout, Sergueï. Pourquoi tiens-tu tant à le retrouver, toi ? Borovoï prétend qu'il t'a volé des millions de dollars.

– Ce n'étaient pas des dollars mais des diamants. Il y en avait pour un demi-milliard, et ce n'est pas à moi qu'il les a volés mais à l'État russe. Au passage, j'ai quand même été ruiné. C'est une histoire compliquée.

– Si nous devons travailler ensemble, il faut tout me dire.

Il a soupiré.

– Bon, je vais tout te raconter pendant qu'on prend le petit déjeuner.

J'ai pris une douche prolongée, puis rejoint Sergueï dans la cuisine où il disposait sur la table des fruits et du fromage, ainsi que du pain complet prétendument cuit par ses soins. Décidément, cet homme réservait son lot de surprises.

– Mange et écoute-moi bien, Nina. Toute ma vie j'ai aimé la joaillerie, les pierres précieuses – un peu trop passionnément, peut-être. Je suis donc devenu expert dans ce domaine.

– Ici ?

– Ne m'interrompts pas. Non, en Russie ; mais ensuite j'ai étudié en Allemagne et en Hollande. J'ai économisé pour ouvrir mon propre atelier et créer des pièces de choix. Möller m'approvisionnait en diamants et autres pierres de contrebande en provenance d'Afrique du Sud. Mais je ne pouvais pas prendre tout ce qu'il avait à fourguer. Mon atelier et la bijouterie associée n'avaient pas une clientèle suffisamment nombreuse. Nous avions un arrangement qui nous convenait à tous les deux, mais je ne le rencontrais jamais. Il se montrait toujours très prudent.

– Qu'est-ce qui est allé de travers ?

– Chut ! Je vais perdre le fil si tu m'aiguillonnes sans arrêt. Tu ne sais pas comment les choses se passent dans mon pays. Tout est chapeauté par un comité de ceci ou de cela. C'est fastidieux, mais en bon Russe, je suis incapable de renier mes racines ; alors quand les membres du *Kromdragmet* – le comité chargé de l'exportation des joyaux russes – m'ont demandé de siéger parmi eux, j'ai accepté. À terme, ils m'ont même nommé vice-président.

Écoute bien, c'est là que ça se corse. Nous autres Russes, sommes à la merci d'un cartel, la De Beers, qui contrôle le marché du diamant dans le monde entier. Mon pays n'a le droit de vendre que 5 % de sa production sur les marchés officiels, ce qui est trop peu par rapport à nos besoins en devises. Mais si nous passons outre les limites fixées par la De Beers, nous sommes automatiquement pénalisés.

– Cela me paraît bien injuste.

– C'est pourquoi nous avons échafaudé un plan génial. Au début de l'année nous avons réuni des diamants pour une valeur totale dépassant cinq cents millions de dollars, répartis en cinq lots, afin de les faire tailler et polir avant leur mise en vente. J'ai monté un atelier de taille à San Francisco, je l'ai équipé et assuré en matériel diamantaire. Le but était d'organiser le vol des pierres, après quoi nous les récupérions et pour les remettre sur le marché.

– Le plan paraît sans faille, en effet.

– C'est aussi ce qu'il me semblait. C'est moi qui ai proposé Wolf Möller dans le rôle du faux cambrioleur. Le colonel Borovoï, de la police d'État, trempait aussi dans la combine parce qu'il avait travaillé avec Möller au K.G.B.

– C'était la première fois que tu rencontrais Borovoï ?

– Oui. Il a pris contact avec Wolf et planifié le cambriolage. Wolf était censé m'apporter les pierres à l'hôtel, toujours à San Francisco, mais voilà : il n'a jamais réapparu. Il s'est envolé avec un demi-milliard de dollars en pierres non taillées.

« J'ai été exclu du *Kromdragmet*, qui a en outre refusé de me rembourser le matériel acquis. Naturellement, après une perte pareille ma société de taille a fait faillite et moi avec. Heureusement, je n'avais pas garanti mes acquisitions sur mes biens ; c'est pourquoi j'ai toujours ma maison. Alors je repars de zéro, j'achète et je revends des bijoux anciens pour me reconstituer un capital. Et évidemment, je veux retrouver Möller. Pour qu'il me rembourse.

– Écoute. Borovoï veut à tout prix retrouver Wolf, lui aussi. S'il savait où le trouver il y a quelques mois, pourquoi l'ignore-t-il aujourd'hui ?

– Parce que Möller a pris la fuite. Et c'est bien compréhensible. Cependant, comme il vendait toujours ses pierres par l'intermédiaire du Cercle des diamantaires bruxellois, je t'y ai trouvé du travail. Tu commences lundi. Tu le reconnaîtras dès qu'il se présentera. Et aussitôt, tu m'avertiras.

Profitant de ce qu'il allait répondre au téléphone dans son bureau, j'ai griffonné un petit mot pour le remercier de son chèque en ajoutant : « Je rentre chez moi pendant quelques jours. À la semaine prochaine. »

64.

Mes ébats avec Sergueï n'avaient réussi qu'à m'anesthésier l'espace d'une nuit. J'ai pris l'avion pour Londres, où j'avais des achats et des démarches bancaires à faire, puis un autre pour Inverness. Je suis arrivée à la maison à dix heures du soir et j'ai trouvé mon père devant une flambée dans la salle de séjour. Il m'a dévisagée avec anxiété.

– Je suis bien content de te voir, Nina. Je me suis fait un sang d'encre, tu sais.

– Tout va bien maintenant. Ce n'était pas si grave.

J'ai accroché mon imperméable derrière la porte et je me suis réchauffé les mains devant le feu. Rien n'avait changé. *Excepté mon père,* me suis-je dit en cédant momentanément à la nostalgie. Je suis allée déposer un baiser sur sa joue. Même tapis persan, même peau de mouton bien épaisse et bien noire devant la cheminée, même cylindre en cuivre plein de tisonniers, de pelles et de petits balais pour le feu, mêmes canapés spacieux, sans âge, mêmes piles de livres un peu partout. Si je cherchais bien, j'étais sûre d'y trouver *Ivanhoé.* Je revoyais Brigit n° 1 s'avancer jusque dans l'âtre quand elle avait froid. Mais à part cela, j'avais l'impression qu'il s'était écoulé des siècles depuis ce temps-là.

– Si on mangeait un morceau devant le feu ? Tu as faim ? Mrs Peters a préparé une tourte à la viande en sauce. Elle est au réfrigérateur. On peut la faire réchauffer au micro-ondes. À moins que tu n'aies dîné dans l'avion ?

– Merci mais je n'ai pas faim. En revanche, je boirais bien quelque chose. Et toi ?

– Moi aussi. Tu as l'air d'en avoir besoin.

Mon père a péniblement tenté de se lever.

– Ne bouge pas, j'y vais.

J'ai versé deux whiskies bien tassés et approché une chaise de la cheminée.

– Je suis content que tu sois revenue. – Il a serré ma main dans la sienne. – Je n'ai jamais été très doué pour les démonstrations d'affection. J'ai eu très peur pour toi, tu sais. Je regrette amèrement de t'avoir laissée t'embarquer dans cette quête.

J'ai relevé sur lui un regard surpris. En regardant les flammes, dont le reflet colorait joliment ses joues, il avait l'air un peu plus heureux.

– Alors, qu'as-tu à me dire, papa ?

– Ma foi, ton Bernstein m'a drôlement impressionné.

– Tu lui as parlé ?

– Il est même venu ici.

– Quand cela ?

– Pendant que tu étais en Russie. Il m'a résumé le résultat de ses recherches et les circonstances de ton arrestation. On verra ça demain matin. Il avait convaincu le Mossad de demander l'extradition de Naomi Hunter pour interrogatoire dans l'affaire de l'Unita. Là-dessus les amis israéliens de David ont appris que tu n'avais pas *réellement* été interpellée par la police russe, et que Borovoï te détenait dans une prison désaffectée reconvertie en entrepôt. David avait un plan pour te faire libérer, mais Borovoï t'a relâchée avant.

Comment avais-je pu me tromper aussi lourdement ? J'avais mal jugé David. Mais curieusement, je ne me sentais pas coupable. Tout au plus triste.

– Mais enfin *pourquoi* ?

– Tu peux trouver toute seule la réponse à cette question, Nina. Que t'ont-ils demandé de faire pour eux ?

– De les aider à identifier Wolf. La police – ou plutôt Borovoï – ignore à quoi il ressemble.

– Et tu t'y es engagée ?

– Oui. S'ils me rendaient Nicky immédiatement, sans lui faire courir de risques.

– Tu fais confiance à cette bande de criminels au point de coopérer avec eux ?

– Non, mais Borovoï fait toujours partie de la police.

– En fait, si l'on en croit le dernier rapport de Wattling, il a un pied dans chaque camp. C'est le cas de beaucoup d'entre eux depuis la chute du régime. Voilà, maintenant tu sais tout : ils voulaient te faire *croire* que tu travaillais pour la police. Alors ils t'ont promis Nicky.

– Je vois.

– À ta place, je ne me fierais guère à leurs promesses.

– Non, évidemment. Écoute, papa. Ça ne va pas du tout. Je n'avance plus. Je me suis trompée quelque part. Je suis dans l'impasse. Je n'arrive pas à savoir où et ça me taraude.

– Je crois qu'il faut désormais suivre le plan de Bernstein. Je dois avouer que ce garçon me plaît.

– Ça ne m'étonne pas.

– Nous avons bien des choses en commun. Je serais fier d'avoir un gendre comme lui.

– Quoi ! Qu'est-ce que tu racontes ? – Je perdais mon sang-froid. – Pas de ça, tu m'entends ? Je me suis juré de ne plus faire confiance à personne jusqu'à ce que j'aie ramené Nicky à la maison. Il n'y a pas de place pour l'affectivité dans ma vie en ce moment et... – Je me suis tue. J'ai contemplé le feu en me demandant pourquoi j'avais été si pressée de croire Borovoï. – En fait, ça va même plus loin. Je ne pourrai jamais pardonner à David d'être tombé amoureux d'une femme comme Naomi Hunter. Il ignore tout de ma véritable personnalité.

– Un peu de modestie, Nina. Tu n'es pas si bonne actrice que tu le crois. Il y a plusieurs semaines qu'il a deviné. Il attendait que tu lui fasses suffisamment confiance pour tout lui dire de ta propre initiative. Mais en cours de route tu as commis une terrible erreur d'interprétation.

– Je ne tiens pas à parler de David, si ça ne t'ennuie pas trop.

– Attention aux débordements, Nina. Je n'ai jamais su comment me comporter face à une femme en larmes. Au début de notre mariage, ta mère pleurait sans arrêt. Je ne comprenais pas du tout pourquoi. Maintenant si, évidemment. Mais j'ai largement eu le temps d'y réfléchir.

– Maman aurait voulu s'amuser. C'était mortel, ici, pour elle qui était une citadine dans l'âme.

– Je ne la tenais pas sous clef. Elle était libre d'aller à Londres quand elle le voulait. Sur ce point au moins, j'ai bien agi.

– Je me le demande.

– Je n'ai jamais compris ta mère. C'était tout le problème. Je n'avais pratiquement jamais fréquenté de femmes avant de la connaître, hormis quelques galipettes par-ci, par-là. Ma mère est morte quand j'étais tout juste adolescent, je n'avais pas de sœur, j'avais été élevé dans une *public school*... Rien ne m'avait préparé à ce traumatisme : me retrouver en tête à tête avec une femme – sans compter qu'il y en a bientôt eu deux, avec toi. Je ne me cherche pas d'excuses, je m'explique, c'est tout.

– Mais tu n'as pas à t'excuser. Tout ça est loin maintenant. Ça n'a plus d'importance.

– Bien au contraire. Tu as toujours été une enfant solitaire, en manque d'affection. Je t'ai entièrement confiée à ta mère, et là fut mon erreur. Le plus grand regret de ma vie est de t'avoir négligée, Nina. J'aspire à une chance de me rattraper, mais aujourd'hui il est trop tard.

Histoire de masquer mon trouble, je suis allée me verser du café. L'arôme du mélange préféré de mon père a fait remonter à la surface d'autres souvenirs. J'ai rapporté ma tasse devant l'âtre et je me suis réchauffé le dos à sa flamme. Je sentais que mon père avait envie de parler mais ne savait pas par où commencer.

Au bout d'un moment, j'ai dit :

– J'aurais voulu être auprès de maman quand elle est morte. Je l'ai toujours accusée d'avoir gâché mon enfance ; je ne lui pardonnais pas de t'avoir quitté, de m'avoir arrachée à ma maison, et à la fin de mes études j'avais acquis la conviction que plus rien d'affectif ne me liait à elle. Mais je me trompais. Il y a un lien immatériel entre mère et fille qui nous met en communication directe avec notre âme et véhicule tout ce que nous portons en nous de culpabilité, d'amour, de colère. Je n'étais pas la fille qu'elle aurait voulu avoir.

– La responsabilité n'en incombait absolument pas à ta mère. C'est moi le seul responsable de cet état de fait, Nina. Sa famille était juive orthodoxe ; je l'ai séduite et elle a dû s'enfuir pour m'épouser. N'ayant aucune expérience, ni du judaïsme ni des femmes, je n'ai pas compris son sacrifice. Elle n'est plus retournée chez les siens, parce qu'ils ne lui ont jamais pardonné. Quand nous nous sommes rencontrés elle étudiait dans un institut de sciences politiques – où je suis venu donner un cours sur la politique étrangère de la Grande-Bretagne. Elle m'a interpellé, à plusieurs reprises, et avec agressivité. C'est d'ailleurs ce qui m'a séduit chez elle.

– Maman ? Je n'en crois pas mes oreilles !

– Eh oui ! L'accident qui m'a anéanti n'était que justice : c'est moi qui avais commencé par l'anéantir, elle.

– S'il te plaît, ne dis pas cela ! – Il m'en coûtait, mais j'ai poursuivi : – Personne ne peut mériter un châtiment pareil. Tu appelles ça de la justice, toi ?

– Un jour, elle m'a demandé de me convertir. Moi, un Olgivie ! Je lui ai ri au nez. Je l'ai emmenée à la bibliothèque consulter la généalogie de ma famille. Des volumes entiers transmis de main en main, pendant des générations, par des guerriers et des rois, et aujourd'hui reliés en beau cuir bleu marine bien net. Rien de tout cela n'a plus la moindre importance, je le sais à présent. Le passé n'a de sens que si on s'en sert pour améliorer la condition des vivants. Elle voulait que tu sois élevée dans sa religion. Tu le savais ? Elle te considérait comme juive. Je le regrette maintenant, mais j'ai refusé. Je n'ai cédé que sur ton prénom. Puis elle s'est mise à dépérir. On aurait dit que seuls comptaient à ses yeux les fêtes, la mode et, plus tard, les amants. La futilité était son rempart contre le monde. Tu devrais peut-être te pencher sur tes racines juives, Nina. Je n'en serais pas fâché, surtout maintenant que David Bernstein a fait son entrée dans notre existence. Je suis sûr que vous finirez par vous entendre, tous les deux.

Je ne sais pas pourquoi, mais j'ai trouvé ses propos réconfortants.

Il a mis fin à la conversation avec sa brusquerie habituelle. Il avait affronté assez d'émotions pour la journée. D'ailleurs, j'étais dans le même état.

Une fois couchée, je me suis absorbée dans mes souvenirs. Les week-ends d'hiver, avant son accident, mon père se joignait à l'une ou l'autre des chasses organisées dans la région ; il rentrait tard, les yeux étincelants de santé et de joie tandis que son cheval écumant s'ébrouait. Les chasseurs venaient chez nous avec leurs épouses prendre l'apéritif et parfois dîner ; alors rires et plaisanteries retentissaient dans la maison, et le fumet du gibier rôti montait jusqu'à l'étage.

J'étais triste de ne pouvoir me joindre à la fête, alors je me munissais d'une carpette que je disposais dans le placard en haut de l'escalier ; puis je me couchais à plat ventre sur le palier et j'épiais les grandes personnes à travers les barreaux de la balustrade, pour me replier précipitamment si j'entendais quelqu'un approcher. Mon père, superbe, était en kilt, et maman habillée à la dernière mode ; ses robes et sa beauté contraignaient les autres femmes à une espèce de camaraderie effervescente un peu empruntée, et elles échangeaient leurs commentaires sur la folie dépensière de ma mère et ses fréquentes excursions à Londres.

Durant les moments d'accalmie, les propos tenus à mi-voix me parvenaient par bouffées car le hall d'entrée et la mezzanine en surplomb avaient les mêmes propriétés acoustiques que les galeries à écho. Mais les paroles se noyaient trop souvent dans les rires, et cela me contrariait. En revanche, quand mon père se mettait à chanter de sa belle voix de basse j'atteignais au bonheur parfait. Je l'aimais tendrement... mais de loin, toujours de loin. Se doutait-il que sa fille unique l'avait idolâtré ? Qu'elle *continuait* de l'idolâtrer ? Avait-il idée du désespoir atroce qui s'était emparé de moi quand il était rentré de l'hôpital après son accident, handicapé pour le restant de ses jours ?

C'est à partir de ce moment-là que ses yeux étaient devenus ternes. J'avais observé son combat héroïque pour rester actif, et vainement tenté de l'intéresser à mes histoires, au récit de mes aventures quotidiennes. Puis ma mère lui avait annoncé notre départ, et dans ses yeux l'ultime étincelle de vie s'était éteinte.

Je n'avais jamais pardonné son inhumanité à ma défunte mère, comme je n'avais jamais cessé d'aspirer à l'amour de mon père. Mais à présent, pour la toute première fois, je la comprenais. Je regrettais de ne pas avoir su percer ses défenses.

Il valait mieux penser plutôt aux progrès réalisés dans ma

quête de Nicky, lesquels, je devais bien l'admettre, se réduisaient à peu de chose. J'ai retracé l'une après l'autre les étapes de mon action.

La rencontre de David avait été décisive dans la mesure où ses propres recherches avaient mis au jour un lien entre Wolf et l'affaire de l'Unita. Ce qui m'avait conduite à Martha Newton-Thomas et permis de découvrir que le compte ouvert par Wolf au nom de la Fondation transafricaine pour le Développement avait été transféré à Sarajevo. De là, mes investigations m'avaient menée jusqu'à Cassellari ; mais depuis je n'avançais plus. J'étais bel et bien dans un cul-de-sac. Comment avais-je pu m'imaginer que ces services rendus à l'Italien me mettraient sur la piste de Wolf ? C'était loin d'être le cas, du moins pour l'instant ; or, j'étais pressée. Il fallait que je retourne auprès de Cassellari, pour essayer de savoir pourquoi il avait déposé un million de dollars sur le compte de Wolf, et pour lui faire dire, d'une manière ou d'une autre, ce qu'il y avait entre eux deux.

65.

Un front froid venu de la mer s'avançait sur l'île, mais dans les hauteurs le soleil restait agréable. Ses rayons illuminaient le ventre des nuages étirés vers le nord, l'est et le sud et les teintaient de rouge cerise, d'or et de blanc sur fond d'azur. Sur la terrasse de Cassellari on se croyait au paradis. Pas étonnant que cet homme s'arroge des pouvoirs quasi divins. Moi-même j'aurais pu tomber dans ce travers à force de passer du temps dans ce cadre.

J'ai frissonné et resserré mon manteau ; apparemment, je couvais une mauvaise grippe. J'avais mal à la gorge, ma nuque était raide, mes oreilles douloureuses. Où était donc Cassellari ? Il avait plus d'une heure de retard à notre rendez-vous.

L'attente forcée devient fatale quand on s'efforce de ne pas céder à l'angoisse. Mais ce jour-là j'étais désarmée, peut-être à cause de mon état de santé. L'idée que je pouvais ne jamais retrouver mon enfant me hantait. Frissonnante, entre deux éternuements je maudissais le retard de l'Italien.

Allons, Nina, reprends-toi ! Je suis rentrée dans la maison noter dans mon carnet toute une série d'hypothèses quant au fameux million de dollars. Le plus probable était que cette somme rémunérait une livraison de drogue, mais l'idée que Wolf puisse être mêlé à ce genre de trafic me faisait horreur ; alors j'ai envisagé un trafic d'armes ou de diamants, mais ces solutions me paraissaient peu probables. Pour finir, je me suis abandonnée à ma rêverie préférée.

Wolf ne me voit pas venir. Je m'approche de lui en diagonale. Je braque mon revolver sur lui et il se retourne, interdit. Il bronche. Je lui dis :

« Wolf, je t'aimais et tu m'as trahie. Tu m'as enlevé ma raison de vivre. Tu as pris mon enfant en otage en faisant planer une menace sur sa tête. Tu m'as laissée aller en prison. J'ai été torturée et tenue à l'isolement. Tu le savais ? Est-ce que tu y as pensé, au moins ? Tu m'as dupée. Même notre mariage était une mystification. Moi qui t'aimais tant ! » Et là j'appuie sur la détente, lentement, sans que ma main tremble, en visant entre les deux yeux.

À une heure, la gouvernante est venue m'avertir que le déjeuner était servi. Cassellari n'était pas enchanté de me voir. D'habitude c'était lui qui convoquait les gens, et non l'inverse. Il s'est toutefois montré courtois, et le temps que nous dégustions notre caviar et notre saumon fumé accompagnés d'une délicieuse salade, j'ai préféré parler de choses et d'autres.

Puis il est entré dans le vif du sujet :

– Alors, Naomi, quel est votre problème ? Vous êtes toute pâle. Quelque chose ne va pas ?

Son ton s'est durci et il m'a lancé un regard méfiant.

J'en ai frémi intérieurement.

– J'ai la grippe. Je ne me sens pas bien. En fait, je ne suis sortie du lit que pour venir vous trouver. J'avais pour cela des raisons qui me paraissaient importantes. Allait-il gober mon histoire ? Je comptais sur son invraisemblable suffisance.

– Signor Cassellari, je ne suis pas très sûre de votre ami de Sica. Comme vous le savez, je suis extrêmement consciencieuse dans mon travail… Je me suis forcée à le regarder dans les yeux en prenant un air soucieux. – Il a froncé les sourcils. – De Sica prend habituellement en charge vos problèmes de blanchiment d'argent, je le sais, mais vous auriez dû me consulter car il a commis une regrettable erreur. Vous pourriez y laisser des plumes et ce ne serait pas très bon pour votre image.

– Holà ! Doucement ! Qu'est-ce que vous me chantez là ?

– C'est à propos du chèque d'un million de dollars que vous avez rédigé à l'ordre de la Fondation transafricaine pour le Développement… Je n'ignore pas qu'à Sarajevo, on obtient des taux d'intérêt très avantageux, mais croyez-moi, vous êtes tombé dans un piège. Cette organisation a à sa tête un escroc qui spolie ses victimes jusqu'à l'os. Un de ses pseudonymes est Gunther

Mannheim. En Afrique du Sud, il a extorqué des millions à des hommes d'affaires trop crédules, dont l'argent est d'ailleurs déposé sur le même compte que le vôtre. Je ne voudrais pas qu'il vous arrive la même mésaventure. Alors je suis venue vous alerter. Je peux peut-être faire quelque chose.

– Je suis touché. Mais peut-on savoir comment vous êtes au courant de tout cela ?

– Cela fait partie de mon job de me tenir au courant. C'est pour cela que vous me payez.

La suspicion se lisait toujours dans ses petits yeux bruns, mais il y avait autre chose. De l'amusement, peut-être ?

– Vous auriez dû me laisser blanchir personnellement cet argent, signor Cassellari. Vous pouvez me faire confiance, vous le savez.

– Ne vous en faites donc pas. – Il m'a donné de petites tapes rassurantes sur la main. – De Sica et moi, on se connaît depuis longtemps. Je vais l'appeler.

Aïe ! J'ai baissé les yeux sur mon assiette en essayant de ne pas paraître trop inquiète. De Sica est arrivé peu après, l'air fâché. Il s'est versé un verre de vin et m'a dévisagée avec mépris.

– Il ne s'agissait pas du tout de ce genre d'affaire, Nina, a-t-il commenté quand j'ai eu fini de m'expliquer. En réalité, c'est Angelo qui a tout organisé. Un vieux paysan russe qui avait obtenu qu'on lui restitue sa terre a manifesté le désir de nous vendre sa ferme, nous l'avons achetée, point final.

– Vieux ? Quel âge ?

– Vieux. Tout noueux, édenté, presque sénile, mais malin, croyez-moi.

– Je ne vois pas en quoi cette terre pouvait vous intéresser. Pour tout dire, je ne crois pas un mot de ce que vous me racontez.

J'ai regardé Cassellari droit dans les yeux, sans ciller.

– J'étais venue vous rendre service ! ai-je lancé en me levant, l'air ostensiblement offensé.

– Asseyez-vous, Nina. – Le sourire de Cassellari m'a donné la chair de poule. Son visage n'était pas fait pour ces expressions-là.

– Ce Russe avait planté du pavot. Bien entendu c'est l'opium que nous voulions et c'est *cela* que nous avons monnayé ; mais officiellement, la transaction a porté sur le terrain. Tout s'étant déroulé dans la plus grande légalité, nous lui avons fait un chèque.

– À l'ordre de la Transafricaine ?

– Mais non. Un chèque endossable à l'ordre de Piotr Gregoff.

– C'était le nom du Russe ?

– Évidemment.

– Pourquoi un chèque endossable ?

– Il n'avait pas de compte en banque, m'a répondu de Sica. Je vous l'ai dit, c'était un paysan. Il voulait pouvoir le transmettre. Il voulait acheter de la terre ailleurs en Russie.

– Vous savez où ?

– Non.

J'ai soupiré.

– Où se trouvait-elle, cette terre ?

– Près d'une ville appelée Biriouchek, sur la mer Caspienne. Idéal pour la circulation des marchandises. Mais pourquoi toutes ces questions ? Vous ne me faites donc pas confiance ?

– Si, oh si ! Je suis vraiment soulagée. Je serais désolée que vous sortiez perdant d'une affaire.

– Ah, mais peut-être avez-vous besoin d'une nouvelle mission ? Seriez-vous à court d'argent, par hasard ? Vous savez à quel point vos services me sont précieux. Je vous contacterai dans deux ou trois jours.

– Bien, merci. Je ne refuse jamais de travail.

De Sica était perplexe. Au moment où il allait me demander comment j'étais au courant pour le chèque de Sarajevo, j'ai ramené la conversation sur les restrictions de plus en plus sévères imposées par les gouvernements sur les transferts de capitaux. Même les Russes allouaient à cet effet des moyens accrus à leur police. Ils ne tarderaient pas à légiférer. Il fallait trouver un circuit de rechange pour remplacer la banque de Borovoï. Dès que j'ai pu, je les ai laissés méditer sur la question.

Dans l'avion qui me ramenait en France, tout en sirotant mon whisky sec, j'ai réfléchi à la marche à suivre malgré la brume qui enveloppait mes pensées – ma température grimpait. Je ne devais surtout pas attirer les soupçons en posant des questions sur une vente concernant soixante hectares de pavot à Biriouchek. Mais il se pouvait que Wolf habite là-bas ou ait des contacts dans la région, alors mieux valait engager un détective privé pour retrouver la trace de Piotr Gregoff. Pendant le trajet en taxi de Nice à Monaco, j'ai préparé mes prochaines initiatives. Mon père connaîtrait sûrement une bonne agence de détectives. En dépit de mon mal de gorge et de ma tête lourde, j'avais du mal à contenir l'optimisme qui m'envahissait. Se pouvait-il que Wolf ait commis une suprême erreur en *laissant subsister une trace reliant ses identités d'emprunt et la vraie* ? Avait-il pu se montrer négligent à ce point ? L'espoir m'était-il permis ?

Je n'étais pas fâchée de rentrer chez moi. J'ai pris un bain chaud et je me suis mise au lit. J'ai aussitôt sombré dans le sommeil. À une heure du matin, le téléphone a sonné.

– Allô ?

– Qui est à l'appareil ? Ce n'est pas Naomi ?

– Ah, Sergueï ! Si, c'est moi, mais j'ai mal à la gorge, d'où ma voix.

– Où étais-tu passée ?

– Nulle part. Et puis, en quoi ça te regarde ?

– Tu es censée commencer demain matin au Cercle des Diamantaires.

– Impossible. J'ai la grippe. Dis-leur que je prends ma journée. Je commencerai après-demain. Franchement, Sergueï, je suis à l'article de la mort.

– Ma foi, reste à espérer qu'on ne manquera pas l'occasion de pister Wolf Möller.

Je l'ai salué et j'ai raccroché. Il était peu probable que Wolf revienne sur les lieux de ses crimes passés. Il devait bien savoir que Sergueï était à ses trousses. Mais il ne fallait négliger aucune possibilité.

66.

Le temps s'écoulait avec une lenteur insoutenable. Au Cercle des Diamantaires de Bruxelles, je comptais les jours en essayant de vaincre ma grippe. Un jour où j'étais justement au standard, il y a eu un appel pour moi. C'était l'agence de détectives privés que mon père m'avait recommandée en Allemagne.

– Ici Haape, mademoiselle Olgivie. Je suis désolé, mais nous n'avons pas réussi à retrouver la trace de Piotr Gregoff. Il a bien vendu son domaine à la société de Vittorio Cassellari, l'International Trading, domiciliée en Sardaigne, mais il a disparu sans laisser d'adresse dès qu'il a touché la somme et on n'a plus entendu parler de lui. Nous avons dépêché sur place un de nos agents qui parle russe afin qu'il interroge amis et voisins, mais sans succès. Il semble que l'homme ait souhaité laisser définitivement derrière lui la Mère Russie.

J'ai raccroché, non sans le remercier.

– Et merde !

J'ai éternué dans mon mouchoir en papier et juré de plus belle. J'y avais tant cru que la déception était amère.

Puis une autre idée m'est venue. Et si David avait vu juste avec l'hypothèse de la Lituanie ? Et mon père en faisant de Wolf l'héritier d'un titre de noblesse ? Cela valait la peine de tenter le coup. J'ai rappelé l'agence.

– Écoutez, j'ai une idée. Je voudrais que vous envoyiez un agent en Lituanie avec pour mission de consulter le registre des actes notariés concernant toutes les ventes de terrain, de mines ou de bien immobiliers conclues ces six derniers mois. Qu'il recherche aussi toutes les personnes ayant vendu quoi que ce soit à Piotr Gregoff pour un montant d'un million de dollars.

– C'est vaste. Vous avez une idée plus précise des individus à rechercher ?

– Commencez donc par ceux qui ont un titre de noblesse. Cela réduit le champ d'investigation, non ?

– C'est que…

– Faites ce que je vous dis ! Et rappelez-moi dès que vous aurez du nouveau.

À quatre heures de l'après-midi, un coursier en uniforme s'est présenté avec une lettre pour Naomi Hunter.

– C'est moi.

Le brusque courant d'air qui s'est infiltré par la porte du bureau restée ouverte m'a transpercée jusqu'aux os. J'ai frissonné et dégluti péniblement. Je souffrais le martyre. J'ai signé le carnet à souche et ouvert l'enveloppe.

L'écriture de David ! J'en ai eu le cœur serré. « Rendez-vous devant le *De Witt Diamond Center* ce soir entre minuit et une heure. Urgent. » Suivait une adresse et un plan tracé à la main.

J'ai mémorisé le chemin, jeté le billet dans le lacérateur et repris mon travail.

Je me demandais bien pourquoi David me donnait rendez-vous. Un coup d'œil à ma montre : minuit. J'étais juste à l'heure. Un crachin brumeux rendait la visibilité presque nulle mais, à travers le pare-brise, je distinguais tout de même, au bout de la rue, un immeuble de six étages. En m'approchant, j'ai pu lire la plaque qui en flanquait l'entrée : *De Witt Diamond Center.* Plus loin, une voiture garée sous un platane aux branches dénudées. Aucun autre signe de vie.

Je me suis garée le long du trottoir. La portière de l'autre voiture s'est ouverte côté conducteur. Quelqu'un est descendu, a pris un sac sur la banquette arrière, puis fermé les portières à clef. Sans savoir pourquoi, j'avais la certitude que c'était David. En le regardant approcher de cette démarche qui m'était devenue familière, je me suis rendu compte qu'il m'avait terriblement manqué et je m'en suis voulu de l'avoir soupçonné.

Oh, David ! Si seulement je pouvais t'avouer mes sentiments ! Je suis descendue de voiture à mon tour et la petite pluie fine qui m'a frappée au visage m'a fait broncher.

– Viens, m'a-t-il dit en guise de salut.

Il m'a entraînée par le bras vers l'angle de la rue, puis le suivant, jusqu'à ce que nous soyons à bonne distance de la *De Witt.* Devant nous, un portail donnant sur une grande cour. David a introduit une clef dans le cadenas et la grille s'est ouverte en grinçant.

La bruine s'infiltrait sous mes vêtements et David se comportait comme si nous ne nous connaissions ni d'Ève ni d'Adam, ce qui me chagrinait encore plus. J'ai éternué. Flûte !

Nous nous sommes glissés entre des voitures en stationnement jusqu'à une clôture puis une haie de sapinettes séparant le parking de l'immeuble auquel il appartenait.

– Baisse-toi, m'a soufflé David.

– Pour quoi faire ?

Il a juré tout bas. Alors je me suis accroupie devant la clôture tandis qu'il y découpait à la tenaille un trou assez grand pour nous livrer passage. Il aurait tout de même pu me prévenir ! Je pouvais dire adieu à mes chaussures italiennes neuves. J'en entendais à chaque pas les talons s'enfoncer en crissant dans le gravier. Et au moment de franchir le grillage, j'ai senti mes collants se déchirer.

– Tiens-moi ça, m'a-t-il intimé.

Je me suis redressée. Il m'a tendu son imper ; au-dessous, il portait des jeans et un pull noirs. Il a sorti de son sac une échelle en nylon pourvue de deux crochets à une extrémité.

– Non, ne fais pas ça ! Tu risques de te blesser.

– Chut ! Attends-moi ici et ne fais pas de bruit.

Les crochets étaient à peine grands comme ma main, mais il leur a quand même confié son poids. Il les a lancés vers les barreaux protégeant une fenêtre du premier étage et ils s'y sont fermement accrochés. Un instant plus tard il escaladait l'échelle souple. Une fois sur l'appui de la fenêtre, il s'est retenu aux barreaux, en équilibre instable, avant de répéter l'opération vers l'étage supérieur.

Je n'en revenais pas ! Il était passé maître dans l'art de l'effraction. Un vrai monte-en-l'air. En quelques minutes il disparaissait sur le toit plat de l'édifice. Le crachin a viré à l'averse torrentielle mais je suis restée là à attendre, parcourue de frissons glacés.

Cinq minutes plus tard la porte de derrière s'ouvrait et David me faisait signe d'approcher.

– Désolé, mais on ne peut pas se permettre d'allumer la lumière. Essaie de te repérer quand j'allumerai ma lampe-torche. C'est par là. Ces vieux immeubles, ça se laisse cambrioler comme un rien. Je n'ai pas eu de mal à désactiver le système d'alarme : il est installé sur le toit. J'ai trouvé les plans au registre des actes notariés.

– Tu as pris des risques.

– Mais non. Je me suis présenté hier en me faisant passer pour un client et j'en ai profité pour repérer les circuits électriques.

– Qu'est-ce qu'on fait là ?

– Une partie des diamants russes volés sont entreposés ici pour taille et polissage avant remise à un client dont l'identité n'est pas connue. Des amis me l'ont rapporté. Viens, Nina.

Ah ! Donc, on jouait désormais cartes sur table. Tout à coup, je me suis sentie légère comme l'air – comme si on m'avait subitement ôté un grand poids des épaules.

– David, je veux que tu saches que si je t'ai induit en erreur, c'est parce que...

– Chut ! Le passé est le passé. Laisse tomber. Avance. Tu nous fais perdre tu temps.

– Mais je n'y vois rien !

Je n'ai jamais su m'accoutumer à l'obscurité. J'ai battu des paupières et mon champ de vision brouillé par la grippe s'est un peu éclairci.

La lampe électrique s'est allumée quelque part devant moi. Je suis entrée dans la flaque de lumière, où je serais bien restée – mais tout est redevenu noir.

– Par ici.

J'ai avancé en tâtonnant.

– Merde !

J'avais donné des tibias dans une chaise.

– Chut ! Tais-toi !

– Pardon.

J'ai suivi le feu follet de la torche qui dansait dans la pièce, et pour finir j'ai heurté David. À son tour de jurer.

– Tiens-moi la lampe. Éclaire ces dossiers, là. Je dois les consulter.

Nous étions devant une série de dix armoires classeurs à quatre tiroirs. Il a fallu feuilleter tous les dossiers. Au bout de deux heures, mon dos me mettait à la torture, la grippe m'embrouillait les idées et la torche pesait une tonne. Mais nous en étions à la dernier armoire.

David a siffloté. J'ai péniblement repris mes sens.

– Ça y est, nous y sommes. *BB Investissements.* Ce sont les initiales de quoi, à ton avis ?

– Aucune idée.

– Mais si, de ton ami Borovoï ! Qui d'autre ? Lui et sa femme sont les uniques dirigeants de cette société, si l'on en croit le papier à en-tête ; mais je le savais déjà, de toute façon. Ils possèdent de l'immobilier hors de Russie, la moitié de la banque Boukarine avec Cassellari, et d'autres biens en Russie. Je ne suis pas resté à me tourner les pouces, moi, pendant que tu perdais ton temps au Cercle des Diamantaires.

– Je reconnais que c'était en pure perte, mais Sergueï continue à croire que Wolf y fera une apparition tôt ou tard.

– Il n'est pas très malin, ton Romanovitch. Il croit encore que c'est Möller qui a volé les diamants, hein ? Eh bien, c'est faux. Le coupable est Borovoï, pour qui il était facile d'accuser Möller, le bouc émissaire tout trouvé.

– Tu es sûr ?

– Maintenant oui. Jusqu'ici, ce n'était qu'une hypothèse. Si l'on en croit ce reçu, la BB Investissements est propriétaire du lot de diamants qu'on taille en ce moment ici même, et qui est évalué à cent millions de dollars. Mais ce n'est qu'une partie du stock volé. Voici copie du reçu signé par la De Witt au moment de la remise des pierres ; et là, un devis pour le travail à effectuer. Pour finir, un contrat stipulant que la De Witt accepte d'être payée en diamants.

– Apporte ces documents à Romanovitch. Il va falloir que tu

lui expliques ce qu'ils signifient. Tu le trouves peut-être sexy, mais il n'a pas grand-chose dans la tête. C'est le genre artiste, mais ça s'arrête là. L'homme à femmes dans toute sa splendeur.

Il savait donc que j'avais passé du temps en compagnie de Sergueï. Le silence constituait certainement mon meilleur bouclier.

– Je suis persuadé que Borovoï s'est fait passer pour Möller au moment du marché conclu avec Romanovitch avant le vol des diamants. Ce n'était pas très difficile, pour lui, puisque Möller ne communique jamais que par téléphone ou e-mail. En outre, il avait déjà travaillé avec lui ; il connaissait son style – et Romanovitch aussi.

– Mais pourquoi tiens-tu tellement à ce que Sergueï sache la vérité ?

– Je veux les dresser l'un contre l'autre. On ne peut pas combattre les deux à la fois, Nina. Alors laissons-les s'entre-déchirer.

– Ah, je vois. Naturellement tu as raison. C'est ta partie, hein ? Bon, on s'en va ? Je ne me sens pas bien du tout. Et on ne pourrait pas allumer, cette fois ? J'ai des bleus partout et ça fait tout drôle.

J'ai suivi en sens inverse les oscillations du faisceau lumineux. Je sentais bien que David était déçu. Il s'était attendu à plus d'enthousiasme de ma part. Malheureusement, j'étais trop malade pour cela.

Nous avons regagné ma voiture et David m'a dévoilé son plan. Son *incroyable* plan. Comme il était content de lui ! Quelle suffisance ! Puisqu'il avait toutes les raisons de se féliciter, il ne comprenait pas pourquoi je restais sans réaction. *Pour qui te prends-tu, Nina ? Tu es donc prétentieuse au point de vouloir retrouver ton fils toute seule, sans l'aide de personne ?* Mais non ! Il s'agissait de tout autre chose ; seulement, je n'arrivais pas à savoir quoi, au juste.

– Alors voilà. J'ai convaincu quelques banques américaines (y compris la mienne) de créer un fonds de soutien à la démocratie dans les ex-pays frères. Nous projetons d'injecter des capitaux substantiels dans leur économie, en commençant par les Pays baltes. Nous avons même persuadé le Fonds monétaire international d'y envoyer des observateurs, ce qui nous autorise à présenter notre action comme un partenariat F.M.I.- secteur privé. Des conférences réuniront une série de banquiers, d'experts, d'économistes... et bien sûr de politiques, c'est inévitable. On y encouragera les propriétaires terriens qui ont récupéré leurs domaines après la chute du régime à solliciter des prêts substantiels pour rendre viables leurs exploitations agricoles ou minières. Alors, qu'en penses-tu ?

– Excellente idée, mais c'est vrai ? Ils verront vraiment la couleur de cet argent ?

– Absolument. D'ailleurs, c'est ce que nous avions l'intention de faire avant le scandale des Friends of Unita.

– Je suis impressionnée par ta ténacité, David. Je ne sais pas comment te...

– Pas la peine. Je prends plaisir à essayer de neutraliser ce salopard. Il me tarde de le remettre entre les mains de la police. Six polices nationales différentes l'attendent au tournant. Et l'idée, c'est que tu l'y attendes aussi, derrière un miroir sans tain puisque tu es la seule à pouvoir l'identifier. Dès qu'il aura rempli sa demande, on aura sa véritable identité ainsi que ses coordonnées. Bien vu, non ?

– Hum... possible, oui. Mais Wolf a largement de quoi financer la modernisation de ses domaines. Il a passé la moitié de sa vie à escroquer le monde pour se constituer un capital.

– C'est vrai. C'est l'éventuel point faible de mon plan ; mais tu l'imagines décliner une offre de prêt à taux très bas ?

– En effet. Pourquoi refuserait-il ? Non, c'est toi qui as raison. Ça peut marcher. Je te remercie, David.

– Tu es vraiment d'un enthousiasme délirant !

– Pardonne-moi. J'ai la grippe depuis des jours. Je n'arrive pas à m'en débarrasser. Je suis malade comme un chien.

– Tu devrais garder le lit. De toute façon, tu perds ton temps au Cercle. Je rentre de Riga, où j'ai organisé des rencontres. Les propriétaires terriens nous mangeront dans la main. N'importe lequel d'entre eux peut être Wolf Möller.

– Que veux-tu que je te dise ? C'est une idée remarquable. Encore une fois, merci.

– On ouvrira le congrès par un cocktail dans un grand hôtel de Riga. Une fois Möller arrêté, on va récupérer ton fils chez lui et on le met dans un avion pour l'Écosse. N'oublie pas d'apporter les papiers prouvant que tu en as la garde légale. Car je suppose qu'ils sont bien en ta possession ?

– En effet.

– Eh bien voilà ! Le plan te convient ?

– Mais oui. Et Wolf ? Que lui arrivera-t-il ?

– Je suppose qu'Interpol, la C.I.A., le Mossad et l'Afrique du Sud vont se le disputer. Tôt ou tard, il sera jugé aux États-Unis. S'il vit jusque-là. Ils vont le mettre en pièces, à mon avis. Écoute-moi, Nina. Ne retourne pas au Cercle. Disparais. Je vais te mettre en lieu sûr jusqu'au congrès. Je veillerai sur toi. Il te faut une nouvelle identité, une nouvelle nationalité. Que dirais-tu de devenir Mme Bernstein ?

J'ai éclaté de rire... et aussitôt regretté ma réaction. Resserrant mon écharpe autour de ma gorge, j'ai coassé :

– Tu parles d'une bonne raison de se marier ! Présentée par toi, la chose est d'une banalité... Je crois que je vais attendre qu'on me le demande en m'offrant une bague lors d'un souper aux chandelles.

– Tu te dérobes, tu nies l'évidence.

– David, écoute-moi. Si tu veux toujours m'épouser une fois que j'aurai récupéré Nicky, alors je te dirai oui. Je t'aime, et en effet, j'aspire à me marier ; seulement, je ne suis pas sûre qu'à ce moment-là tu veuilles toujours de moi. Je veux bien que tu me demandes ma main un jour, mais pour le moment, il est trop tôt. Je lui ai affectueusement serré le bras.

Nous nous sommes dit au revoir. J'ai essayé de trouver quelque chose de mémorable à dire – quelque chose qui résume bien la situation. Jusqu'ici nous avions plus ou moins fait route ensemble, mais il fallait que je continue seule. Moi seule déciderais de la meilleure solution pour mon enfant. Tel était mon droit divin.

67.

Le directeur de l'agence allemande, Heinrich Haape, m'a appelée trois jours plus tard, c'est-à-dire en avance sur mes prévisions.

– Nous avons les renseignements demandés, m'a-t-il annoncé sur un ton neutre, voire un peu sec. Ils vont vous coûter un peu plus que prévu, et vous seront communiqués selon les modalités convenues. Règlement à la remise, de préférence en liquide et en dollars. Pouvez-vous rencontrer notre émissaire au Café Vienna, tout près du Cercle des Diamantaires, ce matin même à onze heures ?

Je cachais mal mon exultation.

– Tout à fait, je vous remercie. J'y serai.

Quelques minutes avant l'heure dite je suis entrée dans le Café Vienna. La salle était bondée, mais presque aussitôt une table s'est libérée. J'ai demandé à la serveuse de diriger l'Allemand vers moi quand il se présenterait, et commandé du café.

Peu après est arrivé un homme de haute taille, assez mal tenu, avec des cheveux clairsemés vaguement roux, de grosses taches de rousseur et des yeux gris au regard myope cachés derrière d'épaisses lunettes. Il s'est incliné en claquant les talons et m'a tendu la main.

– Ah, bonjour miss Olgivie. Enchanté de faire enfin votre connaissance.

Sa voix rendait un son familier à mon oreille. C'était à lui que j'avais parlé au téléphone. Il devait être son seul employé.

– Vous êtes Heinrich Haape ?

– Lui-même. J'espère que je ne suis pas en retard ? » Il s'est retourné vers la serveuse, qui s'approchait avec le chariot à pâtisseries.

– Ah, du gâteau ! Excellente idée.

– Une part de forêt-noire, merci.

J'ai demandé la même chose et poliment écouté Haape me parler du temps qu'il faisait, du retard des trains et du réchauffement planétaire, le tout pendant cinq bonnes minutes.

– Donc, vous avez les informations que je recherche, ai-je placé dès que j'ai pu.

Je ne pouvais détacher mes yeux de son attaché-case. J'aurais voulu le lui arracher et me plonger aussitôt dedans.

– Nous avions parlé dollars, si vous vous souvenez bien. Vous étiez d'accord pour me payer à la livraison.

– Mais bien entendu.

– Vous avez l'argent avec vous ?

– Oui.

– Dans ce cas...

Ses yeux bleus au regard scrutateur disaient toute son impatience.

– Je vous rappelle que vous ne m'avez toujours pas communiqué les renseignements. Mais peu importe. Vous m'avez été chaudement recommandé. Tenez, voici la moitié de la somme. – Je lui ai remis une enveloppe. J'ai failli mourir d'énervement en le regardant compter laborieusement les billets. – Je regrette que ma mission vous coûte un peu plus que notre estimation de départ.

– Ça n'a pas d'importance.

– J'ai pensé que vous auriez besoin de photos, vous comprenez. Alors je m'en suis procuré deux, plus quelques détails d'ordre généalogique.

Il s'était rendu compte de mon anxiété. Maudit soit-il !

– Pourrait-on entrer dans le vif du sujet, s'il vous plaît ?

– Eh bien voilà : je crains que l'homme que j'ai trouvé ne soit pas le bon.

– Mais... comment êtes-vous au courant de... ?

– Il y a des années que je travaille pour votre père, à l'occasion.

Il m'a passé les documents en question, qui détaillaient la vente de soixante mille hectares de terres agricoles, à l'exclusion de tout droit d'exploitation minière, à Piotr Gregoff. Et le vendeur était un certain Marius Wolfgang Tyler, baron de son état. Suivait son adresse, rédigée en lituanien, en allemand et en anglais. Dans les trois versions j'ai repéré le mot « Morgendauw. »

Enfin ! Enfin ! Merci mon Dieu ! Mon cœur battait si fort que j'avais l'impression que cela se voyait.

Puis le détective m'a tendu deux photos. L'une représentait Wolf et Nicky traversant un champ en direction d'une digue ; ils portaient des cannes à pêche et un seau. L'autre montrait mon fils juché sur les épaules de Wolf, les bras passés autour du cou de son père ; cette fois ils revenaient du lac, et c'était Wolf qui portait tout le matériel. Le seau semblait lourd.

– Vous ne vous sentez pas bien, madame ?

– Si, ça va. Ça va même très bien.

Mon fils n'avait donc pas été abandonné dans un orphelinat, il était bien vivant et on ne lui avait pas fait de mal. Il était heureux, on s'occupait bien de lui. En cet instant, rien d'autre ne comptait.

– Et l'autre moitié de la somme ?

Je lui aurais donné ma chemise.

– Tenez, prenez tout.

Je lui ai fourré une liasse de dollars dans les mains. Elle représentait le double de ce qu'il demandait car j'avais paré à toute éventualité.

– J'ai posé des questions et appris que le baron Marius était très respecté à Riga. Il fait partie du conseil municipal, préside de nombreuses œuvres de charité, vous voyez le genre. Et on connaît bien son dévouement à l'égard de son fils Nicholas. Le bruit court qu'il a perdu sa femme quand l'enfant avait deux ans.

Brusquement, il a posé sa main sur la mienne.

– Moi aussi je traque Nicky depuis deux ans. Je dirige l'agence de recherches que votre père a contactée pour essayer de le retrouver. Je suis désolé d'avoir échoué jusqu'ici. Ce n'est pas faute d'avoir essayé, je vous assure.

Je me suis maîtrisée à grand-peine.

– Merci, ai-je bredouillé. Je vous souhaite une bonne journée.

J'ai attrapé mon sac et je suis allée aux toilettes.

Je n'avais pas encore versé une seule larme. Ni quand mon fils m'avait été enlevé, ni au moment de mon arrestation. J'avais été si forte ! Les électrochocs n'avaient pu m'arracher que des cris. Mais j'allais enfin pleurer. La digue cédait, un flot de larmes engloutissait mon âme. Je me suis assise sur une chaise et j'ai enfoui mon visage dans mes mains. Au bout d'un moment une femme s'est penchée sur moi un instant. Une inconnue. Puis la serveuse est venue m'apporter du café et deux aspirines, que j'ai refusées. Elle est repartie aussi.

Enfin, je me suis rappelé que les Olgivie ne pleuraient pas et je me suis passé le visage sous l'eau.

– Ce ne sont pas de *vraies* larmes, ai-je pensé tout haut, puisque je suis plus heureuse que jamais. Seulement de l'eau salée qui lave mes blessures.

Que faire ? Appeler un taxi, rentrer à l'hôtel, envoyer un e-mail à mon père. Mais après cela, je suis retournée au Cercle. Il ne fallait surtout pas que Sergueï remarque le moindre changement dans mon attitude.

68.

La veille de mon départ pour Riga j'ai invité Sergueï à dîner. J'ai choisi un restaurant spécialisé dans la cuisine et la musique tziganes pour ne pas risquer de tomber sur Borovoï.

– Nininchka, tu me révèles une facette insoupçonnée de ta personnalité. Tu es donc une romantique, sous tes dehors austères ? Dîner aux chandelles, musique tzigane… Quelle surprise ! Jusqu'ici, à voir comme tu m'as traité je n'aurais jamais deviné que tu avais de tels sentiments pour moi.

Il m'a pris la main et, tandis que ses doigts puissants mais fins chatouillaient ma paume, j'ai ressenti un tressaillement de plaisir. Je savais, à présent, que j'aimais David sincèrement et pour toujours ; il n'empêche, Sergueï était l'homme le plus désirable que j'aie rencontré de ma vie. Nous ne ferions plus jamais l'amour ensemble, et c'était peut-être ce qui le rendait si attirant à mes yeux. À moins que nous ne soyons tout simplement devenus proches, au fil des mois ?

Il a étalé ses inégalables compétences en matière de joaillerie, et m'a tenue en haleine avec les mille et une aventures et intrigues jalonnant l'histoire des bijoux célèbres.

J'ai gardé mon récit à moi pour la fin. Au coin du feu, devant un cognac, j'ai enfin déclaré :

– Je n'oublierai jamais notre nuit ensemble, Sergueï.

– La seule, l'unique, ô cruelle Nininchka !

– Mais je n'oublie pas non plus que Wolf et toi étiez ensemble en camp de redressement ; et j'ai du mal à croire qu'il ait causé la perte d'un ami d'enfance.

– Et envers toi, il a été loyal, peut-être ?

– D'une certaine manière oui, puisque je suis toujours en vie. – Il a rejeté la tête en arrière et rugi de rire. – Et cela te suffit ? Tu attends donc si peu des hommes ! Le simple fait qu'ils te laissent en vie prouve leur loyauté à ton égard, hein ?

Zut ! Ça se présentait mal. Je n'ai pas pu me retenir de rire aussi.

– Je continue de croire que ça ne lui ressemble pas *du* tout de t'avoir volé ces diamants, ai-je insisté.

Là, j'ai enfin réussi à retenir son attention. Son air débonnaire s'est effacé en un clin d'œil.

– Que veux-tu dire ? Cesse de tourner autour du pot. Tu as vu Wolf ?

– Mais non. Simplement, à une époque je l'ai bien connu. Il est très capable de gruger un gouvernement, mais toi, un ami d'enfance... ?

– Il t'a bien grugée *toi,* non ?

– C'est sûr, ai-je soupiré.

J'ai plongé mon regard dans ses yeux implacables... et immédiatement cillé. Je n'y lisais plus trace de gaieté, plus aucune tendresse.

– Je t'en prie, ne me regarde pas comme ça. Fais-moi confiance, Sergueï. Un lot de diamants non taillés représentant une somme de cent millions de dollars a été déposé à la De Witt. Voici le reçu, les certificats d'expertise, les devis, et ainsi de suite. Tu noteras que le possesseur a dû garantir les travaux à exécuter sur une partie du lot.

– Et de qui s'agit-il ? s'est-il enquis à voix basse en tendant la main vers le reste des documents.

– De la BB Investissements. Une société domiciliée à Prague et dirigée par deux personnes : le colonel Borovoï, d'où les initiales, et sa femme Zelda. Tiens. J'ai fait ces photocopies dans leurs locaux mêmes. Garde le tout. Il n'est pas très difficile de s'introduire dans les lieux. Fais ta propre enquête. Je veux seulement te mettre en garde contre le danger que tu cours, comme tu l'as fait pour moi.

– Quel danger ?

– Borovoï t'a tendu un traquenard ; il t'a pris tout ce que tu possédais, il a sali ta réputation et t'a acculé à la faillite. Je ne vois pas ce qui le retiendrait de t'éliminer si tu découvrais le pot aux roses.

– Pourquoi me dis-tu tout cela, Nina ?

– Parce que je t'aime bien. Tu t'en doutes, non ?

Les sourcils froncés, il s'est levé, comme s'il ne tenait plus en place.

– Ça alors ! J'ai bien failli me laisser prendre. Mais finalement je ne marche pas. Ce n'est pas par amitié que tu me racontes tout ça, Nininchka. Il y a autre chose. J'ignore quoi, mais je pense que ces documents sont quand même authentiques. Je vais vérifier et je reprendrai contact avec toi. Peut-être un contact *intime*. Nous verrons.

Il est parti sans autre forme de procès. J'ai fini mon cognac, réglé la note et regagné mon chez-moi.

Une fois rentrée, bien en sécurité, j'ai résumé les derniers développements pour mon père, puis envoyé un e-mail à Borovoï.

Les nouvelles sont bonnes, Boris. David Bernstein organise à compter du 1er novembre 1994, en liaison avec les plus grands banquiers américains et plusieurs représentants du F.M.I., un congrès à Riga (Lituanie) pour mettre en place une structure de prêt et renforcer les liens entre l'Occident et les Pays baltes. L'idée est d'appuyer la démocratie par l'intermédiaire de prêts à taux préférentiels. Les propriétaires terriens de Lituanie y enverront leurs délégués faire l'état de leurs domaines, ce qui me permettra d'identifier parmi eux Wolf Möller. Car je serai discrètement présente. Avec un peu de chance nous apprendrons donc, à cette occasion, sa véritable identité. Il est crucial que vous mainteniez le contact avec moi, le but ultime étant que Möller soit traduit devant les tribunaux russes. En effet, je crains que la justice occidentale ne soit trop clémente envers lui et que mon enfant ne m'échappe s'il a le temps de s'en débarrasser. Une fois à Riga faites-moi savoir où vous êtes descendu et je prendrai les dispositions nécessaires pour que vous assistiez également au congrès.

Une fois le message expédié je suis restée devant l'écran noir à mettre au point ma stratégie comme s'il s'agissait d'une partie d'échecs, en cherchant à garder constamment une longueur d'avance et à prévoir la réaction de mes adversaires. Je risquais des ripostes de tous côtés, et j'aurais eu besoin d'aide à les anticiper. Si seulement j'avais pu consulter mon père ! Malheureusement, c'était impossible. Ce que j'avais à faire, il fallait que je le mène à bien toute seule.

69.

À l'aube du jour où devait s'ouvrir le symposium, j'ai appris en arrivant à Riga que David nous avait réservé une suite comprenant une chambre pour Nicky. Décidément, son plan lui inspirait beaucoup d'optimisme.

Les réunions se tiendraient à l'Hôtel de Rome. David était déjà là depuis quinze jours, pour recevoir les demandes de prêt et mettre la dernière main aux détails de l'opération. Il avait aussi fait aménager derrière la réception un réduit pourvu d'un miroir sans tain d'où je pourrais regarder les délégués remplir leurs questionnaires et faire acte de candidature.

Son équipe se composait de douze personnes, hommes et femmes. Dès neuf heures précises, quand nous avons ouvert les portes, les visiteurs se sont présentés en file ininterrompue et chacun s'est affairé à répondre aux questions, fournir des traductions et assister les impétrants.

À midi, il s'est mis à tomber des trombes d'eau et le hall d'accueil s'est assombri. Dans mon cagibi, il faisait un froid glacial. Vingt-sept familles avaient déjà exposé leurs projets d'investissement. À en croire David, la plupart se verraient satisfaites.

Je crayonnais distraitement sur mon bloc-notes en pensant à Nicky et aux photos remises par le détective ; tout à coup, j'ai eu la curieuse impression que Wolf était dans les parages. J'ai bien regardé : il n'y avait personne dans le hall. Mais quelques minutes plus tard il est entré, et ses souliers détrempés à semelle caoutchoutée ont crissé sur le sol de marbre.

Mon premier mouvement a été de songer que je l'aimais

encore, et cet amour a surgi des profondeurs de mon être, inattendu et menaçant comme un raz-de-marée. Je me suis promptement reprise. Non, je n'aimais plus cet homme. Sa présence ressuscitait des souvenirs, voilà tout. Cela, et le fait qu'il se soit si bien occupé de Nicky.

Toutes les interrogations que je portais en moi depuis des années ont failli franchir le seuil de mes lèvres : *Pourquoi ? Pourquoi m'as-tu fait ça ? Comment as-tu pu m'abandonner ainsi ?*

Je transpirais malgré le froid. J'ai humecté mes lèvres desséchées et serré les dents en me cramponnant de toutes mes forces au rebord du bureau. Pas un sanglot, pas un cri ne devaient trahir mon trouble, car David était à côté de moi.

J'ai feint un bâillement, joué distraitement avec mon crayon à papier puis recommencé à gribouiller des motifs abstraits ; mais pendant ce temps une partie de moi-même surveillait attentivement Wolf en espérant ardemment qu'il n'irait pas s'inscrire sous son vrai nom.

Le portier lui a tendu un stylo, mais Wolf a haussé les épaules et s'est détourné. Il a lu un formulaire, il en a réclamé d'autres... Enfin, il est allé se renseigner dans la pièce voisine.

Je me suis courbée pour fouiller dans mon sac et, hors du champ de la caméra, « éternuer » dans un mouchoir en papier. J'ai dû fournir le plus gros effort de ma vie pour affecter ensuite un ennui apparent et reporter un regard faussement inexpressif sur la porte d'entrée.

Trois autres personnes sont venues remplir des formulaires. Wolf s'entretenait interminablement avec le représentant d'une banque. Il a fini par s'en aller, non sans annoncer en anglais à la réceptionniste qu'il rapporterait les questionnaires remplis le lendemain.

Le poisson était presque ferré. Wolf assisterait au cocktail. Que faire ? Mon indécision me mettait à la torture.

David m'a emmenée dans une boîte de nuit. Il avait follement envie d'une soirée romantique, mais je n'avais pas la tête à cela. Je me faisais trop de souci. J'ai essayé de le lui expliquer et je crois qu'il a compris. Je m'imaginais une tout autre scène : *Nicky attendant, seul, un père qui ne rentrerait plus. À sa place, deux per-*

sonnes inconnues venaient le chercher. Certes, l'une d'entre elles était sa mère, mais elle restait une étrangère.

Ce ne pouvait être une solution satisfaisante pour Nicky.

– Wolf aura de la chance s'il échappe à la prison à perpétuité, a déclaré David.

Et s'il amène Nicky au cocktail ? Essaiera-t-il de s'enfuir ? Faut-il vraiment qu'il assiste à la capture de son père ? Et que lui dire sur son père quand il sera grand ? Comment lui expliquer qu'il a écopé de la prison à vie ?

Nicky adorait Wolf. Cela crevait les yeux, sur les photos. Son père l'avait tendrement chéri, contrairement à ce que je redoutais. Ne fallait-il pas en tenir compte ?

– Quand m'épouseras-tu, Nina ?

– Je te l'ai dit : si tu veux toujours de moi quand Nicky sera là, je serai toute à toi.

– C'est moi qui vais faire la tête, si ça continue : tu n'es *vraiment* pas très romantique.

J'ai étreint sa main.

– Le jour viendra où nous serons réunis, David. Je n'en doute pas.

L'homme que j'avais cherché à fuir à tout prix est arrivé à Riga le lendemain matin. Il est descendu dans notre hôtel, naturellement, et son premier mouvement a été de venir me menacer dans mon réduit.

– Pas mal, a-t-il commenté en examinant mon environnement, le miroir sans tain. Vous avez repéré Möller ?

– Oui. Il n'a pas révélé sa vraie identité, mais tôt ou tard il le fera. Il va revenir.

– Votre Bernstein a loué la quasi-totalité du rez-de-chaussée. Ça a dû lui coûter une fortune. À quand l'ouverture officielle du symposium ?

– Après-demain, avec un cocktail pour marquer le coup. C'est là qu'il faudra alpaguer Wolf.

– Et Bernstein, que sait-il sur moi ?

– Seulement que vous êtes chargé d'enquêter sur Wolf et de le traduire en justice. La vérité, quoi.

– Hum… Il tient sûrement à ce que les U.S.A. mettent la main sur Möller avant tout le monde.

– Sans doute, mais il ne me l'a pas dit.

– J'aimerais vous rappeler votre promesse, ainsi que notre pacte, Nina.

– C'est inutile, je n'ai pas oublié.

J'ai fait de mon mieux pour lui sourire amicalement. Il m'a rendu la pareille, mais sans se départir de son regard glacial.

– Je ne vous fais plus confiance, Nina.

– Pourquoi donc ? Pour découvrir l'identité de Wolf, mon plan en vaut bien un autre.

– Pourquoi Bernstein est-il si sûr que Wolf est lituanien ?

– Parce qu'il a suivi la trace de l'argent volé jusqu'à Riga. Et maintenant, si ça ne vous dérange pas, j'ai à faire.

– Qu'avez-vous dit à Sergueï ?

– À propos de quoi ? Du symposium ?

J'ai froncé les sourcils.

– Des diamants de la De Witt.

– Je ne sais pas de quoi vous voulez parler.

Il m'avait prise au dépourvu. J'ai senti mon abdomen se contracter. J'espérais que ma réaction ne se voyait pas.

– Et moi je crois que si, au contraire.

Brusquement, il m'a saisie par le bras. J'ai cherché à me dégager, mais ses doigts se sont imprimés dans ma chair. Si je criais, tout l'hôtel allait débarquer en courant, et David provoquerait certainement une bagarre.

– On est entré par effraction à la De Witt. On a photocopié des documents et coupé des fils électriques. Curieusement, cela s'est justement passé le soir où vous êtes rentrée chez vous avec la grippe. Sergueï était avec moi à ce moment-là ; or, hier il avait ces mêmes documents en sa possession.

– Il vous les a donnés ?

Un frisson d'appréhension. Je me rendais compte que j'avais gaffé.

– Ce que je crois, c'est que vous vous êtes introduite dans les locaux de la De Witt en compagnie de Bernstein.

– Eh bien, vous vous trompez. Je suis bel et bien rentrée chez moi avec la grippe. Et maintenant, lâchez-moi sinon je crie. Où est Sergueï ?

– Là où vous vous retrouverez vous-même si vous me doublez dans cette affaire.

J'ai eu très peur pour Sergueï et cela a balayé mes autres craintes.

– Que lui avez-vous fait ?

Détectant une note d'hystérie dans ma voix, j'ai fait un effort pour me reprendre.

– Je l'ai arrêté et expédié à Moscou pour le présenter devant les tribunaux. Malheureusement, il a résisté et on a dû l'abattre.

Incapable de simuler plus longtemps, j'ai pressé mes doigts contre mon front en fermant les yeux de toutes mes forces. *Salaud ! Salaud !* hurlais-je silencieusement.

L'espace de quelques instants le chagrin m'a empêchée de raisonner ; mais heureusement ma logique inaltérable a repris le dessus, et l'idée qui m'échappait depuis quelque temps s'est enfin précisée dans mon esprit.

– J'aimais bien Sergueï. Je regrette ce qui lui est arrivé. Enfin, je suis sûre que ce n'est pas votre faute. Bon, voici mon plan. Il faut que vous figuriez parmi les invités au cocktail ; je vous ferai savoir, à vous et à vous seul, qui est Wolf Möller. À vous de faire, alors, ce qui doit être fait. Nous nous comprenons bien ? Il *doit* vous dire où il cache mon enfant ; alors seulement vous pourrez l'envoyer en Russie. Alors seulement je pourrai vivre en paix avec moi-même, sachant que justice a été faite.

Il a eu l'air soulagé.

– Nous nous comprenons bien. Je vous ai toujours admirée. Vous êtes très forte. Vous pouvez compter sur ma collaboration.

– Vous devrez vous présenter non pas comme policier, mais comme délégué ; sinon on vous mettra des bâtons dans les roues. Je ne crois pas que David connaisse votre visage. Ne revenez pas avant que je vous aie trouvé une identité. Vous recevrez un badge et une adresse fictive ; je les ferai porter dans votre chambre. Surtout, soyez bien là à huit heures tapantes, pour l'ouverture, dans les salons du troisième étage. Nous n'aurons pas beaucoup de temps pour opérer.

– N'essayez pas de me doubler, Nina ! m'a-t-il prévenue à voix basse.

Il n'était pas entièrement convaincu de ma sincérité. Mais il viendrait, j'en étais sûre. J'avais besoin de lui, et lui avait besoin d'être là.

Il m'a adressé un dernier regard soucieux puis, après une volte-face, il s'en est allé.

– Quand tout sera fini je verserai une larme sur toi, Sergueï, ai-je murmuré. Mais pour l'instant, ma vengeance avant tout.

70.

Je redoutais par-dessus tout qu'au moment des retrouvailles, mon enfant, mon bien-aimé Nicky, ne me reconnaisse pas. Allions-nous nous comporter en présence l'un de l'autre comme des inconnus, des étrangers ? C'était ce que me soufflait le bon sens, mais en dehors de toute rationalité j'espérais que l'amour, *mon* amour, sortirait vainqueur de l'expérience.

Nicky m'avait été enlevé à l'âge de deux ans. Il en avait à présent quatre. *La mémoire des petits enfants ne remonte pas aussi loin,* me raisonnais-je en faisant halte à un croisement avant de bifurquer vers Baldone.

Mes paumes étaient glissantes sur le volant et la pulsation de mon cœur me semblait égaler celle des pistons du moteur. Champs, bois et petites maisons en pierre se succédaient de part et d'autre de la route. Enfin j'ai atteint Lecava, où j'ai pris à gauche en direction de Vecumniecki. Bientôt il n'y a plus eu aucune maison. Il faisait nuit mais la lune brillait d'un éclat extraordinaire. Si les cartes et les indications qu'on m'avait fournies étaient exactes, je ne devais plus être très loin du but. J'ai ralenti et cherché des yeux une entrée de domaine sur le côté droit, mais sans succès. Je me suis rapprochée du bas-côté et j'ai continué à rouler au pas.

J'ai vu des lumières briller à travers les arbres bien avant d'apercevoir le portail. La maison était grande et biscornue, dans le style Art déco, et une vive lumière en éclairait la terrasse. Je me suis garée et j'ai inspecté l'entrée : deux hauts piliers flanquant une grille en fer forgé aux motifs tarabiscotés, qui était ouverte.

Puis j'ai lu « *Morgendauw* », et j'ai su que j'étais arrivée. Comment avait-il osé ? Ce nom nous appartenait à *nous*, il n'avait pas le droit de se l'arroger ! Pas plus que de s'arroger Nicky...

Après m'être mouchée vigoureusement, je me suis donné un coup de peigne. Je me sentais un peu mieux. J'ai remis le moteur en marche, pour m'engager sur une allée gravillonnée bien entretenue, entre pelouses et massifs. Wolf avait toujours eu beaucoup de goût.

Je me suis à nouveau arrêtée et j'ai consulté ma montre. Huit heures du soir – une heure tout à fait raisonnable pour débarquer chez les gens, même si ma visite n'avait rien de banal.

Qu'est-ce qui m'attendait ? Une maîtresse et d'autres enfants ? Une nouvelle épouse qui adorait son beau-fils ? J'avais peur de sonner, mais j'ai fini par rassembler le courage nécessaire. Un carillon s'est fait entendre haut et clair. Un enfant a lancé un appel, une voix lui a répondu. Des pas se sont approchés en toute hâte de la porte, laquelle s'est ouverte grâce aux efforts audibles du petit être qu'elle me cachait.

Car c'est mon fils qui m'est apparu. Mon petit Nicky, en pantoufles et pyjama à rayures, un petit train rouge vif sous le bras. Il n'avait pas beaucoup changé. Il était grand pour son âge, et il avait l'air heureux. Ses yeux noisette étaient pleins de gaieté, il avait les lèvres pleines et mobiles de Wolf, mes cheveux à moi et ce doux sourire d'ange qui n'appartenait qu'à lui... *Mon Dieu, comme je l'aime !* Mais il fallait rester calme.

– Il est joli, ton train, Nicky.

– Tu es anglaise, a-t-il dit, tout timide.

– Oui, c'est vrai. Tu comprends bien l'anglais.

– Oui.

– C'est ton papa qui t'a appris ?

– Oui. On parle tout le temps anglais. C'est juste ma nounou qui parle allemand.

– Je peux entrer ?

Sans prêter attention à ma question, il m'a pris la main.

Je me suis accroupie, puis je l'ai serré dans mes bras.

– Nicky, je suis si contente de t'avoir retrouvé, mon petit

chéri. Il y a très longtemps que je te cherche, tu sais. Tu sais qui je suis ?

– Tu ressembles beaucoup à ma maman, a-t-il admis en fuyant mon étreinte. J'ai une photo d'elle à côté de mon lit.

– C'est parce que je *suis* ta maman. Oh, Nicky, mon amour, reviens dans mes bras.

– Je me souviens de toi, a-t-il répondu poliment.

Mais je voyais bien que ce n'était pas vrai. Il m'a tout de même enserrée dans ses petits bras. La voix du sang avait parlé. Ses petites mains ont empoigné ma chevelure comme autrefois.

Le cerveau n'oublie jamais rien. Chaque souvenir est soigneusement gravé dans notre subconscient et susceptible d'être ravivé par toutes sortes de stimuli – un parfum, le contact d'un corps aimé. Nicky a lâché son jouet pour nicher sa tête au creux de mon cou et nouer ses petites jambes autour de ma taille. Ses cheveux me chatouillaient la joue.

– Ne pleure pas, maman. Je me souviens de toi. C'est vrai ! Mais tes cheveux ne sont pas pareils. Je savais que tu viendrais parce que je l'ai demandé au bon Dieu. Et maintenant tu es là.

– Eh oui, tu es là, a renchéri dans mon dos une voix trop connue, une voix qu'autrefois je n'avais que trop aimée. Ma seule erreur fatale.

– Nicky se souvient de moi.

– En es-tu bien sûre ? Il adore toutes les femmes, sans doute parce que les soins féminins lui ont manqué. Enfin... Viens t'asseoir près du feu. Nicky va attraper froid dans cette entrée pleine de courants d'air. Il sort du bain.

Il m'a fait entrer dans une jolie pièce aux immenses fenêtres à demi masquées par des rideaux de soie verte. Un vase en cristal plein de jacinthes était posé devant l'une d'elles.

J'ai pris place sur un sofa tendu de chintz. Nicky est venu sur mes genoux et m'a regardée droit dans les yeux, fixement. Puis il s'est retourné vers son père et lui a parlé en allemand..

– Il dit que tu es très jolie. Allez, Nicky, c'est l'heure d'aller au lit, maintenant, a ordonné Wolf.

Il l'a soulevé de terre et emporté vers le hall en lançant un appel en allemand. Une voix de femme lui a répondu.

Je n'avais pas envie que Nicky s'en aille, mais pas question de supplier. Bientôt je l'aurais tout à moi.

Wolf est revenu s'asseoir.

– Et maintenant, qu'est-ce qui va se passer ?

– Il y a des années que je tiens le coup en me représentant cette scène, Wolf. Toi, assis là sans arme, pris au dépourvu, tel que je te vois en ce moment. Moi dégainant mon revolver, comme ceci, et le braquant sur toi en disant : « Wolf, je t'aimais et tu m'as trahie. Comment as-tu pu me faire ça ? Tu as privé ma vie de ce qui lui donnait son sens. Tu m'as laissée aller en prison toute seule. J'ai été torturée, j'ai eu droit aux électrochocs, à l'isolement. À aucun moment tu ne t'en es soucié. » Oui, cette scène imaginaire me donnait du courage pour aller de l'avant. Je me promettais de la jouer fidèlement. – J'ai remis mon revolver dans ma poche. – Naturellement, il n'est pas chargé.

– Je m'en doutais. Tu as peur des armes.

– Ça, c'était *l'ancienne* Nina. J'ai changé. J'aurais très bien pu te tuer. Seulement, je ne veux pas que mon fils soit privé de père.

Il y avait bien plus que cela, mais je n'avais pas le temps d'exposer mes découvertes les plus intimes, à savoir que seul l'amour vaut qu'on vive pour lui, et que la vengeance n'est digne que des perdants.

J'ai repris :

– Je n'ai pas envie non plus d'annoncer à Nicky que son père est en prison à vie. C'est pourquoi je suis venue te proposer un marché, Wolf. Rends-moi mon enfant sans faire d'histoires. Aide-le à faire la transition. Dis-lui que c'est ce que tu veux. Que tu viendras le voir souvent. Si tu es disposé à accepter tout cela, en échange je t'aiderai à te tirer de ce pétrin.

– Quel pétrin ?

– Je suis là, non ? Tu es fichu, Wolf. Ceux qui te recherchent se rapprochent implacablement de toi. Il ne leur manquait plus que ton vrai nom, et maintenant ça y est, nous t'avons retrouvé.

– Qui ça, « nous » ?

– Mon père, David Bernstein et moi. Nous nous sommes serré les coudes, dans cette histoire.

– Qui connaît mon nom en dehors de toi ?

– Mon père détient toutes les preuves matérielles. Ne t'en fais pas, elles sont en lieu sûr… tant qu'il ne nous arrive rien, ni aux uns ni aux autres.

– Crois-tu vraiment que je te tuerais ? Je vois que tu ne me connais toujours pas. Je n'ai jamais tué personne, et j'ai bien l'intention de m'y tenir.

– Je ne tiens pas à savoir qui tu es vraiment. Le passé est révolu. Notre mariage n'est pas légal et tu n'as aucun droit sur Nicky. Son nom est Nicholas *Olgivie* et j'en ai la garde exclusive.

Il a bronché. Cette fois j'avais visé juste.

– Nicky est l'héritier d'un titre et d'un passé glorieux, et de la fortune qui va avec.

– Une fortune *volée.*

– Elle a été d'abord volée à ma famille. Mon devoir était de la reconstituer et de perpétuer la lignée, de cultiver nos champs, de développer nos troupeaux comme le fait la famille depuis des générations. Je devais remédier aux préjudices infligés par les nazis et les Soviétiques, tu comprends ?

Je reconnaissais bien la lueur qui brillait dans ses yeux. Comment aurais-je pu l'oublier, d'ailleurs ? Et je saisissais la mission qu'il s'était assignée. Mon père avait vu juste sur toute la ligne, et il faudrait que je l'en félicite.

– Qui est ce Bernstein ? Ton mari ?

Il avait l'air contrarié, comme si on l'avait dépouillé de quelque chose. Incroyable !

– Pas encore, mais ça ne devrait pas tarder. C'est lui que tu as escroqué dans l'affaire des Friends of Unita.

– Ah, ce Bernstein-là !

– Oui. Et il ne fait pas bon se le mettre à dos, crois-moi.

– Il t'aime ?

– Oui.

– Et Nicky ?

– Il est prêt à l'élever avec moi. Écoute-moi, Wolf. Tu as à tes trousses un grand nombre d'individus qui crient vengeance. Je ne t'en dresse pas la liste, tu les connais. Il me suffirait de leur donner ton nom pour que c'en soit fini de toi. Je doute qu'ils te laissent vivre assez longtemps pour comparaître. Et si tu passes dans la clandestinité, tu perds tout ce que tu t'es donné tant de mal à recouvrer. En plus, tu te feras toute ta vie du souci pour Nicky.

– Comment as-tu fait pour nous retrouver ?

– Tu as commis une erreur. Tu as laissé subsister un lien entre ta vraie personnalité et tes identités d'emprunt.

– Sarajevo, a-t-il soufflé. Je n'aurais pas dû sous-estimer les ressources d'une femme qui se bat pour son enfant.

– En effet. Et puis je t'ai vu aujourd'hui au symposium. J'étais derrière un miroir sans tain, à la réception, justement pour pouvoir t'identifier.

– Alors je suis fini ?

– Non. Je ne peux pas anéantir un père tant aimé par son fils, et qui s'en est si bien occupé. J'ai une idée.

– Tes idées sont toujours excellentes, a-t-il commenté avec mélancolie. – Il s'est interrompu le temps de contempler le feu. Puis : – Tu te rappelles, au Namaqualand ? Déjà, à cette époque-là, tu m'as sauvé la mise.

– Avec toi, j'ai toujours soupçonné que je pouvais être victime d'un coup monté.

– Mais non ! Tu te trompes du tout au tout ! Je t'aimais, Nina. Je t'aime encore. J'avais l'intention de te faire venir ici, mais ta rigidité moralisatrice a tout fait capoter. C'est typique, tiens ! – Son visage exprimait un mélange d'amertume et de nostalgie. – Où étiez-vous, vous autres Occidentaux bien-pensants, quand on nous a tout pris, quand on a abattu mon père et laissé ma mère mourir de faim, hein ?

– Épargne-moi le mélo, Wolf. Entre nous, il n'y a plus de place que pour la négociation sans pitié.

Il a soupiré.

– Je t'écoute.

– Il faut faire vite. David va se mettre à ma recherche. Je n'ai pas beaucoup de temps.

71.

C'était une soirée d'hiver limpide, pas trop froide pour la saison. Accoudée au balcon du salon, au deuxième étage de l'hôtel, je contemplais au clair de lune les spires et les tours de la vieille ville. En fond sonore, l'orchestre jouait des airs d'autrefois.

Je me demandais si Wolf viendrait, s'il respecterait notre pacte. Borovoï aussi avait un rôle à jouer dans le scénario de la soirée. À moins qu'il ne soit tenté de le réécrire ? Et puis il y avait David, tellement à cheval sur la morale…

M'aimerait-il assez pour faire une entorse à ses principes ?

Un flot régulier de voitures tournait autour de l'hôtel : les chauffeurs cherchaient une place de stationnement. Tout ce qui comptait un tant soit peu dans la région voulait assister à ce cocktail, avec ou sans invitation. Il fallait que je prévienne David. Je l'ai trouvé dans une petite pièce jouxtant le bar où il avait temporairement établi son quartier général. Voyant la voussure de ses épaules et le pli soucieux qui barrait son front – autant de signes, chez lui, de tension extrême – j'ai ressenti une grande vague d'amour pour lui. Mais elle se teintait d'angoisse. Comment allait-il réagir ?

– Apparemment, les délégués sont venus abondamment accompagnés – famille et amis, ai-je annoncé. On va être débordés.

– Comment vas-tu repérer Möller, dans cette foule ?

– Ne t'en fais pas. S'il est là, je le trouverai. Et tes hommes, où seront-ils, David ? Je veux dire : si j'ai besoin d'eux, où faudra-t-il que je les cherche ?

– Ce sont *eux* qui te trouveront, a-t-il feinté. Tout ce que tu as à faire, c'est nous montrer Möller. Le reste, c'est mon affaire.

– *Ton* affaire ? Ce n'est pas ce qui était prévu. Et s'il te brandit une arme sous le nez ?

– Je l'abats.

– David, tu ne tiens aucun compte de mes exigences. Tu t'imagines, vivre avec une chose pareille sur la conscience ? Je te rappelle que tu vas être le beau-père de Nicky. Tu veux donc être l'homme qui a tué son père ?

Il a juré tout bas et regardé fixement la surface de son bureau pendant trente secondes.

– Oui, tu as raison.

Il acceptait sa défaite avec grâce ; c'était d'ailleurs ce que j'aimais chez lui.

Quand il a prononcé quelques mots en hébreu dans son émetteur radio, j'ai remarqué son oreillette.

– Combien êtes-vous, au juste ?

– Suffisamment.

Exaspérée, je suis retournée au salon. S'il décidait de venir, Wolf était censé m'attendre au bar. Cette seule idée me donnait des sueurs froides. Et c'est là que je l'ai vu, lui aussi accoudé au balcon pour admirer la vieille ville.

Je suis passée à côté de lui en feignant la nonchalance, pour aller m'arrêter un peu plus loin.

– La vieille ville est magnifique, au clair de lune, n'est-ce pas ?

– Cela n'a rien à voir avec le clair de lune ; la ville est belle, c'est tout.

– Tu as toujours voulu avoir le dernier mot, et moi j'ai toujours cédé, ai-je répliqué entre mes dents serrées. Car je croyais en toi. Mais tu as drôlement chu de ton piédestal, depuis.

– Tu crois que le moment est bien choisi pour une scène de ménage ?

Je me suis remise dans le droit chemin.

– Où est Nicky ?

– Dans la voiture avec sa nounou. Là-bas en bas, tu vois ? La voiture garée à côté de cette fontaine. J'ai confié ses affaires et ses jouets au portier, comme convenu. Tu as gagné, Nina.

– Mais non, Wolf. Grâce à cet arrangement, nous sommes tous les deux gagnants.

– Tu ne reviendras pas sur tes promesses ?

– Je ne me comporterai pas avec toi comme tu as pu le faire avec moi, si c'est ce que tu veux dire.

Après l'avoir fusillé du regard, je me suis remise en marche. J'essayais de deviner qui, dans l'assistance, était en fait de la police, mais personne n'avait la tête de l'emploi, à part peut-être une femme très virile à la tête presque rasée – sauf qu'elle abusait du champagne. J'ai fait le tour de la pièce, tenant moi-même un verre à la main, en affectant de passer un excellent moment. Pour finir, j'ai regagné le bar.

Pas trace de David. Wolf, lui, s'entretenait avec des hommes d'affaires qu'il semblait bien connaître. Des amis, manifestement aisés – et un peu éméchés. La musique s'enflait autour de moi, les rires résonnaient de plus en plus fort… j'avais impérativement besoin de prendre l'air. En réalité, j'avais une peur bleue. Pour conclure un pacte, il faut être au moins deux. Or, pour l'instant mes garanties brillaient par leur absence. Puis David est apparu à mes côtés et m'a pris la main. *Ne me quitte pas,* ai-je silencieusement imploré.

Je crois que nous l'avons tous deux aperçu simultanément, ce petit garçon aux cheveux roux ébouriffés et au regard craintif qui se retenait de pleurer ou de crier. Je voyais bien que Borovoï, qui lui tenait la main, lui faisait mal ; et à sa posture, j'ai compris qu'il avait une arme pointée dans le dos.

Comment Borovoï avait-il su où trouver mon enfant ? Où était passée la nounou ? Qu'est-ce qui n'avait pas marché ? Ce n'était pas du tout le scénario prévu !

Personne ne remarquait rien, ce qui me paraissait incroyable. Puis Nicky m'a vue et ses lèvres se sont mises à remuer. Il articulait muettement les mots « Au secours ! » Quel courageux petit garçon ! J'étais frappée de stupeur. Borovoï venait de commettre l'irréparable. Outragée, j'ai fait un pas dans leur direction.

– Où est Möller ? a dit tout bas Borovoï. Faites-le venir sinon j'abats le gamin.

J'avais la bouche ouverte, mais aucun son n'en sortait. J'ai indiqué le bar. Le Russe était intrigué : il n'avait jamais vu Wolf en chair et en os. J'ai mis à profit ce quart de seconde pour bondir, m'interposer entre Nicky et le revolver et détourner celui-ci vers le haut de telle manière que la balle est allée se ficher dans le plafond. Je suis tombée en entraînant dans ma chute le petit, que j'ai protégé derrière le rempart de mon corps. Je l'écrasais et je sentais la palpitation affolée de son cœur contre ma main, coincée entre sa poitrine et le plancher.

J'ai tourné la tête, certaine de découvrir l'arme de Borovoï braquée sur mon dos. Je ne me trompais pas.

Les gens battaient en retraite vers la porte en poussant des cris et en se bousculant comme des moutons affolés. Puis j'ai entendu un coup de feu et le visage de Borovoï a explosé, comme jadis la tête de Brigit.

David approchait à toute vitesse, les mains tendues devant lui. Il a appuyé trois fois sur la détente. Borovoï a pivoté sur place et est allé s'écraser contre le mur. En sang, il s'est retourné une dernière fois vers moi, puis s'est écroulé, agité de soubresauts. J'ai pris Nicky dans mes bras et je me suis précipitamment éloignée du corps tressautant. Bientôt David nous a rejoints, l'air scandalisé.

– Il voulait se servir de son propre fils pour protéger sa fuite !

Assise par terre, je berçais Nicky, le dos tourné au cadavre pour protéger mon enfant du spectacle de tout ce sang, et je répétais inlassablement :

– Je ne voulais pas qu'il soit tué. Ce n'est pas comme ça que les choses devaient se passer. Je n'ai pas voulu cela. Je le jure.

Toutes choses que je répéterai jusqu'à la fin de mes jours.

– C'est fini maintenant, mon chéri ; c'est fini. Là, là, n'aie pas peur. – Je l'ai serré contre moi sans cesser de le bercer doucement, assise par terre. – Il ne peut plus rien t'arriver maintenant, maman est là.

Nicky a enfoui son petit visage dans ma robe et s'est cramponné à moi. Il ne disait toujours rien. C'était inquiétant. Il était même trop choqué pour pleurer.

Un homme armé se penchait sur le corps de Borovoï. Après avoir tâté son pouls, il a ordonné à un serveur de le recouvrir d'une nappe.

– Etes-vous Nina Olgivie, mère de cet enfant ?

Il avait un fort accent américain.

– Oui, ai-je murmuré.

– Et cet homme est le père ?

– Oui.

– Celui que vous avez connu sous le nom de Wolf Möller ?

– Oui !

– Pourriez-vous s'il vous plaît l'identifier formellement ?

– Je ne le connais que sous ce nom-là. Ce n'est pas le vrai, mais c'est bien lui. Il avait kidnappé mon fils. Qui, Dieu merci, est indemne.

L'agent de la C.I.A. a aidé le serveur à dissimuler le corps, puis à évacuer les invités.

– Je crois que tu feras l'affaire, a déclaré à côté de moi une voix familière. Oui, je crois que tu sauras bien t'occuper de Nicky.

Ce dernier a brusquement relevé la tête.

– Papa !

– Hors d'ici ! ai-je crié à Wolf. Vite, vite !

Où était David ? Un regard circonspect : juste derrière moi ! Ses joues étaient empourprées et ses yeux injectés. Sans doute était-ce sa façon de pleurer. Chez lui, ça ne devait jamais aller jusqu'aux larmes proprement dites.

– C'est ton dernier mot, Nina ? Tu confirmes que la victime est bien Wolf Möller, père de ton enfant ?

– Oui.

Il s'est agenouillé auprès du cadavre et a brièvement soulevé la nappe.

– Emmène Nicky, a-t-il articulé avec peine tant la rage durcissait son rictus. Il est en état de choc – ce qui n'est guère étonnant d'ailleurs. Emporte-le dans ta chambre. J'appelle un médecin et je vous rejoins.

Mais je me suis attardée, Nicky niché dans mes bras. Il fallait que j'assiste à ce qui allait suivre.

David a appelé un de ses collègues.

– Faites descendre tout le monde dans la salle de bal. Je dis bien *tout le monde.* On continuera là-bas. Fermez la porte à clef et avertissez la police. Il y a des agents un peu partout dans les parages. Ils ont dû entendre les coups de feu. Dites-leur qu'on l'a eu, le salaud. Qu'il est tombé dans le piège que nous lui avions tendu.

Avec un soupir, il s'est à nouveau penché sur le corps.

– Il a un badge au nom de « baron Peter Podnieks » – un des délégués ? – Il a vu que j'étais toujours là, à bercer Nicky. – Qu'en penses-tu, Nina ?

David me considérait avec froideur. Il semblait profondément blessé. Je compatissais, mais ce n'était pas le moment de se laisser aller.

– Tu veux vraiment savoir ce que je pense ? Que c'est un coup monté – par toi.

– Tiens donc. Il me semble au contraire que je n'ai joué qu'un rôle d'amateur, dans cette histoire.

– Tu as tendu un piège à Wolf Möller et il y est tombé. Justice est faite et moi j'ai retrouvé mon fils. Alors maintenant, lâche prise, David, je t'en prie.

Je me suis relevée tant bien que mal, étreignant toujours mon fils, et je suis montée dans ma chambre.

L'ours en peluche était calé contre les oreillers.

– Tiens, Nicky, c'est pour toi. Je te l'ai acheté à Moscou pour ton anniversaire, avant de te retrouver. Je t'aime très fort, tu sais. J'espère que tu n'es pas trop grand pour les ours en peluche ?

Nicky frissonnait de la tête aux pieds.

– Où il est papa ? Je veux papa.

C'était à peine un gémissement.

– Chut, mon bébé. Papa va venir. On va partir en vacances en Écosse et papa viendra nous y rendre visite. Il te l'a promis, non ?

– Si.

– Alors il viendra te voir souvent. C'est notre secret.

Je me suis mise au lit, mon enfant dans mes bras. Il s'est raccroché à moi comme autrefois quand il avait fait un cauchemar. Peu à peu, ses frissons se sont calmés. Il allait déjà beaucoup mieux à l'arrivée du médecin, qui ne lui a administré qu'un tranquillisant léger, en me laissant quelques comprimés au cas où.

Il était d'humeur loquace.

– La rumeur est parvenue à mes oreilles. Vous êtes une femme courageuse, Mrs Olgivie. On n'est pas très renseigné sur ce baron Podnieks. Il semble qu'il ait passé le plus clair de son temps en Suisse parce qu'il était souffrant. Quels sont vos projets, à présent ?

– Nous prenons l'avion dès demain matin pour aller passer quelques semaines chez mon père. Après cela, nous verrons.

David est arrivé et a ostensiblement laissé la porte ouverte. Le médecin a compris qu'il devait prendre congé.

– Tu as laissé filer Möller, a-t-il déclaré froidement. Tu avais tout préparé, hein ? Tu as donné un badge de délégué à Borovoï. Mais tes manigances seront révélées quand la police ira trouver le vrai baron.

– Podnieks est mort dans un accident de voiture en Suisse il y a une vingtaine d'années et sa famille est éteinte.

– Pourquoi as-tu fait ça, Nina ? Il y avait des mois qu'on œuvrait à la capture de Möller pour qu'il soit jugé !

– Toi peut-être. Moi, tout ce que je voulais c'était mon fils.

– Dis-moi la vérité. Tu es toujours amoureuse de lui ?

– Non, mais je n'éprouve plus de haine. Sais-tu pourquoi ? Parce que je lui suis reconnaissante d'avoir si bien veillé sur Nicky. Le petit a eu un vrai parent à ses côtés. Regarde comme il dort paisiblement. Tu sais, c'est bizarre mais pendant des années j'ai cru que je voulais me venger, j'en rêvais, je mettais mes plans noir sur blanc... Puis j'ai fait ta connaissance, je suis tombée amoureuse de toi, et là, ma haine s'est évanouie. Tout à coup, j'étais à nouveau capable d'aimer. On va rester ensemble, hein, toi et moi ?

– C'est ce que tu veux vraiment ?

– Tu ne peux pas savoir à quel point. Mon Dieu, je suis si fatiguée, tout à coup. Je crois que je vais m'endormir sur place.

– Moi aussi je t'aime, mais ça ne va pas être si simple. Il y a une chose que tu ignores. Quand tu t'es enfuie en Namibie et qu'on t'y a rattrapée, la C.I.A. s'est introduite chez toi et a relevé des empreintes digitales, principalement dans le bureau de Möller. Elles ne correspondront pas avec celles de l'homme abattu aujourd'hui et cela va nous poser problème.

« *Nous* poser problème », avait-il bien dit. Avec ce petit mot de rien du tout, « nous », il venait de répondre à toutes mes questions.

J'ai regardé mon pouce, qui porterait à jamais des traces de violence, je me suis rappelé la mort de Brigit, les mains de boucher que Borovoï avait refermées autour de mon cou avec la ferme intention de me faire mal... Cette nuit-là il avait aussi fouillé le bureau de Wolf, donc laissé des empreintes un peu partout... !

– Au contraire, l'homme qui a été abattu aujourd'hui, comme tu dis, était taillé sur mesure pour le rôle que nous allons lui attribuer.

J'ai souri, puis carrément pouffé de rire. Je ne pouvais plus m'arrêter.

– C'est le choc, a commenté David.

Il ne pouvait pas comprendre. Mais moi, je goûtais tout le sel de la plaisanterie.

La photocomposition de cet ouvrage
a été réalisée par
GRAPHIC HAINAUT
59163 Condé-sur-l'Escaut

Cet ouvrage a été réalisé par la
SOCIÉTÉ NOUVELLE FIRMIN-DIDOT
Mesnil-sur-l'Estrée
pour le compte des Éditions Robert Laffont
24, avenue Marceau, 75008 Paris
en août 2000

Imprimé en France
Dépôt légal : septembre 2000
N° d'édition : 40908/01 - N° d'impression : 52425